소화시평
小華詩評

소화시평

조선이 사랑한 시 이야기

홍만종 지음
안대회 옮김

성균관대학교
출판부

목차

서설

1. 『소화시평』의 가치

『소화시평(小華詩評)』은 한국 한시를 뽑아서 품평한 책이다. 소화(小華)
는 작은 중화(中華)라는 뜻으로 중국에 버금가는 문명국이라는 자부심
을 표현한 말이고, 시평(詩評)은 시의 품평(品評)으로 시의 잘되고 못됨
을 평가하여 수준의 높고 낮음을 자리매김한다는 말이다. 따라서 『소
화시평』은 한국 한시 가운데 우수한 작품을 골라 제시하고 그 작품의
가치를 평가하여 독자의 감상과 이해에 이바지하고자 하는 책이다. 굳
이 분류한다면, 시의 선집 또는 비평서로서 시화(詩話) 갈래에 속한다.

저자는 홍만종(洪萬宗, 1643~1725)으로 1675년에 편찬이 완료되었다.
고대부터 17세기 후반까지 한시의 역사에서 기억해야 할 빼어난 작품
을 짧고 인상적인 비평의 언어를 동원하여 해설하였다. 이 책 한 권만
책상 위에 올려놓으면 한시사에 빛나는 주요 작품을 감상하고, 시사
의 큰 흐름과 우리 시의 특징을 잘 이해하도록 친절하게 안내하는 간
편하고도 농축된 저술이다. 그에 걸맞은 평가를 받아 책이 공개된 이
후 수백 년 동안 독서인의 서가에 한 권쯤 놓여 있던 필독서의 하나였

다. 시를 즐기고 아는 것이 독서인의 상식이었던 시대의 명저로서 시선집과 시화를 상징하였다. 『소화시평』은 근대 이전 이백여 년 동안 문학을 아끼는 독자로부터 가장 큰 사랑을 받았던 책이다.

2. 17세기 국학의 대표자 홍만종

『소화시평』의 저자 홍만종은 17세기 후반과 18세기 전반기를 살다간 학자로 독특한 이력의 소유자다. 본관은 풍산(豊山), 자(字)는 우해(于海), 호는 현묵자(玄默子) · 장주(長洲) · 몽헌(夢軒)이다.

그는 대대로 고관과 문인을 배출한 명문가에서 태어났다. 아버지는 정허당(靜虛堂) 홍주세(洪柱世, 1612~1661)로 문과에 급제한 뒤 영천군수 등의 벼슬을 지냈다. 우암 송시열 등 서인이 추진하는 북벌론(北伐論)에 반대하고 정치적 주관을 지켰다. 조부는 월봉(月峯) 홍보(洪霬, 1585~1643)로 인조 원년에 문과에 장원급제했고, 이인거(李仁居)의 난에 공을 세워 풍녕부원군(豊寧府院君)에 책봉되었으며, 벼슬은 좌참찬에 이르렀다. 증조부 습지(習池) 홍난상(洪鸞祥, 1553~1615)은 문과에 급제하여 형조좌랑을 역임했다. 증조부로부터 아버지에 이르기까지 모두 문인으로 명성을 누렸다.

홍만종은 33세 때 진사시에 합격하여 참봉을 비롯한 낮은 벼슬을 잠깐 지냈다. 하지만 과거시험이나 벼슬과는 큰 인연이 없어 팔십 평생을 학문과 저술활동으로 보냈다. 한양의 마포 강가에 거주하였는데 월산대군(月山大君)의 정자 풍월정(風月亭)이 그의 소유였다. 이 누정에 이한당(二閑堂)이란 서재를 갖고 있었는데 그 이름은 『파한집(破閑集)』
과 『보한집(補閑集)』 두 시화에서 두 개의 한(閑)자를 취하여 시화에 대
한 열정과 한가롭게 살 수밖에 없는 인생을 은유한 것으로 보인다.

그는 병마에 시달린 건강상의 불리한 조건하에서 권력의 중심에 접
근하지 못한 채 소외된 지식인으로 생애를 마쳤다. 교우관계는 그리
넓지 못한 듯하다. 당파는 소론(少論)에 기울었다. 성균관대 존경각 소
장 남인(南人)의 당파보 『남보(南譜)』에 그의 직계 가족을 남인으로 넣
고서 "소론으로 돌아갔다[反少]"라고 밝혔다. 관직에서는 뜻을 펼치
지 못했으나 다방면에 박학한 지식은 생존 시부터 널리 인정을 받았
다. 이른 나이부터 참신한 주제로 독특한 내용을 담은 저술을 써서 학
자로서 저술가로서 확고한 지위와 명성을 얻었다. 그 시대 누구보다
개성이 넘치고 새로운 영역을 개척한 학자였고, 다방면에 걸친 저술
로 그만의 학문세계를 구성하였다. 저술의 목록을 주제와 시기에 따
라 분류하여 살펴보면 대략 다음과 같다. 가장 먼저 필기(筆記) 6종을
꼽을 수 있는데 그 가운데 3종은 현재까지 전해온다.

(1) 해동이적(海東異蹟) : 1666, 24세, 도교 계통 신선의 전기

(2) 속고금소총(續古今笑叢) : 미상, 부전(不傳), 외설스런 야담집

(3) 명엽지해(蓂葉志諧) : 미상, 현전, 야담집

(4) 순오지(旬五志) : 1678, 36세, 필기

(5) 몽헌필담(夢軒筆譚) : 미상, 부전, 필기

(6) 부상지림(扶桑志林) : 미상, 부전, 필기

홍주세(洪柱世) 편간(編刊), 『보한집(補閑集)』

목판본, 1659년, 경주, 역자 소장. 홍만종의 부친 홍주세가 한국 시화의 고전 『파한
집(破閑集)』과 『보한집(補閑集)』을 간행하였다. 두 시화에 한(閑)자가 함께 들어간 것
에 착안하여 이한집(二閑集)이라 하고 출간의 경위를 밝힌 「중간이한집발(重刊二閑
集跋)」을 친필로 썼다. 홍만종이 마포 강가의 집에 둔 서재 이한당(二閑堂)은 여기에
서 취한 당호로 보인다.

한국의 도교 관련 인물을 조사하여 그 생애를 서술한『해동이적』은 이 분야의 가장 오래고 중요한 저술로서 금속활자로 간행되었다. 도교에 심취한 홍만종의 지적 편력을 보여주는데, 이후 황윤석이 증보하여『해동이적보(海東異蹟補)』를 저술하였다.『속고금소총』과『명엽지해』는 야담집으로 전자는 음담패설집이고 후자는 음담이 섞인 본격적인 야담집이다. 다음으로『순오지』를 비롯한 3종의 필기(筆記)는 역사, 야담, 문인 일화, 풍속, 시화, 언어와 같은 다양한 소재를 서술하고 있다. 필기에도 시화가 적지 않게 포함되어 있다. 다음으로는 문학 방면의 저술 7종을 꼽을 수 있다.

(7) 소화시평(小華詩評): 1675, 33세

(8) 시평보유(詩評補遺): 1691, 49세

(9) 시평치윤(詩評置閏): 미상, 부전(不傳)

(10) 시화총림(詩話叢林): 1712, 70세

(11) 팔가문정(八家文精): 미상, 부전, 고문선집

(12) 청구영언(靑丘永言): 미상, 부전, 시조집

(13) 이원신보(梨園新譜): 미상, 부전, 시조집

먼저『소화시평』과『시평보유』,『시평치윤』은 시평 3부작이다. 마지막 것은 아쉽게도 현존하지 않으나 그가 우리 한시를 깊이있게 이해하고 널리 소개하는 일에 얼마나 열정을 가졌는가를 충분히 보여준다.『시화총림』은 노년에 역대 시화를 종합하여 정리한 자료집이고,『팔가문정』은 고문선집이다. 특별히 주목할 저술은『청구영언』과『이

원신보』인데 당대에 널리 불리던 시조를 수집하여 엮은 시조집으로서 18세기 이후 본격적으로 출현한 시조집 편찬의 물꼬를 텄다. 다음으로는 역사서와 족보의 편찬이다.

(14) 동국역대총목(東國歷代摠目) : 1705, 63세
(15) 증보역대총목(增補歷代摠目) : 1706, 64세
(16) 풍산홍씨족보(豊山洪氏族譜) : 1709, 67세

『동국역대총목』과 『증보역대총목』은 한국과 중국의 역사를 편년체로 요점을 열거하고 연표의 구실까지 겸한 저작이다. 역사를 이해하는 핵심적인 사항 위주로 서술하여 조선 후기에 널리 읽혔다. 마지막으로 살펴볼 것은 그의 문집이다. 『몽헌집(夢軒集)』이 있다고 전해오지만 그 실체는 오랫동안 알려지지 않았다. 근자에 영산대 김영호 교수가 『부부고(覆瓿藁)』를 입수하여 그 내용 일부를 소개하였다. 이 사본은 『몽헌집』의 자필 초고본으로 추정되는데 그 안에 다수의 저술 서문이 실려 있어 그동안 알려지지 않았던 그의 저술이 확인되었다.

지금까지 간략하게 소개한 데서도 드러나듯이 홍만종의 저술은 일반 유학자들의 저술에 견주어볼 때 특이한 면을 많이 드러낸다. 가장 두드러진 특징은 조선의 역사와 민간풍속, 문학과 도교에 깊은 관심을 표명했다는 점이다. 그 특징을 볼 때 그는 자국학(自國學) 분야에 전문적으로 집중한 학자로 자리매김할 수 있다. 저작 가운데 자국학의 범주에 들지 않는 것은 『팔가문정』과 『증보역대총목』 2종밖에 없다.

이와 같은 학문 성향은 당시로서는 매우 색다르고 신선하며 의의가

깊다. 왜란과 호란이 휩쓸고 간 이후 조선의 지성인들은 극단적일 정도로 성리학을 기반으로 학문의 순수성에 집착하였다. 국가 이데올로기를 이탈하는 사유를 자유롭게 펼치지 못하도록 강력한 통제 시스템을 작동시킨 시기였다. 그런데 홍만종은 학계를 무겁게 짓누르는 규범적 사유에서 벗어나 도가적(道家的) 사유를 깊게 깔고, 박학(博學)을 근거로 조선적 현상에 연구를 집중하였다. 이는 당시 정세와 학문의 현황에서 볼 때 상당한 일탈의 행위였다. 그는 외적의 침략과 그 이후 전개된 외세에 대한 배타적 심리를 자국학 연구로 방향을 전환한 지성인이었다.

그의 박학은 조선의 문물제도, 문학, 민간문화 등에 방향을 두었고, 누구보다 조선의 역사와 문화를 사랑하여 많은 문헌을 섭렵하고 그에 바탕을 두어 깊이 있는 연구를 진행하였다. 단군을 조선 역사의 기원으로 설정한 것은 그런 연구방향의 한 가지 징표이다. 저서 대부분이 자국 문화의 우수한 가치와 의의를 부각시키려는 목적을 가지고 있는데 상층의 문화뿐 아니라 시조집 『청구영언』과 『이원신보』를 편찬한 것에서 볼 수 있듯이 민간문화, 한글문화에도 관심을 기울였다. 그 점에서 그의 학문태도는 개방적이었다. 요컨대 그는 17세기가 낳은 가장 선구적이고 본격적인 국학자라고 자리매김할 수 있다.

3. 『소화시평』의 성격

홍만종의 국학에서 가장 중요한 분야가 바로 시학(詩學) 또는 시화(詩

話)이다. 홍만종은 길고 긴 시문학 전통의 가치를 인식하고 조선의 한시를 거들떠보지도 않는 한심한 조선 시단의 현실을 반성하였다. 그는 사명감에서 우러나온 조선 한시의 전문적 연구에 착수하여 문학과 관련된 문헌을 폭넓게 수집하였다. 문헌을 깊이 이해한 바탕 위에서 그는 조선 한시의 아름다움을 체계적이고 심미적으로 소개하여 『소화시평』, 『시평보유』, 『시평치윤』의 순서로 시화 3부작을 차례로 저술하였다. 『소화시평』을 첫 저술로 하여 이후 그 저술을 보완하는 시평을 두 종 더 편찬한 것이다.

마지막 저작 『시평치윤』은 현재 전하지 않으나 그 서문을 통해서 알려지지 않은 시인이나 시단의 관심권에서 벗어나 있는 작품까지도 발굴하여 소개하려 한 그의 진지한 노력을 인상적으로 보여준다. 노년에 편찬한 『시화총림』은 그가 시화를 저술하기 위해 참고한 역대 시화를 정리한 텍스트북의 성격을 띤다. 사실 시화를 향한 관심과 열정은 그의 선대로부터 이어졌다. 아버지 홍주세는 1659년에 『파한집』과 『보한집』을 중간하고 「중간이한집발(重刊二閑集跋)」을 썼다. 가장 오래되고 높은 수준에 있는 2종의 시화를 간행한 것이 그 아들 홍만종을 시학으로 이끈 계기가 되었다고 해도 좋다.

『소화시평』은 시화이다. 18세기 이전 한시의 역사에서 대표작을 뽑고 비평을 가한 시선집 겸 비평서이다. 주요 시인의 대표작을 가려 뽑고, 그 작품의 우열과 품격을 엄정하고 균형 있게 비평하였다. 『소화시평』은 선정된 시를 놓고 보면 훌륭한 시선집이며, 시평의 관점에서 보면 한국 한시에 대한 빼어난 비평적 성찰이다.

먼저 시선집으로서 지닌 특징과 가치를 살펴본다. 서문을 빼고 전체

212칙의 체제를 도표로 정리하면 다음과 같다.

상권		하권	
1~13칙	역대 제왕	1~2칙	역대 경구(警句)
14~15칙	종실(宗室), 귀유(貴遊)	3~4칙	역대 풍유시(오언절구, 칠언절구)
16~47칙	사대부(최치원~이숭인)	5~32칙	사대부(이산해~홍경신)
48칙	고려조의 연구 엄선	33칙	표절시
49칙	고려와 조선조 시의 우열	34~63칙	사대부(이춘영~장유)
50~82칙	사대부(정도전~정사룡)	64칙	역대 경구(15명)
83칙	칠언율시 경련(警聯)	65~92칙	사대부(이식~이원진)
84~110칙	사대부(정렴~이달)	93~102칙	사대부 외의 시인군 93칙: 작가불명, 94칙: 무명씨, 95칙: 한 연만 전해지는 시구, 96칙: 승려, 97칙: 여항시인, 98칙: 여성, 99칙: 기생, 100칙: 도사, 101칙: 귀신, 102칙: 요절 시인

시인군의 주축을 이루는 사대부의 시를 품평의 중심에 놓고, 최치원으로부터 출발하여 동시대 시인까지 시대순으로 배열하였다. 사대부에 앞서 통치자인 제왕을 맨 처음에 배치하고 제왕의 주변 계층인 종실과 귀유를 그 다음에 배치하였다. 사대부 외의 신분과 신분의 관점에서 벗어나 있는 작가군을 다룬 10칙의 항목을 맨 마지막에 배치하였다. 신분의 고하에 따라 배열하고 주축이 되는 사대부 시인은 시대순에 따라 배열하였다. 이 체계는 단순해 보이지만 우리 한시사의 특성을 정확하게 반영하고 있다.

다음으로는 특별한 주제, 예컨대 고려와 조선 시의 우열이나 한시를 이해하는 특별한 방법인 경련(警聯)·경구(警句) 및 풍자·표절과 같은 항목은 군데군데 적절한 위치에 배치하였다.

주제별 항목이 있기는 하지만 대체로는 특정한 시인의 작품을 제시하고 그에 대해 평가하는 방법이 뼈대를 이루고 있다. 단 한 가지 예외를 빼고는 작품의 인용이 서술의 중심을 이룬다. 김선기 교수의 통계에 따르면, 모두 합해 478수의 시가 수록되었는데 308수는 전체 인용이고, 107수는 부분 인용이다. 전체 인용한 시는 칠언절구(53%), 칠언율시(22%), 오언절구(16%)로 구성되어 있고, 부분 인용한 시는 칠언율시가 72%로 다수를 차지하고 있다.

시인 소개, 창작 동기, 작품 인용, 평가로 이어지는 서술 방법은 시사의 초기부터 당대까지 대표작을 감상할 수 있는 시선집으로 활용하기에 적합한 구조를 갖추었다. 실제로 이 책은 저술 이후 근대까지 한국 한시를 감상하는 시선집으로 단연 타의 추종을 불허하는 명성을 누렸다. 한 권의 책으로 명작 중의 명작을 비평과 함께 감상할 수 있는 저작 가운데 이보다 더 나은 저작은 없었다.

일부 『소화시평』(국립본, 가람본, 서강대본 등)에는 "세상에서 남용익의 『기아(箕雅)』를 귀하게 여기는 자들이 『소화시평』은 신기하지 않은 듯 본다. 그러나 이 저작은 『기아』가 나오기 전에 완성되었다. 게다가 홍만종이 평론하고 취사선택한 정밀함은 아무래도 남용익이 구분 없이 넓게만 수록한 것보다 낫다. 독자가 이 점을 살피지 않을 수 없다."라는 필사기가 달려 있는데 『소화시평』이 시애호가에게 왜 그렇게 인기리에 읽혔는지를 설명해준다. 이보다 간편하고 정밀한 선집을 찾기가 어려웠기 때문이다. 그처럼 『소화시평』은 조선 후기의 대표적인 인기 저술 가운데 하나였다.

이제는 『소화시평』이 어떻게 작품을 제시하고 품평하는지 비평방법을 살펴본다. 먼저 언급할 점은 특정한 작가의 작품을 간명하고 인상적으로 읽도록 구사한 방법인데 대략 다음과 같은 틀을 사용하였다.

   (1) 시인을 소개하는 도입부

   (2) 제목을 설명하거나 창작동기를 소개하는 대목

   (3) 시의 본문 인용

   (4) 시에 대한 편찬자의 평가

   (5) 작품이나 작가에 얽힌 일화 또는 강평

작품에 따라 변화가 적지 않으나 이 틀을 뼈대로 삼아 가감하였다. 시 본문을 중심에 놓고 앞뒤에 들어가는 소개의 글이나 작품 품평은 군더더기 설명이 없이 명쾌하고 간결하다. 작품을 충실히 이해하고 감상하는 것에 집중하도록 서술한 것이다.

이 틀을 유지하면서 홍만종은 즐겨 비슷한 제재나 주제를 가진 다른 작품 또는 작가를 병렬하여 배치하였다. 이것은 서로 다른 작가나 작품을 병렬하는 자체에 목적이 있다기보다 대비를 거쳐 각 작가 또는 작품의 우열이나 개성, 창작경향을 명료하게 파악하도록 유도하고, 시에서 흔히 맞닥뜨리는 제재나 주제를 부각시키는 효과를 노리고 있다. 실례로 상권 37칙에서 핍진한 경물묘사의 사례로 이진과 양경우의 시를 비교한 내용 전문은 다음과 같다.

시는 핍진(逼眞)한 묘사를 귀하게 여긴다. 동암(東菴) 이진(李瑱)이 다음 시를 썼다. "허공 가득한 푸른 산빛 옷에 물들고 / 풀이 푸른 연못가에 백조가 난다. / 지난 밤 안개가 자고 간 깊은 산 나무만 남아 / 낮바람에 후득후득 빗줄기를 뿌린다." 제호(霽湖) 양경우(梁慶遇)는 다음 시를 지었다. "댕자꽃 피어 있는 낮은 사립 걸어 닫고 / 논두렁 밥 내가는 촌 아낙네 걸음도 늦다. / 멍석에 낟알 말리는 호젓한 처마 밑에선 / 병아리 짝지어 무너진 울타리 틈새로 나온다." 이진은 산집의 경치를 묘사해내되 격조가 높고, 양경우는 전가(田家)의 현장 풍경을 묘사해내되 시어가 오묘하다.

두 시인이 경물을 핍진하게 묘사한 시를 함께 놓고서 어떤 장점이 있는지를 비교해보도록 안배하였다. 상권에서 찾아보면, 26칙에서 번안법(飜案法)을 구사한 김극기와 성간의 시를 병렬한 것이나 58칙에서 사육신의 시를 병렬한 것, 59칙에서 신숙주 집안의 시 4편을 든 것, 64칙에서 장난기가 있는 시를 열거한 것, 82칙에서 신령의 도움을 받아 지은 시, 99칙에서 도를 체현한 성혼과 권필의 시를 제시한 것 등이 있다. 이처럼 다양한 각도에서 시를 감상하도록 작가와 작품을 배치함으로써 통시적으로 작가를 나열한 단조로움에서 벗어나게 만든다.

더욱이 앞의 표에서 제시한 것처럼 고려조의 아름다운 연구를 대거 열거하거나(상권 48칙) 역대 칠언율시의 경련(상권 83칙)을 다수 제시하고 표절의 혐의가 있는 시만을 따로 모아놓은(하권 33칙) 따위의 방법을 써서 작가별 소개를 벗어나 다채로운 감상으로 안내하였다.

4. 『소화시평』의 비평

홍만종은 십대 시절부터 시학에 관심을 갖고 오래도록 공부하여 안목을 키웠노라고 스스로 밝혔다. 그만큼 비평에 남다른 열정과 전문성을 갖추었고, 노년에 이르기까지 관심의 끈을 놓지 않았다. 젊은 시절에 지은 첫 번째 저술부터 전문 비평가로서 갖추어야 할 자격을 논하고 있다. 비평가의 자격으로 그가 내세운 조건을 간추려 살펴보면 대략 다음 세 가지를 들 수 있다.

첫째는 시를 정밀하게 읽고 평가하기 위해서는 방대한 자료의 수집과 독서가 그 기초이다. 『순오지』에는 그가 파악한 문집 목록이 제시되어 있는데 그가 수집하고자 한 문헌의 방대한 수량을 보여주고 있다. 『소화시평』 서문에서 "위로는 태사(太師, 기자(箕子))로부터 아래로는 최근의 시에 이르기까지 무릇 우리나라에서 시라고 칭해지는 것이면 널리 구하고 광범위하게 모았다. 이를 시장에서 사들이고, 다른 사람에게 빌리는 일을 많은 세월에 걸쳐 하고 보니 책이 모두 내 서가의 물건이 되었다"라고 밝힌 것처럼 비평의 기초로서 문헌의 확보에 대한 열정을 드러냈다.

두 번째로는 시의 텍스트를 엄밀하게 고증하는 문제를 중시하였다. 그는 텍스트 비평의 충실한 기초 위에서 작품을 비평하는 자세를 강조하였다. 실제로 대체로 신뢰할 만한 텍스트를 제시하였음을 확인할 수 있다. 현재의 『소화시평』에는 작자를 잘못 제시하거나 작품을 수록한 근거를 찾기 힘든 사례들이 얼마간 나오지만, 그렇다 해도 고증과 교감을 치밀하게 하려 한 자세를 인정할 만하다.

세 번째로 비평가에게 높은 수준의 안목과 엄정한 태도를 요구하였다. 그는 문장을 다루는 일은 직업 가운데 가장 정밀한 것이라서 "마음이 거칠고 덤벙대는 사람이 쉽게 말할 수 있는 것이 아니다"(『시화총림』, 「증정」 제9칙)라 말하고, 『순오지』에서 비평가에게 요구되는 식견(識見)과 학력(學力)과 공정(功程)의 세 가지 자격을 제시하였다. 스승으로부터 배우지 않으면 식견을 가질 수 없고, 옛것에 해박하지 않으면 학력을 얻을 수 없으며, 부단히 익히지 않으면 공정을 지닐 수 없다고 설명하였다. 이 세 가지 자격을 갖추지 않고서는 깊이 있는 비평의 수준에 도달하기를 기대하기 어렵다는 것이다. 비평의 어려움과 비평가의 위의에 대한 그의 태도는 단호하다.

홍만종은 전문 비평가로서 능력을 『소화시평』에서 분명하게 보여주었고, 그 뒤 2종의 후속작에도 함께 발휘하였다. 여기서 주목할 점은 그가 『소화시평』 이래로 자신의 비평서에 시화(詩話)라는 명칭을 붙이지 않고 시평(詩評)이라는 명칭을 붙였다는 것이다. 이 명칭은 우연한 작명이 아니라 저자의 의도가 명확하게 담겨 있다. 시화가 시와 관련한 다양한 이야기를 뜻한다면, 시평은 시를 미적으로 평가하는 비평가의 비평적 성찰이 담긴 저술을 표방한다. 시평은 틀림없이 시화의 일부이지만 시평이라 표방한 것은 평가한다는 비평 행위에 큰 가치를 부여하겠다는 의도가 담긴 개념이다. 그는 그 점을 분명하게 인식하고서 자신을 전문적 비평가로 규정하여 조선 한시에 대한 비평적 성찰자로서 자신의 위치를 설정하였다. '한가로운 이야깃거리를 제공하는[資閒談]' 시화나 창작의 지침서 구실을 하는 시화가 일반화된 현실과 의도적으로 차별화한 것이다. 그처럼 그의 시평 3부작은 한 시의 역사적 이해를 기초로 하여 엄격한 비평적 행위가 가해진 저술이다.

비평가로서 자의식이 강한 홍만종이 시비평의 언어와 문법으로 채택한 것은 품격비평(品格批評)이었다. 작가와 작품이 건네는 독특한 인상과 품격을 한 글자에서 몇 글자의 품평용어로 제시하는 방법이다. 이 품격비평은 고려 중엽의 『파한집』이래 면면히 이어져왔지만 홍만종에 이르러 그 극점에 이르렀다. 『소화시평』에서는 다음과 같은 품평의 언어들을 조합하여 작품을 비평하고 있다. 이를 도표로 제시한다.

簡	간단하다	詭	궤벽하다	妙	오묘하다
感	느꺼워하다	近	친근하다	靡	화사하다
慨	개탄하다	濃	농후하다	密	밀도 있다
健	굳세다	穠	짙다	朴	질박하다
傑	웅걸하다	淡	담박하다, 澹과 같다	拔	특출나다
激	분노하다	到	알맞다	發	발랄하다
潔	깨끗하다	朗	명랑하다	放	자유롭다
勁	날카롭다	亮	밝다	僻	궁벽하다
警	놀랍다	凉	처량하다	富	부유하다
古	예스럽다	麗	아름답다	浮	들뜨다
孤	외롭다	厲	사납다	奔	내달리다
高	높다	烈	매섭다	悲	구슬프다
曲	곡절이 있다	老	노련하다	鄙	비루하다
工	공교하다	鹵	서툴다	肆	거침없다
曠	툭 트이다	累	얽매이다	駛	빠르다
宏	굉장하다	流	야들야들하다	澁	껄끄럽다
巧	교묘하다	瀏	매끄럽다	爽	상쾌하다
矯	바르다	俚	상스럽다	生	생경하다
崛	우뚝하다	邁	호매하다	纖	섬세하다
窮	궁색하다	明	밝다	贍	넉넉하다

成	갖추다	幽	그윽하다	楚	청초하다, 조촐하다
邵	멋지다	裕	여유롭다	峭	가파르다
疏	소탈하다, 소략하다	融	무르녹다	沖	부드럽다
秀	훌륭하다	逸	빼어나다	侈	풍성하다
脩	아리땁다	藉	너그럽다	緻	치밀하다
熟	숙련되다	壯	건장하다	則	법도가 있다
馴	순조롭다	長	유장하다	沈	웅숭깊다
新	새롭다	典	전아하다	踔	늠름하다
神	신비하다	轉	에두르다, 전환하다	脫	매인 데 없다
實	실답다	切	절실하다	蕩	호탕하다
深	깊다	截	끊기다	透	후련하다
雅	아담하다	絶	독특하다	平	평탄하다
昂	들떠 있다	正	똑바르다	寒	한미하다, 쓸쓸하다
冶	세련되다	精	정밀하다	悍	사납다
弱	허약하다	粗	거칠다	汗	왕성하다
嚴	근엄하다	藻	문채가 있다	閒	어여쁘다, 한가하다
易	쉽다	縱	거침없다	伉	도도하다
淵	깊숙하다	遒	씩씩하다	虛	허허롭다
艶	곱다	俊	준수하다	險	험벽하다
醞	따뜻하다	峻	험준하다	浩	드넓다
婉	은근하다	重	무겁다	豪	호쾌하다, 호방하다
惋	서글프다, 억울하다, 한탄하다	暢	시원하다, 뿅과 같다	渾	혼연하다
雄	웅장하다	蒼	서늘하다, 낡다	和	조화롭다
圓	둥글다, 원만하다	悽	처절하다	闊	활달하다
遠	원대하다	淺	얕다	橫	횡행하다
越	뛰어넘다, 넘치다	徹	꿰뚫다	厚	도탑다
偉	헌걸차다	淸	맑다, 말쑥하다	縟	현란하다
萎	시들다	超	뛰어나다		

도표에 보인 한자들이 품평용어로 널리 쓰였다. 여기에서는 『소화시평』에 사용된 것만을 제시하였는데 그 한자에 상응하는 우리말 품평용어를 보임으로써 품평용어의 표준번역을 어떻게 할 수 있는지를 제시하였다. 이 책에서는 위 표에 보인 우리말 품평용어로 통일하여 번역하였는데 다른 시화의 번역에서도 통일하여 사용하는 것이 필요하다.

이 낱글자들은 '맑고 새롭다〔淸新〕'거나 '씩씩하고 굳세다〔遒健〕'처럼 대부분 두 글자로 조합하여 쓰이지만 '기이하고 예스럽고 가파르고 빼어나다〔奇古峭拔〕'처럼 네 글자로 쓰일 때도 간혹 있다. 이렇게 사용되는 품평용어는 작가나 작품이 독자에게 각인시킨 인상적 이미지나 감성적 판단을 두 글자 아니면 네 글자로 평가한 것이다. 작가나 작품에 대한 분석과 이해, 감상과 음미의 과정을 거친 뒤에 종합적으로 비평가의 마음에 형성된 이미지를 감성적 언어로 표현하였다. 그 언어를 통해 작가나 작품이 지닌 품격의 높고 낮음을 판단하여 그중 높은 수준의 작품을 독자에게 제시하였다. 홍만종은 이 품평의 언어를 통해 작가와 작품을 재단(裁斷)하려 하였다.

이 같은 품격비평은 상징적 수법까지 사용하는 품평으로 발전하였다. 그것은 구체적 형상을 떠올리게 하는 형상적 이야기나 이미지를 활용하여 시의 인상을 독자에게 한층 선명하게 보여주는 방법이다. 이 방법이 '여(如)'자를 사용하여 직유(直喩)의 기법으로 표현되는 경우가 많기에 '여자비평(如字批評)'이라 부르기도 한다. 상권 83칙과 하권 31칙, 41칙, 73칙 등에서 실제로 활용된 것을 확인할 수 있다. 대시인 20명의 칠언율시 경련을 두루 품평한 상권 83칙이 대표적이다.

그중 유몽인의 시구 "울긋불긋한 검은 뱀이 길가에 똬리 틀고 있고 / 오똑하게 누런 곰은 나무 꼭대기에 앉아 있네."를 두고 홍만종은 "기이하고 괴상하며 그윽하고 험벽하여 마치 비천야차(飛天夜叉)가 범과 표범을 낚아채 잡아먹는 것과 같다〔奇怪幽險, 如飛天夜叉, 攫食虎豹〕"라고 품평하였다. 앞에서는 네 글자의 품평용어를 사용하여 평가하고, 이어서 비천야차의 형상을 동원하여 시의 인상을 구체적으로 비유하고 있다. 평 자체가 시적이고, 비유적 평가를 통해 시가 주는 인상과 감성을 선명하게 표현하고 있다.

시인과 시에 관한 일화가 일반 시화의 주축을 이룬다면 『소화시평』은 그런 것들과 구별되는 비평을 전개하고 있다. 그렇다고 그와 같은 비평의 방법이 홍만종이 만든 독자적 창작품은 결코 아니다. 선배들이 해온 다양한 비평방법과 비평의 실제를 적극적으로 수용하되 품평에 집중했을 뿐이다. 작가나 작품을 선택할 때도 시평을 전개할 때도 역대 비평가들이 사용했던 방법과 주제를 취사선택하여 자신의 비평세계로 끌어들였다. 비평의 실제에서도 선배 비평가의 견해를 적극적으로 수용하였는데 구체적으로 수용한 품평의 실상은 책에서 주석으로 밝혀놓았다.

5. 『소화시평』의 텍스트 비평과 번역

『소화시평』은 저자가 33세 때인 1675년에 저술되었다. 그로부터 30년쯤 지난 무렵 임경(任璟)은 "『소화시평』이 세상에 널리 퍼져 있고 많은 문사들에게 칭찬을 받으며 감상되고 있다"라고 밝혔는데 당시부터 독자들로부터 큰 호응을 받고 있음을 확인해준다. 책 한 권으로 조선 한시문학의 큰 줄거리를 손쉽게 가늠하고 주요 작품을 감상할 수 있다는 미덕 덕분이다. 인기는 20세기 전반까지 식지 않아 일종의 스테디셀러처럼 독자들에게 환영받았다.

인기는 무엇보다 필사본이 광범위하게 퍼져 있는 현황을 통해 확인할 수 있다. 지금도 웬만한 고서수집가는 이 책의 필사본을 몇 종씩 소장하고 있을 만큼 흔한 책이었다. 불행히도 간행되지는 않았으나 근대 이전까지 독서인의 서가에 두루 얹혀 있는 책의 하나였다. 현재 남아 있는 필사본의 수량을 다 헤아리기 어려우나 아무리 적어도 백 종은 충분히 상회하리라고 본다. 일삼아 그 수량을 헤아릴 필요가 없을 수준이다. 독자들의 호응이 이렇게 지속적으로 높은 저술이 간행되지 못한 것은 아쉬운 일이나 조선 후기에는 그런 저작이 한둘이 아니다.

이 책의 큰 인기와 넓은 활용 양상은 지성인들이 이 책을 직접 필사하거나 제자들에게 필사를 독려한 실상에서도 어렵지 않게 찾아볼 수 있다. 대표적 사례가 다산(茶山) 정약용(丁若鏞)이다. 다산은 아들과 제자들에게 자국의 역사와 문학을 학습하도록 독려하며 주요 목록을 작성하고 그 책을 초록하는 공부법을 제시하였는데 문학 분야에서는 『소화시평』을 그 목록에 올렸다. 이 책은 조선의 역사와 문학을 배우는 일종의 교과서와 같은 구실을 한다고 믿었기 때문이다. 그로 인해 다산의 강진 제자들이 필사한 『소화시평』이 지금껏 전해오는데 1823년 윤종진(尹鍾軫)이 필사한 책이 그의 '순암총서(淳菴叢書)'에 포함되어 있고, 다산의 제자일 뿐만 아니라 시인 황상(黃裳)의 아우이기도 한

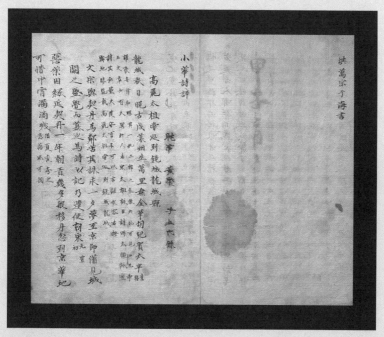

황경(黃褧) 필사, 『소화시평』 사본

역자 소장. 다산이 강진에서 가르친 제자 황경(黃褧)이 1804년에 필사한 책이다. 그는 시인 황상(黃裳)의 아우인데 그 역시 시인이다. 다산은 제자들에게 『소화시평』을 읽을 것을 당부하였다.

황경(黃儆)이 1804년에 필사한 책이 전하고 있다.

『소화시평』은 이렇게 사본의 수량이 많고 장기간에 걸쳐 지속적으로 필사되었다. 그 때문에 정확한 정본을 확정하는 문제가 대두하는데 현재까지 저자 친필본도 발견되지 않았고, 정본으로 확정하기에 적합한 사본도 뚜렷하지 않다. 많은 사본을 검토해보면, 평이 빠지고 시만을 수록한 것, 시체별(詩體別)로 재편집한 것, 내용 일부가 누락되거나 추가된 것, 상권·하권이 분리되지 않고 단권으로 편집된 것 등 원본에서 크게 벗어났거나 의도적으로 바꾼 사본도 제법 많다. 본문의 세부 내용을 검토하면 사본마다 차이는 더욱 커서 분단의 착오나 오자, 어구나 글자의 탈락 및 첨가, 글자의 상이함 등등 필사본이 갖기 쉬운 온갖 문제점을 상당히 복잡하게 드러낸다. 주요 사본을 두루 조사해본 결과, 현존하는 사본 어느 하나도 온전하게 정확한 텍스트가 없다고 결론지어도 좋을 수준이다.

이것은 300여 년 동안 필사에 필사를 거듭하는 과정에서 수정과 오류가 쌓여 나타난 현상이다. 19세기 말 필사된 것으로 추정되는 사본 끝에 "이 사본은 필사로 전해져 온 까닭에 와전(訛傳)에 와전을 거듭하여 그 사이에 글자의 오류가 많아 개탄스럽다. 분명하게 잘못된 곳은 망령되이 바로잡되, 의문이 들지만 질정하기 어려운 곳은 옛것 그대로 베껴 옮겨서 의심스러운 것은 손대지 않고 그대로 남겨둔다는 의리를 지킨다"(임형택 교수 소장 사본)라고 밝힌 것처럼 많은 필사자들은 전해오는 사본의 문제점을 인식하였고, 저마다 일정하게 교감과 수정을 가했다. 현재 전하는 사본 대부분은 어느 것이나 그 같은 문제점을 안고 있다.

내가 첫 번역을 할 때 교감의 필요성을 인식하여 여러 사본을 놓고 교감하긴 했으나 철저하지 못한 한계가 있었다. 이번에 개정판을 내면서 그 뒤로 입수한 많은 사본까지 포함하여 선본을 골라 본격적으로 교감하여 정본을 확정하고자 하였다. 전체 사본을 비교하여 교감하는 것은 일이 벅차기도 하고 사본마다 편차가 너무 심하여 일일이 교감하는 것이 가능하지 않다. 굳이 그렇게까지 할 필요성도 느끼지 못하였다. 따라서 의미의 차이를 가져오는 어구의 교감을 위주로 꼭 필요한 것을 빼놓고는 주석을 달지 않고 나의 안목에 따라 가장 적합하다고 판단되는 방향과 글자와 문단을 선택하여 정본을 만들었다. 역자가 선본이라고 판단하여 교감에 활용한 사본은 다음과 같다.

(1) 국립본1 : 국립중앙도서관 소장(b23641-6-1)

(2) 국립본2 : 국립중앙도서관 소장(BC古朝45-가117)

(3) 연세대본1 : 연세대 중앙도서관 소장(811.9109.4)

(4) 연세대본2 : 연세대 중앙도서관 소장(정씨문고), 『대교역주 소화시평』(1993)에 영인됨

(5) 서강대본: 서강대 로욜라도서관 소장(고서 소96)

(6) 가람본: 서울대 규장각 소장(가람古 811.09-H758s)

(7) 버클리본: 미국 버클리대학교 동아시아도서관 소장(41.7)

(8) 통문관본: 구 통문관 소장. 이존서 필사, 『홍만종전집』(태학사, 1986)에 영인됨

(9) 역자본1 : 역자 소장, 국립본1과 매우 유사함

(10) 퇴호본(退湖本) : 역자 소장, 퇴호가 쓴 '소화시평서'가 끝에 실려 있음

이 중에서 (1)과 (5)와 (6)과 (9)는 계통이 같은 사본으로 원본에 가장 가깝고 선본이라 판단한다. 또 (4)와 (8)이 유사한 사본이다. 이 밖에도 선본이 적지 않고 참고하기는 했으나 일일이 밝히지 않는다.

역자는『소화시평』을 비평사에 빛나는 기념비적 저술이라 생각하여 1993년에 처음 번역하여 출간하였다. 그로부터 2년 뒤 개정판을 출간하였는데 그마저도 벌써 20년 전의 일이다. 오래전에 번역한 책을 들춰볼 때마다 아쉬움이 컸으나 본격적인 개정판의 출간은 엄두가 나지 않았다. 이제야 겨우 개정하는 작업을 마무리하여 출간한다.

두 번째 개정판을 내면서 주석을 최소한으로 줄여 작품 감상과 이해에 집중하도록 하고, 번역을 간결하고 아름다운 한국어로 구사하며, 원문의 정확한 정본을 확립하는 데 주력한다는 큰 원칙을 세웠다. 그래서 첫 번째 책에 비해 원문을 어떤 사본보다 정확하게 제시하였고, 주석이 3분의 1 아래로 줄어들었으며, 문장은 간결해졌고, 번역과 주석의 수정 보완이 상당히 크게 이루어졌다. 그래도 충분히 개선되지 못한 부분이 여전히 남아 있을 텐데 수정할 기회가 다시 찾아오기를 기대한다.

『소화시평』의 개정판을 준비하면서『시평보유』를 번역하는 세미나를 성균관대 한문학과 대학원생들과 함께 진행하는 중이다. 오래도록 마음의 짐으로 남겨두었던 일인데 한두 해 뒤에는 홍만종의 비평 3부작의 또 다른 하나를 세상의 독자들과 함께할 수 있을 것이다.

2016년 6월, 퇴계인문관 연구실에서
안 대 회

소화시평

✽

상권

소화시평 서문
1

내가 친하게 지내는 우해(于海) 홍만종(洪萬宗) 군은 어릴 적부터 시를
몹시 좋아하였다. 수백 명 시인의 시를 다 보았고, 시의 오묘한 삼매
경(三昧境)을 깊이 꿰뚫어보아 금강(金剛)의 안목을 갖추었다.[1] 마침내
우리나라 고금 제왕의 작품과 시인들의 아름다운 시를 비롯하여 스님
이 지은 깜짝 놀랄 만한 시어와 규수가 쓴 고운 말에 이르기까지 빠짐
없이 수록하여 책을 만들었다. 그 책에 『소화시평(小華詩評)』이란 이름
을 붙이고 내게 보여주면서 이렇게 말하였다.

"옛날 양웅(揚雄)[2]이 『태현경(太玄經)』을 짓자 많은 선비들이 '성인
도 아닌 주제에 경서를 저술하다니!3 춘추(春秋)시대에 오(吳)나라와
초(楚)나라가 왕이라는 호칭을 버릇없이 사용한 짓4과 똑같다.' 비난
하였습니다. 못난 제가 작가의 능력도 없으면서 이 책을 저술하였으

---

1 엄우(嚴羽)는 『창랑시화(滄浪詩話)』「시법(詩法)」에서 "시를 보려면 반드시 금강의 안목을 갖추
　어야 곁가지 작은 방법에 현혹되지 않는다〔看詩須着金剛眼睛, 庶不眩于旁門小法〕"하였다.

2 양웅(기원전 53~기원후 18)의 자는 자운(子雲)으로, 성도(成都) 사람이며, 부(賦)를 잘 지었
　다. 저서에 『태현경』과 『방언(方言)』 등이 있다. 유흠(劉歆)이 그의 문장을 보고 글이 어려워
　후세 사람들이 그 종이로 장독이나 덮을까 두렵다고 하였다.

3 『한서(漢書)』「양웅전(楊雄傳)」에서 경서란 성인의 저술인데 성인이 아닌 양웅이 『태현경』을
　지었다고 비난하였다. 양웅은 『역경』보다 위대한 경서가 없다고 생각하여 『태현경』을 지었다.

니 왕의 호칭을 버릇없이 사용했다는 비난을 벗어나지 못하겠지요?"

그 말을 듣고 나는 이렇게 대꾸하였다.

"정말 그럴 걸세! 보통 사람들은 옛날 것은 좋아하고 지금 것은 대수롭지 않게 여기지. 양웅은 한(漢)나라 사람이라서 한나라 유생들은 대수롭지 않게 여겼고, 후세 사람들은 귀하게 여겼네. 지금 자네도 마찬가지로 현재를 살고 있네. 자네 글이 장독이나 덮어야 할 시시한 것이라는 비난을 그대라고 모면하겠는가?

그렇기는 해도 야광주와 평범한 돌이 시장에 뒤섞여 진열되어 있을 때 평범한 장사꾼은 분간하지 못해도 페르시아 상인은 한번 보면 단박에 분간해내지. 이 책이 가치를 제대로 아는 환담(桓譚) 같은 사람을 만나지 못한다면 그만이지만[5] 가치를 제대로 아는 사람을 만난다면 양웅이 후세에 중시된 수준에 그치고 말겠는가?

게다가 양웅이 중시된 까닭은 그가 앞사람의 말을 본받지 않은 데 있었네. 지금 자네의 책은 앞사람이 이미 기록한 것이면 아무리 인구에 회자된다 해도 수록하지 않았고, 남들이 기록하지 않은 것이면 아무리 고욤같이 하찮은 것이라 해도 빼놓지 않았네. 부스러기 작품과 버려지고 남은 시구, 짧은 노래와 자질구레한 말이라도 거둬들이고 수집하여 빠트리지 않았으며, 새로운 것이 있으면 반드시 채록하였네.

___

4 오나라와 초나라는 중국 남방지역에 있는 나라인데 춘추시대에는 야만의 나라로 간주되었다.
5 환담은 후한 때 학자로 『신론(新論)』 12편을 지었다. 양웅이 죽은 뒤 그의 글이 후세에 전해지겠는지를 묻는 자에게 환담이 이렇게 말했다. "반드시 전해질 것이다. 다만 자네들과 내가 그 실상을 보지 못할 뿐이다. 대개 사람은 가까이 있는 것을 천하게 여기고 멀리 있는 것을 귀하게 여긴다. 양웅의 녹봉과 지위, 용모가 남들 눈에 뜨이지 않으므로 직접 본 자들은 그가 지은 책을 대수롭지 않게 여긴다."(『한서』 「양웅전」)

특히 작품의 취사선택을 정밀하게 했더군. 비유하자면 궁중 원림(園林)의 꽃을 평가할 때 붉은 꽃과 자줏빛 꽃을 저절로 구별하는 것과 같았고, 명마의 산지에서 말을 고를 때 노둔한 말과 천리마를 확연히 분간하는 것과 같았네.

사람들이 이 책을 읽는다면 이 책에 푹 빠져 손에서 놓으려 하지 않을 테지. 예전 시화에서 이리저리 끌어와 중언부언 베껴써 남의 지붕 위에 다시 집을 짓는 격인 선배들 시화와 비교한다면 그 차이는 엄청날 걸세. 자네는 당분간 잘 간수해 두고 그 가치를 알아줄 사람을 기다리게. 지금 사람들이 비난한다고 해서 자신을 얕잡아보지 말게나!"

흑우(黑牛)의 해[6] 중춘(仲春) 하순에 동애(東崖) 노인 김진표(金震標)[7]는 서문을 쓴다.

---

6 5색을 천간(天干)에 할당하면, 청색은 갑을, 적색은 병정, 황색은 무기, 백색은 경신, 흑색은 임계에 해당한다. 따라서 흑우(黑牛)는 계축년(癸丑年)이 되어 1673년이다.

7 김진표(1614~1671)는 본관은 순천(順天), 자는 건중(建中), 호는 동애(東崖)이다. 할아버지는 영의정 김유(金瑬)이고, 아버지는 한성부판윤 김경징(金慶徵)이다. 1633년에 사마시에 장원하였고, 1653년에 별시 문과에 장원하였다. 공조좌랑·돈녕부도정 등을 역임하였다.

소화시평 서문
2

수후(隋侯)의 구슬과 화씨(和氏)의 보석[1]은 그 빛깔은 달라도 보물이라
는 점에서는 똑같고, 여희(麗姬)와 모장(毛嬙)[2]은 그 자태는 달라도 미
인이라는 점은 동일하다. 계수나무를 신초(申椒)에 견주거나 난초를
지초(芷草)에 비교해보면 성질은 달라도 향기가 짙다는 점은 똑같고,
양자강과 황하를 시내와 개울에 견주거나 숭산(嵩山)과 화산(華山)을
많은 산에 비교해보면 그 형세는 같지 않아도 물은 아래로 흘러가고
산은 위로 솟았다는 점은 동일하다. 수많은 작가의 시가 그 형식이 한
가지가 아니라도 모두 취하여볼 만한 이유가 바로 여기에 있다.

　현묵자(玄默子) 홍만종은 시를 매우 좋아하여 수많은 고금 작가의
시문을 두루 보았다. 재주가 비상하여 들은 것을 놓치지 않았고, 식견
이 높아서 그의 매서운 눈을 벗어날 글이 없다. 시를 보는 안목은 그의
가슴속에 참으로 엄정하게 갖추어져 있다. 마침내 우리 동방의 크고
작은 시인의 아름다운 작품과 빼어난 시구를 뽑고 모아서 두 책으로
나누고『소화시평』이라는 제목을 달았다.

---

1 수후가 소유했던 구슬과 변화(卞和)가 얻은 화씨벽(和氏璧)은 중국 고대의 이름난 보물이다.
2 여희와 모장은『장자(莊子)』「제물론(齊物論)」에서 미인의 대표적 사례로 나온다.

현묵자의 품평은 단청(丹靑)처럼 찬란하게 빛나서 독자가 책을 한 번 펼치기만 하면 시의 규모와 체재가 마음에 또렷하게 드러날 것이다. 시학(詩學)에 주는 도움이 어찌 얕고 적겠는가?

동명(東溟) 정두경(鄭斗卿) 선생은 당세에 으뜸가는 문장가이시다. 선생은 일찍이 현묵자의 시를 "성당(盛唐)의 시어와 아주 흡사하다" 칭찬하셨다.[3] 그 시는 다음과 같다.

연을 따는 고운 저 처녀   彼美採蓮女

횡당(橫塘)[4] 물가에 배 매어놓고서   繫舟橫塘渚

말 탄 님 보기 부끄러워   羞見馬上郞

연꽃 속으로 웃으며 숨었다네.   笑入荷花去

시를 보면, 현묵자의 시평이 세상에서 소중히 여겨져 먼 시대까지 전해지리라는 사실을 잘 알 수 있다. 그러니 내가 서문을 쓰지 않을 도리가 있겠는가?

을묘년(1675) 10월 보름 남양후인(南陽後人) 홍석기(洪錫箕)[5]는 쓴다.

---

3 김득신의 시화『종남총지(終南叢志)』에서 이 시에 얽힌 사연과 정두경의 평을 싣고 있어 참고가 된다. 홍만종의 시는 이백(李白)의 「월녀사(越女詞)」 5수의 한 편과 매우 유사하기에 정두경과 김득신이 성당의 시어와 흡사하다고 말했다. 이백의 시는 "耶溪採蓮女, 見客棹歌回. 笑入花下去, 佯羞不出來"인데 홍만종이 시를 배우는 습작 과정에서 모방한 듯하다.

4 강소성 남경시 서남쪽에 있던 제방 이름이다. 오나라 대제(大帝) 때 양자강 입구에서 회수(淮水)를 따라 제방을 쌓았는데 풍경이 아름답기로 유명하며 「채련곡(採蓮曲)」의 배경으로 등장한다.

5 홍석기(1606~1680)의 문집『만주유고(晩洲遺稿)』에 이 서문이 「시화총림서(詩話叢林序)」라는 제목으로 실려 있다. 글의 취지는 비슷하나 문장이 크게 바뀌어서 변화가 심하다. 「시화총림서」로 제목을 바꾼 것은 오류이다.

소화시평 서문
3

나는 전부터 '시를 아는 어려움이 시를 짓는 어려움보다 심하다'라는 옛사람의 말씀을 아무 생각없이 들었는데 그 말을 어찌 믿지 않으리오? 나와 친한 우해 홍만종은 옛사람이 지은 서책을 널리 보았는데 특히 옛사람의 시집에는 더욱 박식하였다. 우해는 문을 잠그고 자기 방에 틀어박혀서 침잠, 반복하여 연구하였다. 노성(老成)하거나 치졸하고 곱거나 추한 갖가지 작품을 어느 것이든 가리지 않고 자신의 마음에 비추어 가늠하였다. 그리하여 우리 동방의 이름난 작품과 걸출한 시구를 모으고 가려서 책 한 권으로 묶고 『소화시평』이라 이름을 지었다. 얼추 일만 글자에 이르는 많은 분량이었다.

내가 지난해 우해의 집을 방문했더니 우해가 이 책을 내놓고는 읊어보도록 하였다. 책에 수록한 시는 곱고 세련된 것도 있고, 낡고 서툰 것도 있으며, 웅장하고 혼연(渾然)한 것도 있고, 간명하고 아담한 것도 있으며, 길굴(佶屈)한 것도 있고, 침울(沈鬱)한 것도 있었다. 하지만 우해가 내린 품평은 각 작품이 지닌 오묘한 경지를 제각기 다 드러내었다. 비유하자면 여산(驪山)[1]의 황릉을 발굴하자 진귀한 보물이 모

---

1 진시황의 무덤이 있는 곳으로 이곳에 온갖 진귀한 보물을 매장해두었다.

조리 실체를 드러내고, 우저(牛渚)에서 물소뼈를 태워 비춰보자 괴이한 빛이 본모습을 나타낸 것과 같았다.[2] 한번 보기만 해도 우해가 시학에 조예가 깊다는 점을 금세 알아차릴 수 있다.

살펴보건대, 사가(四佳) 서거정(徐居正)의 『동인시화(東人詩話)』[3]는 정밀하기는 해도 널리 모으지는 못하였고, 제호(霽湖) 양경우(梁慶遇)의 『제호시화(霽湖詩話)』[4]는 품평이 온당하기는 해도 분량이 적은 흠이 있다. 반면에 지금 우해가 지은 시화는 정밀하면서도 온당하고, 넓게 모았으면서도 자세하니 두 분의 시화보다 훨씬 뛰어나다 말해도 분에 넘치는 평은 아니다.

내가 지은 시도 이 시평의 끝부분에 들어가 있다. 참으로 개가죽 옷을 입고 담비가죽 옷을 입은 사람 틈에 낀 것처럼 부끄럽다. 뭇사람들이 배를 잡고 웃을 것만 같아 은근히 두렵다.

우해는 어릴 적부터 동명 정두경 선생에게 공부를 하였다. 동명이 일찍이 나에게 "우해는 시의 격률이 맑고 드높아서 자못 당시(唐詩)의 운치를 가지고 있다" 하였다. 또 "식견이 높고 밝아 시의 평점(評點)에 능하다" 하였다. 이 정도라면 한 세상에서 균형 잡힌 저울 노릇을 하기에 충분하다.

이제 이 시평 책자를 보니 사라지지 않고 후세에 전해지리라는 사실에 의심을 두지 않는다. 이것이 바로 우해가 나로 하여금 책 첫머리

---

2 우저는 산 이름으로 중국 안휘성(安徽省)에 있다. 진(晉)나라 온교(溫嶠)가 수심이 깊은 우저에 이르러 물소뼈를 태워 그 속을 들여다보니 온갖 괴기한 것이 다 보였다 한다.

3 조선 전기에 간행된 대표적 시화이다. 여러 차례 목판으로 간행되었다.

4 조선 중기의 대표적 시화로 『제호집(霽湖集)』 권9와 『양대사마실기(梁大司馬實記)』에 실려 있다.

에 서문을 쓰라고 강권하는 이유이기도 하고, 내가 감히 사양하지 않
는 까닭이기도 하다.

소양(昭陽) 적분약(赤奮若, 癸丑, 1673) 중추 상순에 백곡노인(栢谷老人)
김득신(金得臣)[5]은 서문을 쓴다.

---

5 김득신(1604~1648)의 호는 백곡(栢谷)으로 그의 문집『백곡집(栢谷集)』에 이 서문이 실려 있
   다. 글자의 넘나듦이 있으나 내용상 차이는 거의 없다.

소화시평 서문
4

옛날에 오도손(敖陶孫)은 한위(漢魏) 이하 시인의 시를 평하였고,[1] 왕세정(王世貞)은 명나라 백가(百家)의 시를 평하였다.[2] 두 비평가 모두 좋거나 나쁜 점을 있는 그대로 쓰고, 인정하거나 거부하는 취지를 번갈아 보여서 엄정한 포폄을 가함으로써 시인에게 영예나 욕됨을 안겨주었다. 오호라! 시비평의 어려움은 오래전부터 그러했다. 평하기 어려운 작품을 비평하여 저 후학들로 하여금 취사선택할 길을 제시하려면 특별한 안목을 갖추지 않고서야 되겠는가?

나는 어릴 적부터 시에 뜻을 두고 있었다. 일찍이 위에서 말한 두 분이 행한 비평을 보고서 흔연히 흠모하여 위로는 기자(箕子)[3]로부터

---

1 오도손(1154~1227)은 자가 기지(器之), 호가 구옹(臞翁)이다. 시문을 잘하였고, 저서에 『구옹집(臞翁集)』이 있다. 한위 이하 역대 시인을 비유를 써서 품평한 '오도손시평(敖陶孫詩評)'이 저명하여 『시인옥설(詩人玉屑)』과 『초계어은총화(苕溪漁隱叢話)』를 비롯한 많은 시화에 재수록되었다.

2 왕세정(1526~1590)은 명대 문인으로 자는 원미(元美), 호는 봉주(鳳洲), 감주산인(弇州山人)이다. 이반룡 등과 함께 후칠자(後七子)로서 '문장은 진한을 모범으로 삼고, 시는 성당을 모범으로 삼아야 한다〔文必秦漢, 詩必盛唐〕'는 복고주의 문학을 표방했다. 오도손의 시평을 본떠 명나라 시인을 총평한 시평이 그의 시화 『예원치언(藝苑巵言)』에 실려 있다.

3 기자가 지은 「맥수가(麥秀歌)」를 조선 한시문학의 가장 오래된 작품으로 간주한 것이다. 『순오지(旬五志)』에서 홍만종은 「맥수가」를 논하고 있다.

아래로는 최근에 이르기까지 우리나라에서 시라고 말해지는 것이면 어떤 것이든 널리 구하고 광범위하게 모았다. 시장에서 사들이기도 하고 남에게 빌리기도 하여 세월을 축적하다보니 모두 내 서가의 물건이 되었다.

다만 재능이 열등하고 학력이 노둔하여 입의(立意)의 깊고 얕음과 조어(造語)의 공교로움과 졸렬함, 격률(格律)의 맑고 탁함에 대해서는 안목이 따르지를 못해 그 경계를 엿보아 그 깊은 경지를 살피지 못하였다. 남을 마주하여 시를 논할 때마다 서로 다른 시의 맛을 잘 분간하지 못하여 그 때문에 마음속으로 부끄러움을 느끼고 있었다.

큰 병에 걸린 뒤로는 문자에 얽매이면 심란할까봐 그때까지 널리 구하고 광범위하게 모은 것마저 치워놓고 말았다. 그러나 약을 먹는 중에 그 일을 빼놓고는 마음을 둘 곳이 없었다. 그래서 전에 보던 것을 다시 수습하여 반복해서 읊어보았다. 먼저 입의(立意)가 어디에 있는지를 보고, 다음에는 조어(造語)가 어떠한지를 살피고, 마지막으로는 격률(格律)에 맞춰보았더니 시인의 정밀하거나 엉성함, 참되거나 거짓됨이 내 마음 속에 이해되는 느낌이 들었다.

또 여러 해 동안 이 일을 계속하니 옅은 것과 깊은 것, 공교로운 것과 졸렬한 것, 맑은 것과 흐린 것이 마치 역아(易牙)가 맛을 보듯이,[4] 사광(師曠)이 소리를 듣는 듯이[5] 흑백이 명확하게 구별되었다. 이것이 바로 『소화시평』이 만들어진 과정이다.

---

4 역아는 춘추시대 제나라 환공(桓公)이 총애하던 신하로 음식을 잘 만들고 맛을 잘 보는 요리사로 유명하다. 그는 자기 자식을 요리하여 바치기까지 하였다.
5 춘추시대 진(晉)나라 악사로서 음악을 잘 구별했던 저명한 맹인이었다.

그러나 내가 말한 옅다는 것이 과연 옅은 것인지, 깊다고 한 것이 과연 깊은 것인지 알 수 없다. 또 공교롭거나 졸렬하고, 맑거나 흐리다는 평이 법칙을 잃지 않아 오도손·왕세정 두 비평가가 후학들에게 존중받는 것처럼 될 수 있을지는 알 수 없다.

어떤 사람은 내게 이렇게 말하였다.

"그대의 책이 좋기는 좋다. 그러나 우리 동방에 시로 이름을 날린 자가 참으로 많다. 지금 그대가 비평한 것은 이처럼 소략하니 어찌 된 일인가?"

나는 이렇게 대답하였다.

"그렇지 않네. 계림(桂林)⁶의 나무는 도끼로 다 베어 넘어뜨릴 수 없고, 발해의 물고기는 그물로 씨를 말릴 수 없소. 수백 세대의 풍아(風雅)를 어찌 한 사람의 손으로 다 거둘 수 있겠소? 또 이 책은 본디 참된 식견을 가진 분들께 바로잡아주기를 기대하여 만들었을 뿐이오. 이거나 저거나 다 수록해서 작거나 크거나 하나도 버리지 않는, 시를 채록하는 큰 임무를 내가 어떻게 감당하겠소? 내가 어떻게 감당하겠소?"

마침내 그 말을 기록하여 서문을 삼는다.

을묘년(1675) 8월 풍산후인(豊山後人) 우해(于海) 홍만종(洪萬宗)은 쓴다.

---

6 삼국시대 오(吳)에서 설치한 궁원(宮苑)으로 현재의 남경시 북쪽에 있었다.

1
고려 태조 시의 기상

무릇 제왕의 문장은 보통 사람의 문장과 크게 다른 점이 틀림없이 있다.[1] 해를 읊은 송(宋) 태조의 시[2]나 눈을 읊은 명(明) 태조의 시[3]는 모두 언어로는 형용하지 못할 웅대한 도량을 갖추고 있다. 『동국여지승람(東國輿地勝覽)』을 살펴보니, 고려 태조가 국토를 순시하다가 함경도 경성(鏡城)의 용성천(龍城川)에 이르러 지은 절구 한 수가 실려 있었다.[4]

용성에 가을 해 저물어	龍城秋日晚
옛 수자리에 찬 연기가 피어오르도다.	古戍寒烟生
만리 변방에 전투가 사라지니	萬里無金革
오랑캐도 태평을 하례하도다.	胡兒賀太平

---

1 이 생각은 『동인시화(東人詩話)』와 『국당배어(菊堂排語)』 등의 시화에도 보인다.
2 송 태조의 시는 "바다 밑을 떠나기 전에는 천산이 어둡더니/하늘 복판에 이르자마자 만국이 밝도다[未離海底千山暗, 纔到天中萬國明]"인데 『동인시화』와 『홍재전서』 「일득록(日得錄)」, 『연경재시화(研經齋詩話)』를 비롯한 많은 시화에서 제왕의 기상을 보여주는 작품으로 극찬하였다.
3 홍만종은 『시평보유(詩評補遺)』에서 이 시를 싣고 품평하였다.

의상과 격조가 호쾌하고 웅장하며, 음률이 조화롭고 시원하다. 삼한(三韓)을 통일한 기상을 이 시에서 찾아볼 수 있다.

---

4 『신증동국여지승람(新增東國輿地勝覽)』 제50권 경성도호부(鏡城都護府) 산천(山川) 용성천(龍城川) 조에 실려 있다. 그런데 『여지승람』은 최자(崔滋)의 시화 『보한집補閑集』에서 재인용하였다. 『보한집』 원문은 다음과 같다. "황조(皇祖)께서 수의(繡衣)를 입고서 북방 변새를 순수할 때 다음 시를 지으셨다. (중략) 그 담박하고 예스러워 흔적이 없기가 최 아무개의 시와 똑같다. 저 최 아무개의 시는 고금을 감탄했기에 정감이 풍부하고, 이 시는 한가로이 변새를 읊었기에 풍력이 웅장하다〔皇祖以繡衣巡北塞曰: '龍城秋日淡, 古戍白烟橫. 萬里無金革, 胡兒賀太平.' 其淡古無痕迹, 與崔詩同. 彼崔詩感歎今昔, 故情思多, 此詩閑吟邊塞, 故風力壯〕" 『보한집』에서는 황조(皇祖)가 용성에 가서 시를 지었다고 했다. 『여지승람』과 『소화시평』 등에서 그 황조를 고려 태조로 보았으나 그것은 오독으로 사실은 최자의 작고한 할아버지이다. 따라서 이 시의 작자는 고려 태조가 아니다. 김유(金楺)는 『검재집(儉齋集)』「무기쇄록(戊己瑣錄)」에서 『여지승람』이 작자를 오인하였음을 『보한집』을 근거로 밝혀냈다. 또 경성이 예종 때 윤관이 개척하기 전에는 여진 땅이었다는 역사적 사실을 근거로 애초부터 태조가 갈 수 없음을 지적했다. 성호(星湖) 이익(李瀷) 역시 『성호사설(星湖僿說)』 시문문(詩文門) 여조시(麗祖詩) 조에서 비슷한 견해를 제시했다.

2
고려 문종의 꿈

고려와 국경을 접하고 있는 거란(契丹)은 고려에 성가신 요구를 많이 하였다. 그 때문에 문종(文宗)은 괴로워하였다. 어느 날 밤 문종은 송나라의 수도에 이르러 웅장한 궁궐의 모습을 낱낱이 구경하는 꿈을 꾸었다. 잠에서 깨어난 문종은 송나라를 그리워하는 시를 지어 그 사연을 기록하였다. 그리고 사신을 파견하여 조공하게 하였는데 그때가 바로 원풍(元豊, 1078~1085) 초엽이었다. 그 시는 다음과 같다.

악업의 인연이라 거란과 가까워서	惡業因緣近契丹
한 해에 조공을 얼마나 많이 바치나!	一年朝貢幾多般
홀연히 송나라 서울에 몸이 이르렀건만	移身忽到京華地

---

1 『순오지』에서 외적의 침략을 논하면서 문종이 지은 이 시와 일화를 기록하였는데 본문과 매우 유사하다. 시와 일화의 출처는 『요산당외기(堯山堂外記)』인데 문종이 어느 날 『화엄경(華嚴經)』을 읽다가 중국에 태어나기를 기원하였더니 갑자기 송나라 서울에 이른 꿈을 꾸었다고 했다. 본래 이 이야기는 송나라 섭몽득(葉夢得)의 시화 『석림연어(石林燕語)』에 나온다. 『지봉유설(芝峯類說)』 권10 「문장부(文章部)」 3 어제시(御製詩) 조와 박지원(朴趾源)의 『열하일기(熱河日記)』 「피서록(避暑錄)」, 이규경(李圭景)의 『시가점등(詩家點燈)』 '고려 국왕이 꿈에 송나라 서울에 가서 등불을 구경한 시[麗王夢京觀燈詩] 조에도 비슷한 내용이 소개되었다. 한편, 문종은 현종의 아들이므로 2칙과 3칙의 순서가 바뀌어야 한다.

물시계가 시간 재촉하여 아쉽구나!　　　　　　可惜中宵漏滴殘

　중화(中華)의 문화로 고려의 문물을 변화시키고자 하는 뜻이 듬뿍
배어 있다.[1]

3

고려 현종의 기상

현종(顯宗)이 잠저(潛邸)[1]에 계실 때다. 중흥사(中興寺)[2]에서 계곡물을
시로 읊었다.

> 물 한 줄기 백운봉(白雲峯)에서 흘러나오지만   一條流出白雲峯
>
> 만리 너머 푸른 바다로 가는 길이 통해 있네.   萬里滄溟去路通
>
> 바위 밑에서 졸졸 흐를 뿐이라 말하지 마라!   莫道潺湲巖下在
>
> 머지않은 날 용궁까지 이를 것이라.   不多時日到龍宮

　시에 나타난 뜻이 굉장하고 원대하다. 사연을 듣고서 사람들은 제
왕의 기상이 있다고 말했다. 그 뒤 과연 그 말대로 되었다.

---

1 창업한 군주나 종실(宗室)에서 들어온 임금이 왕위에 오르기 전에 거처하던 저택을 말한다.
2 서울 북한산에 있던 큰 사찰이다. 중흥사(中興寺)는 중흥사(重興寺)로 더 많이 쓰인다. 이 시
　에 얽힌 사연은 『고려사』와 『동국여지승람』에 상세하게 나와 있는데 모두 현종이 해를 피해
　신혈사(神穴寺)에 머물렀을 때 지은 시로 보았다.

4

고려 충숙왕의 백상루 시

충숙왕(忠肅王)이 평안도 안주(安州) 백상루(百祥樓)에 이르러 다음 시[1]를 지었다.

청천강 물가에는 백상루가 있어	淸川江上百祥樓
온갖 풍경 펼쳐져 두루 구경하기 어렵구나!	萬景森羅不易收
초원이 멀리 뻗은 방죽은 푸른빛 얼굴이요	草遠長堤靑一面
하늘에 바짝 닿은 멧부리는 천 개의 남빛 머리일세.	天低列岫碧千頭
비단병풍 산그늘로 외로운 따오기 날고	錦屛影裏飛孤鶩
옥거울 강물 위에 한 점 작은 배가 떠 있네.	玉鏡光中點少舟
인간 세상에 선경이 있단 말을 믿지 않았더니	未信人間仙境在
오늘은 밀성(密城)에서 영주산(瀛洲山)[2]을 보았네.	密城今日見瀛洲

---

1 이 시는『동국여지승람』평안도 안주 누정(樓亭) 조에 실려 있다.『지봉유설』「문장부」2. '시평'에서 함련을 백상루 제영시 가운데 가장 아름답다고 평했다.

제왕의 솜씨가 찬연히 빛나는 시이나 시들고 허약함이 결함이다.
밀성(密城)은 안주의 옛 이름이다.

---

2 신선이 산다는 동해에 있는 전설상의 산이다. 『사기(史記)』「진시황본기(秦始皇本紀)」에 "제
나라 사람 서불(徐市) 등이 글을 올려 동해바다에 봉래산(蓬萊山)·방장산(方丈山)·영주산
(瀛洲山)이라는 선산이 세 개가 있는데 신선이 살고 있다고 하였다. 진시황이 그에게 동남동
녀(童男童女) 3천 명을 데리고 가서 불사약을 캐어오게 하였다. 그러나 그는 끝내 돌아오지
않았다"라고 했다.

작자 미상, 〈백상루도(百祥樓圖)〉, 『한중명승도첩(韓中名勝圖帖)』 제12장

지본담채, 런던 영국도서관 소장. 백상루는 평안도 안주에 소재한 누각으로 칠불사(七佛寺)와 함께 안주 지역을 대표하는 명승이다. 수많은 시인묵객이 시와 그림으로 묘사한 대상이다. 칠불사도 백상루 가까이에 그려져 있다.

5

조선 태조의 백악 시

우리나라의 역대 임금께서 지으신 시문도 양이 많다. 태조(太祖)께서 왕위에 오르시기 전에 백악(白岳)에 올라 다음 시를 지으셨다.

우람하게 솟은 봉우리는 북극성과 맞닿았고	突兀高峯接斗魁
한양의 빼어난 풍광은 하늘이 펼쳐주었네.	漢陽形勝自天開
넓은 들에 서린 산들은 삼각산을 떠받들고	山盤大陸擎三角
바다로 뻗은 긴 강은 오대산에서 솟아나네.	海曳長江出五臺

필력이 호방하고 웅장하여 한 고조(高祖)의 「대풍가(大風歌)」[1]와 더불어 패기를 겨룰 만하다. 왕업의 위대한 기틀을 여신 기상은 참으로 이 시에서 조짐을 드러낸다.[2]

---

1 상권 제39칙의 각주에 설명하였다.

2 『성호사설』「어제(御製)」조에서 이 시를 논하였다. 이규경(李圭景)은 『시가점등(詩家點燈)』「규봉역옹찬한도(圭峯櫟翁贊漢都)」와 『오주연문장전산고』「태조어제어용후서변증설(太祖御製御容後書辨證說)」에서 『소화시평』을 인용하여 한양의 빼어난 경치를 잘 묘사한 시로 높이 평가하였다.

6

문종의 귤시

문종께서 동궁(東宮)에 계시던 때 소반에 귤을 담아서 옥당(玉堂)[1]에 내려보내셨다. 여러 신하들이 모여서 귤을 다 먹고 나자 소반 바닥에 쓴 시가 드러났다. 동궁께서 직접 쓰신 작품은 다음과 같다.[2]

매화와 향나무는 향기 맡기에만 좋고	柑檀偏宜鼻
기름진 음식은 먹기에만 좋도다.	脂膏偏宜口
동정(洞庭)에서 나는 귤을 가장 아끼니	最愛洞庭橘
향기도 좋고 맛도 달아서로다.	香鼻又甘口

---

1 홍문관(弘文館)의 별칭이다. 사헌부 · 사간원과 더불어 삼사(三司)의 하나다. 옥당의 관원은 정치적 업무를 맡지 않고 전적으로 문한(文翰)만을 담당하였다. 궁궐 안의 도서를 관장하고 국왕의 고문에 자문하는 임무를 맡았다. 조선 성종 11년부터 관원 세 사람에게 교대로 사가독서(賜暇讀書)하는 특권을 주었다. 옥당은 세조 때 집현전(集賢殿)을 개편하여 만든 부서이므로 여기서 옥당은 집현전을 가리킨다.

2 귤을 읊은 문종의 시는 서거정(徐居正)의 「희우정야연도(喜雨亭夜宴圖)에 붙인 시」와 『필원잡기』, 성현의 『용재총화』 등을 비롯한 많은 문헌에 상세한 내용이 실려 있다. 훗날 성종과 정조를 비롯한 국왕도 깊은 관심을 표현하고 차운한 작품을 지었다. 국왕이 지은 시를 대표하는 작품 중 하나다.

향기도 좋고 맛도 달다는 비유는 신하들이 훌륭한 자질을 갖춰주기를 바라시는 뜻이 아니겠는가?

문종, 「귤시(橘詩)」, 『회핵첩(懷核帖)』

국립중앙도서관 소장, 사본. 문종의 귤시는 조선조 국왕이 쓴 시를 대표하는 작품이다. 국왕이 신하에게 귤과 시를 내리고 신하들이 그에 화답하는 조정의 문한(文翰) 전통을 상징한다. 영조는 1750년 1월 9일 문종의 고사(故事)에 따라 승정원에 귤과 함께 문종의 시에 차운한 두 편의 시를 내렸다. 신하 17명도 각각 시를 지어 바치고 시첩을 만들어 『회핵첩』이란 이름을 붙였다. 시첩 맨 앞에 문종의 시를 썼다.

7

성종의 평양군 비문 시

성종임금께서 평양군(平陽君)의 비문(碑文)[1]을 보시고 나서 그 끝에 시를 쓰셨다.

선왕 때부터 나라에 온 몸을 바쳐	先朝身許國安危
산하에 공을 세우고 빗돌에 새겨졌네.	功在山河上鼎彝
호쾌한 기상은 그림에나 남아 전하니	爽氣空留圖畫裏
영웅의 재능은 위태로운 이때 그립도다.	英才今想急難時
석상은 이끼에 덮여 산양이 잠을 자고	石床苔覆山羊睡
산소에는 구름이 깊어 야생마가 울겠구나!	巒壟雲深野馬嘶
시든 풀을 달빛이 비추고 찬이슬 가득한데	衰草月明凉露滿
행인은 그 몇이나 이 사람을 물어볼까?	行人幾欲問爲誰

---

1 평양군 박중선(朴仲善, 1435~1481)은 세조 · 예종 · 성종 때의 무신으로 병조와 이조의 판서를 지냈다. 1467년 이시애의 난과 1468년 남이의 옥사 때 전공을 세워 공신(功臣)이 되고 평양군에 봉해졌다. 성종이 왕위를 차지할 때도 공을 세웠다. 조선 전기 대표적 벌열 무신의 하나다. 그 아들은 박원종(朴元宗)이고, 그 딸은 성종의 형인 월산대군(月山大君) 이정(李婷)에게 출가했다. 그의 묘와 신도비는 경기도 남양주시 와부읍 도곡리(陶谷里)에 옛 모습 그대로 보존되어 있다. 『열성어제』 보편(補編)에는 「형님의 장인 평양군을 위해 따로 율시를 지어 비의 끝에 기록함으로써 형님을 총애하는 뜻을 보이고자 한다」는 제목으로 실려 있다.

영웅답고 호쾌한 인물을 자나 깨나 그리워하며, 옛일을 되살려서 현재의 사업을 도모하시려는 마음이 글 밖에 넘쳐흐른다. 참으로 제왕다운 작품이다.

8

인종의 춘첩자

인종대왕께서 대전(大殿, 중종)에 바친 춘첩자(春帖子) 시는 다음과 같다.

북두성이 동방을 가리켜 계절이 바뀌니	枓指東方節候新
바람과 구름이 잘 만나는 참 좋은 시절이라.[1]	風雲佳會是良辰
누대 가에서 뛰며 춤추는 것은 글을 품은 학이요	樓邊浮舞含書鳳
금원 안에서 노닐며 우는 것은 덕을 갖춘 기린일세.	苑裏遊嘶保德麟
흰 눈이 녹으려 하니 섣달이 가는 모양이고	白雪將殘知送臘
파란 싹이 돌아나니 봄을 맞이하려나 보다.	青芽欲吐覺迎春
해마다 늘 특별한 은총을 입고 보니	年年每被殊恩渥
복록은 이 못난 이에게 어울리누나.	祝福端宜驚劣身

전아하고 고우며 조화롭고 시원하여 태평의 기상이 담겨 있다. 그러나 왕위에 오르신 지 1년도 채우지 못하고 돌아가셨다. 오호라! 가슴 아프다.[2]

---

1 바람과 구름이 잘 만난다는 것은 훌륭한 임금과 훌륭한 신하가 만남을 비유한다.
2 인종은 1544년 11월에 즉위하여 1545년 7월에 승하하여 8개월 동안 재위하였다.

9

선조의 납매 시

선조대왕께서 납매(臘梅)를 읊으신 시는 다음과 같다.[1]

인간사는 항시 바쁜 일로 소란스러우나	人事每從忙裏擾
하늘은 하는 일 없이 고요해 보이네.	天心但覺靜無爲
섣달에 금원(禁苑)에는 매화꽃이 피었나니	上林臘月梅花發
엄동설한 얼어붙은 때라 누가 말하는가?	誰道窮陰閉塞時

위 구절에서는 하늘은 고요하고 인간은 움직이는 이치를 말했고, 아래 구절에서는 음(陰)을 억누르고 양(陽)을 북돋우려는 뜻을 밝혔다. 제왕의 빛나는 글솜씨도 드러냈고 고명한 학문도 보여주었다. 현옹 (玄翁) 신흠(申欽)은 "문종대왕과 성종대왕, 선조대왕의 시문은 한 무 제(武帝)나 당 태종에게 뒤지지 않는다"[2]라고 말했다.

---

1 송상기(宋相琦)가 편찬한 『열성어제』에는 부마인 동양위(東陽尉) 신익성(申翊聖)에게 하사 한 두 편의 시 중 두번째 시로 실었다.

2 신흠의 말은 『상촌집(象村集)』「청창연담(晴窓軟談)」 하권에 나온다.

10

인조의 연구

인조대왕께서 잠저(潛邸)에 계시던 어린 시절에 연구(聯句) 하나를 지으셨다.

인간세상의 만물은 사람과 새와 짐승이요　　　世間萬物人禽獸

하늘의 세 빛은 해와 달과 별이라.　　　天上三光日月星

말을 만든 것이 기이하고도 헌걸차서 식자들이 예사 사람이 아님을 알아차렸다.

11
효종의 만주 정벌 시

효종(孝宗) 대왕께서 다음 시를 지으셨다.

나는 원하노라. 십만 군대를 멀리 휘몰아　　　　　　我欲長驅十萬兵

가을바람 뚫고 구련성(九連城)[1]에 주둔하고　　　　秋風雄鎭九連城

크게 외쳐 교만한 오랑캐를 짓밟고서　　　　　　　大呼蹴踏天驕子

춤추고 노래하며 백옥경(白玉京)[2]으로　　　　　　歌舞歸來白玉京

돌아오리라!

말과 뜻이 호쾌하고 건장하다. 이 시는

치욕을 씻어 역대의 제왕에 응답하고　　　　　　　雪恥酬百王

간흉을 없애 천고의 역사에 보답하리라![3]　　　　除兇報千古

1　윤정기(尹廷琦)는『동환록(東寰錄)』에서 "구련성은 당시 봉황성(鳳凰城) 밖에 있다. 야사(野
　史)에는 청나라 사람들이 구련성 밖에 군대를 휘황하게 벌려놓았다고 하였다"라고 설명하였다.
　구련성이 청나라 군대의 주둔지였기에 복수심에 불타던 효종이 그곳을 짓밟고자 한 것이다.
2　천제가 사는 하늘의 궁궐이나 제왕이 머문 서울을 말한다. 남용익(南龍翼)은 훗날 제왕이 되
　는 조짐이 보이는 구절로 평가하였다.

라는 당 태종의 시에 결코 뒤지지 않는다. 그러나 하늘이 대왕께 장수를 허락하지 않아 뜻만 품고 이루지를 못하셨다. 그 원통함을 어찌 말로 다하랴?[4]

---

3 646년 당 태종이 영주(靈州)에 행차했을 때 칙륵(敕勒) 등지의 수장이 조회를 하자 태종이 지은 시이다. 『전당시화(全唐詩話)』 등에 실려 있다.

4 남용익은 『호곡만필(壺谷漫筆)』에서 효종이 심양에서 감회를 읊은 시를 다수 지었는데 인용한 시에는 큰일을 해보려는 의지가 들어 있으나 그 뜻을 이루지 못하고 한을 품고 돌아갔다고 평하였다. 『열성어제』에는 정담화(鄭聃和)가 기록해놓은 시로서 제목을 잃어버렸다고 밝혔다. 십만병(十萬兵)을 백만병(百萬兵)으로 쓰는 등 시어의 차이가 많다.

12

단종의 영월 시

노산군(魯山君)[1]께서 폐위되어 영월에 지내실 때 다음 시를 지으셨다.

고개 마루 나무는 하늘에 솟은 채 늙어가고	嶺樹參天老
흘러가는 계곡물은 바위에 부딪혀 울부짖네.	溪流得石喧
산은 깊고 범은 많기에	山深多虎豹
저녁이 오기 전에 사립문 닫노라!	不夕掩柴門

시어가 지극히 구슬프고 처량하여 읽고 나면 눈물이 흐른다.

---

1 단종은 노산군이란 봉호(封號)로 불리다가 1698년 11월 6일에 단종으로 복위되었다. 『소화시평』을 저술한 1674년에는 여전히 노산군으로 불렸다.

13

광해군의 제주도 이배

광해군(光海君)이 강화도로부터 제주도로 이배(移配)될 때 배 위에서
다음 시를 지었다.

더운 바람이 비를 몰아 성곽 위에 뿌리고	炎風吹雨過城頭
후덥지근한 장기는 백 척 누각에 끓어오르네.	瘴氣薰蒸百尺樓
거센 바다 성난 파도는 땅거미를 부르고	滄海怒濤來薄暮
푸른 산 시름겨운 모습은 맑은 가을을 보내오네.	碧山愁色送淸秋
돌아가고픈 마음에 왕손(王孫)의 풀만	歸心每結王孫草
바라보건만[1]	
과객의 꿈은 제자(帝子)의 물가에서	客夢頻驚帝子洲
놀라 깨었네.[2]	

---

[1] 왕손의 풀은 궁궁이풀을 가리킨다. 회남소산(淮南小山)이 지은 「초은사(招隱士)」에서는 "왕
손은 떠돌며 돌아오지 않고, 봄풀은 돋아나 푸르구나!〔王孫游兮不歸, 春草生兮萋萋〕"라 읊었
다. 왕손의 풀은 고향에 돌아가지 못하는 신세를 비유한다.

[2] '제자(帝子)의 물가'는 왕발(王勃)의 『등왕각서(滕王閣序)』의 "제자의 땅 장주를 내려다보고
선인이 살던 옛집을 찾았다〔臨帝子之長洲, 得仙人之舊館〕"라는 구절을 점화(點化)하였다. 제
자의 물가는 실제로는 제주도를 가리키는 말이다.

고국의 흥망은 소식조차 끊어지고   故國興亡消息斷

안개 짙은 배위에 외로이 누워 있네.   烟波江上臥孤舟

　시가 이처럼 아름답건마는 지나치게 음탕하고 사치하여 끝내 나라
를 뒤집어버렸으니 안타깝다. 참으로 수 양제(煬帝)와 같은 길을 걸었
다고 하겠다.[3]

---

3 임상원(任相元)은『교거쇄편(郊居瑣編)』에서 광해군이 머물던 제주도 집의 벽에는 숯검댕이
　로 쓴 시들이 많았는데 이 시가 그중의 하나라고 밝혀놓았다. 시가 대단히 맑고 원대하여 무
　한한 슬픔이 담겨 있다고 평하였다.

14

종실 시인

현옹(玄翁) 신흠(申欽)이 "종실(宗室) 중에도 시에 뛰어난 사람이 많다. 풍월정(風月亭)이 으뜸이고, 성광자(醒狂子)와 서호주인(西湖主人)이 그 다음이다"[1]라고 했다. 내가 알아보니, 풍월정은 바로 월산대군(月山大君) 이정(李婷)이고, 성광자는 주계군(朱溪君) 이심원(李深源)이며, 서호주인은 무풍정(茂豊正) 이총(李摠)이다. 이제 세 분의 시를 각각 한 수씩 뽑아 싣는다. 먼저 풍월정이 누군가에게 보낸 시이다.[2]

등잔불 사위어 가는 여관의 밤	旅館殘燈夜
외로운 성에 가랑비 뿌리는 가을	孤城細雨秋
임 그리는 마음은 끝이 없고	思君意不盡
천리 길을 큰 강물이 흘러간다.	千里大江流

---

1 『상촌집』 권60 『청창연담(晴窓軟談)』 하권에 나오는 말이다.

2 『속동문선』을 비롯한 여러 시선집에 제목이 「군실에게 부친다[寄君實]」로 되어 있다. 군실은 박지화(朴枝華, 1513~1592)의 자이다.

3 『속동문선』에는 「25일에 상수역으로부터 운계사에 도착하다[二十五日自湘水驛到雲溪寺]」라는 제목으로 실려 있다. 운계사는 경기도 적성현(積城縣) 감악산(紺岳山)에 있던 절이다.

성광자가 운계사(雲溪寺)를 읊은 시3는 이렇다.

숲 그늘은 짙어가고 바위는 울퉁불퉁　　　　樹陰濃淡石盤陀

오솔길은 구비구비 계곡을 뚫고 간다.　　　　一逕縈回透澗阿

매화 향내 솔솔 콧속으로 들어오니　　　　　　陣陣暗香通鼻觀

숲 속에는 지다만 꽃이 있나보다.4　　　　　　遙知林下有殘花

서호주인의 「어부사(漁父詞)」는 이렇다.

늙은이가 낚싯대를 손에 쥐고　　　　　　　　老翁手把一竿竹

낚시터에 호젓이 앉으니 잠맛이 기막히다.　　靜坐苔磯睡味閒

물고기가 걸린 줄을 느끼지도 못하니　　　　　魚上釣時渾不覺

화폭에 들어앉은 줄을 어찌 알리요?　　　　　豈知身在畫圖間

　근세의 태산수(泰山守) 이체(李棣)도 시를 잘 지었는데 한가롭게 지
낼 때 풍경을 읊은 시는 이렇다.

순무는 이삭 맺고 보리는 이삭 패고　　　　　蕪菁結穗麥抽芽

범나비는 날다가 가지 꽃밭에 들어간다.　　　粉蝶飛穿茄子花

성근 울타리에 햇살 비치고 묵은 남새밭이　　日照疎籬荒圃靜
고요하니

정원에 가득한 봄 풍경이 농가와 똑같다.　　　滿園春事似田家

---

4 『지봉유설』에서 이 시가 왕안석(王安石)의 시에 원류를 두고 있다고 평했다.

예로부터 종실 사람은 부귀하게 생장한 탓에 음악과 여색을 탐하여 문장에 마음을 쓴 분이 드물다. 그런데 그들이 읊은 작품을 살펴보면 속된 티를 벗어나 동류보다 뛰어나서 평범한 시인들이 미칠 수준이 아니다. 고귀한 일이라 하겠다.

15

귀유 시인

현옹 신흠이 "귀유(貴遊)[1] 중에도 시를 잘 짓는 분이 있거니와 고원위 (高原尉)와 여성위(礪城尉)가 그들이다"[2]라고 했다. 내가 알아보니, 고 원위는 문효공(文孝公) 신항(申沆)이고, 여성위는 이암(頤庵) 송인(宋寅) 이다. 이제 두 분의 시를 각각 한 수씩 뽑아 싣는다. 고원위가 백아(伯 牙)[3]를 읊은 시는 이렇다.

내가 내 거문고를 타나니	我自彈吾琴
내 소리 이해해줄 사람이 굳이 필요하랴!	不須求賞音
종자기(鍾子期)는 도대체 어떤 놈이길래	鍾期亦何物
거문고에 실린 의중을 억지로 따졌는가?	强辯絃上心

---

1 관직이 없는 왕공(王公)과 귀족을 가리키는데 특별히 부마를 가리킨다.

2 상권 14칙과 같이 『청창연담』 하권에서 한 말인데 거기에서는 고원위의 작품은 맑고 문채가 있다 하고 여성위의 작품은 전아하고 밀도 있다고 평했다.

3 백아는 춘추시대에 거문고를 잘 타는 악공으로 이름이 높다. 친구인 종자기는 음악을 잘 분 별하였다. 『열자(列子)』 「탕문(湯問)」에서 "백아가 거문고를 연주할 때 뜻이 높은 산에 있으 면 종자기는 '좋구나! 높고 높아서 태산과도 같다'라 하였고, 뜻이 흐르는 물에 있으면 종자 기는 '좋구나! 넘실넘실하여 장강이나 황하와 같구나'라 하였다"라고 하였다. 백아와 종자기 는 마음이 통하는 지음(知音)을 대표하는 사람이다.

여성위가 비단 손수건에 장난삼아 써서 진랑(眞娘. 황진이)에게 보낸 시는 이렇다.

비단 반폭에 구름 한 줌을 보내노니	半幅氷綃一掬雲
그대여! 부채 곁의 손수건으로 쓰시라.	寄渠聊作扇頭巾
모르겠네, 얼마나 많은 이별의 자리에서	不知幾處離筵上
이것을 잡고 누굴 향해 눈물 자국 씻을까?	持向阿誰拭淚痕

　근세에 동양위(東陽尉) 신익성(申翊聖)도 시를 잘 지었다. 그가 전원에 물러나 그물을 엮고 지은 시는 이렇다.

한식철 바람 불어 곡우철 비 뿌리니	寒食風前穀雨餘
비늘을 부비며 물고기 떼 여울을 올라온다.	磨腮魚隊上灘初
때를 만났다고 싹쓸이 잡는 것은 내 뜻이 아니라서	乘時盡物非吾意
일부러 아이 시켜 그물코 성글게 만든다.	故教兒童結網疎

　아! 이 공자들은 모두 어린 나이에 부귀를 얻어서 분명 문장에 전력하지 않았으련마는 읊은 작품이 이런 수준이다. 재능이 남들보다 뛰어나지 않았다면 어떻게 이렇게 할 수 있겠는가?

16

최치원의 강남녀

우리나라는 멀리 단군(檀君)과 기자(箕子) 때부터 중국과 교류가 시작
되었으나 당시의 문헌은 사라져 남아 있는 것이 없다. 수나라·당나
라 때 이후로 비로소 작가가 출현하여 을지문덕이 우중문(于仲文)에게
주어 훈계한 시[1]와 신라 진덕여왕이 비단을 짜서 쓴「태평송(太平頌)」[2]
이 남아 있다. 공훈을 세워 중국의 역사책에 실려 있으나 대체로는 적
막하여 낮은 수준의 작가도 많지 않다. 당나라에서 시어사(侍御使)를
지낸 최치원에 이르러서야 문체가 크게 갖추어져 마침내 동방 문학의
시조가 되었다. 그가 강남 여인을 묘사한 시는 이렇다.

강남땅은 풍속이 되바라져　　　　　　　　　　江南蕩風俗

딸을 곱고도 깜찍하게 기르네.　　　　　　　　養女嬌且憐

성품이 약아서 바느질 부끄럽게 여기고　　　　性冶恥針線

화장이나 곱게 하고 빠른 음악 익히네.　　　　粧成調急絃

---

1 『수서(隋書)』 권50에 실려 있는 유명한 "神策究天文, 妙算窮地理. 戰勝功旣高, 知足願云止"라
　는 시를 가리킨다.
2 신라 제28대 왕인 진덕여왕이 650년 비단을 짜고 「태평송」을 지어 당 황제에게 보냈다. 그 작
　품이 『당서(唐書)』에 실려 있다.

단아한 음악은 아니 배우고	所學非雅音
춘정(春情)에 잘 이끌리네.	多被春心牽
"이 꽃다운 얼굴빛은	自謂芳華色
영원히 곱고 빛날 것이라!"며	長占艷陽天
도리어 이웃집 여인 비웃네.	却笑隣舍女
"하루종일 베틀을 돌려라!	終朝弄機杼
베틀 위에서 인생을 마쳐도	機杼終老身
네 몸에 비단옷은 걸치지 못할 거야!"	羅衣不到汝

　점필재(佔畢齋) 김종직(金宗直)이 이 시를 두고 "최치원은 당나라에서 벼슬하였으니 아마도 중국 남방 지역의 여인네를 보고서 지은 것 같다"[3]라고 말했다. 내가 이 시를 살펴보니 느낀 점이 있어서 지었으므로 중국 남방 지역 여인네만을 읊은 것은 아니다. 시가 지극히 예스럽고 아담하여 후세 사람이 따를 수 없다. 그가 지은 시문이 매우 많으나 여러 차례의 변란을 겪다보니 전해지는 작품이 매우 적다. 참으로 애석하다.

---

3 김종직이 편찬한 시선집 『청구풍아(靑丘風雅)』 권1에 나오는 평이다.

17
최치원의 작품 세 편

고운(孤雲) 최치원이 바다에 배를 띄우며 지은 시는 다음과 같다.

돛을 걸고 푸른 바다에 배를 띄웠더니	掛席浮滄海
긴 바람이 만 리 너머로 밀어주네.	長風萬里通
뗏목을 타고 간 한나라 장건도 떠오르고[1]	乘槎思漢使
선약 캐러 떠난 진나라 아동도 생각나네.	採藥憶秦童
해와 달은 무하향(無何鄕) 밖에서 뜨고	日月無何外
하늘과 땅은 태극 속에 들어 있네.	乾坤太極中
봉래산이 지척 사이에 보이니	蓬萊看咫尺
나는 이제 신선을 찾아가려 하네.	吾且訪仙翁

시어가 굉장하고도 거침이 없다. 지광상인(智光上人)에게 준 시는
이렇다.

---

1 장건(張騫)은 한 무제(漢武帝) 때의 신하로 황제의 명을 받들어 대하(大夏)에 갔다가 황하의
수원지를 찾았다. 그때 뗏목을 타고 은하수까지 올라가 견우와 직녀를 만나고 돌아왔다는 전
설이 전한다.

구름가에 암자를 엮고서	雲畔構精廬
참선에 든 지 사십 년이 넘었네.	安禪四紀餘
지팡이는 산 밖을 나선 적 없고	筇無出山步
붓은 서울 가는 편지를 쓴 적이 없네.	筆絶入京書
대나무 홈통으로 샘물소리 졸졸 흐르고	竹架泉聲緊
소나무 난간에는 햇살이 성글게 비쳐드네.	松欄日影疎
경지 높아 시 읊기 아니 그치고	境高吟不盡
눈을 감고 진여(眞如)를 깨달으시네.	暝目悟眞如

시구와 격조가 정교하고도 치밀하다. 또한 천하지도에 붙인 시의 한 연(聯)에서

| 곤륜산이 동으로 달려 오악(五岳)이 푸르고 | 崑崙東走五山碧 |
| 성수해(星宿海)2 가 북으로 흘러 황하가 누렇다. | 星宿北流一水黃 |

라 읊었다. 천하 산수(山水)의 조종(祖宗)을 한 개 연으로 남김없이 표현해냈는데 시상이 대단히 호쾌하고도 굳세다. 이 어른의 가슴속에는 운몽택(雲夢澤)3이 몇 개나 들어 있는지 가늠해볼 수 있다.

---

2 중국 청해성(靑海省)에 있는 호수군(湖水群)으로 황하의 발원지로 알려졌던 곳이다. 수많은 호수가 위에서 보면 마치 성수(星宿)가 펼쳐 있는 것처럼 보인다고 하여 성수해라 한다.

3 중국 호남성(湖南省)과 호북성(湖北省) 등지에 퍼져 있던 광활한 옛날의 호수군을 말한다. 사마상여(司馬相如)는 「자허부(子虛賦)」에서 "운몽택 같은 호수 여덟아홉 개를 집어삼켜도 그 가슴속에는 조금도 막힌 데가 없다〔吞若雲夢者八九, 於其胸中曾不蒂芥〕"라 하여 포부와 능력이 매우 큰 것을 비유한다.

18

최치원과 박인량

우리 동방은 문헌의 나라로 중국에 알려져서 중국은 우리를 소중화(小中華)라 불렀다. 문창후(文昌侯) 최치원이 앞에서 길을 열고, 참정(參政) 박인량(朴寅亮)이 뒤에서 화답하여 이루어놓은 공훈 덕택이다.[1] 문창후가 당(唐)에 들어가 시를 짓자 그 시가 인구에 회자되었다. 그 가운데 여관에서 밤비를 읊은 시는 다음과 같다.

여관에는 늦가을 비가 내리고	旅館窮秋雨
썰렁한 창안에는 고요한 밤 등이 켜져 있네.	寒窓靜夜燈
애처롭다 시름 속에 앉은 내 모습	自憐愁裏坐
삼매에 빠진 스님과 똑같구나!	眞箇定中僧

박인량이 조공하러 송나라에 갔을 때 가는 곳마다 시를 남겼다. 중국인들이 돌려보며 찬탄하고 그의 시문을 간행하여 『소화집(小華集)』이라 이름을 붙였다.[2] 그가 밤에 배안에서 읊은 시는 다음과 같다.

---

1 비슷한 평가를 『동인시화』와 『백운소설』에서 내리고 있다.

고국 삼한 땅은 아득히 멀고　　　　　　　　　故國三韓遠

추풍에 나그네는 몹시도 시름겹네.　　　　　　秋風客意多

외로운 배에서는 밤새 꿈을 꾸고　　　　　　　孤舟一夜夢

동정호 물결 위로는 달빛이 감도네.　　　　　月落洞庭波

　최치원의 시는 격률(格律)이 근엄하고 똑바르며, 박인량의 시는 어운(語韻)이 맑고 독특하다. 몇몇 중국의 대가들과 화살통을 메고 재주를 겨루어보아도 충분하다.

---

2 박인량은 문종 34년에 송나라에 갔고, 『소화집』은 박인량과 김근(金覲)의 시문을 합간(合刊)한 것이다. 『고려사』 「박인량전(朴寅亮傳)」에 나온다.

19

최승로의 새

무릇 시의 창작은 말 밖에 뜻을 담고 넉넉하게 함축하는 것을 아름답게 여긴다. 만약 말과 뜻이 겉으로 드러나고 있는 그대로 말하여 숨긴 것이 없다면, 아무리 사조(詞藻)가 굉장하고 아름다우며 풍성하고 화사하다 해도 시를 아는 이는 결코 선택하지 않는다. 청하(淸河) 최승로 (崔承老)는 다음 시를 지었다.

밭이 있으나 누가 곡식을 뿌리고[布穀]	有田誰布穀
술이 없으니 술병을 잡겠는가?[提壺]¹	無酒可提壺
산새는 무슨 심사이길래	山鳥何心緒
봄만 되면 속절없이 불러대는가?	逢春謾自呼

시어가 맑고 독특하며 의미가 깊고 유장하여 옛사람들이 쓰는 부비(賦比)의 작법을 제법 일궈냈다. 창려(昌黎) 한유(韓愈)는 성남에 노닐다가 다음 시를 지었다.²

불러 깨울 땐[喚起] 창은 벌써 훤히 밝았고   喚起窓全曙

돌아가라 재촉할 땐[催歸] 해는 아직 안 기울었네.   催歸日未西

꽃 속에 숨은 무심한 새는   無心花裏鳥

다시금 정을 다해 울어주누나.   更與盡情啼

산곡(山谷) 황정견(黃庭堅)은 "환기(喚起)와 최귀(催歸)는 새의 이름이다. 그런데 흔한 행동으로 서술해놓은 까닭에 후세 사람이 알아차리지 못한다"라고 설명하였다. "그러나 사실은 은밀한 뜻이 숨어 있다. 창이 벌써 훤히 밝았는데 새가 그제야 불러 깨우니 너무나 때가 늦은 것이다. 해가 아직 서쪽으로 기울지도 않았는데 새가 그에 앞서 돌아가라고 재촉하니 너무나 때가 이른 것이다. 두 종의 새는 무심하여 함께 노니는 사람의 의중을 알아차리지 못한 것이 아닐까? 그러니 다시 나를 위하여 정성을 다해 울되 날이 밝기 전에 빨리 일어나라 깨우고, 돌아가라 재촉하기를 늦춰야 옳다. 이렇게 풀이한 뒤에라야 창려의 시가 무궁한 맛을 담고 있고 의미가 정밀하고 깊다는 점을 알 수 있다."3

포곡(布穀)과 제호(提壺) 역시 모두 새의 이름이니 최승로의 시는 한유의 작법을 터득했다.

---

2 한유(768~824)는 당의 저명한 시인이자 고문가로 자는 퇴지(退之)이다. 이 시는 「성남에 노닐다[遊城南]」 16수 중 「함께 노닌 이에게 주다[贈同遊]」이다.

3 황정견(1045~1105)은 북송(北宋)의 시인으로 산곡은 호이다. 한유의 시에 대한 논의는 『시인옥설(詩人玉屑)』 권6을 비롯한 시화에 두루 실려 있다. 산곡의 말은 『냉재야화(冷齋夜話)』를 인용하였고, 뒤에 인용한 글은 황승(黃昇)이 『옥림시화(玉林詩話)』에서 한 것을 인용하였다. 『패관잡기(稗官雜記)』와 『지봉유설』에도 관련 내용이 실려 있다.

20

김부식의 시풍

문하시중(門下侍中) 김부식(金富軾)이 정월 대보름 연등회(燃燈會)를 읊은 시를 지었다.

대궐 안은 이슥하여 물시계 소리 깊어가고	城闕沈嚴更漏長
연등 걸린 산과 나무 불빛으로 찬란하다.	燈山火樹燦交光
비단 장막 하늘하늘 봄바람은 살랑대고	綺羅縹緲春風細
금벽 단청 훤해지며 새벽달빛 시원하네.	金碧鮮明曉月涼
화개(華蓋)는 북극처럼 높다랗게 걸려 있고	華蓋正高天北極
옥화로는 정궁(正宮) 앞에 마주보고 놓여 있네.	玉繩相對殿中央
천자께선 공손하셔 음악 여자 멀리하니	君王恭黙疎聲色
궁녀들아 패물치레 자랑일랑 하지 마라.	弟子休誇百寶粧

시가 지극히 전아하고 실답다.[1] 또 송도(松都) 감로사(甘露寺)에 붙이는 시[2]를 지었다.

---

1 『동인시화』에서 "시의 뜻이 근엄하고 똑바르며 전아하고 실답다. 참으로 덕이 있는 사람의 말이다〔詞意嚴正典實, 眞有德者之言也〕"라고 평하였다.

속된 손님 찾지 않는 사찰이라서　　　俗客不到處

올라보니 가슴 속이 시원해지네.　　　登臨意思淸

산 모양은 가을이라 더욱 멋지고　　　山形秋更好

강물 빛은 밤인데도 되레 밝구나.　　　江色夜猶明

흰 물새는 높이 날아 사라져가고　　　白鳥高飛盡

돛배 한 척 가뿐하게 떠나가건만　　　孤帆獨去輕

부끄럽다. 달팽이뿔 좁은 세상서　　　自慙蝸角上

반평생을 공명 찾아 헤매었구나!　　　半世覓功名

또한 표연히 속세를 벗어난 아취가 담겨 있다.

---

2 개성에 있던 거찰로 이자연(李子淵)이 중국 윤주(潤州) 감로사를 본떠 만들었다. 시승(詩僧)
혜소(惠素)가 감로사를 읊은 시를 먼저 짓고 김부식이 이어서 시를 지었는데 그 뒤에 따라 지
은 시인이 많아 거의 천 편에 이르는 시가 지어졌다.

21

김부식과 정지상의 경쟁

세상에는 이런 사연이 전해온다. 문하시중 김부식과 학사(學士) 정지상(鄭知常)이 함께 산사를 찾아 노닐었을 때 정지상이 시구를 읊었다.

사원에서 독경 소리 끝나간 뒤에 　　　　　琳宮梵語罷
하늘빛은 유리처럼 깨끗하구나. 　　　　　天色淨琉璃

김부식이 이 시구를 좋아하여 자기가 지은 것으로 해달라고 했으나 정지상이 허락하지 않았다. 이에 김부식이 일을 꾸며서 정지상을 죽였다. 그 뒤 김부식이 어떤 절에 가서 우연히 측간에 올랐는데 문득 뒤에서 누군가가 음낭을 잡아당기며 "그대는 어째서 얼굴이 붉은가?"라고 묻자 김부식이 "맞은편 언덕의 단풍이 얼굴에 비쳐서 붉으니라"라고 대꾸하였다. 그뒤로 병이 들어 죽었다.

내가 살펴보니 당나라 유희이(劉希夷)가 백두옹(白頭翁)을 읊은 시를 지었는데 그중 한 구는 다음과 같았다.

올해는 꽃이 지자 낯빛도 변했거니 　　　　今年花落顔色改

명년에는 꽃이 필 때 그 누가 남을까? 明年花開復誰在

그의 장인 송지문(宋之問)이 그 시구를 아껴서 자기가 지은 것으로 해달라고 간청했으나 허락하지 않았다. 화가 난 송지문이 흙부대로 그를 눌러서 죽였다. 아! 인간이 재주 가진 자를 시기하고 이름을 좋아함이 이렇다. 시를 짓는 사람은 이 점을 몰라서는 안 된다.

22

고조기 시의 정경

내가 언젠가 단양(丹陽) 봉서루(鳳棲樓)에서 하룻밤을 묵은 일이 있다. 그때 마침 가을비가 밤새도록 내려 계곡물 소리가 귀를 시끄럽게 했다. 새벽잠을 막 깨고 창호를 열고 밖을 내다보니 짙은 구름이 골짜기에 가득 차서 나무는 어슴푸레 서 있고, 자던 새는 아직도 나뭇가지 사이에 앉아서 물기에 젖은 날개를 털고 있었다. 그때 문득 평장사(平章事) 고조기(高兆基)의 다음 시가 떠올랐다.

어젯밤 송당(松堂)에는 비가 내려	昨夜松堂雨
베개 저편 계곡물 소리 요란했지.	溪聲一枕西
날이 밝아 울타리 안 나무를 보니	平明看庭樹
자던 새는 자리를 채 안 옮겼구나.	宿鳥未移栖

　오늘 아침과 같은 정경을 아주 잘 묘사한 시임을 비로소 깨달았다.[1]

---

1 제목은 「산장의 밤비〔山庄夜雨〕」이다. 왕세정은 『예원치언』에서 "대개 시인이 우연히 시를 지어내도 보는 이는 실제로 확인하게 된다"라거나 "실경(實境)의 시를 실경에서 읽으면 슬픔과 기쁨이 백배나 더해진다"라고 했다. 실제 체험을 통해 시경(詩境)을 파악할 수 있음을 제시한 비평이다.

23

귀신의 작품

당나라 시인 전기(錢起. 722~780)가 향천(鄕薦. 지방관리가 천거한 응시자)의 처지로 서울로 갈 때 우연히 한 객사에 머물렀다. 달밤에 뜰에서 시를 읊조리는 소리가 들렸다.

> 노래는 끝나도 사람은 뵈지 않고 　　　　　　曲終人不見
> 강가에는 묏부리만 푸르구나! 　　　　　　　江上數峯靑

　전기가 깜짝 놀라 옷자락을 거머쥐고 사방을 둘러보았으나 아무것도 보이지 않았다. 귀신인가보다 생각하고 괴이하게 여겨 시구를 기억해두었다. 전기가 시험장에 들어가 보니 시험관 이위(李暐)가 '상강의 여신이 비파를 연주하다〔湘靈鼓瑟詩〕'란 주제[1]로 하여 청(靑)자로 압운하여 시를 지으라는 문제를 냈다. 그는 귀신의 시 10자로 마지막 구절을 삼았더니 이위가 대단히 아름답게 여겨 절창이라 칭찬하였다.

---

1 상강(湘江)의 여신이 비파를 타고 있다는 내용의 시첩시(試帖詩) 제목이다. 『초사(楚辭)』 「원유(遠遊)」의 "상강의 여신에게 비파를 타게 하고, 해약으로 하여금 풍이를 춤추게 하도다〔使湘靈鼓瑟兮, 令海若舞馮夷〕"에서 나온 것이다.

그 덕분에 제일 높은 등수로 뽑혔다.

고려의 학사(學士) 정지상이 일찍이 산사에서 학업을 익혔다. 달이 환하게 밝은 어느 날 밤 언덕 위에서 시를 읊는 소리가 들렸다.

중이 보이니 절이 있나본데　　　　　　　僧看疑有寺

학이 보이니 소나무는 없나보다!　　　　　鶴見恨無松

그리고 홀연히 사라졌다. 정지상은 귀신이 고해준 시라 생각하였다. 뒷날 시험장에 들어갔더니 시험관이 '여름날 구름은 기이한 봉우리가 뭉게뭉게〔夏雲多奇峰〕'를 주제로 삼고 봉(峰)자로 압운하게 하였다. 정지상이 주제에 딱 맞는 시구임을 기억해내고 뒤를 채워서 바쳤다. 시험관이 그 시구에 이르러서 놀랄 만한 말이라 극찬하고 마침내 제일 높은 등수로 뽑았다. 두 개의 시구는 모두가 신묘하고 얽힌 사연도 서로 비슷하니 특이하다.

24
정지상의 요체시

요체(拗體)는 율시(律詩)가 변화한 형식으로 평성(平聲)을 놓아야 할 곳에 측성(仄聲)을 놓고, 측성을 놓아야 할 곳에 평성을 놓는다.

> 소금 지고 염정(鹽井)을 나오는 이는 이 골짝   負鹽出井此溪女
> 아낙일 텐데
> 북을 쳐서 배를 띄우는 놈은 어떤 군의   打鼓發船何郡郎
> 사내일까?
>
>   - 두보(杜甫), 「12월 1일(十二月一日)」

> 상담(湘潭)에 구름 걷혀 저녁 산이 불쑥 솟고   湘潭雲盡暮山出
> 파촉(巴蜀)에 눈이 녹아 봄물이 넘실대네.   巴蜀雪消春水來
>
>   - 허혼(許渾), 「봄날 옛날에 놀던 일을 그리며〔春日思舊游寄南徐從事劉三復〕」

이와 같은 시구가 바로 여기에 해당한다. 학사 정지상은 요체시의 오묘한 멋을 깊이 터득하였다. 그가 변산(邊山) 소래사(蘇來寺)에 붙인 시는 다음과 같다.

적막한 옛길에는 솔뿌리가 얽혀 났고   古逕寂寞縈松根
하늘은 가까워서 북두성이 손에 잡힐 듯.   天近斗牛聊可捫
뜬 구름 흐르는 물인양 나그네 이르렀더니   浮雲流水客到寺
붉은 잎 푸른 이끼 속에 스님은 문 닫아 걸었네.   紅葉蒼苔僧閉門
가을바람 선선해지며 해가 빨리 떨어지고   秋風微涼吹落日
산달이 훤히 뜨니 원숭이가 울어대네.   山月漸白啼淸猿
기이하다, 눈썹 긴 노스님 한 분!   奇哉厖尾一衲老
긴 세월 인간사를 꿈도 꾸지 않았어라.   長年不夢人間喧

맑고 굳세어서 읊을 만하다.

25

임춘의 비분

서하(西河) 임춘(林椿)이 다음 시[1]를 지었다.

기구한 10년 세월 세상 먼지 뒤집어쓴 채	十載崎嶇面搏埃
오래도록 조물주 어린놈의 시기를 받아왔네.	長遭造物小兒猜
벼슬길을 찾자 하니 길이 멀어 못 이르고	問津路遠槎難到
단약을 굽자 하니 솜씨 더뎌 솥을 열지 못했네.	燒藥功遲鼎不開
시험에서 나은(羅隱)[2]의 한을 채 풀지 못하고	科第未消羅隱恨
시문에나 부질없이 굴원(屈原)의 슬픔을 담는구나.	離騷空寄屈原哀
맹호연(孟浩然) 자신이 지기가 없었을 뿐	襄陽自是無知己
밝으신 군왕께서 재주 없다 버린 적이 있었던가?[3]	明主何曾棄不才

공의 문장 실력으로 끝내 과거에 급제하지 못했으니 감개와 비탄의 심경이 시에 나타날 만하다.

---

1 『서하집(西河集)』에 「벗이 준 시에 차운하다〔次友人見贈詩韻〕」라는 제목으로 실려 있다.

2 나은(?~909)은 당나라 말엽의 시인이다. 본명은 횡(橫)이나 열댓 번이나 진사시험에 낙방하자 은(隱)으로 개명하였다. 나은의 한이란 과거에 급제하지 못한 서러움이니 임춘은 과거에 번번이 떨어졌다.

3 고사는 상권 28칙에 나와 있다.

26
번안법

시인들이 어부(漁父)를 읊을 때 으레 어부의 한가로운 맛을 음미하기 일 쑤였다. 유독 노봉(老峯) 김극기(金克己)는 이렇게 읊었다.

하느님이 여전히 어부에게 너그럽지 않아	天翁尙不貫漁翁
일부러 강호에 순풍을 적게 보내누나.	故遣江湖少順風
어부여! 인간세상 험난타고 비웃질랑 마오!	人世險巇君莫笑
그대도 도리어 급류에 휩쓸리지 않나요?	自家還在急流中

이 시는 어부가 겪는 위험을 말했으니 바로 번안법(飜案法)이다.[1] 진일재(眞逸齋) 성간(成侃)은 또 다음 시를 지었다.

---

1 『청구풍아』에서 "남들은 어부의 한가로운 정취를 많이 읊었으나 김극기의 시는 번안(飜案) 하여 어부가 겪는 위험을 말했다[他人多詠漁父閒趣, 此詩乃飜案, 言其危險]"라 평했는데 홍 만종의 해석은 여기에서 나왔다. 서거정도 『동인시화』에서 비슷한 평가를 내렸다. 본문에서 말한 번안법은 반안법(反案法)이라고도 한다. 이 수법에 대하여 『시인옥설』 권1 「성재(誠齋) 의 번안법」 항목에서 소동파의 시를 사례로 들어 설명하였는데 홍만종의 설명과 유사하다. 간 단하게 설명하면, 번안법은 과거에 쓰이던 시상을 딴판의 사유방식으로 바꾸어 창작하는 방 법이다.

첩첩 청산 골짜기마다 안개가 자욱해 　　　　數疊靑山數谷烟

갈매기 나는 곳에 세속 먼지 이르지 않네. 　　紅塵不到白鷗邊

어부는 욕심 없는 자가 결코 아니지. 　　　　漁翁不是無心者

서강(西江)의 멋진 달빛, 한 배 가득 실었다네. 　管領西江月一船

이 시는 명예나 이익에 욕심내는 사람과 다름을 표현하였다. 담긴 뜻은 서로 달라도 경물의 묘사나 시어의 구사에서 각기 최상의 오묘함을 보여주었다.

27

이인로의 명작

이인로(李仁老)는 호가 쌍명재(雙明齋)[1]이다. 사신의 임무를 띠고 연경(燕京)에 갔을 때 정월 초하룻날 머무는 객사 문에 춘첩자(春帖子) 시를 붙였다. 얼마 시간이 지나지 않아 이름이 천하에 퍼졌다. 그 뒤 중국 학사(學士)가 우리나라 사신을 만나 앞서 지은 시를 외우면서 "그분은 지금 무슨 관직에 있는가요?"라고 물었다 한다. 그 시는 이렇다.

길가에 버들은 미인의 눈썹처럼 교태롭게 늘어지고	翠眉嬌展街頭柳
고개 위 매화는 흰 눈마냥 향기를 흩뿌린다.	白雪香飄嶺上梅
천리 먼 곳 고향집은 탈없이 잘 있겠군.	千里家園知好在
봄바람이 먼저 알고 해동에서 불어오네.	春風先自海東來

---

1 이인로의 호를 쌍명재(雙明齋)라 한 것은 잘못이다. 쌍명재는 동시대인인 최당(崔讜)으로 최당의 집에 문인들이 모여 술과 시를 즐겼다. 이인로도 여기에 참여하여 시문을 짓고, 그들의 시문을 모아 『쌍명재집(雙明齋集)』을 엮었다. 또 최당을 위해 『쌍명재기(雙明齋記)』를 지었다. 이 때문에 와전되어 이인로를 쌍명재라 하나 오류이다. 이 내용은 아들 이세황(李世黃)이 쓴 『파한집발(破閒集跋)』에서 요약하였다.

시어가 대단히 맑고도 은근하다. 또 호젓한 집을 읊은 절구 한 수는
다음과 같다.[2]

봄은 갔건만 꽃은 아직 남아 있고   春去花猶在

하늘은 맑아도 골짜기는 절로 으슥하다.   天晴谷自陰

두견새가 환한 대낮에도 울어대니   杜鵑啼白晝

이제야 내 사는 곳 깊은 줄 알겠다.   始覺卜居深

당나라 대가와 매우 흡사하다.

---

2 이 시는 경상도 고령현(高靈縣) 반룡사(盤龍寺)를 찾아가 지은 시로 김종직은 그 절의 벽에
  걸려 있는 시를 직접 확인했다고 『청구풍아』에서 말했다.

28

시인의 궁달

시는 사람을 궁(窮)하게도 하고 현달(顯達)하게도 한다. 당나라 현종(玄宗)이 맹호연(孟浩然)을 불러 접견하고 전에 지은 시를 외워보라 하였다. 맹호연이 이에

> 재주가 없어 밝으신 군주가 버리시고　　　　　　不才明主棄
> 병이 많아서 옛 벗도 멀리하네.　　　　　　　　多病故人疏
>
> ―「세모에 남산에 돌아가다〔歲暮歸南山〕」

라는 시구를 외워 들려주었다. 현종은 "그대가 짐을 찾지 않았을 뿐 짐은 그대를 버린 적이 없노라"라 하고 마침내 고향으로 돌아가도록 하였다.

고려 의종(毅宗) 때 어떤 역에서 청우(靑牛)를 바쳤다. 의종이 시종 신하에게 명하여 방(房)자를 각운으로 삼아 시를 지으라 하였으나 마음에 드는 시인이 하나도 없었다. 그때 임종비(林宗庇)라는 선비가 한탄하며 이렇게 말하였다.

"만약 내가 그 자리에 참예하였다면

새벽에 함곡관을 지나려니 신비한 기운이 떴고[1]   函谷曉歸浮紫氣

봄 되어 도림(桃林)에 방목하니 붉은 꽃을   桃林春放踏紅房

밟았네.[2]

라고 할 것이다." 의종이 듣고서 아름답다 여겨 감탄하고 그에게 관직을 주었다. 이 일로 볼 때 맹호연은 시 탓에 궁하게 되었고, 임종비는 시 덕분에 현달하였으니 모든 것은 명수(命數)에 달렸다.[3]

---

1 노자(老子)가 쇠퇴하는 주나라를 피해 청우(靑牛)를 타고 이른 곳이 함곡관(函谷關)이었다. 수문장 윤희(尹喜)가 멀리서 신비한 기운이 떠 있고 그 사이로 청우를 타고 오는 노자를 보았다. 윤희의 요청으로 노자는 『노자』 오천언(五千言)의 글을 써주고 사라졌다.

2 도림은 지명으로 『서경(書經)』 「무성(武成)」에 "무왕이 도림의 들판에 소를 방목하였다[放牛於桃林之野]"라 하였다.

3 이 내용은 이인로의 『파한집』에서 나왔다.

29

이규보의 대가다움

상국(相國)을 지낸 이규보(李奎報)는 호가 백운거사(白雲居士)이다. 세상에서는 어머니가 꿈에 규성(奎星, 문장을 관장하는 별)을 보고서 그를 낳았다고 전한다. 일찍이 남들로부터 비방을 듣고서 다음 시를 지었다.[1]

세상에 들끓는 비방을 피하려고	爲避人間謗議騰
문을 닫고 높이 누워 머리 풀어헤쳤네.	杜門高臥髮鬅鬙
처음에는 뒤숭숭한 봄 여인네 같더니만	初如蕩蕩懷春女
갈수록 하안거(夏安居) 하는 스님마냥 한가롭다.	漸作寥寥結夏僧
아이들이 옷깃 끌며 장난쳐도 즐겁나니	兒戲牽衣聊足樂
손님들이 문 두드려도 대꾸할 마음이 없네.	客來敲戶不須應
궁달이고 영욕이고 하늘이 다 내리나니	窮通榮辱皆天賦
메추라기가 어찌 붕새를 부러워하랴.	斥鷃何曾羨大鵬

시가 지극히 은근하고 잘 선회한다. 앵무새를 읊은 시는 이렇다.

---

1 『동국이상국집(東國李相國集)』에 「문을 닫고(杜門)」라는 제목으로 실려 있다.

깃털은 푸른 색깔, 부리는 주사(朱砂)인 듯   衿被藍綠觜丹砂

괜시리 말 잘해서 그물에 걸리었지.   徒爲能言見罥羅

어린애 재롱 피듯 어설픈 혀 굴려대고   嬌姹小兒圓舌澁

처녀가 영리한 듯 똘똘한 꼴 제법이라.   玲瓏處女慧容多

사람 말 자주 들어 전하는 말 교묘하고   慣聞人語傳聲巧

궁사(宮詞)를 새로 배워 발음이 틀리구나.   新學宮詞導字訛

새장 속에 굳게 갇혀 나갈 길이 없고 보니   牢鎖玉籠無計出

고향으로 돌아갈 꿈 갈수록 어긋나네.   隴山歸夢漸蹉跎

백운거사의 시는 본디 대가(大家)로 칭송되는데 교묘하기도 이와 같다. 크기로는 수미산(須彌山)이요 작기로는 겨자씨라고 이를 만하다.

30

이규보의 칠언절구

백운거사가 물속에서 노니는 물고기를 읊은 시는 다음과 같다.

유유자적 붉은 물고기, 숨었다가 떠오르니 　　　圉圉紅鱗沒復浮

제 마음껏 잘도 논다고 사람들은 말한다. 　　　人言得意好優遊

곰곰 생각하면 잠시도 한가한 틈 없나니 　　　細思片隙無閒暇

어부 돌아가자 해오라비가 또 노린다. 　　　漁父方歸鷺又謀

꾀꼬리가 우는 소리를 듣고 지은 시는 다음과 같다.

공자나 왕손들이 기생 끼고 노는 것은 　　　公子王孫擁綺羅

교태와 노래가 환락을 돕기 때문이지. 　　　要憑嬌唱助歡多

인간세상 즐거움을 봄바람도 아는지 　　　東君亦解人間樂

천 송이 꽃 피우고서 네 노래를 보내주네. 　　　開了千花送爾歌

최자(崔滋)는 『보한집(補閒集)』에서 이 두 편의 시를 싣고서 "꾀꼬리를 읊은 시는 얕고 친근한 반면 물고기를 읊은 시는 웅장하고 깊은데다 비흥(比興)의 맛까지 가지고 있다. 물고기를 읊은 시가 단연 낫다"라 평하였다. 하지만 나는 이렇게 본다. 물고기 시는 이치를 정밀하고 깊이 만들어냈고, 꾀꼬리 시는 상상력을 섬세하고 교묘하게 발휘하여 각각의 시체(詩體)에서 높은 경지에 도달하였다. 잘되고 못된 차이가 그리 크지 않으나 격조만은 모두 송시풍(宋詩風)에 떨어졌다.

31

이규보와 진정

백운거사가 봉성현(峰城縣)에서 자고 지은 시는 다음과 같다.

섬돌의 대나무는 그늘에 갇혀 손자가 못 자라고   階竹困陰孫未長
울안의 매화는 비에 흠뻑 젖어 아들이 막 살찌네.   庭梅飽雨子初肥

진정(眞靜) 스님이 이영(李穎) 거사의 시에 차운한 시는 다음과 같다.

밤 골짜기에 바람이 차니 솔은 아들을   夜壑風寒松落子
떨어뜨리고
봄 뜨락에 비가 지나가니 대나무는 손자를   春庭雨過竹生孫
낳았네.

진정 스님이 백운거사의 시를 본떴으나 고니새를 새기려다 집오리를 만들어낸 격이다.

32

진화 형제의 시

매호(梅湖) 진화(陳澕)는 시를 민활하고 빠르게 지어 백운거사와 함께 이름을 나란히 하였다. 그가 버들을 읊은 시를 지었다.

> 서울 서쪽 마을 금빛 버들 만 줄기가　　　　鳳城西畔萬條金
> 봄 시름을 끌어내며 그늘을 드리웠네.　　　　勾引春愁作暝陰
> 한없는 광풍은 쉬지 않고 불어대며　　　　　無限狂風吹不斷
> 안개도 일으키고 비와도 어울려서 깊은　　　惹烟和雨到秋深
> 가을에 이르네.

야들야들하고 고와 읊을 만하다.[1] 매호의 아우 진온(陳溫)도 시를 잘 지었는데 가을을 읊은 시는 이렇다.

> 은빛 섬돌에 엷은 서리 살포시 내리니　　　銀砌微微着淡霜

---

1 이제현은 『역옹패설(櫟翁稗說)』 후집에서 진화의 버들 시가 이상은(李商隱)의 시를 점화(點化)한 것이며, "정겹고 아치가 있으며 야들야들하고 아름답다[情致流麗]"라고 하였다. 홍만종의 평은 이제현에게서 나왔다.

싸늘해진 옥 같은 살을 솜옷으로 감싸네.　　　　袂衣新護玉膚凉

왕손은 가을의 노래2를 이해하지 못하고　　　　王孫不解悲秋賦

점차 길어지는 규방의 밤만 좋아하네.　　　　只喜深閨夜漸長

부유한 사람의 호쾌한 뜻을 잘 묘사했다.3

---

2 가을의 노래〔悲秋賦〕는 전국시대 송옥(宋玉)이 지은 「구변(九辨)」을 가리킨다. 정치상의 실
　의를 노래한 작품으로 감상적 색채가 짙다. 서두에 "슬퍼라! 가을의 기운이여〔悲哉秋之爲氣
　也〕"가 유명하다.

3 『청구풍아』에서 "왕손의 심사를 묘사해냈다〔寫出王孫心事〕"라고 평했다.

33

김지대의 유가사

영헌공(英憲公) 김지대(金之岱)가 현풍 비슬산의 유가사(瑜伽寺)에서 시를 지었다.

아무 일 없는 산안개에 절은 파묻혀 있고	寺在烟霞無事中
첩첩산중에 푸른 빛 지면서 가을빛이 짙어간다.	亂山滴翠秋光濃
구름 사이로 돌층계는 예닐곱 리 가파른데	雲間絶磴六七里
하늘 끝 먼 산봉우리는 천 겹인지 만 겹인지.	天末遙岑千萬峰
차 마시고 나니 솔 처마에는 초승달이 걸렸고	茶罷松簷掛微月
설법 끝나자 불단으로 종소리 바람결에 실려온다.	講闌風榻搖殘鍾
계곡물은 옥대 찬 나그네를 비웃겠지.	溪深應笑玉腰客
세상 먼지 씻어도 씻어내지 못한다고.	欲洗未洗紅塵蹤

정지상의 「소래사」와 구법이 같다.[1]

---

1 구법을 같다고 본 근거는 함련이 요체(拗體)라는 점이다. 『청구풍아』에서 "이 시의 함련은 정지상의 「소래사」와 구법이 똑같다[此與鄭知常「蘇來寺」同一句律]"라고 내린 평을 그대로 수용하였다. 『동인시화』에서도 비슷한 평이 실려 있다.

34

곽예의 시

밀직부사(密直副使) 곽예(郭預)가 숙직하는 관서에 다음 시를 지어 붙였다.

성근 발을 반쯤 걷고 산봉우리 바라보니　　半鉤疎箔向層巓

골짜기마다 솔바람 불어 비췻빛 안개 피어나네.　萬壑松風動翠烟

정오라서 한적하고 공무조차 줄어드니　　午漏正閒公事少

창에 기대 졸면서 궁중 음악 듣노라.　　倚窓和睡聽鈞天

　부유하고 고우면서도 한가롭고 툭 트인 의취가 담겨 있다. 곽예는 비가 올 때면 우산을 들고 홀로 용화원(龍化院) 연못에 이르러 연꽃을 감상하곤 했는데 그때 다음 시를 지었다.[1]

　연꽃 보러 세 번이나 세 연못을 찾았더니　　賞蓮三度到三池

---

1 곽예의 시와 일화는 『역옹패설』 전집(前集)과 『청구풍아』에 실려 있는 작품과 산문을 바탕으로 윤색하였다. 용화원 숭교사는 개성 남부에 있던 왕실 원찰(願刹)로 연지가 있었다(『高麗史』「盧英瑞傳」).

푸른 잎 붉은 꽃은 옛날이나 다름없네.   翠盖紅粧似舊時

옥당(玉堂)의 늙은이만 꽃을 보며 즐기나니   惟有看花玉堂老

귀밑머리는 하얘도 풍정(風情)은 줄지 않았네.   風情不減鬂如絲

그 소탈하고 호탕한 기상은 오늘날에도 상상해볼 수 있다.

35

홍간의 당시풍

허균(許筠)의 『사부고(四部藁)』에서 「병오기행(丙午紀行)」[1]을 보면 다음 내용이 실려 있다.

> 명나라 사신 태사(太史) 주지번(朱之蕃)이 나에게 '신라부터 현재에 이르기까지 귀국의 시 중에서 가장 좋은 작품을 하나하나 써서 가져다주기 바라오!' 부탁하였다. 그래서 내가 4권의 작품을 뽑아드렸더니 태사가 다 보고 난 다음 나를 불러서 '그대가 뽑은 시를 내가 밤새 촛불을 밝히고 읽어보았소. 고운(孤雲) 시는 거칠고 허약한 반면, 이인로·홍간 시가 가장 좋더이다' 하였다.

호를 홍애(洪厓)라 하는 홍간은 내 12대조이시다.[2] 고려에서는 모두들 소동파를 숭상하여 심지어 과거를 치른 뒤에는 33명의 동파가 나왔다는 말까지 있었다. 유독 홍애 선조만은 당시(唐詩)의 격조를 깊

---

1 『사부고』는 허균의 문집 『성소부부고(惺所覆瓿藁)』를 가리킨다. 「병오기행」은 제18권에 실려 있고 본문은 그 내용을 윤색하여 실었다. 1606년 황태손(皇太孫) 탄생을 알리는 조사(詔使)로 주지번이 조선에 왔을 때 허균이 대접하면서 겪은 사실을 기록하였다.
2 이 시평은 『순오지』에서도 다루고 있는데 홍간을 저자의 11대조라 밝혔다.

이 터득하여 송나라 시인의 기운과 습성을 벗어났다. 아침 조회 하러 가는 말 위에서 선조께서 지은 시는 다음과 같다.

자짓빛 기운 허공에 감돌고 시냇물은 흘러가니　　紫翠橫空澗水流
풍경 좋은 천리 길은 은사 사는 산수 같구나!　　風烟千里似滄洲
돌다리 저쪽 남대[御史臺] 가는 길에서　　　　石橋西畔南臺路
우두커니 산을 보니 어느새 또 가을일세.　　　柱笏看山又一秋

풍격과 운치가 말쑥하고 넘쳐서 세속의 더러움이 섞이지 않았다.

36

홍간의 기러기

홍애 선조께서 외로운 기러기를 읊은 시는 지극히 맑고 조촐하며 야들야들하고 곱다. 그 시는 다음과 같다.

귀공자의 연못에는 봄바람이 살랑대어	五侯池館春風裏
푸른 물에 찰랑찰랑 가는 물결 일렁이네.	微波鱗鱗鴨頭水
난간은 열두 굽이, 수놓은 문이 꼭꼭 잠기고	欄干十二繡戶深
그 안에는 봉래산 3만 리가 펼쳐졌네.	中有蓬萊三萬里
두약(杜若, 향초)에는 자짓빛 원앙새가 서성이고	彷徨杜若紫鴛鴦
부용꽃에는 황금빛 비취새가 기대어 있네.	倚拍芙蓉金翡翠
쌍쌍이 날다 쌍쌍이 목욕하고 쌍쌍이 둥지에 깃들며	雙飛雙浴復雙棲
오색 깃에 구름 같은 옷차림으로 마음껏 노니네.	絳羽雲衣恣遊戲
그대는 보지 못했는가?	君不見十年江海有孤雁
강호에 10년을 떠도는 외로운 기러기는	
아득한 구름너머 옛 짝과 떨어진 꼴인 것을.	舊侶微茫隔雲漢

제 그림자 돌아보며 오르내리다 울음을 때 　　顧影低仰時一呼

시든 갈대꽃에 바람과 서리가 치는 것을. 　　蘆花索莫風霜晚

　점필재 선생은 『청구풍아』에 이 시를 뽑아 넣고 자신의 처지를 표
현했다 평했고, 허균도 일찍이 성당(盛唐) 시인의 작품과 비슷하다 칭
송했다.[1]

---

1 『청구풍아』에서는 "자신의 처지를 표현한 듯하다〔似自況〕" 했고, 『성수시화(惺叟詩話)』에서
　는 "사인 홍간의 시는 농후하고 고우며 맑고 아름다운데 작품 중에서 「나부인」과 「고안편」이
　가장 좋아 성당 시인의 작품과 비슷하다〔洪舍人侃詩, 穠艶淸麗, 其「懶婦引」·「孤雁篇」最好,
　似盛唐人作〕" 평했다.

37

이진과 양경우

시는 핍진(逼眞)한 묘사를 귀하게 여긴다. 동암(東菴) 이진(李瑱)이 다음 시1를 썼다.

허공 가득한 푸른 산빛 옷에 물들고	滿空山翠滴人衣
풀이 푸른 연못가에 백조가 난다.	草綠池塘白鳥飛
짙은 안개 밤새도록 숲속 깊이 머물다가	宿霧夜棲深樹在
낮바람에 후득후득 빗줄기를 뿌린다.	午風吹作雨霏霏

제호(霽湖) 양경우(梁慶遇)는 다음 시를 지었다.2

탱자꽃 피어 있는 낮은 사립 걸어 닫고	枳殼花邊掩短扉
논두렁 밥 내가는 촌 아낙네 걸음도 늦다.	餉田村婦到來遲
멍석에 낟알 말리는 호젓한 처마 밑에선	蒲茵晒穀茅簷靜

---

1 이진은 『고려사』 권109 「열전」에 전기가 실려 있다. 자는 온고(溫古)로 이제현의 부친이고, 시를 잘 지었다. 『청구풍아』에서는 시의 제목을 「산거우제(山居偶題)」라 하였다.
2 『제호집(霽湖集)』에 제목이 「촌사(村事)」로 되어 있다.

병아리 짝지어 무너진 울타리 틈새로 나온다.　　兩兩鷄孫出壞籬

이진은 산집의 경치를 묘사해내되 격조가 높고,[3] 양경우는 전가(田家)의 현장 풍경을 묘사해내되 시어가 오묘하다.

---

3 『청구풍아』에서는 "4구가 모두 즉경(卽景)의 말이다"라는 평어를 달았고, 『지봉유설』에서는 이 시의 뒤 2구와 백문절(白文節)의 시를 함께 들고 "산집의 경치 묘사가 매우 아름답다(其模 寫山居景致儘好)"라고 평하였다.

38

이제현의 사 작품

우리나라 사람은 (중국 시의) 음률을 잘 몰라서 예로부터 악부(樂府)나 가사(歌詞)를 잘 짓지 못했다. 세상에는 익재(益齋) 이제현(李齊賢)이 국 왕을 따라 연경(燕京)의 관저에 머물 때 한림학사(翰林學士) 요수(姚燧)[1] 등 여러 문인들과 교유하여 「보살만(菩薩蠻)」[2]을 비롯한 여러 작품이 중국 사람들로부터 칭찬을 받았다는 이야기가 전해온다. 익재가 중국 에 가서 직접 배워 깊이 터득한 배움이 있어서 그렇게 되지 않았을까? 익재가 배 안에서 밤잠을 자고 쓴 시를 보았더니 다음과 같았다.

서풍이 비를 몰아 강가의 나무를 울리고	西風吹雨鳴江樹
한 모롱이 잔조(殘照) 속에 청산은 저문다.	一邊殘照靑山暮
어부 집에 다가가서 닻을 내리자	繫纜近漁家
뱃머리에는 왁자하게 소란한 말소리.	船頭人語譁
백어(白魚) 안주에 막걸리!	白魚兼白酒

---

1 요수(1238~1313)는 원대의 문학가로 한림학사를 역임했고, 우집(虞集)과 함께 대가로 저명 하였다.

2 사패(詞牌)의 이름으로 쌍조(雙調) 44자이다. 아래에 실린 익재의 사는 이 「보살만」에 따라 지었다.

홀연히 신선세계에 이르렀구나!　　　　　　徑到無何有

강호에 누워 있는 이 기쁨　　　　　　　　自喜臥滄洲

이 길이 정녕 벼슬길이던가?　　　　　　　那知是宦遊

또 「배가 청신(靑神)에 닿다」[3]는 다음과 같다.

긴 강에 해지자 안개는 질푸르고　　　　　長江日落烟波綠

배 옮기어 차차 청산 한 굽이에 이르렀다.　　移舟漸近靑山曲

대숲 너머 반짝이는 등불 하나!　　　　　　隔竹一燈明

바람 따라 돛이 가벼이 흔들린다.　　　　　隨風百丈輕

밤 깊어 뜸 아래 자노니　　　　　　　　　夜深篷底宿

어둠 속 물결은 거문고를 울린다.　　　　　暗浪鳴琴筑

갈매기야! 꿈속에 약속했나니　　　　　　夢與白鷗盟

아침 되거든 쓸데없이 놀라지 말아다오!　　朝來莫謾驚

　사(詞)가 지극히 전아하고 아담하니 중국 사람들이 찬탄했다는 사
가 이 작품을 가리키는 것이 아닐까?

---

3 청신(靑神)은 사천성(四川省)에 있는 현(縣) 이름이다.

39

이제현과 이숭인

익재가 빨래하는 여인의 무덤[1]을 지나며 지은 시는 다음과 같다.

아낙네가 오히려 영웅을 알아보아	婦人猶解識英雄
한신을 척 보곤 은근히 곤궁함을 위로했네.	一見慇懃慰困窮
범같은 장수를 팽개쳐 적국에 보태주고[2]	自棄爪牙資敵國
항우는 되지 않게 눈만 겹눈동자로구나.[3]	項王無賴目重瞳

도은(陶隱) 이숭인(李崇仁)이 회음(淮陰)땅을 지나가다 빨래하는 여인을 회상하고 다음 시를 지었다.

왕손에게 밥 한 끼 준 것은 감개한 마음 넘쳐서니   一飯王孫感慨多

---

1 전한의 장군 한신(韓信)이 젊었을 때 성 밑에서 낚시를 하는데 빨래하던 여인이 굶주리는 왕손을 동정하여 그에게 밥을 주었다. 후에 한신이 왕이 되어 그 여인에게 천금을 주어 보답하였다. 그 여인의 무덤이 강소성 회안시(淮安市)에 보존되어 있다.

2 한신은 처음 항우(項羽)에게 투신하여 여러 차례 좋은 책략을 말했으나 받아들여지지 않았다. 이에 한신은 항우를 떠나 한 고조(漢高祖)에게 갔다.

3 『사기』「항우본기찬(項羽本紀贊)」에서 순임금과 항우의 눈동자가 두 겹임을 들어 영웅의 관상임을 말하였다.

왕손을 젓에 담가 죽인 자는 어쩐 일인지   不知菹醢竟如何
모르겠네.
쓸쓸한 무덤은 천년 뒤에도 정령이 살아 있어   孤墳千載精靈在
한 고조(漢高祖)의 「맹사가(猛士歌)」를   笑殺高皇猛士歌
비웃는구나!4

　항우는 한신을 기용하지 못했고, 한 고조는 한신을 끝까지 기용하
지 않았으니 모두 영웅을 알아본 한 여인의 지혜만도 못하다. 두 작품
이 풍자한 의도가 다 심오하다.

---

4 한 고조는 천하가 안정된 다음 "큰 바람 일고 구름은 높게 날아가네. 위세를 천하에 떨치고
　고향에 돌아왔네. 어찌하면 용맹한 인재를 얻어 사방을 지킬까?〔大風起兮雲飛揚, 威加海內兮
　歸故鄕. 安得猛士兮守四方〕"라는 「대풍가(大風歌)」를 불렀다. 한고조는 용맹한 장사를 얻고
　자 했으나 실제로는 한신을 죽였다. 「맹사가」는 곧 「대풍가」이다.

40

이곡의 풍자시

가정(稼亭) 이곡(李穀)이 중국에 들어가 제과(制科)[1]에 두 번째 등수로 급제하여 명성이 자자하였다. 일찍이 「도중에 비를 피하고」를 지었다.

고대광실 한창때엔 회화나무 그늘을 드리우고	甲第當時蔭綠槐
드높은 대문은 자손 위해 만들었겠지.	高門應爲子孫開
근년에 주인 바뀌고 수레 출입 끊긴 뒤로	年來易主無車馬
길 가던 행인만이 비 피하러 오는구나!	惟有行人避雨來

저택을 사치하게 크게 지어 후손을 위한 대책을 꾸미는 자는 경계로 삼아도 좋겠다.[2]

---

1 황제가 직접 관장하는 과거제도의 명칭이다.

2 『청구풍아』에 "사치만을 숭상하고 자손을 가르치지 않는 자는 이 시를 경계로 삼아도 좋다〔徒尙奢侈, 不能訓子孫者, 足以知戒〕"라고 평했다.

41
김제안의 시

김제안(金齊顔)은 김구용(金九容)의 아우이다. 신돈(辛旽)을 죽이려고 일을 꾸미다가 일이 누설되어 죽임을 당하였다. 일찍이 무열(無悅) 스님에게 보내는 시를 지었다.

옳고 그름 따지며 시끄러운 세상사로　　　　世事紛紛是與非
진세에 머문 십년 세월 내 옷만 더럽혔소.　　十年塵土汚人衣
꽃 지고 새 울며 봄바람이 불어오는 철에　　落花啼鳥春風裏
푸른 산 어디에서 그대 홀로 사립 닫고　　　何處靑山獨掩扉
사는가?

세상을 피해 은둔하려는 뜻이 담겨 있건마는 끝내 제 자신을 보전하지 못하였으니 안타깝구나![1]

---

1 『청구풍아』에서는 이 시를 정추(鄭樞)의 작품으로 싣고, 제2구에 "은둔을 배우려는 뜻을 바로 나타냈다[便有學遁意]"라는 평을 내렸다.

42
이색의 재치

목은(牧隱) 이색(李穡)은 가정 이곡의 아들이다. 목은은 아버지의 뒤를 이어서 중국 과거에 급제하여 이름을 천하에 떨치고 한림지제고(翰林知制誥)의 벼슬을 받았다. 구양현(歐陽玄)[1]이 목은을 얕잡아보고 이렇게 조롱하였다.

"짐승 발굽과 새 발자국이 중국 땅을 마구 밟는군!"　　　　　　　　　　獸蹄鳥跡之道 交於中國

（『맹자』「등문공상(藤文公上)」）

그의 말이 끝나자마자 목은이 이렇게 대꾸하였다.

"닭 울고 개 짖는 소리가 사방에 뻗히는군!"　　　　　　　　　　鷄鳴狗吠之聲 達于四境

（『맹자』「등문공상(藤文公上)」）

---

1 구양현(1283~1357)은 원나라 유양(瀏陽) 사람으로 자는 원공(原功), 호는 규재(圭齋)이다. 한림학사를 지냈고, 문장으로 저명하였다. 『송사』와 『금사』 등 정사를 편찬하였고, 문집에 『규재집(圭齋集)』 16권이 있다.

구양현은 제법 기이하다 여기고 또 시 한 구를 지었다.

"술잔을 들고 바다에 들어갔으니 바닷물이   持盃入海知多海
많은 줄 알렸다!"

목은이 즉시 짝을 맞춰 지었다.

"우물에 앉아 하늘을 보고선 하늘이 작다고   坐井觀天曰小天
말하는군!"

구양현은 깜짝 놀라서 "그대는 천하의 기이한 재사다"라고 하였
다.[2]

목은이 중국의 대명전(大明殿)에 들어가 황제를 알현하고서 지은 시
는 다음과 같다.

활짝 열린 궁궐에는 새벽빛이 찬데   大闢明堂曉色寒
높이 솟은 깃발은 옥난간을 스치네.   旌旗高拂玉欄干
구름 걷힌 보좌에선 천자의 말씀 들리고   雲開寶座聞天語
술잔에 봄빛 가득 채워 성인에게 바치네.   春滿霞觴奉聖歡
온 세상이 한 집안이라 요임금의 시절이요   六合一家堯日月

---

2 홍만종은 『순오지(旬五志)』에서도 같은 내용을 다루고 다음과 같이 평가하였다. "아! 목은이
세 번 응답한 것은 대우가 기묘하고 말과 이치가 모두 알맞아 하늘이 만들고 땅이 설치한 것
과 같다. 동파와 수창한 여러분들에 떨어지지 않는다[噫! 牧隱三款酬答, 非但對偶奇妙, 詞理
俱到, 有若天造地設, 儘不下於東坡諸公也]"

만세소리 삼창하니 한나라 때 의관이로구나.   三呼萬歲漢衣冠

이 몸이 지금 어디에 있는지 모르겠네.   不知身世今安在

푸른 하늘에서 붉은 난새를 타고 있는 거리라.   恐是靑冥控紫鸞

시가 지극히 전아하고 고와서 당나라 시인이 아침 조회를 읊은 시[3]
에 버금간다고 하겠다.

---

3 두보와 가지(賈至)·왕유(王維)·잠참(岑參) 등이 아침에 대궐에 조회한 일을 읊은 일련의
  시를 가리킨다.

43

고려의 12대가와 목은

고려조 작가들은 제각기 일가를 이룬 이들이 많아 일일이 헤아릴 수 없다. 석간(石澗) 조운흘(趙云仡)은 고려조 시인 가운데 12명을 꼽았는데 대략 다음과 같이 평가하였다.

김부식은 전아하고 아담하며, 정지상은 은근하고 아름다우며, 김극기는 교묘하고 오묘하며, 이인로는 맑고 아름다우며, 진화는 농후하고 고우며, 홍간은 맑고 멋지며, 이제현은 정밀하고 현란하며, 김구용은 맑고 넉넉하며, 정몽주는 호방하고 자유로우며, 이숭인은 따뜻하고 너그러워 제각기 명성을 드날렸다. 그중에서도 이규보가 웅장하고 넉넉하며, 이색이 아담하고 굳세어 특히 걸출한 작가이다.

목은의 「부벽루(浮碧樓)」율시[1] 한 작품은 음률이 자연스럽게 조화를 이루고, 천재적 특색이 특출하다. 이는 배워서 도달할 경지가 아니다. 근자에 태사(太史) 주지번이 조선에 왔을 때 서경(西坰) 유근(柳根)이 원

---

1 이 시 전편은 "어제는 영명사를 찾아왔다가 / 잠깐 동안 부벽루에 올라가봤네. / 휘파람 길게 불며 바람 부는 돌계단에 서니 / 산은 저만 푸르고 강물은 저만 흐르네. / 기린마는 떠나간 뒤 안 돌아오는데 / 천손은 어느 곳에 놀고 계시나. / 성은 빈 채 한 조각 달만 떠 있고 / 바위는 묵어 천년토록 구름뿐이네[昨過永明寺, 暫登浮碧樓. 長嘯倚風磴, 山靑江自流. 麟馬去不返, 天孫何處遊? 城空月一片, 石老雲千秋]"이다.

접사(遠接使)[2]가 되고, 허균(許筠)이 종사관(從事官)이 되어 접대하였다. 태사가 그들에게 "도중의 숙소나 역사의 벽에 걸린 현판에는 왜 귀국 문인의 작품이 없는가요?"라고 물었다. 허균이 "조사(詔使)께서 지나가는 길이라 누추한 시로 눈을 더럽힐 수 없어 관례에 따라 떼어버렸습니다."라고 답하였다. 태사가 웃으며 말했다.

"나라는 중국과 외국을 구별해도 시는 안팎을 구별하겠습니까? 게다가 지금 천하가 한 집안이요 사해(四海)가 모두 형제입니다. 나와 그대도 천자의 신하로 태어났으니 중국에 태어났다고 해서 자신을 뻐기겠습니까?"[3]

주지번이 평양에 이르러 목은의 「부벽루」 시

휘파람 길게 불며 바람 부는 돌계단에 서니   長嘯倚風磴
산은 저만 푸르고 강물은 저만 흐르네.   山青江自流

를 보고 하루종일 시를 지으려 했으나 끝내 짓지 못했다. 태사가 웃으며 "날마다 이 같은 시만 가져오면 우리 같은 자는 어깨를 쉴 수 있을 겁니다"라고 말했다.

---

2 의주에 파견되어 명나라 사신을 접대하던 임시관직이다. 원접사에는 정일품을 제외한 이품 이상의 관원이 보통 임명되었다. 학식과 시문에 뛰어난 자가 선발되었고, 종사관 · 제술관 · 사자관이 수행하였다.

3 이상의 기사는 허균의 『성소부부고』 권18 「병오기행」에 실린 내용을 간추렸다.

44

정몽주의 일본 사행시

포은(圃隱) 정몽주(鄭夢周)가 일본에 사신으로 가서 남겨놓은 시가 상당히 많다. 그 가운데 오언율시 하나를 든다.

한평생 남과 북을 헤맸어도	平生南與北
먹은 마음, 하는 일은 갈수록 어긋나네.	心事轉蹉跎
고국은 바다 저편에 있고	故國海西岸
외로운 배는 하늘 한 끝에 와 있네.	孤舟天一涯
매화 핀 창에는 봄빛이 빨리도 찾아와	梅窓春色早
판잣집에는 빗소리가 요란하구나.	板屋雨聲多
홀로 앉아 긴긴 낮을 그냥 보내려니	獨坐消長日
괴롭게도 일어나는 집 생각을 어이 견디나!	那堪苦憶家

근래 시를 잘하는 일본 중이 우리나라 사신에게 "포은의 '매화 핀 창에는 봄빛이 빨리도 찾아와 / 판잣집에는 빗소리가 요란하구나'는 일본의 절창이랍니다"라고 말해주었다 한다.

45

정몽주의 남경 사행시

포은이 명나라 남경(南京)에 사신으로 가서 다음 시[1]를 남겼다.

강남(江南)땅 빼어난 형승지에	江南形勝地
천고에 우뚝한 석두성(石頭城)[2] 솟아 있네.	千古石頭城
푸른 수목은 금빛 궁궐 둘렀고	綠樹環金闕
청산은 옥경(玉京)을 에워쌌네.	靑山繞玉京
한 분이 중앙에 나라 세우니	一人中建極
만국이 여기에 와 조회 드리네.	萬國此朝正
나 또한 배를 타고 이르렀거니	余亦乘槎至
완연히 하늘 위를 걷는 듯하네.	宛如天上行

포은은 성리학(性理學)만 동방의 조종(祖宗)이 아니라 문장 또한 당시(唐詩) 중에서 높은 등급이라 하겠다.

---

1 포은은 1386년(홍무 19년) 4월 고려 국서를 가지고 남경에 들어가 명 태조를 알현했다. 이 시는 상권 83칙에 실린 「황도(皇都)」시와 함께 그때 지은 작품이다.
2 기원전에 세워진 남경의 고성으로 남경의 이칭이기도 하다.

46

정몽주와 이안눌의 우열

포은이 영천 명원루에 붙인 시의 한 연은 다음과 같다.

풍류 있는 태수, 녹봉이 이천 석[1]이나 된다고   風流太守二千石
뜻밖에 만난 벗에게 삼백 잔 술을 대접하네.   邂逅故人三百盃

동악(東岳) 이안눌(李安訥)이 명원루에 이르러 이 시구를 보고 감탄하고 화운시(和韻詩)를 지으려 했으나 생각이 막혀 시 짓기가 어려웠다. 종일토록 읊조리다가 다음 시구를 지었다.

이태 동안 남녘땅 천리 밖에 떨어져 있으니   二年南國身千里
인간 만사를 서풍 앞에서 한잔 술로 푸네.   萬事西風酒一盃

이안눌의 시는 맑고 독특하기는 하지만 포은 시의 굉장하고 원대한 기상에는 미치지 못한다.

---

1 한나라 때 태수(太守)는 이천 석의 녹봉을 받았다. 여기서는 현령의 녹봉으로 자신을 잘 대접함을 의미한다.

47

이숭인의 오호도

도은(陶隱) 이숭인(李崇仁)은 삼봉(三峰) 정도전(鄭道傳)과 함께 목은을 스승으로 섬겨 재능과 명성이 엇비슷하였다. 그런데 목은은 둘을 평할 때마다 도은을 앞세우고 삼봉을 뒤로 하였다. 목은이 일찍이 도은을 두고 "이 사람의 문장은 중국에서도 많이 얻을 수 없다"라고 칭찬하였다.

하루는 목은이 도은의 「오호도(嗚呼島)」[1]를 보고서 극구 칭찬하였다. 그로부터 며칠이 지나서 삼봉도 「오호도」를 지어가지고 와서 목은을 뵙고 "이 시를 우연히 옛사람의 문집 중에서 얻었습니다"라고 하였다. 그러자 목은이 "이것도 참으로 훌륭한 작품이다. 그러나 제군들도 넉넉히 이 작품쯤은 지을 수 있다. 그러나 도은의 작품은 쉽게 얻지 못한다"라고 하였다.

삼봉은 이때부터 가슴속에 불평을 쌓았다. 그 뒤 권력을 장악했을

---

1 이 시는 도은이 1386년 명나라에 사신으로 갔을 때 배를 타고 발해를 지나가면서 지은 시이다. 진나라 말엽 제(齊)나라 왕이라 자칭한 전횡이 한나라가 천하를 통일하자 죽임을 당할까 두려워서 오백 명의 부하와 더불어 발해에 있는 오호도(嗚呼島, 半洋이라고도 한다)로 피신하였다. 그 후 전횡이 한나라의 부름을 받고 가던 도중에 자살하자 그를 따르던 부하가 모두 자살하였다. 후에는 의기를 숭상하는 장사를 추모하는 소재로 널리 쓰였다.

때 자기 손아래 있는 벼슬아치를 도은이 귀양간 고을의 수령으로 삼아서 도은을 장살(杖殺)하게 했으니 「오호도」가 그 재앙의 빌미가 된 것이다. 도은의 시는 다음과 같다.

오호도는 동해바다 가운데 있어	嗚呼島在東溟中
넘실대는 파도에 작고 푸른 점이로구나.	滄波渺然一點碧
무엇이 내 눈물 두 줄기를 흘리게 하는가?	夫何使我雙涕零
전횡(田橫)의 협객이 이다지 슬프게 하네.	祇爲哀此田橫客
전횡의 기개는 가을날 서릿발 같아	田橫氣槪橫素秋
그를 따르던 의사들 정말 오백이었지.	義士歸心實五百
함양의 콧대 높은 유방(劉邦)은 참으로 하늘이 낸 분	咸陽隆準眞天人
은하수를 손으로 기울여 진나라 학정을 씻어 버렸네.	手注天潢洗秦虐
전횡은 어이해 이분에게 귀의하지 않고	橫何爲哉不歸來
원통한 피를 연화악(蓮花鍔) 검에 뿌렸던가?	怨血自汚蓮花鍔
전횡이 죽었단 소식 들은들 협객이 어쩌랴?	客雖聞之爭奈何
새떼처럼 뿔뿔이 흩어져 몸 붙일 곳 없겠지.	飛鳥依依無處托
차라리 지하에서 그분 따르리니	寧從地下共追隨
실낱 같은 목숨 아껴 어디에 쓰랴?	軀命如絲安足惜
다함께 목을 찔러 외딴 섬에 몸을 버렸으니	同將一刎寄孤嶼
산도 슬퍼하고 포구도 그리워하고 햇빛도 어두워졌네.	山哀浦思日色薄

오호라! 천추만고의 세월에   嗚呼千載與萬古

마음에 맺힌 원한을 뉘가 알아줄까?   此心菀結誰能識

쩌렁쩌렁 울리는 우레가 되어 쏟아내지   不爲轟霆有所洩

못한다면

응당 긴 무지개 되어 푸른 하늘 찌르리라.2   定作長虹射天碧

그대는 보지 아니하였는가?   君不見今古多少輕薄兒

고금의 수많은 경박자들이

아침에는 한 형제라도 저녁에는 원수가 되는   朝爲同胞暮仇敵

꼴을.

   이 시는 구슬프고 억울하며, 분노하고 매서워서 애도하고 위로하는 두 마음을 다 나타냈다.3

---

2 『패관잡기』에는 이상 4구가 유종원(柳宗元)의 「제여형주문(祭呂衡州文)」에서 점화되어 나온 것이라 밝혔다. 한편, 국립본1과 가람본에서는 '푸른 하늘~'의 원문에 해당하는 '사천벽(射天碧)'의 벽(碧)자가 2구의 원문 '일점벽(一點碧)'과 겹치므로 적(赤)자의 오자가 아닌지 교감 의견을 제시하였다.

3 이 평은 『청구풍아』에서 "강개하고 격렬하여 애도하고 위로하는 마음을 다 나타냈다. 오백 장사가 지각이 있다면 지하에서 어찌 감격하여 울지 않겠는가? 동방의 시에 그 짝이 될 만한 것이 드물다[慷慨激烈, 吊慰兩盡, 五百人有知, 能不感泣於冥冥? 東方之詩, 鮮有其儷]"라는 평문을 따랐다. 도은과 삼봉이 「오호도」를 두고 다툰 사실은 『동인시화』·『제호시화』·『시가점등』에도 실려 있다.

48

고려의 빼어난 연구

고려의 시에서 아름다운 오언율시 연구는 다음과 같다.

   학은 새해에 낳은 자식이 늘어났고　　　　　鶴添新歲子

   솔은 지난해 자란 가지가 늙었네.　　　　　松老去年枝

이 시는 오학린(吳學麟)이 흥복사(興福寺)에서 쓴 시[1]이다.

   비를 부르며 비둘기 지붕으로 날아들고　　　喚雨鳩飛屋

   진흙을 물고 제비 들보로 들어오네.　　　　啣泥燕入樑

이 시는 김극기(金克己)가 전가(田家)를 읊은 시이다.

   약은 구름이 지는 해를 압도하고　　　　　黠雲欺落日

   고집센 돌은 미친 듯한 물살에 버티고 있네.　狠石捍狂瀾

---

1 『삼한시귀감』과 『동문선』에 제목이 「重遊(九龍山)興福寺」로 되어 있다.

이 시는 이규보가 개여울[狗灘]에서 쓴 시이다.

바다는 삼만 리나 펼쳐지고   海空三萬里
산은 이천 멧부리가 솟았구나.   山屹二千峯

이 시는 진화(陳澕)가 간성(杆城) 도중에서 쓴 시이다.

창틈으로 스민 햇살에 신기루 기운 실려 있고 蜃氣窓間日
섬돌 아래 조숫물에는 갈매기 소리 물어 있네. 鷗聲砌下潮

이 시는 이제현(李齊賢)이 초산(焦山) 기행을 읊은 시이다.

물고기 튀어올라 꿈을 깨우고   魚擲時驚夢
갈매기 다가와 난간을 오르네.   鷗來或上欄

이 시는 한종유(韓宗愈)가 저자도(猪子島)를 읊은 시이다.

가는 구름 아직도 비를 뿌릴 뜻을 보이고 行雲猶雨意
누운 나무도 꽃을 피울 마음이 있네.   臥樹亦花心

이 시는 이색(李穡)이 눈앞 풍경을 읊은 시이다.

천리에는 푸른 풀밭 이어져   草連千里綠

달빛은 고향과 여기 모두를 밝히네   月共兩鄕明

이 시는 정몽주가 일본에 사신 가서 쓴 시이다.

아름다운 칠언율시 연구는 다음과 같다.

문 앞 나룻배 젓는 나그네는 파도 위에서   門前客棹滄波急
서두르건만
대숲 밑 바둑 두는 스님은 밝은 태양 아래   竹下僧棋白日閒
한가롭기만 하네.

이 시는 박인량(朴寅亮)이 구산사(龜山寺)에서 쓴 시이다.

젊어서는 뜻 맞는 이 없어 외톨이로 떠돌았고   少而寡合多疎放
늙어서는 명예 구하지 않고 물러나 숨기에 좋네.   老不求名可退藏

이 시는 임규(任奎)가 시골집에 돌아온 감회를 쓴 시이다.

서시(西施)가 눈썹 찌푸린 양2 한을 가진 듯하더니   西子眉嚬如有恨
소만(小蠻)의 가는 허리인 양3 교태가 한이 없네.   小蠻腰細不勝嬌

이 시는 최균(崔均)이 버들을 읊은 시이다.

꽃이 벌의 수염에 불어 붉은 빛 반쯤 토하고　　花接蜂鬚紅半吐

버들이 꾀꼬리 날개를 숨겼으니 초록이 이제　柳藏鶯翼綠初深

질어가네.

이 시는 정지상이 분행역(分行驛)을 읊은 시이다.

낙조에 물고기 튀어올라 은빛 번쩍이고　　　　魚跳落照銀猶閃

숲속에 갈가마귀 점점이 앉아 먹물 마르지　　鴉點平林墨未乾

않은 듯.

이 시는 이장용(李藏用)이 호심사(湖心寺)를 읊은 시⁴이다.

차가운 산빛 밀어내며 스님은 문을 닫고　　　寒推岳色僧扃戶

싸늘한 냇물 소리 밟으며 나그네는 누대에　　冷踏溪聲客上樓

오른다.

이 시는 노여(魯璵)가 숙수사(宿水寺) 누각에서 지은 시이다.⁵

---

2 춘추시대 월(越)나라 저라(苧蘿) 사람이다. 월왕 구천(句踐)이 오왕 부차(夫差)에게 주어 부
　차의 총애를 받았다. 오나라가 망한 뒤 범여(范蠡)와 함께 오호(五湖)로 가서 살았다고 전하
　기도 한다. 서시는 가슴앓이를 앓아 눈썹을 잘 찌푸렸다고 한다.

3 당나라 중엽의 시인 백거이(白居易)의 첩으로 허리가 몹시 가늘고 아름다웠다 한다.

4 『동문선』에 제목이 「제동진산문수사차운(題童津山文殊寺次韻)」으로 되어 있다.

5 『동인시화』에서 이 시구를 허백(許伯) · 정사도(鄭思道)의 시와 비교하여 평했다.

베개 기대어 듣는 비에 연꽃 잎은 소란스레   荷葉亂鳴欹枕雨
울어대고
주렴 걷어가는 바람에 버들가지 가벼이   柳條輕颭捲簾風
나부끼네.

이 시는 설문우(薛文遇)가 운금루(雲錦樓)를 읊은 시이다.

어부 떠난 뒤 외로운 배만 남아 있고   漁翁去後孤舟在
산달이 떠오르자 작은 절방은 비었네.   山月來時小閣虛

이 시는 김구용(金九容)이 유거(幽居)를 읊은 시이다. 고려 시의 격조
를 이들 시를 한번 맛봄으로써 가늠할 수 있다.

49

고려와 조선 시의 우열

김이수(金頤叟)가 일찍이 사가(四佳) 서거정에게 물었다.

"고려 시인들은 시가 아름답고 기운이 부유하지만 체제와 격조가 생경하고 소략합니다. 반면에 우리 조선의 저술은 말이 섬세하고 기운이 허약하지만 의리가 정교하고 알맞습니다. 어느 것이 더 우수한가요?"

사가는 다음과 같이 답하였다.

"호걸스런 장수와 사나운 병졸이 창을 빼어들고 방패를 쥐고서 인의(仁義)를 논하는 것과 썩은 학자와 속된 선비가 의관을 갖추고서 조용히 예법을 따지는 것 중에서 그대는 어느 것을 취하겠는가?"[1]

한편 현옹(玄翁) 신흠은 이렇게 말하였다.

"우리 조선에서 문장가가 성대하게 배출되기는 했지만 고려조에 견주면 조금 손색이 있다. 이문순공(李文順公)의 굉장하고 거침없음과 이문정공(李文靖公)의 드넓고 왕성함은 우리 조선에서는 아직 나타나

---

1 이상의 내용은 서거정의 『동인시화』 하권에 실려 있다. 김이수는 김수령(金壽寧, 1437~1473)으로 이수는 자(字)이다. 18세에 문과에 장원급제하였고, 좌리공신(佐理功臣)에 뽑혀 복창군(福昌君)이 되었다. 이조참판을 역임했다. 문장에 뛰어났으나 어느 날 과음하고 일찍 죽었다.

지 않았다.[2]

사가의 견해로는 우리 조선이 우월한 것 같은데 현옹의 견해로는 고려가 우월한 것 같다. 여기에서 문순공은 백운 이규보이고, 문정공은 목은 이색이다. 이제 칠언 근체시 한 수씩을 예로 든다. 백운이 부령(扶寧) 포구를 읊은 시는 다음과 같다.

흐르는 물소리 속에 아침저녁 오고갈 뿐	流水聲中暮復朝
바닷가 마을은 정녕 쓸쓸하구나.	海村籬落苦蕭條
호수 맑아 물 가운데 달이 또렷이 박혀 있고	湖淸巧印當心月
포구 넓어 들어오는 조숫물을 삼켜버릴 듯.	浦闊貪呑入口潮
오랜 바위는 파도에 씻겨 평평한 숫돌이요	古石浪舂平作礪
폐선은 이끼 덮여 가로 누운 다리가 되었네.	壞船苔沒臥成橋
강산의 온갖 경물 시로 형용하긴 어려우니	江山萬景吟難狀
화가 불러다 붓으로 그려야 하겠네.	須倩丹靑畫筆模

목은이 눈앞 풍경을 읊은 시는 다음과 같다.

호젓한 집의 시골 흥취는 늙어갈수록 맑고	幽居野興老彌淸
마침 얻은 새로운 시 눈앞에서 펼쳐지네.	恰得新詩眼底生
바람은 잦아도 남은 꽃은 저절로 떨어지고	風定餘花猶自落
구름은 옮겨가도 가랑비는 활짝 개지 않네.	雲移小雨未全晴
담장 위 범나비는 가지 떠나 사라지고	墻頭粉蝶別枝去

---

2 이 내용은 『상촌집』 권60 『청창연담』 하권에 실려 있다.

추녀끝 산비둘기 짙은 잎 속에서 울어댄다.　　　　屋角錦鳩深樹鳴

만물을 하나로 보고 소요하는 일은 내 본분이　　　齊物逍遙非我事
아니거니

거울 속 내 모습만 한층 더 또렷하네.　　　　　　鏡中形色甚分明

　대체로 고려는 규모가 커서 송시(宋詩)에 가깝고, 우리 조선은 격조
가 맑아서 당시(唐詩)에 가깝다. 이제 두 분의 시를 가지고 판단할 때
당시인가 송시인가? 독자가 두 편이 당시인지 송시인지 여부를 평정
한다면 고려와 우리 조선의 우열이 절로 판가름날 것이다.

50

정도전의 오호도

삼봉 정도전이 오호도(嗚呼島)를 읊은 시[1]는 다음과 같다.

새벽해가 벌겋게 바다 위에 떠올라	曉日出海赤
곧바로 외로운 섬을 비추네.	直照孤島中
그대의 한 조각 붉은 마음은	夫子一片心
정녕 이 해와도 같았으리[2]	正如此日同
천년 넘게 까마득히 떨어져 있어도	相去曠千載
오호라! 내 가슴을 느껍게 하네.	嗚呼感余衷
머리털은 대처럼 쭈뼛 치솟고	毛髮竪如竹
오싹하게 거센 바람이 불어오네.	凜凜吹英風

---

1 『삼봉집』의 주에는 이 시가 1384년 가을에 전교부령(典校副令)의 직책을 띠고 성절사(聖節使) 정몽주를 따라 명나라에 사신으로 갔을 때 지은 시라고 밝혔다.

2 『청구풍아』에서 "이 4구는 웅숭깊고 웅장하며 뇌락하여 위로 하늘을 뚫은 전횡의 정기를 떠올리게 한다〔四句沈雄磊落, 想見田橫精氣上徹雲霄〕"라고 평하였다. 한편, 이색은 이 4구가 "비록 전횡을 논하고 있으나 실은 자신을 말한 것이다. 늙은이의 생각은 이와 같은데 삼봉은 어떻게 생각할까?〔此雖論橫, 乃所以自道也. 老夫之見如此, 宗之以爲如何〕"(『삼봉집』 권14 「삼봉의 금릉기행시문에 쓴 발문〔題鄭三峯金陵紀行詩文跋〕」)라고 평하여 갈등의 모습이 보이지 않는다.

도은을 압도하려 했다가 그에게 미치지 못하자 삼봉은 분노하여 마침내 그를 해코지하였다. "네 다시 '빈 들보에는 제비가 진흙만 물어다 떨어뜨리네'라는 시구를 지을 수 있겠느냐?"라는 사건과 무엇이 다르겠는가!3 아! 너무도 사악한 처사다.

---

3 『수당가화(隋唐嘉話)』에 "수양제는 글을 잘 지었으나 다른 작가가 자기보다 나은 것을 바라지 않았다. 설도형(薛道衡)이 이 때문에 죄를 얻었다. 뒤에 일을 꾸며 설도형을 죽이며 말했다. '네가 다시 「빈 들보엔 제비가 진흙만 물어다 떨어뜨리네」라는 시구를 지을 수 있겠느냐?'"라는 사연이 보인다. 설도형(539~606)은 수나라 때의 유명한 시인이다. 위 시구는 규방의 원한을 읊은 「석석염(昔昔鹽)」이란 유명한 시의 한 구절이다.

51

정도전의 시

삼봉의 「봉천문(奉天門)」[1]은 다음과 같다.

봄빛이 가랑비 따라 천진교를 건너오니	春隨細雨渡天津
태액지 연못가에 버들빛이 싱그럽네.[2]	太液池邊柳色新
어사화 모자에 가득 꽂고 대궐잔치 참가하니	滿帽宮花霑賜宴
호위병도 취객을 검문하지 않는구나.	金吾不問醉歸人

시가 호방하고 빼어나서 얽매인 데가 없다. 김거사(金居士)를 찾아가
서 쓴 시는 다음과 같다.

가을 하늘 아스라하고 사방 산은 휑한데	秋陰漠漠四山空
소리없이 지는 잎에 땅 가득히 붉었어라.	落葉無聲滿地紅
다릿가에 말 세우고 돌아갈 길 물노라니	立馬溪橋問歸路
화폭 속에 내가 있는 줄 눈치도 못 채겠네.	不知身在畵圖中

시 속에 그림이 들어 있다고 하겠다.

52

권근의 금강산

양촌(陽村) 권근(權近)이 사신의 임무를 띠고 명나라에 갔을 때[1] 명 태조(明太祖)가 그에게 조선의 형승지를 묻고 난 다음 시로 읊으라고 명하였다. 즉시 시를 지어 바치자 태조가 노성하고 착실한 수재(秀才)라고 칭찬하였다. 그중에서 금강산(金剛山)을 읊은 시는 다음과 같다.

눈같이 하얗게 솟은 천만 봉우리는	雪立亭亭千萬峯
바다 구름 걷히자 옥부용(玉芙蓉)이 나타났네.	海雲開出玉芙蓉
신비한 빛 넘실넘실, 동해 바다 가까이 있고	神光蕩漾滄溟近
맑은 기상 구비구비, 조화의 기운 뭉쳐 있네.	淑氣蜿蜒造化鍾
높은 봉우리 아래로 새만이 날아가고	突兀岡巒臨鳥道
그윽한 골짜기에는 신선 자취 숨어 있네.	淸幽洞壑秘仙蹤
동쪽으로 노닐어 정상에 올라가서	東遊便欲凌高頂
태초의 바다 굽어보며 가슴을 열어보리라.	俯視鴻濛一盪胸

---

1 1396년(태조 5년, 洪武 29년) 9월의 일로 이때 24수를 지었다.

정지승(鄭之升)은 "이 시 첫머리는 금강산의 진면목을 묘사했다"라
고 말했다.[2]

---

2 정지승의 평은 유몽인(柳夢寅)의『어우야담(於于野譚)』에 실려 있다.

53

권우의 가을날

권우(權遇)는 호가 매헌(梅軒)으로 양촌의 아우이다. 젊은 시절 포은 문하에서 공부하여 성리학에 정통하였다. 양촌은 늘 "나는 아우만 못하다"라고 말했다. 그가 가을날을 읊은 시는 다음과 같다.

대는 푸른빛을 나누어 책상으로 스미고	竹分翠影侵書榻
국화는 맑은 향기 보내 손님 옷을 채우네.	菊送淸香滿客衣
이제는 낙엽마저 제법 생기가 돌아	落葉亦能生氣勢
온 마당 비바람에 절로 날아다니네.	一庭風雨自飛飛

시의 끝 구절은 대단히 소리가 살아 있다.[1]

---

1 『청구풍아』에서 "이 시는 뜻은 고요한데 소리는 시끄럽다〔此詩意靜而語喧〕"라고 평하였는데 홍만종의 평은 여기에 기원을 두고 있다.

54

강회백 삼대

통정(通亭) 강회백(姜淮伯)과 완역재(玩易齋) 강석덕(姜碩德), 인재(仁齋) 강희안(姜希顔)은 할아버지·아버지·손자 세 사람이 모두 문장에 뛰어났다. 아! 고금을 두루 살펴보면, 글을 읽어 문장에 뛰어나기가 어렵고, 문장을 잘해도 일가를 이루어 후세에 전하기가 또 어렵다. 후세에 전한다 해도 여러 세대를 이어가며 훌륭한 전통을 계승하여 가풍을 실추시키지 않기가 특히 어렵다. 그 사례를 옛 역사에서 찾아보면 겨우 소동파와 두보[1]가 찾아질 뿐이다. 우리 동방에서는 통정 집안만이 대대로 문학 전통을 이어왔으니 어찌 위대한 일이 아니겠는가? 통정이 등명(燈明) 스님에게 부친 시는 다음과 같다.

인정이란 매미날개 벗듯이 때에 따라 변하고 　　　人情蟬翼隨時變
세상일은 쇠털 같아 날마다 새로워지네. 　　　世事牛毛逐日新
그리워라 우리 스님은 선탑(禪榻)에 앉아 　　　想得吾師禪榻上

---

1 송대의 문학가인 소식(蘇軾, 1037~1101), 아버지 소순(蘇洵, 1009~1066), 아우 소철(蘇轍, 1039~1112)은 모두 시문에 뛰어나 '삼소(三蘇)'로 불리며 모두 당송팔대가(唐宋八大家)에 들었다. 두보(712~770)는 당대의 대표적 시인으로 그 조부는 저명한 시인인 두심언(杜審言)이다.

넘실대는 푸른 동해를 마냥 보고 있겠지.　　　　坐看東海碧潾潾

완역재가 수암(秀庵) 스님 시축에 부친 시는 다음과 같다.

산수 승경 독차지해 마음 절로 호젓하고　　　占斷烟霞心自閒
푸른산 중턱에 초가집 높이 지어놨네.　　　　茅茨高架碧屛顏
배고프면 밥 먹고 졸리면 자며 다른 일은
없고　　　　　　　　　　　　　　　　　飢飧倦睡無餘事
봄새 한번 울고 나자 꽃은 산에 가득하겠네.　春鳥一聲花滿山

인재가 소나무를 읊은 시는 다음과 같다.

섬돌 아래 외로이 누운 한 그루 소나무　　　階前偃盖一孤松
등걸은 오래 묵어 용의 형상 되었구나.　　　枝幹多年老作龍
세밑에 바람 차서 병든 눈을 씻고 보니　　　歲暮風高揩病目
천길 높은 푸른 하늘로 승천하는 기세일세.　擬看千丈上靑空

이 시의 격조가 가장 높다.

55

이첨의 시

쌍매당(雙梅堂) 이첨(李詹)이 급암(汲黯)¹을 읊었다.

예로부터 아첨하면 총애받기 쉬운 법	諂諛從來易得親
대장군과 승상을 보면 잘 알리라.²	君看大將與平津
재능이 드높아도 회양군에 파묻혔으니	高才久屈淮陽郡
사직의 신하라고 당시에 누가 말했던가?³	執謂當時社稷臣

---

1 이첨은 「독사감우(讀史感遇)」 46수를 지었는데 이 시는 그중 하나로 보인다. 현전하는 『쌍매당협장집(雙梅堂篋藏集)』에는 빠져 있다. 급암은 한나라 복양(濮陽) 사람으로 자는 장유(長孺)이다. 무제 때 동해군(東海郡) 태수로서 큰 치적을 쌓아 무제의 부름을 받았다. 무제의 면전에서 거리낌없이 간언하는 그를 무제가 겉으로는 존경하였으나 속으로는 싫어하였다.

2 대장군(大將軍)은 위청(衛青), 승상(丞相)은 평진후(平津侯) 공손홍(公孫弘)이다. 모두 무제의 총애를 받은 최고위직 무관과 문관으로 급암은 그들을 자주 비판했다. 『한서』「급암전(汲黯傳)」에서 "대장군 위청은 황제가 측간에 앉아서 접견했고, 승상 공손홍은 알현하면서 관을 쓰지 않기도 했다. 그러나 급암을 볼 때에는 관을 쓰지 않고는 보지 않았다"라고 했는데 무제가 급암을 두려워했음을 알 수 있다.

3 『청구풍아』에서 "무제가 급암을 사직의 신하라 여겼으나 회양군에 내치고서 10년 동안 조정에 불러들이지 않았다. 마침내 급암이 거기서 죽고 말았으니 이것이 천고의 한이다. 시의 속뜻은 그 사실을 애통해하고 안타깝게 여긴 것이다〔武帝以黯爲社稷臣, 而卒擯淮陽, 十年不召而死, 此千古之恨. 詩意盖痛惜之也〕"라고 평했다. 홍만종의 평은 이 평가에서 나왔다.

애통해하고 안타까워하는 뜻이 있어 시를 읽는 사람으로 하여금
비감하게 만든다. 이첨은 또 다음 시를 지었다.

집 뒤에는 뽕잎이 부드럽게 자라고   舍後桑枝嫩

남새밭 저편에는 부추 줄기 솟는다.   畦西韭葉抽

방죽에 봄물이 넘실대자   陂塘春水滿

어린 아들은 매어놓은 배를 풀어놓는다.⁴   稚子解撑舟

당시와 견주어 모자람이 있을까?

---

4 문집에는 제목이 「자적(自適)」으로 되어 있고, 『열조시집』에도 뽑혀 있다.

56

유방선의 시

태재(泰齋) 유방선(柳方善)은 일찍이 귀양간 적이 있었다. 그 뒤로는 과거를 보지 않고 은거해 살면서 다음 시를 지었다.

고요한 낮 시내 바람이 절로 발을 걷는데　　　　畫靜溪風自捲簾
시 읊고서 서가 옆에서 책갈피를 뒤지네.　　　　吟餘傍架檢書籤
올해도 지난해마냥 게으름 피우면서1　　　　　今年却勝前年懶
세상사를 온통 낮잠에 내맡기었네.　　　　　　身世全教付黑甛

게으름을 피우며 자는 일이 서책을 뒤적이는 것보다 한층 한적하다고 했다. 시어가 자연스러워 좋다.

---

1 이 시에서 원문의 '승(勝)'은 '맡겨두다(任 또는 堪)'의 의미이다.

57

성간의 시

진일재(眞逸齋) 성간(成侃)이 집현전(集賢殿)에 재직할 적에 동료들과 함께 한양 남쪽에 놀러가서 운(韻)을 나누어 시를 지었다. 그때 성간이 가장 먼저 시를 지었다. 그 시는 다음과 같다.[1]

붓잡고 있던 요사이 병을 견디지 못하다가 　　鉛槧年來病不堪

봄바람에 흥이 일어 성남에 이르렀더니 　　　春風引興到城南

햇살 따사로운 언덕에 비단 짠 듯 여린 풀밭 　陽坡草軟細如織

오늘이 바로 푸른 봄 삼월 삼짇날이네. 　　　正是靑春三月三

시를 보고 사람들이 모두 붓을 내려놓았다. 또 「도중에」는 다음과 같다.

촌가는 드문드문 사립문은 거의 닫혀 있는데 　籬落依依半掩扃

석양에 말 세우고 갈 길을 물어야 하네. 　　　夕陽立馬問前程

---

1 이상의 내용은 『청구풍아』의 해당 시 주석의 내용과 거의 같고, 그 주석은 성현의 『용재총화』에 실린 내용을 간추린 것이다.

| 갑자기 가랑비가 안개 속에 들고 | 儵然細雨蒼烟外 |
| 때마침 농부가 나타나 송아지 몰고 가네. | 時有田翁叱犢行 |

풍경의 묘사가 그림과도 같다. 허균은 이렇게 말했다.

"동국은 고시(古詩)를 배운 사람이 없다. 오직 성간만이 안연지(顏延之)·도연명(陶淵明)·포조(鮑照)2 세 시인을 배워 그 법을 깊이 터득하였다. 칠언절구 몇 편은 당나라 악부(樂府)의 시체(詩體)를 잘 구현하였다. 이 분이 있어서 적막함을 겨우 벗어났다."

성간의 「나홍곡(囉嗊曲)」3은 아래와 같다.

낭군에게 소식 전해 묻노니	爲報郎君道
올해는 돌아오실지요?	今年歸不歸
강가에 봄풀 짙어 갈 때가 되면	江頭春草綠
첩의 애간장이 끊어진답니다.	是妾斷腸時

임이 수레바퀴라면	郎如車下轂
이 몸은 큰 길의 먼지!	妾似路中塵
가까워질 듯 다시 멀어지며	相近仍相遠
바라만 볼 뿐 가까이 못 가네.	看看不得親

---

2 세 사람은 모두 남북조시대의 시인으로 악부시를 잘 지었다. 허균의 말은 『성수시화』에 나온다.

3 「나홍곡」은 5언 4구의 악부시로 「망부가(望夫歌)」라고도 한다. 호응린(胡應麟)은 『시수(詩藪)』에서 "이 노래는 유채춘(劉釆春)이 부른 노래라 하는데 당대의 재자들이 지었고, 성당 이전의 작품이다"라고 설명했다. 장사하는 여인들이 손님을 마주하고 부른 노래이다.

푸른 대는 가지가지 굳세고   綠竹條條勁

부평초는 날날이 가볍나니   浮萍箇箇輕

임은 항상 대처럼 푸르시고   願郎如綠竹

부평초는 닮지 마소서.   不願似浮萍

허균은 이 시를 두고 평가한 것이 아닐까?

58

사육신의 충절

박팽년(朴彭年) · 성삼문(成三問) · 이개(李塏) · 하위지(河緯之) · 유성원(柳誠源)은 세종조에 모두 집현전에 선발되어 성상의 은혜를 가장 많이 받았다. 을해년에 세조께서 선양을 받고 노산군(魯山君)이 상왕(上王)이 되었다. 박팽년 등이 무인 유응부와 함께 상왕을 복위시킬 모의를 은밀히 진행하였으나 모의가 발각되어 모두 죽임을 당했다. 그들이 지은 시문은 세상에 간행될 수 없어 이제 전해 읊어지는 시를 얻어 각기 한 수씩 기록하려 한다.

아! 여섯 선생의 순수한 충성심과 의열(義烈)은 휘황하게 빛난다. 편언척자(片言隻字)라 해도 해나 달과 함께 빛을 다툴 것이므로 굳이 많은 작품이 필요치 않다. 독자들이 이 시를 통해 살펴본다면 그 인간됨을 대략 알 수 있을 것이다. 박팽년의 시는 다음과 같다.

10년 세월 궁궐 안에 몸을 두어	十年身在禁中天
붉은 마음 대궐에만 걸려 있구나.	只有丹心魏闕懸
서쪽 하늘 흰 구름이 눈앞에서 피어올라	西望白雲生眼底
고향 동네 가고픈 마음 견디지 못하겠네.	不堪歸興繞林泉

이때 공의 양친이 전의(全義)에 있었기 때문에 이렇게 읊었다.1 성삼문이 백이(伯夷)·숙제(叔齊)의 묘에서 읊은 시2는 다음과 같다.

무왕의 말 부여잡고 부당함을 용감히 말했을 때	當年叩馬敢言非
대의가 당당하여 밝은 해같이 빛났네.	大義堂堂白日輝
초목도 주나라 비와 이슬에 자라났건만	草木亦沾周雨露
그 수양산 고사리를 캐어먹다니 부끄럽구나!	愧君猶食首陽薇

이개가 선죽교를 읊은 시는 다음과 같다.

번화했던 옛일은 허무하게 사라지고	繁華往事已成空
춤추던 집 노래하던 곳은 잡초만 우거졌네.	舞館歌臺野草中
선죽교 짧은 다리 하나만 남았으니	惟有短橋名善竹
오백 년 왕업은 포은 한 분밖에 없구나.	半千王業一文忠

하위지가 도롱이를 빌려준 박팽년에게 답한 시3는 다음과 같다.

---

1 1439년(세종 21년) 9월 27일에 집현전 부수찬(副修撰) 박팽년이 상언(上言)하여 충청도 전의에 있는 부친의 묘소를 지키고 홀어머니를 봉양하기 위하여 사직하려 했으나 임금의 윤허를 받지 못했다. 이 시는 그 어름의 작품으로 보이므로 양친이라 한 것은 오류다.

2 이 시는 다음 시조의 한역이라 전해진다. "수양산 ᄇ라보며 이제를 한ᄒ노라 / 주려 주글진들 채미도 ᄒ는 것가 / 아모리 푸새엣 거신들 긔 뉘 ᄯᅡ히 낫더니"(『악학습령(樂學拾零)』 62)

3 『지봉유설』에서 이 시를 두고 "시의 뜻에도 불구하고 과감히 은퇴하지 못한 데에는 떠날 만한 명분이 없어서가 아닐까?"라는 의견을 제시하였다. 『시평보유』 하편에도 실려 있다.

사나이 뜻 이루고 못 이룸은 고금이 같나니	男兒得失古猶今
머리 위에 밝은 해가 환히 비춰주네.	頭上分明白日臨
도롱이 보낸 뜻이 틀림없이 있을테니	持贈簑衣應有意
오호(五湖)의 안개 속을 찾아가겠소!4	五湖烟雨好相尋

유성원이 장군을 배웅하며 지은 시는 다음과 같다.

백두산은 마천령에서 동해에 읍을 하고	白山拱海磨天嶺
흑수는 대지를 가로질러 두만강으로 흐르네.	黑水橫坤豆滿江
여기가 이장군(李將軍)5이 말달릴 곳이니	此是李侯飛騎處
항복하러 오는 오랑캐들 실컷 보겠네.	剩看胡虜自來降

유응부가 함경도 절제사가 되어 다음 작품을 지었다.

장군이 부절 잡고 변방에 주둔하니	將軍持節鎭戎邊
사막에 전투 없고 사졸은 잠을 자리라.	沙塞塵淸士卒眠
준마 오천 필이 버드나무 아래 울고	駿馬五千嘶柳下
날랜 매 삼백 마리 누각 앞에 앉았으리.	秋鷹三百坐樓前

---

4 춘추시대 범여(范蠡)가 월나라 왕을 도와 오나라를 멸망시킨 다음 벼슬을 버리고 떠나 오호로 은거하였다. 그곳에서 성명을 바꾸고 살면서 월나라 왕의 시기와 모해를 피하였다. 보통 공적을 이루고 난 뒤 관직을 버리고 은거함을 비유한다.

5 한나라 때의 명장 이광(李廣)을 말한다. 흉노족을 여러 차례 격퇴시켜 적이 그를 무서워하였다. 흉노가 이광을 '비장군(飛將軍)'이라 불렀다. 여기서는 이씨 성을 가진 장군을 비유한다.

시강(侍講) 예겸(倪謙)이 조선에 사신으로 왔을 때6 백이·숙제를 읊은 성삼문의 시를 보고서 크게 감탄하며 "해외에서 이 같은 충절을 지킨 선비를 볼 줄은 생각도 하지 못했다"라고 말했다.

---

6 예겸은 세종 32년(1450)에 조선에 사신으로 왔다.

강세황(姜世晃), 〈**이제묘**(夷齊廟)〉

지본수묵, 통도사 성보박물관 소장. 성삼문의 시는 요동에 있는 고죽성(孤竹城)과 이제묘(夷齊廟)를 방문하고 쓴 작품으로 보인다. 조선 사절단이 북경에 갈 때 산해관과 영평부 사이에 위치한 이 유적을 찾아가 백이(伯夷)와 숙제(叔齊)의 절개를 떠올리며 예를 표하고 시를 지었다. 성삼문의 시와 강세황의 그림은 그 전통을 반영한다.

59

신숙주 삼대

보한재(保閒齋) 신숙주(申叔舟), 이요정(二樂亭) 신용개(申用漑), 기재(企齋) 신광한(申光漢) 이 세 사람은 할아버지 · 아버지 · 손자로서 모두 문장이 뛰어나 대제학(大提學)을 지냈으니 위대한 일이다. 보한재가 일찍이 함경도를 여행하던 중에 대궐에 근무하는 여러 사람에게 다음 시를 부쳤다.

봄이 온 두만강, 변방의 산 돌아 흐를 때 　　豆滿春江繞塞山
나그네는 오색구름 속 고향을 꿈꾸네. 　　　客來歸夢五雲間
그대들은 술 취한 뒤 아무 일도 없이 　　　中書醉後應無事
밝은 달 배꽃 속에 추위도 겁내지 않으리. 　明月梨花不怕寒

이요정의 「양화도(楊花渡)」[1]는 다음과 같다.

강마을은 가을이라 나뭇잎 떨어지고 　　　水國秋高木葉飛

---

[1] 이 시는 1491년 독서당(讀書堂)에서 공부할 때 뱃놀이하며 지었다. 그해 연소한 문신에게 사가독서(賜暇讀書)하는 제도를 다시 복구했는데 시인이 선발되었다.

찬 모래밭 갈매기는 깃털을 보듬누나.　　　沙寒鷗鷺淨毛衣

해는 지고 서풍 불어 놀잇배를 밀어주니　　西風日落吹遊艇

술 취한 채 강산 풍광 가득 싣고 돌아오네.　醉後江山滿載歸

기재가 홀로 내조(內曹)에서 숙직할 때 밤비 소리를 듣고 지은 시는
다음과 같다.

강호에 은거했던 그 시절도 임금 걱정에　　江湖當日亦憂君

백발노인 잠 못 이뤄 밤은 자정으로 깊어갔네.　白首無眠夜向分

적막한 대궐에는 성근 비 지나가는지　　　華省寂寥疎雨過

창밖의 오동잎에 빗소리 먼저 들려오네.　　隔窓桐葉最先聞

삼괴당(三魁堂) 신종호(申從濩)도 보한재 손자로서 문장을 잘했다.
그가 봄이 감을 안타까워하는 시를 지었다.

잔을 들어 차 마시자 잠이 겨우 달아나고　茶甌飲罷睡初驚

건넛집에서 옥피리 소리 들려온다.　　　隔屋聞吹紫玉笙

제비는 오지 않고 꾀꼬리마저 떠나가니　燕子不來鶯又去

뜰 가득 붉은 꽃비 소리없이 떨어진다.　　滿庭紅雨落無聲

여러 편의 시는 당나라 시인에 양보할 것이 없다.

60

서거정의 동몽시

서거정은 호가 사가정(四佳亭)으로 양촌 권근의 외손이다. 여섯 살 때
시를 지어 신동으로 불렸다. 그가 여덟 살 때 양촌을 모시고 앉아 있다
가 "옛날 사람들은 일곱 걸음 걷고서 시를 지었다고 하던데[1] 그것도
느린 것 같아요. 저는 다섯 걸음 안에 시를 지어보겠어요"라고 하였
다. 양촌이 크게 기특하게 여겨 하늘을 가리켜 시제로 쓰라 하고, 명
(名)·행(行)·경(傾) 세 글자를 각운으로 불러주었다. 사가정이 즉시
다음 시를 읊었다.

모양이 지극히 둥글고 커서 이름짓기 어렵고	形圓至大蕩難名
땅을 안고 돌면서 절로 힘차게 운행하네.	包地回旋自健行
뒤덮고 받치는 천지 사이에 만물을 품어주련만	覆燾中間容萬物
기(杞)나라 사람은 왜 무너질까 걱정했단 말인가?	如何杞國恐頹傾

---

1 조식(曹植)의 「칠보시(七步詩)」를 두고 한 말이다.

양촌은 감탄과 칭찬을 그치지 않았다.[2]

---

2 서거정의 작품이라 한 이 시는 그의 문집에 보이지 않는다. 대신 김인후(金麟厚)의 『하서집
(河西集)』에 「하늘을 읊다(詠天)」라는 제목의 6세 때 지은 작품으로 나온다. 본문은 다음과
같다. "形圓至大又窮玄, 浩浩空空繞地邊. 覆幬中間容萬物, 杞人何爲恐頹連." 이 작품은 김인
후의 작품이 분명하므로 홍만종이 작자를 착각한 것으로 보아야 한다.

61

서거정의 표절

사가는 대제학 자리를 오래도록 맡았기 때문에 명성이 누구보다 성대하였다. 그러나 평자들로부터 중시되지 않았는데 그의 재주가 화려하고 넉넉한 데 머물고 말았기 때문이다. 사가가 조선에 온 중국 사신 기순(祁順)을 한강에서 접대할 때 먼저 다음 시구를 읊어 도전하려 하였다.[1]

풍월은 황학을 따라서 떠나지 않고　　　　　風月不隨黃鶴去
연파는 오랜 세월 흰 갈매기를 보내오네.　　烟波長送白鷗來

그러나 결국 "오대산 샘줄기는 하늘로부터 흘러나오네〔五臺泉脈自天來〕"라는 기순의 시구에 군색해지고 말았다. 이 일을 두고 선배들은 먼저 다리를 걸었다가 제풀에 넘어졌다고 비꼬았을 뿐[2] 사가가 고인의 시구를 표절한 사실은 전혀 알아차리지 못했다.

내가 『동문선(東文選)』(제14권)에서 고려 중암(中庵) 채홍철(蔡洪哲)의

---

1 성종 7년(1476) 황태자의 책봉을 알리러 온 조사이다. 서거정이 이때 의정부 좌참찬의 벼슬을 띠고 원접사가 되었다. 『황화집(皇華集)』 권9에 이때 접대한 시문이 수록되어 있다.

시 「월영대(月影臺)」의 한 연을 보았더니 사가가 지은 시구와 아무 차이가 없이 '상축(相逐)' 두 글자만 바뀌었다. 『동문선』은 사가가 왕명을 받아 편찬한 책이므로 그의 눈에 익은 구절이 분명하다. 중국 사신으로 하여금 항복의 깃발을 들게 하려고 일부러 이 시구를 쓰지 않았을까?3

---

2 성현의 『용재총화』와 권응인(權應仁)의 『송계만록(松溪漫錄)』, 김안로(金安老)의 『용천담적기(龍泉談寂記)』, 유몽인의 『어우야담』 등에 내용이 나오는데 홍만종은 『어우야담』을 활용하였다.

3 이 시평은 서거정이 채홍철의 시구를 도용한 사실을 변론한 것으로, 홍만종은 『시화총림(詩話叢林)』 「증정(證正)」에서 다시 상세하게 변론하였다. 본문비평에 철저하고자 하는 저자의 엄격함을 엿볼 수 있다. 임상원(任相元) 역시 『교거쇄편(郊居瑣編)』에서 이 시구의 표절문제를 거론하고 있는데 원시를 고려 최해의 작품으로 잘못 논하고 있다.

62

김종직의 시

점필재 김종직은 선산(善山) 사람이다. 그가 선산부사로 부임할 때 다음 시를 지었다.

사공은 상수(瀧水)의 아전이 아니고	津吏非瀧吏
수령은 바로 이 마을 사람이라.[1]	官人卽邑人
세 번 사직소를 올리다가 임금님 하직하고	三章辭聖主
다섯 마리 말을 타고 어머님을 위로하려네.	五馬慰慈親
흰 새는 배를 맞이하는 듯하고	白鳥如迎棹
푸른 산은 무심히 손님 보내네.	靑山慣送賓
맑은 강에 더러움 하나 없으니	澄江無點綴
그것으로 내 몸을 다스리리라.[2]	持以律吾身

시가 지극히 전아하고 아담하다. 또 장현(長峴) 인가에 붙인 시[3]는

---

1 상수의 아전은 한유의 「상리(瀧吏)」에 나오는 관리이다. 한유가 원화 4년 조주(潮州)로 좌천되어 갈 때 상리를 만나 문답한 내용을 시화했다. 수련은 선산으로 부임하는 것이 좌천이 아니고 고향에 부임함을 밝혔다. 수련의 구법은 맹호연의 「매도사수정(梅道士水亭)」의 수련 "傲吏非凡吏, 名流卽道流"를 점화하였다.

다음과 같다.

　　울타리 밖에는 붉은 복사꽃, 두어 그루 대가　　籬外紅桃竹數科
　　있고
　　방울방울 떨어지는 빗살 사이로 꽃잎이 난다.　　零零雨脚間飛花
　　늙은이는 쟁기 매고 아이는 송아지 탔으니　　老翁荷耒兒騎犢
　　두보 시에 나오는 서엄(西崦) 촌가4가 여기　　子美詩中西崦家
　　아닐까.

시 속에 그림이 있다고 할 만하다. 또한

　　서리 내린 뒤인데도 오동잎은 우수수 바람에　　霜後梧桐猶窣窣
　　스치고
　　달빛 환해 지작(鷦鵲)은 절로 푸득거린다.5　　月明鷦鵲自翩翩

는 쓸쓸하고 담박하기가 이와 같다.

---

2 문집에는 「낙동역(洛東驛)」이란 제목으로 실려 있다. 『소문쇄록(謏聞瑣錄)』에서 이때(1476년) 작자가 큰 병을 앓고 난 뒤라 하였고, 「연보」에는 나이 46세 7월 초하루에 임명되었다고 하였다. 『국조시산(國朝詩刪)』에서 "사대부가 뜻을 다부지게 먹는 것이 마땅히 이와 같아야 한다(士夫勵志, 當若是耳)"라고 평했다.

3 문집 제목에 "장현 아래 인가는 울산 서쪽 삼십여 리에 있다(長峴下人家, 在蔚山西三十餘里)"라고 밝혔다.

4 두보가 지은 시에 「적곡서엄인가(赤谷西崦人家)」가 있다.

5 지작은 후한 장제(章帝) 때 조지국(條支國)에서 바친 상서로운 새의 이름. 사람의 말을 알아듣고, 나라가 태평하면 떼지어 날아다닌다고 한다. 『점필재집』에는 제목이 「윤8월 19일 숙직하는 관서에서 우연히 읊다(閏八月十九日直廬偶吟)」로 되어 있다.

비둘기는 아가위 잎에서 꾸룩꾸룩 울어대고   鳩鳴穀穀棣棠葉

나비는 순무 꽃에서 나풀나풀 춤을 추네.6   蝶飛款款蕪菁花

는 아담하고 곱기가 이와 같다. 이른바 조선조의 우두머리라 점필재
를 일컫는 것이 어찌 헛말이리요?7

---

6 문집에 제목이 「한식촌가(寒食村家)」로 실려 있다.

7 신흠이 『청창연담』에서 "점필재의 시는 조선의 우두머리라 칭송하니 참으로 과장된 말이 아
   니다[佔畢齋之詩稱爲冠冕者, 實非詩語也]"라고 한 평에서 나왔다.

63

김시습의 무제

동봉(東峰) 김시습(金時習)은 다섯 살 때 벌써 기이한 아이로 이름이 났다. 세종임금께서 동봉을 불러 「삼각산」[1] 시로 시험해보고 매우 기특하게 여겼다. 그 뒤 동봉은 미친 사람 흉내를 내고 중이 되어 산중에서 살았다. 지은 시가 대단히 많으나 모두 입에서 나오는 대로, 손에서 쓰이는 대로 지어 흥취만을 풀어냈을 뿐 퇴고하는 데 신경을 쓰지 않았다. 그러나 이룬 경지가 탁월하고 높아서 범인이 미칠 수 없다. 그의 「무제(無題)」는 다음과 같다.

짚신 신고 종일토록 발길 닿는 대로 걸어가니　　終日芒鞋信脚行
한 산이 지난 곳에 또 한 산이 푸르다.　　一山行盡一山靑
마음에 집착이 없으니 어찌 육체의 종이 되고　　心非有想奚形役
도는 본디 이름지을 수 없으니 어찌 빌려서　　道本無名豈假成
이루리?

---

1 "세 봉우리 용솟음쳐 하늘을 꿰뚫고 / 올라가면 한 손으로 북두칠성 따오겠네. / 산골마다 비와 안개 용케 일으키고 / 우리 서울 만세토록 편안케도 만든다네〔束聳三峰貫太淸, 登臨可摘斗牛星. 非徒岳峀興雲霧, 能使王都萬世寧〕"(『지봉유설』). 이 시는 『시평보유』에 실려 있다.

간밤의 이슬 채 마르기 전에 산새들 지저귀고   宿露未晞山鳥語

봄바람은 쉬지 않고 불어 들꽃이 환하게 피었네.   春風不盡野花明

단장 짚고 고요한 일천 묏부리로 돌아가려니   短笻歸去千峯靜

푸른 벼랑 어지러운 안개는 저녁 햇살에   翠壁亂烟生晚晴

피어나네.

도를 깨친 자가 아니라면 어찌 이런 말을 할 수 있으랴?[2]

---

2 『매월당집』에 「준상인에게 주다[贈峻上人]」 20수 중 8수로 실려 있고, 허균은 『국조시산(國
朝詩刪)』에서 "깨우침이 진여에 들어갔다[悟入眞如]"라고 평했다.

64

시의 장난기

동봉 김시습이 다음 시를 지었다.

옳은 것을 옳다 하고 그른 것을 그르다 하니   是是非非非是是
이것이 옳음이 아니요
그른 것을 그르다 하고 옳은 것을 옳다 하니   非非是是是非非
이것이 그른 것을 그르다 하는 것이네.

또 다음 시를 지었다.

같은 것이 다르고 다른 것이 같으니 같고   同異異同同異異
다름이 다르고
다른 것이 같고 같은 것이 다르니 다름과   異同同異異同同
같음이 같네.

복재(服齋) 기준(奇遵)이 다음 시를 지었다.

사람 밖에서 사람을 찾으니 사람이 어찌 다르겠는가?　人外覓人人豈異

세상 속에서 세상을 찾으니 세상을 같이하기 어렵다.　世間求世世難同

또 다음 시를 지었다.

붉은 것이 붉고 흰 것이 희니 붉은 것은 흰 것이 아니요　紅紅白白紅非白

색은 색이고 공은 공이니 색이 어찌 공이겠는가?　色色空空色豈空

두 분은 이런 시구의 사용을 좋아했으나 이는 매우 장난에 가깝다. 백운거사 이규보가 한가롭게 지내며 쓴 시는 다음과 같다.

인(印)이 첩첩이니 인끈이 치렁치렁¹이니 물지를 마라.　莫問纍纍兼若若

시시(是是)도 따지지 않거늘 비비(非非)를 따지랴.　不曾是是況非非

비로소 백운거사가 이러한 시체(詩體)를 만들어냈음을 알았다.²

---

1 한나라 원제(元帝) 때의 오록충종(五鹿充宗)은 석현의 세력을 등에 업고 많은 관직을 겸직하여 백성들이 "인은 어이 그리 첩첩이고, 인끈은 어이 그리 치렁치렁한가[印何纍纍, 綬若若耶]"라고 노래하였다(『한서』 「석현전(石顯傳)」).

2 김시습 등의 희작에 대해 이익은 『성호사설』 시문문(詩文門) 「이동동(異同同)」 조에서, 이덕무는 『이목구심서』 권2에서, 이규경은 『시가점등』 「동이삼사위대련(同異三四爲對聯)」 조에서 논의하였다.

65

홍유손의 시

소총(篠叢) 홍유손(洪裕孫)이 강가 바위에 쓴 시는 다음과 같다.

맑은 강에 발 씻고서 모래밭에 누웠더니   濯足淸江臥白沙

심신이 호젓하여 무하지경에 들어가네.   心神岑寂入無何

하늘은 파도 일으켜 귓전을 소란케 하여   天敎風浪長喧耳

인간세상 숱한 잡일 못 듣게 하누나.   不聞人間萬事多

이 시는 고운 최치원의 다음 시에서 나온 것이리라.

시비 따지는 소리 귀에 들릴까 저어하여   常恐是非聲到耳

일부러 흐르는 물로 산을 온통 둘렀네.1   故敎流水盡籠山

시의 뜻은 아름다워도 아무래도 고운의 시에는 미치지 못한다.

---

1 칠언절구 「가야산 독서당에서〔題伽倻山讀書堂〕」의 2구이다.

최치원(崔致遠), 가야산 해인사 홍류동(紅流洞) 석각(石刻)

최치원은 이 유명한 칠언절구 시를 친필로 써서 바위에 새겼다고 전하는데 지금은 글씨가 사라지고 없다. 이우(李俣)가 편찬한 『대동금석서(大東金石書)』에 '광분(狂奔)'과 '고교(故敎)' 네 글자만이 탁본으로 실려 있다.

66

정희량의 시경

허암(虛庵) 정희량(鄭希良)은 연산군 시절에 화를 피해 스님이 되어 산수를 떠돌아다녔다. 어디에서 죽었는지조차 알 수 없다. 허암이 언젠가 어떤 절에 이르러 절벽에 다음 시를 써놓았다.

중국 가는 학사님네 신새벽에 추워 떨고　　　朝天學士五更寒
철마 탄 장군님네 한밤에 관문을 나서네.　　　鐵馬將軍夜渡關
산사에 해 높이 떠도 스님은 안 일어나니　　　山寺日高僧未起
세상 명리가 한가함보다 못하구나.　　　　　世間名利不如閒

그 절 스님이 시를 세상에 전하자 식자들은 허암이 지은 시임을 알아차렸다. 내가 볼 때, 허암은 인품이 높을 뿐만 아니라 시의 경지 또한 높다.

67

정광필의 시

문익공(文翼公) 정광필(鄭光弼)은 내 외가 육대조이시다. 평생 지으신 저술은 흩어져 남은 것이 없어서 김해에 귀양가서 쓴 시 한 수[1] 외에는 세상에서 구경할 수 없다. 그래서 내가 흩어진 시문을 주워모아 신는다. 전원에 돌아가서 지은 시는 다음과 같다.

사직서 올리고 아득히 먼 길 돌아오니	金章已謝路漫漫
백발에 돌아온 고향의 옛 전답은 황폐하구나.	垂白歸來舊業殘
시냇가 돌밭 몇 뙈기 겨우 남아 있고	沿澗石田纔數畝
집이라곤 머리 부딪는 초가집 세 칸뿐.	打頭茅簷只三間
마을 촌로 모두가 낯선 얼굴이어도	一村黎老皆新面
마주본 청산만은 옛 모습 그대로구나.	兩岸靑山是舊顔
쫓겨난 몸인 줄 이웃에선 모른 채	隣里不知蒙譴重
오히려 막걸리로 귀향을 위로하네.	猶將濁酒慰玆還

---

1 『송계만록』에는 「김해에 귀양가 배소에 처음 도착하다[謫金海, 初到配所作]」란 제목으로 실려 있다. "積謗如山竟見原, 此生無計答天恩. 十登峻嶺雙垂淚, 三渡長江獨斷魂. 漠漠遠山雲潑墨, 茫茫大野雨鱗盆. 暮投臨海東城外, 茅屋蕭蕭竹作門." 권응인은 이 시를 들고서 "덕이 있는 사람은 반드시 말이 있다는 말이 참말이구나[信乎有德者必有言也]"라고 평했다.

겨울밤에 쓴 시는 다음과 같다.

땔나무 거두느라 힘이 다 빠졌으나	收拾柴薪用力窮
연기 가신 장작에는 불이 온통 발갛구나.	烟消樺柮火通紅
저녁 갈가마귀 깃들어 바람은 막 잦아들고	昏鴉棲定風初下
길 떠난 기러기 소리 높아 밤은 한창 깊네.	旅雁聲高夜正中
꿈속에 돌아가 본 대궐은 맑기 그지없고	北闕夢回天穆穆
동산에 발이 매인 채 비만 부슬부슬 내리네.	東山跡滯雨濛濛
명예와 지위 얻겠다고 미친 듯 달려온 한평생	一生狂走叨名位
한단(邯鄲) 주막에서 꾼 꿈처럼 허무하네.2	竟與邯鄲呂枕同

담긴 뜻이 높고 예스러우며, 시의 흥취가 부드럽고 넓다. 그분의 시를 읽을 때마다 그분의 덕망을 생각하게 된다.

---

2 심기제(沈旣濟)의 소설 『침중기(枕中記)』에 나오는 이야기이다. 노생(盧生)이 한단 주막에서 도사 여옹(呂翁)과 하룻밤을 잤다. 여관 주인이 기장을 끓이고 있을 때 노생이 부귀를 부러워하며 졸자 여옹이 그에게 베개를 주었다. 노생이 그 베개를 베고 자자 꿈에서 부귀영화를 한 껏 누렸다. 깨어보니 꿈이었는데 여관 주인은 아직 기장을 다 끓이지 않았다.

68

강혼과 김류

목계(木溪) 강혼(姜渾)이 임풍루(臨風樓)를 읊은 시의 한 연은 다음과 같다.

제비 이리저리 날더니 바람이 버들가지 흔들고　　紫燕交飛風拂柳

청개구리 어지러이 울더니 비가 산을 뒤덮다.[1]　　青蛙亂叫雨昏山

북저(北渚) 김류(金瑬)가 객지에서 읊은 시는 이렇다.

먼 산에 비 내리니 연못의 개구리 어지러이 울고　　遙山帶雨池蛙亂

큰 버드나무 바람 안으니 바다제비가 빗겨 난다.　　高柳含風海燕斜

　북저 시는 목계 시에 뿌리를 두고 있으나 호쾌하고 거침없음은 끝내 한 단계 양보해야 한다.

---

1 『성수시화』에서 정사룡(鄭士龍)이 이 시구를 높이 평가했다고 밝혔고, 『지봉유설』에서 세상에서 아름다운 시구로 칭송한다고 평했다.

69

박은의 영보정

읍취헌(挹翠軒) 박은(朴誾)과 용재(容齋) 이행(李荇)은 모두 문장을 잘하여 친하게 지냈다. 읍취헌은 연산군 때 화를 당해 죽었는데 용재가 그의 시문을 수습하여 세상에 간행하였다. 그 시는 천재성이 매우 높아서 인공적 수식을 범하지 않았다. 마치 허공에서 망상(罔象)이란 물귀신을 사로잡는 듯하다. 영보정(永保亭)을 읊은 시[1]는 다음과 같다.

지세는 푸득푸득 날려 하는 새와 같고	地如拍拍將飛翼
누각은 흔들흔들 매어놓지 않은 거룻배로다.	樓似搖搖不繫篷
북녘을 바라보니 구름 낀 산하는 어디서나 끝나려는지	北望雲山欲何極
남쪽으로 내려오니 풍광은 이곳이 가장 으뜸이로다.	南來襟帶此爲雄
바다기운은 안개가 되었다가 금세 비를 이루고	海氣作霧因成雨

---

1 영보정은 충청도 수영(水營)에 소속되어 있는 누정으로 서해안 바닷가의 제일가는 명승으로 널리 알려졌다.

파도 기세는 하늘을 뒤집으며 바람을 　　　　　　浪勢飜天自起風
일으키네.

어둠 속에 새들 우짖는 소리 들리는 듯하더니 　　暝裡如聞鳥相喚

앉은 사이 깨달으니 경계 모두 비었네. 　　　　坐間渾覺境俱空

　용재는 이렇게 말하였다. "읍취헌의 시는 사람의 의표(意表)를 벗어나 자연스럽게 문장을 지었을 뿐 조탁의 힘을 빌리지 않았다. 아무래도 천고에 드문 글이라 하겠다."2

---

2 이 평은 이행의 「읍취헌유고서(挹翠軒遺稿序)」와 「묘지명(墓誌銘)」을 정리한 것이다. 박은의
　「영보정」은 역대 평자들이 한결같이 절창으로 칭송하였다. 다만 정약용은 정범조에게 보낸
　편지에서 가작으로 보기 어렵다는 의견을 내놓았다.

70

남곤의 신광사

지정(止亭) 남곤(南袞)은 문장이 매우 아름다워 우리나라에서 보기 드물다. 신광사(神光寺)에 붙인 여섯 작품1은 모두 절창인데 이제 그중 3수를 싣는다.

천 겹의 문서더미에서 몸을 빼내	千重簿領抽身出
열 자 남짓 절방에 잠자리 빌어 누웠네.	十笏僧房借榻眠
6월의 무더위도 날아들지 못하니	六月炎塵飛不到
산사에는 별세계가 있는가 보구나.	上方知有別般天

황금 글씨 편액에는 보광명을 써놓았고	金書殿額普光明
이백 년을 거치도록 멋진 법당 지켜왔네.	二百年來結構精
산문(山門)을 연 큰 시주가 누구더냐 물어보니	試問開山大檀越
창공에는 가없이 새가 훨훨 날아가네.	碧空無際鳥飛輕

---

1 황해도 해주 북숭산(北嵩山)에 있었던 거찰이다. 1342년 원나라 황제가 태감(太監) 송골아(松骨兒)로 하여금 장인 37명을 이끌고 고려인과 함께 이곳에 원찰을 짓게 하였다. 『여지승람』에 남곤의 시 6수가 실려 있다.

뜰앞에는 잣나무가 늠름하게 늘어서서　　　　　庭前栢樹儼成行

아침저녁 시원하게 그림자가 회랑을 도네.　　　朝暮蕭森影轉廊

서방에서 조사(祖師)가 온 뜻 물어보려 했더니　欲問西來祖師意

북숭산 신령한 바람 서늘하게 불어오네.　　　　北山靈籟送淒涼

　허균이 이 시를 『국조시산(國朝詩刪)』에 뽑아 넣고 "비록 작자는 화가 나서 침을 뱉을 사람이나 시만은 절로 아름답다"라고 평하였다. 나는 일찍이 그 평을 보고서 "당 태종(唐太宗)이 위 무제(魏武帝)를 제사 지낸다더니 바로 제 자신을 묘사한 평이로구나!"[2]라고 비웃었다.

---

2 645년(정관 19년) 당 태종이 고구려를 침략하려고 낙양을 출발하여 업(業) 땅을 지났다. 그 때 태종은 직접 「위 태조 제문(祭魏太祖文)」을 지어 조조를 제사하였다. 홍만종의 이 평은 허균이 시문에는 능하지만 광해군 때에 역적의 무리로 사형을 당했다는 사실을 지적한 것이다. 허균에게 이러한 악의에 찬 평이 꼭 붙어다녔다.

71

이행의 시

용재 이행이 지은 시는 조화롭고 평탄하며 순수하고 익숙하여 여유롭게 신경(神境)에 들어갔다. 허균은 조선 제일의 대가라고 칭송하였다.[1] 용재가 차운하여 감회를 쓴 시는 다음과 같다.

고난 많은 인생길, 찌들어버린 병자에겐	多難羇然一病夫
인간세상 어디 가나 궁한 일뿐인 것을.	人間隨地盡窮途
청산은 눈에만 들 뿐 은거할 집 짓지 못하고	靑山在眼誅茅晚
밝은 달에 마음 상해 외로이 붓을 잡네.	明月傷心把筆孤
짧은 꿈에서 공연히 개미굴을 찾아봐도[2]	短夢無端看蟻穴
정처없는 뜬 인생은 돛대 위의 까마귀라.	浮生不定似檣烏
이제 와 늘그막의 재미를 실컷 누려	祇今羸得衰遲趣

---

1 『성수시화』에서 "우리나라 시는 마땅히 용재를 제일로 평가해야 한다. 웅숭깊고 도타우며 조화롭고 평탄하며 담박하고 아담하며 순수하고 익숙하다〔我國詩當以李容齋爲第一, 沈厚和平, 澹雅純熟〕"라고 평했다.

2 당나라 이공좌(李公佐)의 소설 『남가기(南柯記)』에서 나온 남가일몽(南柯一夢)의 고사를 썼다. 순우분(淳于棼)이 느티나무 남쪽 가지 아래서 잠을 자다가 꿈속에 괴안국(槐安國)에 이르러 온갖 부귀를 누리다가 깨어났다. 자기가 노닐던 곳이 바로 뜰 앞 큰 느티나무 아래였고, 그 아래 개미굴에 개미들이 드나들고 있었다. 인생의 부귀득실이 무상함을 비유한다.

아이들이 흰 수염 당겨도 내버려두노라.   聽取兒童捋白鬚

또 숙직하는 곳에 붙인 시는 다음과 같다.

노년에도 분주하여 약속한 듯 병마가   衰年奔走病如期
찾아들고
봄 흥취도 많지 않아 시흥도 일지 않네.   春興無多不到詩
잠깨고 둘러보니 꽃피는 철 다 지나서   睡起忽驚花事晚
한 차례 보슬비 장미꽃에 듣는구나.   一番微雨落薔薇

모두가 따뜻하고 넉넉하며 전아하고 법도가 있어 시인의 상승(上
乘)이다.3

---

3 『국조시산』에 이 시를 싣고 "조화롭고 도타우며 전아하고 법도가 있어 시인의 상승이다[和厚
典則, 詞家上乘]"라는 평을 달았는데 홍만종이 그 평을 반영하였다.

72

이희보의 시

이희보(李希輔)는 문장을 잘했는데 호를 안분당(安分堂)이라 한다. 연산군이 사랑하는 여자를 잃고 나서 도를 넘게 애도하여 신하들에게 만시(挽詩)를 짓게 하였다. 이희보가 절구 한 수를 지어 바쳤더니 연산군이 보고 애통해하면서 후한 상을 내렸다. 이희보는 이 일로 하여 갑자기 높은 관직으로 뛰어올랐다. 그러나 훗날에는 시론(時論)이 그를 하찮게 여겨 끝내 인생이 잘 풀리지 않았다.[1] 그가 봄날 우연히 읊은 시는 다음과 같다.

비단 같은 많은 숲에 새들도 노래하니　　　　錦繡千林鳥亦歌

조물주도 역시 화려함을 좋아하나?　　　　　天工猶自喜繁華

문 앞에 선 고목만은 가지도 잎도 없어　　　門前枯木無枝葉

봄신의 힘으로도 꽃 한 송이 못 피우네.　　春力無由着一花

자기 처지를 슬퍼하는 심경을 잘 드러내는데 시도 매우 아름답다.

---

1 이희보가 만시를 지은 사실은 많은 시화에서 다루었다. 국립본1에 그 만시를 실었다. 그 시는 다음과 같다. "궁문이 깊게 닫히고 달은 황혼이더니 / 열두 번 종소리에 한밤 되었네. / 청산 그 어디에 옥같은 뼈를 묻었는가? / 가을바람 낙엽소리 차마 듣지 못하겠네〔宮門深鎖月黃昏, 十二鐘聲到夜分. 何處靑山埋玉骨? 秋風落葉不堪聞〕"(『국조시산』 권2).

73

박상의 시

눌재(訥齋) 박상(朴祥)이 남해신당(南海神堂)[1]을 읊은 시는 다음과 같다.

술과 안주 성대히 차려 신령을 기쁘게 하니	蕙肴椒醑穆將愉
신장이 찬란하게 붉은 이무기 타고 오네.	神衛煌煌駕赤虯
술 세 번 올리는 동안 향불이 찬연히 피어올라	香火粲薰三宿裏
새벽 되자 달과 별이 환히 빛나네.	月星明槪五更頭
태풍을 몰아내어 창공은 공활하고	捎殘颶母天空闊
물귀신을 묶어두어 파도가 잔잔하네.	鎖斷支祈海妥流
풍성한 가을 수확 점쳐봐도 좋나니	禾黍有秋從可卜
남녘 하늘 오색구름 때때로 피어나네.	慶雲時起祝融陬

노성하고 굳세며, 기이하고 헌걸차다. 또 밀양 영남루에서 지은 시
의 경련(頸聯)

---

1 남해신당은 전라도 나주에 있어 조선왕조 제2등급의 제사의식인 중사(中祀)가 거행되었다.
눌재가 제사지내는 관리로 파견되어 이 시를 지었다.

어부의 배는 강가를 두른 달빛을 나누어 싣고　　漁艇載分籠渚月

관가의 양은 언덕을 뒤덮은 안개를 밟아　　　官羊踏破羃坡烟

흩어버리네.

는 지극히 맑고 치밀하다. 법성포(法聖浦)에서 지은 시의 함련(頷聯)

용궁에서는 인어가 짠 비단을 내다 말리고　　龍宮灑出鮫人錦

신기루에서는 미인의 수레가 뛰며 돌아간다.　　蜃市跳回姹女車

는 지극히 아스라하고 신비하다. 허균은 이렇게 말했다.

"젊은 시절에 지천(芝川) 황정욱(黃廷彧) 어른을 뵈었다. 그분은 지론(持論)이 매우 도도하여 고금의 문예를 말씀하실 때 인정하는 작가가 드물었다. 용재 이행은 너무 유들유들하다고 지목했고, 이달은 모의(模擬)를 했다고 지적했으며, 호음과 소재가 작가의 법도에 어느 정도 부합한다고 하였다. 오직 눌재만은 인정하여 미칠 수 없다고 했다."[2]

---

2 허균의 말은 「황지천 시권에 붙인 서문〔題黃芝川詩卷序〕」을 재인용한 것이다. 한편, 정사룡도 인정하고 굴복하는 시인이 드물었으나 눌재의 시만을 좋아하여 자신이 그에 미치지 못한다고 생각하였다. 『시화휘편(詩話彙編)』에 기록되어 있다.

74

조광조의 절명시

정암(靜庵) 조광조(趙光祖) 선생이 기묘사화에 연좌되어 곤장을 맞고 전라도 능성에 유배되었다. 감옥에 갇혀 다음 절구 한 수를 지었다.

활 맞은 새 같은 신세 누가 불쌍히 여기랴.	誰憐身似傷弓鳥
새옹지마를 바라는 심경이 나도 우습네.	自笑心同失馬翁
고향에서는 돌아오지 않는 나를 꾸짖겠지만	猿鶴定嗔吾不返
엎어진 동이에서 빠져나오기 힘든 줄 누가 알랴!	豈知難出覆盆中

시가 극히 처절하다. 얼마 되지 않아 사사당할 때 다음 시구를 읊었다.

임금 사랑하기를 아비 사랑하듯 하였으니	愛君如愛父
하늘의 해는 내 붉은 마음을 비추리라!	天日照丹衷

마침내 짐독을 마시고 운명하였다. 사림(士林)이 이 시를 전하여 외면서 눈물을 흘리지 않는 사람이 없었다.

75

김정의 소나무 시

충암(沖庵) 김정(金淨)은 문장이 정밀하고 깊으며, 드넓고 굳세어 선배들이 '문장은 전한(前漢)을 추구하였고, 시는 성당(盛唐)을 배웠다'라고 칭찬하였다.[1] 당화(黨禍)에 연좌되어 곤장을 맞고 제주에 유배되었다가 얼마 되지 않아 사사되었다. 충암이 제주로 가기 위해 해남(海南) 바닷가에 이르렀을 때 길가에 서 있는 소나무를 시로 읊었다.

바닷바람 불어와 솔바람 소리 멀리 퍼지고	海風吹去悲聲遠
산달 높이 떠오르자 야윈 그림자 성글구나.	山月高來瘦影疎
그래도 곧은 뿌리 땅밑까지 뻗어 있어	賴有直根泉下到
서릿발 같은 높은 기상 다 죽지 않았네.	雪霜標格未全除

또 다음과 같이 읊었다.

| 가지는 꺾이고, 잎사귀는 꺼칠한데 | 枝柯摧折葉鬖髿 |

---

1 『패관잡기』에 "대개 기묘 연간의 눌재와 충암 등 여러 분들은 시는 성당을 배웠고, 문장은 전한을 추구하였다[盖己卯年間訥齋・沖庵諸公, 詩尙盛唐, 文尙西京]"라고 하였다.

도끼에 찍히고 남은 몸은 모래밭에 쓰러질 듯   斤斧餘身欲臥沙

대들보로 쓰이려던 꿈은 이제 사라졌어도   望絶棟樑嗟已矣

바다로 떠나갈 신선의 뗏목을 만들 수 있겠지.   枒楂堪作海仙槎

풍격과 운치가 맑고 원대하며, 뜻의 운용이 매우 간절하다. 시를 가지고 자신의 정황을 밝혔으나 끝내 자기 목숨을 보전하지 못했다. 동량으로 쓰이지도 못하였고, 배를 타고 은거하려던 바람도 끊어졌으니 슬픈 일이다.

76

김안로의 시

이숙(頤叔) 김안로(金安老)는 문장을 잘 지었다. 그가 지은 칠언율시 함련은 다음과 같다.

둥지의 학이 맑은 들에 서 있으니 기세가
당당하고   巢鶴立晴廳意氣

불에 탄 산이 푸른빛으로 돌아와 정신을
차렸구나.   火山回碧頓精神

동명 선생이 화공(畵工)의 수단이라고 칭찬했다.

77

화찰과 소세양의 압록강

조사(詔使) 화찰(華察)이 압록강을 읊은 시는 다음과 같다.

삼월이라 봄 강에 배를 띄워 떠났더니	春江三月送浮槎
해가 지고 밀물 올라올 때 모래밭에 닿았네.	日落潮平兩岸沙
천지가 본디 달라 타국으로 나뉘었고	天地本來分異域
풍진 속에 이렇게 떠나 사신 행차 부끄럽네.	風塵此去愧皇華
물결 치는 압록강에 비가 막 지나가고	波飜鴨綠初經雨
버들은 아황(鵝黃)빛 띠어 아직 꽃피지 않았네.	柳帶鵝黃未着花
천하는 이제 수레와 글 한가지로 되었거니	四海車書今一統
동방은 은나라 때부터 문물이 번성했네.	東溟文物自商家

원접사 양곡(陽谷) 소세양(蘇世讓)이 다음과 같이 차운하였다.

넘실넘실 맑은 물결에 사신의 배 정박하고	溶溶晴浪泊靈槎
말과 사람 구름같이 저문 모래밭에 모여드네.	騎從如雲簇晩沙
이제 알겠군, 조물주가 풍물을 나눠놓아	始識天公分物色

일부러 신선에게 봄 풍경을 맡겼구나.　　　　故敎仙客管春華

강가에는 치렁치렁 안개 머금은 버드나무　　烟含濯濯江邊柳

언덕에는 파릇파릇 비에 젖은 꽃잎이라.　　　雨浥離離岸上花

똑같은 사문(斯文)끼리 정의가 돈독하니　　　一脉斯文情誼在

수레와 글 모두 함께 제왕에게 속했다네.　　車書同屬帝王家

조사가 시를 보고 탄복하였다.

78

시어의 신중한 수정

옛사람은 시에서 고치기를 꺼리지 않았다. 당나라 임번(任翻)이 태주사(台州寺) 벽에 다음 시를 지어놓았다.

> 앞산 봉우리의 달이 온 강물을 비추고　　　前峯月照一江水
> 스님은 산중턱에 대나무 방을 열었네.　　　僧在翠微開竹房

임번이 길을 떠난 뒤에 어떤 사람이 '一'자를 '半'자로 고쳐놓았다. 임번이 수십 리를 갔다가 그제야 '半'자를 생각해내고 빨리 돌아가 글자를 바꾸려 했다. 이미 고쳐놓은 글자를 보고 "태주(台州)에는 사람이 있구나!"라고 감탄하였다.

우리나라 기재(企齋) 신광한(申光漢)이 청계사(淸溪寺)에서 잠을 자고서 다음 시를 써놓았다.

> 빠른 여울이 계곡의 바윗돌에 부딪혀 소란하고　　　急水喧溪石
> 가볍게 이는 향기는 시냇가 꽃에 젖어 있네.　　　輕香濕澗花

기재가 길을 반쯤 갔다가 문득 '暗' 자를 생각해내고 다시 돌아가 '急' 자를 '暗' 자로 바꾸었다.[1] '二' 자는 '半' 자의 기이함보다 못하고, '急' 자는 '暗' 자의 오묘함보다 못하다. 이 일을 통해서 옛사람들이 시를 쓸 때 글자를 쉽게 놓지 않았음을 잘 알 수 있다.

---

1 문집과 『국조시산』에 제목이 「막내딸 혼사를 위해 밤에 진산의 시골 마을에서 자다〔醮季女, 夜宿珍山村舍〕」로 되어 있다.

79

신광한의 옥원역

기재와 호음은 한 시대에 명성을 나란히 하였는데 두 시인의 기상과 풍격은 서로 달랐다. 기재의 시는 맑고 밝으며, 호음의 시는 웅장하고 기이하다. 기재가 옥원역(沃原驛)[1]을 읊은 시는 다음과 같다.

여가 얻어 나귀 타고 산수를 찾아가니	暇日鳴螺過海山
역사는 물과 구름 속에 쓸쓸히 서 있구나.	驛亭寥落水雲間
복사꽃 지려 하니 봄철은 야속하고	桃花欲謝春無賴
제비는 날아와도 나는 집에 돌아가지 못하네.	燕子初來客未還
몸은 멀리 있어도 북궐을 바라보고	身遠尙堪瞻北極
행로 잃어 부질없이 다시 서울을 그리네.	路迷空復憶長安
달빛 아래 두견새는 울음소리 애달파라.	更憐杜宇啼明月
창밖에 대숲 만 그루는 그 누가 심어놨나?	窓外誰栽竹萬竿

기재는 각종 시체를 다 갖춰 지은 반면, 호음은 칠언율시만을 잘 지었다. 호음이 기재에 못 미치는 것처럼 보이지만 호음은 "신공의 각종 시체가 어찌 내 율시 하나를 대적하겠는가?"라고 말한 적이 있다.

---

1 삼척의 남쪽 백 리 되는 곳에 있던 조선시대의 역이다. 기재는 삼척부사로 재직한 적이 있다.

80

신광한과 유영길의 산수시

기재가 금강산에 가는 사람을 배웅하며 지은 시는 다음과 같다.

일만 봉우리에 또 이천 봉우리를 오르면　　　　一萬峯巒又二千
구름 활짝 걷히며 옥 같은 바다가 선연하게　　海雲開盡玉嬋姸
나타나겠지.
젊을 적엔 병이 많아서, 지금은 늙어서　　　　少因多病今傷老
나 혼자만 명산을 보지 못한, 이 한평생!　　　孤負名山此百年

월봉(月篷) 유영길(柳永吉)이 복천사(福泉寺)에서 읊은 시는 다음과
같다.

낙엽은 뜰에 지고 밤비는 주룩주룩　　　　　落葉鳴廊夜雨懸
등불이 명멸하여 나그네 잠 못 이루네.　　　佛燈明滅客無眠
선산을 올라오니 늙은 나이 서러워라　　　　仙山一躋傷遲暮
오사모(烏紗帽)가 내 스무 해를 빼앗아　　　烏帽欺人二十年
버렸구나.

기재의 시는 자신이 늙고 병들었음을 가슴 아파하였고, 월봉의 시는 속세에 묶여 있음을 탄식하였다. 세속의 구속을 떨치고 벗어나서 이름난 산수에 몸을 둔다는 것이 이처럼 어렵구나! 두 분의 시는 풍격과 운치가 모두 맑고 절실하지만, 월봉의 시는 기구(起句)의 시어가 특히 놀랍다.

81

정사룡의 즉흥시

양곡 소세양이 이러한 말을 하였다.

"우리 조선이 개국한 이래 각 시대마다 작가가 나타나 제각기 명가 (名家)로서 독보하였으나 치우친 동방의 기운과 습관에 얽매임을 벗어나지 못하였다. 유려한 경향으로 치닫지 않으면 짜맞추기나 잘하는 버릇에 빠졌다. 그런데 호음(湖陰) 정사룡(鄭士龍)은 기이하고 예스럽고 가파르고 빼어나서 시들거나 얽매인 기운을 완전히 씻어버렸다. 당나라 이하(李賀)나 이상은(李商隱)[1]과 더불어 재능과 힘을 겨룰 만하다."[2]

호음이 밤에 앉아 즉흥적으로 쓴 시는 다음과 같다.

성곽이 산을 안아 소반과도 비슷한데	擁山爲郭似盤中
어둠에 막 잠기자 골짜기가 휑하네.	暝色初沈洞壑空
멧부리 위로 별이 떠서 이지러진 달과 다투고	峰頂星搖爭缺月
가지 끝으로 새가 날아 나무 깊숙이 파고드네.	樹巓禽動竄深叢

---

1 둘 다 당나라 시인으로 이하는 자가 장길(長吉)이고, 신기하고 낭만적인 시를 잘 지었다. 이상은은 자가 의산(義山)이고, 함축적인 시를 잘 지었다.

2 이 글은 1553년에 쓴 「호음집서(湖陰集序)」에서 한 말이다.

여울 소리 멀리 들려와 비가 오나 의심하고   晴灘遠聽飜疑雨

병든 잎 슬며시 지며 저절로 바람 일으키네.   病葉微零自起風

이 밤에는 시를 읊조리며 함께 자지만   此夜共分吟榻料

내일이면 말을 타고 홍진 속에 묻히겠지.   明朝珂馬軟塵紅

　참으로 이른바 '하늘이 높아진 가을에 홀로 조망하고, 비가 갠 저녁
에 외로이 피리 부는 경지'라 일컬을 수 있겠다.[3]

---

3 이 평 역시 소세양이 쓴 「호음집서(湖陰集序)」에서 내린 것이다. '하늘이 높아진 가을에 ……
　피리 부는 경지[高秋獨眺, 霽晩孤吹]'는 송대의 비평가 오도손(敖陶孫)이 『오도손시평(敖陶孫
　詩評)』에서 당의 시인 유종원(柳宗元)을 품평한 비평 내용이다.

82

신령이 도운 시

이른바 신령의 도움〔神助〕을 받아 지었다는 "연못에는 봄풀이 돋아나고〔池塘生春草〕"[1]는 천고에 회자(膾炙)되는 작품이다. 시어를 천연(天然)스럽게 써서 조화의 오묘함을 절로 얻었기 때문이니 의론(議論)의 시라면 어찌 감히 그 경지에 이르겠는가? 후세에 문인들이 왕왕 신령의 도움을 받아 지었다고 스스로 밝힌 작품이 있다. 송나라 양휘(楊徽)의 시

새로 내린 서리는 단풍잎 물들이고   新霜染楓葉
환한 달빛은 갈대꽃에 내려앉네.   明月借蘆花

라는 시구가 신령의 도움을 받았다고 스스로 말했으나 경련(警聯)이라고 한다면 괜찮겠지만 신령의 도움을 받았다고야 할 수 있으랴? 우리나라에는 춘정(春亭) 변계량(卞季良)의 시

---

1 진(晉) 사령운(謝靈運)의 시 「연못가 누각에 올라〔登池上樓〕」의 한 구절이다. "연못에는 봄풀이 돋아나고 / 동산 버들에는 지저귀는 새의 울음 바뀌었네〔池塘生春草, 園柳變鳴禽〕"는 고래로 회자되는 명구이다.

희뿌옇게 먼동이 터 강마을에 새벽이 찾아오고   虛白連天江郡曉
버들개지 노란 빛 감돌아 들판에도 봄이 왔네.2   暗黃浮地柳堤春

라는 시구가 있고, 호음의 시

비 내릴 기운이 노을을 압도해 산이 갑자기   雨氣壓霞山忽暝
어두워지고
강물결은 달빛을 받아 밤인데도 오히려   川華受月夜猶明
밝구나!3

라는 시구가 있다. 이 두 분도 신령의 도움을 받았다고 자랑스럽게 여
겼다. 그러나 춘정의 시는 경물묘사가 신선하기는 하지만 신령스러
움을 볼 수 없다. 호음의 시는 지극히 맑고 허허로운 기운이 있어서
신령의 도움을 얻었다고 해도 과찬은 아닐 것이다.

---

2 문집과 『동문선』에 제목이 「경성으로 가다가 장단 도중에 정곡에게 부치다[將赴京都, 長湍
途中, 寄呈鼎谷]」로 되어 있다. 작자 자신은 아름다운 연을 얻었다고 자부했으나 김구경(金久
冏)은 매우 비루한 시구라 비웃었다고 한다(『용재총화』).

3 「회포를 쓰다[記懷]」의 경련이다. 허균이 호음에게 평생의 득의구(得意句)를 물었을 때 이
시구를 제일로 들면서 "신령의 도움이 있는 듯하다[似有神助也]"고 자부하였다. 『성수시화』
에서 기록하였다.

83

칠언시의 놀라운 구절 모음

우리 동국의 시는 위로 고려시대부터 아래로 근대에 이르기까지 볼 만한 경련(警聯)이 적지 않다. 그러나 이를 다 수록할 수는 없기에 몇 몇 시인의 칠언시 연구를 뽑아 간략하게 비평을 가한다.

학사 정지상이 장원정(長遠亭)을 읊은 시

> 푸른 버들 창문 가린 집은 여덟 채인지 아홉   綠楊閉戶八九屋
> 채인지?
> 밝은 달빛에 발을 거두는 여인은 둘인지 셋인지?   明月捲簾兩三人

는 의경(意境)이 신령스러운 지경에 들어가 낙수(洛水)의 여신이 파도 를 헤치며 걸을 때 걸음걸음이 속세를 벗어난 것과 같다.[1]

노봉(老峯) 김극기(金克己)가 사람을 배웅한 시

---

1 낙수의 여신은 복희씨(伏犧氏)의 딸로 낙수에서 익사하여 신이 되었다. 이를 두고 조식(曹 植)이 「낙신부(洛神賦)」를 지었는데 홍만종의 평은 여기에 의거하고 있다. 이하 각 시에 대한 품평은 홍만종이 서문에서 언급한 오도손이나 왕세정의 시평과 같은 상징적 비평 방식을 채 택하여 작품의 인상을 각인시키고 있다.

천마는 발굽이 도도하여 천리도 가깝게 여기고 　　天馬足驕千里近

바다 자라는 머리가 힘세어 다섯 신산도 가볍네. 　　海鰲頭壯五山輕

는 조어가 준수하고 굳세어 마치 이광(李廣)이 말에 올라타 흉노족 병사를 밀쳐서 떨어뜨리는 것과 같다. 백운거사 이규보가 여름날을 읊은 시

질어가는 잎사귀에 가린 꽃은 봄 지난 뒤에도 　　密葉翳花春後在
남아 있고

열은 구름 사이로 새는 햇발은 빗줄기 　　薄雲漏日雨中明
속에서도 밝구나.

는 경물 묘사가 정밀하고 오묘하여 마치 화가 용면(龍眠)이 붓을 대면 물색이 생기가 도는 것과 같다.[2] 익재 이제현이 다경루(多景樓)를 읊은 시[3]

밤바람 불어 풍경소리 요란한데 밀물은 　　風鐸夜喧潮入浦
개펄로 들어오고

안개 속에 도롱이 입고 어둠에 서 있으니 　　烟蓑暝立雨侵樓
비는 누 안으로 몰아치네.

---

2 용면은 송대의 뛰어난 인물화가인 이공린(李公麟, 1049~1106)의 호이다.

3 다경루는 중국 강소성 진강시(鎭江市) 수고산(水固山) 감로사(甘露寺) 경내에 있는 절로 익재는 직접 이곳에 올라가서 시를 지었다.

는 맑고 빠르며 호방하고 시원하여 마치 여동빈(呂東濱)이 낭랑하게 시 읊으며 동정호를 날아서 지나가는 것과 같다.[4] 목은 이색이 청심루(清心樓)를 읊은 시[5]

물길 가로막은 공로도 높은 마암(馬巖)이요   捍水功高馬巖石
하늘에 떠서 기세를 뽐내는 용문산일세.   浮天勢大龍門山

는 높이 솟아 우뚝하고 웅장하며 기이하여 마치 선인이 구리 쟁반을 받들고 허공에 우뚝하게 서 있는 것과 같다.[6] 포은 정몽주가 명나라 남경에서 쓴 시

산하를 두고 맹서한 서승상(徐丞相)이요   山河帶礪徐丞相
천지를 경륜한 이태사(李太師)로다.[7]   天地經綸李太師

는 굉장하고 헌걸차며 웅장하고 굳세서 마치 마천(磨天)의 큰 도끼로 촉산(蜀山)으로 가는 길을 뚫는 것과 같다. 점필재 김종직이 여주 신륵

---

4 여동빈(796~?)은 저명한 도사로서 8선인 중 한 사람이다. 홍만종의 평은 여동빈이 지었다는 「악양루에서[題岳陽樓]」의 한 구이다.

5 청심루는 경기도 여주의 신륵사 경내에 있다. 강물 속에 있는 바위를 마암(馬巖)이라 한다.

6 전한의 무제가 건장궁(建章宮) 앞에 이슬을 받는 구리 쟁반을 26길 높이로 만들고 선인이 손을 뻗어 그 쟁반을 받들도록 만들었다.

7 1386년 명나라 수도 남경에서 황제를 알현한 뒤 쓴 시이다. 서승상과 이태사는 각각 명나라의 개국공신인 서달(徐達)과 이선장(李善長)을 가리킨다. 산하를 두고 맹서한 말은 한 고조가 공신(功臣)들에게 "황하가 띠처럼 가늘어지고 태산이 숫돌처럼 닳아질 때까지 나라가 영원히 평안하여 복록이 후손에게 미치리라"라고 한 말에서 나왔다.

사에서 쓴 시

상방에서 종소리 울리자 검은 용이 춤추고   上房鍾動驪龍舞
온갖 동굴에서 바람이 일자 철 봉황8이 날아   萬竅風生鐵鳳翔
오르네.

는 엄하고 무거우며 크고 밝아서 마치 균천광악(勻天廣樂)이 창공을 크
게 울리는 것과 같다. 망헌(忘軒) 이주(李胄)가 망해사(望海寺)를 읊은 시

천년 지나 기운 탑 그 속에서 박쥐가 울고   蝙鳴側塔千年突
태곳적 글씨 쓰인 부서진 비석 거북이 지고 있네.   龜負殘碑太古書

는 그윽하고 멀며 기이하고 예스러워 마치 풍도(豊都)에 묻혀 있는 신
검(神劍)이나 물속에 가라앉아 있는 우(禹)임금의 솥과 같다.9 눌재 박
상이 탄금대를 읊은 시

---

8 검은 용은 여강의 강물을, 철 봉황은 추녀에 달린 풍경을 가리킨다. 또한 현지 지명인 여강과
  철봉산을 가리키는 것으로 볼 수도 있다. 허균은 『성수시화』에서 이 구절에 "크고 밝으며 엄
  하고 무거우니 이는 참으로 우주를 지탱할 시구이다[洪亮嚴重, 此眞撑柱宇宙句也]"라고 평했
  다. 홍만종의 평은 이 평에서 나왔다.
9 『국조시산』에서 "전체가 상나라 이나 주나라 솥과 같아 기이한 기운이 엄습한다[通篇如商彝
  周鼎, 奇氣逼人]"라고 평했다. 풍성(豊城)에는 용천 · 태아 두 신검이 묻혀 있었는데 검 기운
  이 하늘까지 뻗쳐서 사람들에게 발견되었다. 하나라 우임금이 황금으로 구주(九州)를 상징
  하는 구정(九鼎)을 만들었다. 이후 은나라 · 주나라 때 구정은 국가의 상징물로 여겨졌으나
  사수(泗水) 팽성(彭城) 밑에 침몰되었다.

학이 나는 달로 거문고 타던 사람은 떠나갔고   彈琴人去鶴邊月

솔바람 아래로 나그네는 젓대 불며 오네.   吹笛客來松下風

는 높고 예스러우며 상쾌하고 명랑해서 마치 왼쪽으로는 부구(浮丘)를
잡고, 오른쪽으로는 홍애(洪厓)를 치는 것과 같다.[10] 읍취헌 박은이 영
보정에서 쓴 시

대지는 푸득푸득 날아오르려는 새와 같고   地如拍拍將飛翼

누각은 흔들흔들 매어놓지 않은 거룻배로다.   樓似搖搖不繫篷

는 신비하고 기이하며 어른어른 황홀하여 마치 이무기가 기운을 토해
내어 층층이 신기루를 만들어놓는 것과 같다.[11] 호음 정사룡의 후대
(後臺)에서 밤에 앉아 쓴 시

산에 나무가 모두 우는가 싶더니 바람이   山木俱鳴風乍起
갑자기 일어나고
강물 소리 홀연히 사납더니 달이 외로이   江聲忽厲月孤懸
뜨는구나.

는 우뚝하고 사납고 떨쳐일어나 흔들어서 마치 진(秦)나라 군사가 주

---

10 부구와 홍애는 전설상의 신선으로 곽박(郭璞)의 「유선시(遊仙詩)」에 "왼손으로 부구백의 소
  매를 잡고, 오른손으로 홍애의 어깨를 치네〔左挹浮丘伯, 右拍洪厓肩〕"라는 구절이 있다.

11 상권 69칙(177~178면)에 시 전문이 실려 있다. 『국조시산』에서 "공중에 신기루를 설치해놓
  았다〔架出空中蜃樓〕"라고 평한 것을 계승하였다.

나라를 지나며 갑주를 벗어던지고 말에 오르는 것과도 같다.¹² 소재
(蘇齋) 노수신(盧守愼)이 눈앞 풍경을 읊은 시

> 가을바람 선뜻 불자 제비는 나그네 신세가 되고   秋風乍起燕如客
> 저녁비가 갑자기 지나가자 매미는 미친 듯 우네.   晚雨暴過蟬若狂

는 거침없이 뛰놀고 노성하고 굳세어 마치 마원(馬援)이 폭삭 늙은 나
이에도 용감하게 안장에 걸터앉아 황제를 쳐다보는 것과 같다.¹³ 지
천 황정욱이 바다를 읊은 시

> 해와 달은 수레바퀴처럼 떠올랐다 내려가고   兩儀高下輪輿轉
> 태극은 혼돈 속에서 수은 솥을 열어놓네.   太極鴻濛汞鼎開

는 기이하고 헌걸차며 웅혼하고 혼연하여 마치 과보(夸父)가 해를 뒤
쫓고 오확(烏獲)이 거대한 솥을 들어올리는 것 같다.¹⁴ 동고(東皐) 최립
(崔岦)이 명나라 여행 중에 쓴 시

> 종남산(終南山)과 위수를 마주 볼 수 있다면   終南渭水如相見

---

12 『제호시화』·『지봉유설』·『서포만필』·『종남총지』를 비롯한 여러 시화에서 이 구절의 아
   름다움을 높이 평가하였다.

13 후한 초기의 명장인 마원은 나이 62세가 되어서도 전쟁터에 나가기를 청하며 황제 앞에서
   말을 탔다(『후한서』 권24 「마원열전(馬援列傳)」).

14 과보는 고대 중국신화에서 태양을 쫓아가는 영웅이다. 걸음 잘 걷는 과보가 해와 경주하다
   가 목이 말라 죽었다. 『열자(列子)』 「탕문(湯問)」과 『산해경(山海經)』 「해외북경(海外北經)」
   등에 보인다. 오확은 전국시대 진(秦)의 역사이다.

무덕과 개원 시대를 다시 만나련만.15   武德開元得再攀

는 높고 우아하며 법도가 있고 무거워서 마치 은나라 이(彝)와 주나라 정(鼎)이 동서(東序)에 의젓하게 나열되어 있는 것과 같다.16 오산 차천로가 함경도 명천(明川)을 읊은 시

바람에 실려오는 성난 소리는 발해의 파도이고   風外怒聲聞渤海
눈 속에 보이는 스산한 빛은 음산17이로다.   雪中愁色見陰山

는 한없이 넓고 사납게 분노하여 썰물에 모든 강물이 쓸려가고, 일만 동굴에서 우레가 치는 듯하다.18 체소(體素) 이춘영(李春英)이 영보정에서 쓴 시

달은 오늘 밤부터 완전히 찰 것이고   月從今夜十分滿
앞바다는 저녁 밀물을 받아 천 이랑 되겠지.19   湖納晚潮千頃寬

---

15 종남산과 위수는 중국 장안의 남쪽에 있는 산과 북쪽에 있는 강으로서 한양의 남산과 한강의 별칭으로 썼다. 무덕과 개원은 각기 당나라 고조와 현종의 연호로서 부강하던 시절이다. 왜적을 물리쳐 한양을 수복하여 태평성대를 이룰 것을 기대한 시구이다.

16 동서는 하(夏)나라의 태학(太學)으로 여기에서 원로를 봉양하였는데 『서경(書經)』 「고명(顧命)」에 "대옥(大玉) 등을 동서(東序)에 둔다"라고 하였다.

17 음산(陰山)은 사막으로 나가는 변방지대 산을 총칭한다.

18 『학산초담(鶴山樵談)』과 『종남총지』 등을 비롯한 여러 시화에서 극찬한 시구이다. 반면에 남극관(南克寬)은 「사시자(謝施子)」에서 이 시구의 높은 평가에 의문을 제기하였고, 삼연(三淵) 김창흡(金昌翕)은 비린내 나고 추악해 가까이할 수 없는 시구라고 혹평하기도 했다.

19 하권 34칙에 전문이 실려 있다.

는 호쾌하고 자유로우며 웅장하고 상쾌하여 마치 포초(蒲梢)나 결제(駃騠) 같은 준마20가 재갈과 징을 받지 않는 것과 같다. 석주(石州) 권필(權韠)이 북관(北關)에서 쓴 시

마천령 북쪽 산은 만년설에 덮여 있고	磨天嶺北山長雪
두만강 남쪽 초목은 봄을 알지 못하네.21	豆滿江南草不春

는 시의 소리가 맑고 절실하며 크고 밝아서 마치 수루의 슬픈 젓대소리가 산천에 울려퍼지는 것과 같다. 단보 허균이 남평(南平) 도중에 쓴 시

봄 저물어 언덕의 복사꽃은 살랑살랑 날리고	春晩岸桃飄蔌蔌
비가 개어 모래밭 거위는 끼욱끼욱 말을 한다.	雨晴沙鴨語咬咬

는 맑고 새로우며 은근하고 고와서 마치 서시(西施)가 몸단장 새로 하고 문에 기댄 채 미소 짓는 것과 같다. 동악 이안눌이 경성(鏡城)에서 쓴 시

국경의 이지러진 달은 시름 겨운 사람 앞에 걸려 있고	邊城缺月懸愁外

---

20 포초는 한 무제가 대완(大宛)을 정벌하고 얻은 천리마 이름이고, 결제는 천자가 타는 준마의 이름이다.

21 이 시는 권필의 『석주집』에는 실려 있지 않은 대신 홍귀달(洪貴達)의 『허백정집(虛白亭集)』에 「경원통판으로 부임하는 교리 홍형을 보내며(送洪校理洞通判慶源)」에 나온다. 편자가 작자를 오인했다.

서울(故國)의 시들어진 꽃은 꿈속에서 지고 있네.   故國殘花落夢中

는 맑고 정숙하며 섬세하고 오묘하여 마치 맑은 물 위의 부용꽃이 천연스러워 꾸밈이 전혀 없는 듯하다.[22] 어우 유몽인이 가평 산중에서 쓴 시

울긋불긋한 검은 뱀이 길가에 똬리 틀고 있고   斑爛烏虺蟠道側
오뚝하게 누런 곰은 나무 꼭대기에 앉아 있네.   傲兀黃熊坐樹巓

는 기이하고 괴상하며 그윽하고 험벽하여 마치 비천야차(飛天夜叉)가 범과 표범을 낚아채 잡아먹는 것과 같다.

---

22 이 평어는 이백의 시 「난리를 겪은 뒤 성은을 입어 야랑에 유배를 갔다〔經亂離後天恩流夜郞〕」의 한 구인 "맑은 물 위에 부용꽃이 피어난 듯 천연스러워 꾸밈이 전혀 없네〔淸水出芙蓉, 天然去雕飾〕"에서 나왔다.

84

정렴의 시

북창(北窓) 정렴(鄭礦)이 산집에서 밤에 앉아 지은 시는 다음과 같다.

문장이 세상을 놀라게 해도 한갓 누만 끼치고	文章驚世徒爲累
부귀가 하늘을 찔러도 공연한 고생이지.	富貴薰天亦謾勞
차라리 산집의 들창 아래 고적한 밤에	何似山窓岑寂夜
향 태우며 홀로 앉아 솔바람 소리 들으리.	焚香獨坐聽松濤

그 사람됨이 기이하고, 시도 그 사람됨과 같다.[1]

---

1 이 평어는 『국조시산』에 실린 「배가 저자도를 지나 봉은사로 향하다〔舟過楮子島向奉恩寺〕」
의 비어(批語)에 나온 "그 사람됨이 기이하고, 시도 맑고 원대하다〔其人異也, 詩亦淸遠〕"라는
평어를 활용하였다.

85

홍섬의 시참

인재(忍齋) 홍섬(洪暹)이 일찍이 월과(月課)로 염예퇴(灩澦堆)[1]를 시로
지은 적이 있다.

천연의 험준한 계곡 삼협(三峽)은	天險傳三峽
우레치듯 빠른 여울이 싸우듯 하네.	雷霆鬪激湍
오늘 한번 돛배를 시험해보려 하나	風檣今日試
예로부터 나그네 간담을 서늘케 했지.	客膽向來寒
가파른 바위절벽에 둘러싸여서	但覺巖崖峻
우주가 넓은 줄은 알 수가 없지.	寧知宇宙寬
원숭이는 끝없이 울어대면서	淸猿啼不盡
위험한 여울 올라가는 날 배웅하네.	送我上危灘

시가 지극히 맑고 험준하며 호쾌하고 자유롭다. 인재는 젊은 시절
김안로(金安老)에게 배척을 받아 옥에 갇혔다가 귀양을 갔다. 김안로
가 패하게 되자 마침내 높은 벼슬자리에 올랐다. 인재가 형벌을 받을

---

1 염예퇴는 양자강의 험준한 협곡 삼협(三峽)에서 구당협(瞿塘峽)에 있는 험난한 여울물이다.

때 모두들 위태롭게 여겼으나 양곡 소세양은 홀로 걱정하지 않으면서 이렇게 말하였다.

"저번에 그가 월과로 지은 염예퇴 시를 보았더니 마지막 구절에 험난한 길을 거친 다음 비로소 높은 자리에 오른다는 뜻이 담겨 있었다. 이것으로 그가 죽지 않을 것을 알아차렸다."[2]

---

2 이 시평은 신흠의 『청창연담』에서 다룬 내용을 축약하여 구성하였다.

86

주세붕의 시

내가 일찍이 영천(榮川) 부석사(浮石寺)에 놀러 갔을 때 취원루(聚遠樓)에 올랐다. 누각은 반공에 솟아서 아래로 골짜기와 계곡을 굽어보았는데 나는 새들은 그 등을 보였다. 신재(愼齋) 주세붕(周世鵬)이 그 누각에 율시 한 수를 써놓았다.

부석사는 천 년 전 고찰로서	浮石千年寺
학가산(鶴駕山)을 저 아래로 굽어보누나.	平臨鶴駕山
누각은 구름 위에 솟아올랐고	樓居雲雨上
범종은 북두성에 울려퍼지네.	鐘動斗牛間
나무 쪼개 멀리에서 물을 끌어와	斫木分河逈
바위 갈라 한가롭게 옥을 심누나.[1]	開巖種玉閑
부처를 좋아해 자기보다는	非關貪佛宿
소쇄하여 돌아가기 잊어버렸네.	瀟灑却忘還

다른 시인이 쓴 시는 여기에 미치는 것이 없다.

---

1 전설에 양백옹(楊伯雍)이 3년 동안 무종산(無終山)에서 목마른 행인들에게 물을 길어다 마시게 해주었다. 그에 감동한 선인(仙人)이 한 말의 옥씨를 주자 많은 옥나무를 길러 부유해졌다고 한다(『수신기(搜神記)』 권11).

87

이황의 시

퇴계(退溪) 이황(李滉) 선생은 성리학만이 동방의 으뜸이 아니라 문장도 여러 작가들보다 탁월하다. 퇴계가 벗의 시에 차운한 작품은 다음과 같다.

성격이 괴팍해 늘 조용함을 탐내나	性癖常貪靜
몸은 허약하여 추위를 겁낸다.	形羸實怕寒
솔바람 소리를 문 닫은 채 듣거나	松風關院聽
매화에 쌓인 눈 화로를 끼고 보네.	梅雪擁爐看
세상맛은 나이 들수록 각별해지고	世味衰年別
인생은 끝 무렵이 더 어렵더군.	人生末路難
깨우치고서 한바탕 웃고 마노니	悟來成一笑
예전에는 헛된 공명 꿈꾸었구나.	曾是夢槐安

또 임형수(林亨秀)의 『관서록(關西錄)』에 붙인 시의 한 경련은 다음과 같다.

절역(絶域)에서 병이 침노함은 하늘이 내린   絶域病攻天拂亂
시련이요
황폐한 성에서 번개가 들이침은 귀신의   荒城雷鬪鬼驚忙
장난이라.

여기에서 퇴계의 기상을 볼 수 있다.

88

이황의 신비한 시

영천 부석사는 바로 신라 태사(太師) 의상(義相)이 창건한 절이다. 처마 밑에 나무 한 그루가 있는데 그 이름을 알 수가 없다. 절의 스님들이 다음 이야기를 전해온다.

'이 나무는 의상대사가 짚고 다니던 지팡이이다. 예전 대사가 입정 (入定)할 때 창밖에 그 지팡이를 꽂고 마침내 문을 닫고 앉아서 돌아가셨다. 그 뒤 지팡이에서 문득 가지와 잎이 나서 꽃을 매우 많이 피웠다. 이제까지 천여 년이 지나도록 갈수록 무성하다.'

옛날에 태양을 쫓던 과보(夸父)가 지팡이를 던지자 그 지팡이가 변하여 등림(鄧林) 숲이 되었다고 하는데 이 이야기와 상당히 유사하다. 그런데 이 나무는 처마 밑에 있어 비와 이슬을 맞지 못하는데도 정정히 홀로 서서 긴 봄날 내내 꽃을 피우고 있으므로 등림 숲보다 더 기이하다. 퇴계 선생이 이를 두고 다음 시를 지었다.

옥인양 높이 솟아 절문에 기대 있는데   擢玉森森倚寺門
지팡이가 신령한 나무로 변했다고 스님들   僧言卓錫化靈根
말하네.

지팡이 끝에 조계(曹溪)의 물이 본디 있어   杖頭自有曹溪水

비와 이슬 도움을 받지 않았을 걸세.[1]   不借乾坤雨露恩

---

1 조계(曹溪)는 중국 광동성 곡강현의 물 이름으로 당나라 때 혜능(慧能)이 불법을 크게 일으킨 곳이다. 조계의 물은 극락정토의 물인 공덕수(功德水)라 불린다. 퇴계가 읊은 이 나무는 국보로 지정된 조사당(祖師堂) 앞에 지금도 잘 자라고 있다. 선비화수(仙飛花樹)에 대해서는 학자들 사이에 찬반양론이 많다. 이만부(李萬敷)의 「선비화설(仙飛花說)」이 대표적이다.

89

정유길의 시

정상국(鄭相國)은 이름이 유길(惟吉)이고 호는 임당(林塘)이며 나의 외가 쪽 고조부이시다. 문장이 풍부하고 아름다운데 특히 시에 뛰어나 조탁(彫琢)에 힘쓰지 않았어도 본디 풍미(風味)가 있다. 극성(棘城)에 제사를 내리고 쓴 시[1]는 다음과 같다.

태평시대라 마른 뼈도 은혜를 입어서	聖朝枯骨亦沾恩
향화(香火)가 해마다 변방까지 내려가네.	香火年年降塞門
제사 마치고 제단에 서니 비바람이 가라앉고	祭罷上壇風雨定
흰 구름은 바다같이 앞마을에 가득 찼네.	白雲如海滿前村

공의 강정(江亭)은 한강 나루터에 있어 이름을 몽뢰정(夢賚亭)이라 하였는데 여성위(礪城尉) 송인(宋寅)의 수월정(水月亭)과 이웃하고 있었다. 공이 몽뢰정에 누워 있으려니 도위(都尉)의 수월정에서 노래와 풍

---

1 황해도 황주의 극성은 고려시대에 여러 차례의 병화를 겪어 백골이 들에 널려 있고, 구름 끼고 비가 내릴 때에는 귓것(귀신)이 나타나고 전염병이 돌아서 황해도에서는 일찍 죽는 사람이 많았다. 그래서 나라에서 매년 봄가을에 제향을 올려 전사한 영령을 위로하게 하였다(『여지승람』 황주 사묘(祠廟)).

악이 크게 일어나는지라 시 한 수를 지었다.

몽뢰정은 본디부터 수월정의 이웃이라	夢賚元將水月隣
두 노인이 한 강의 봄빛 나누어 가졌어라.	兩翁分占一江春
동쪽 집이 풍악 즐겨 서쪽 집이 듣나니	東家樂作西家聽
푸줏간 앞서 입맛 다시는 이보다 훨씬 낫구나.[2]	絶勝屠門大嚼人

그 기상을 볼 수 있다.

---

2 『임당유고(林塘遺稿)』에는 제목이 「석개의 시첩에 쓰다〔題石介詩帖〕」로 되어 있다. 석개는
여성위 송인의 가희(歌姬)로서 당대 최고의 가객으로 명성이 높았다. 도문대작(屠門大嚼)은
원하는 것을 얻지 못하고 상상함으로써 대리충족함을 비유한다.

90

시와 지명

세상에서 이렇게 말한다. 중국 지명은 모두 문자로서 시에 들어가면 그대로 아름답다. 예컨대

> 구강(九江)은 봄풀 너머 흘러가고
> 삼협(三峽)은 저녁 배 앞에 뻗어 있네.[1]

九江春草外
三峽暮帆前

> 물기운은 운몽택(雲夢澤)을 찌고
> 파도는 악양성(岳陽城)을 흔든다.[2]

氣蒸雲夢澤
波撼岳陽城

두 편은 지명에 단지 몇 자를 더했을 뿐인데도 시가 빛을 낸다. 그에 반하여 우리 동방은 지명이 모두 방언으로 이루어져서 시에 어울리지 않는다고 말한다.

그러나 나는 그렇게 생각하지 않는다. 용재 이행은 「천마록(天磨錄)」에서

---

1 두보의 칠언율시 「나그네(游子)」의 함련이다.
2 맹호연의 칠언율시 「동정호를 바라보며(臨洞庭)」의 함련이다.

영통사(靈通寺)에는 가랑비 내렸고　　　　　　細雨靈通寺

만월대에는 저녁 해 지고 있었네.3　　　　　　斜陽滿月臺

라 썼고, 소재 노수신은 한강을 읊은 시에서

저자도(楮子島)에 봄은 깊어가고　　　　　　春深楮子島

제천정(濟川亭)에 달은 떠오르네.　　　　　　月出濟川亭

라 썼는데 시가 아름답지 않은가? 오로지 단련을 오묘하게 하는 데 달려 있을 뿐이다.4

3 문집에는 제목이 「천마록에 쓰다〔題天磨錄後〕」로 되어 있는데 박은과 개성 천마산 일대를 여행하면서 지은 시에 붙인 작품이다.

4 지명을 시어로 쓰는 문제에 관한 선배의 시화에서 관점을 취해왔다. 『성수시화』와 『학산초담』에서 사례를 들어 조선 지명도 시어로서 아름답다고 하였다.

91

권벽의 시

권습재(權習齋)는 이름이 벽(擘)으로 내 할머니의 외조부이시다. 문
장을 잘하셨는데 특히 시에 뛰어나 맑고 깊으며 법도가 있고 고아하
여 스스로 일가를 이루었다. 송계(松溪) 권응인(權應仁)이 일찍이 송천
(松川) 양응정(梁應鼎)에게 "합하(閤下)께서는 습재의 작품을 보셨는지
요?"라고 물은 적이 있었다. 송천이 "눈에는 익지 않소"라고 대답하
자 송계가 "남들이 시단에서 깃발을 세운 사람이 누구인가를 물으면
저는 꼭 습재라고 대꾸합니다"라고 말하였다. 그러자 송천이 잘 알았
노라고 하였다.[1]

　북해(北海) 등달(藤達)이 조사(詔使) 한세능(韓世能)을 따라서 우리나
라에 이르렀다. 그때 습재가 원접사 정유길(鄭惟吉)의 종사관이 되어
그와 의기투합하여 매우 좋아하였다.[2] 습재가 그에게 다음 시를 선물
하였다.

---

1 권응인의 시화 『송계만록』 하권에 실려 있는 내용이다.
2 1572년(선조 5년) 명나라에서 목종(穆宗)이 죽고 신종(神宗)이 즉위하자 한림원 편수(翰林院
　編修) 한세능과 진삼모(陳三謨)가 조선에 와서 등극 조서를 반포하였다. 등달은 자가 계달(季
　達)로, 허균의 『학산초담』과 양경우의 『제호시화』 등에 사신 와서 어울린 정황과 작품이 상세
　하게 기록되었는데 이 시평은 이 기록을 많이 참조하고 있다.

산이 있으면 모두 나막신 신고 올라갔고　　　有山皆着屐

물이 있으면 어디나 술잔을 띄워 놓았네.3　　無水不流觴

　등달은 손을 어루만지며 "내가 천하를 수없이 돌아다녀보았지만 이같은 시인은 본 적이 없다"라고 감탄하였다.

---

3 이 구절의 구법은 이규보의 「고항중이 윤위에게 드린 시에 차운하다〔次韻高先生抗中獻廉察尹司業威〕」에서 "산이 있으면 모두 함께 구경하고 / 물이 있으면 어디나 함께 찾아가 봤네〔有山皆共賞, 無水不同臨〕"를 점화하였다.

작자 미상, 〈의순관영조도(義順館迎詔圖)〉제4폭

1572년 작, 비단 수묵담채. 규장각 소장. 1752년 음력 10월 한세능(韓世能)이 명나라 신종의 황제즉위를 알리기 위해 압록강을 넘어왔을 때 정유길 등이 의주의 의순관에서 그들을 맞이하는 장면을 그린 기록화이다. 의순관 옆으로 압록강이 흐르고 통군정(統軍亭)이 높게 솟아 있는 풍경에 조사를 영접하는 장면을 그렸다. 영접하는 관료 가운데 권벽이 종사관으로 참여하였다.

92

권벽과 권필 부자

습재 권벽과 석주 권필 부자(父子)의 문장 우열에 대하여 어떤 사람이 동악 이안눌에게 묻자 동악이 이렇게 말했다. "두 사람 모두 중국 사신을 배웅하며 증정한 작품이 있는데 습재의 시는 다음과 같소.

이별 노래 한 곡조가 한창 슬피 울릴 적에	一曲驪駒正咽聲
구름 아래 개인 눈이 앞길에 가득하네.	朔雲晴雪滿前程
어디에서 다시 만날지 뒷기약을 못하나니	不知後會期何地
이승에서 한평생 그리움만 쌓이리라.	只是相思隔此生
서울에도 매화 피어 봄소식이 찾아왔거니	梅發京華春信早
절강에는 얼음 녹아 저녁 밀물 밀려오리.	氷消江浙暮潮平
군친(君親) 그려 돌아갈 마음 절로 간절하리니	歸心自切君親戀
이별이 아쉬운 동국 사람을 돌아나 볼까!¹	肯顧東人惜別情

---

1 『습재집(習齋集)』과 『황화집』에 실려 있다. 1572년에 온 조사 일행 한세능이 다음해 떠날 때 진삼모에게 증정한 시이다. 『지봉유설』에서는 함련을 중국 사신을 전송하는 가장 빼어난 구절의 하나로 들었다. 문집과 국립본1 등에서 경련에 "중국 사신의 집이 절강에 있어서 이와 같이 읊었다"라는 주석을 달았다.

석주의 시는 다음과 같소.

강가의 실버들이 치렁치렁 푸르러	江頭細柳綠烟絲
노를 잠깐 멈추고서 한 가지를 꺾었네.	暫住蘭橈折一枝
이별의 말 가슴에 품고 그냥 바라만 보면서	別語在心徒脈脈
손에 든 마지막 술잔 일부러 머뭇거리네.	離盃到手故遲遲
죽기 전에는 그대 그리는 나날만 있으리니	死前只是相思日
보낸 뒤에는 홀로 떠나는 외로움 어찌 견디나.	送後那堪獨去時
그대 모습 영영 못 본다고 말하지는 마오.	莫道音容便長隔
살아생전 한번은 꿈에라도 만나겠지요.[2]	百年還有夢中期

습재의 시는 웅숭깊고 무거운 반면 석주의 시는 들뜨고 허약하니 이 두 편의 시로써 판정할 수 있을 것이오."

---

2 『석주집(石洲集)』과 『황화집』에 실려 있다. 1601년 겨울에 고천준(顧天埈)과 최정건(崔廷健)이 조선에 사신으로 왔을 때 이정귀(李廷龜)의 천거로 제술관이 되어 응접하였다. 후자에는 원접사 이호민(李好閔)의 작품으로 되어 있어 그를 대신하여 지은 것임을 알 수 있다. 권필의 시에 대하여 김만중은 『서포만필』에서 평안도 기생이 탕자와 이별할 때 주는 시와 비슷하여 사신에게 어떻게 그런 기상의 시를 줄 수 있는지 의문을 표하였다. 정조(正祖)도 비슷한 견해를 밝혔다.

93

양사언의 시

봉래(蓬萊) 양사언(楊士彦)이 국도(國島)[1]를 읊은 시는 다음과 같다.

황금 지붕 누대는 물안개를 스치고	金屋樓臺拂紫烟
탁룡(濯龍)[2]의 구름길로 뭇 신선이 내려오네.	濯龍雲路下羣仙
청산도 인간세상 싫어하는지	青山亦厭人間世
푸른 바다 만리 길로 날아가버렸네.	飛入滄溟萬里天

홍진(紅塵)의 구속을 벗어났다.

---

1 국도는 함경도 안변(安邊)에 있는 섬 이름으로 안변에서 북동쪽 60리쯤 되는 곳에 있다. 양사언이 1577년 무렵 안변부사로 재직하였을 때 지은 시이다.

2 탁룡은 후한 때의 낙양 서남쪽에 있던 황제의 원림이다. 『국조시산』 등에는 '약룡(躍龍)'으로 되어 있고, 이 시에 "평범함을 벗어났다〔脫凡〕"는 평을 달았다.

94

시의 경물묘사

취죽(醉竹) 강극성(姜克誠)이 강가의 정자에서 읊은 시는 다음과 같다.

강가에는 늦게까지 해가 안 뜨고	江日晚未生
아스라이 십리에 안개가 자욱하다.	蒼茫十里霧
아련하게 노 젓는 소리만 들리고	但聞柔櫓聲
배가 어디로 가는지 보이지 않네.	不見舟行處

나는 처음에 이 시를 되씹어봐도 그 맛을 몰랐다. 언젠가 강가의 정자에 묵었는데 하루는 일찍 일어나 창문을 열었더니 짙은 안개가 허공을 자욱하게 메워서 아침 햇살을 감춰놓고 있었다. 배가 가는지를 알 수 없는데 다만 삐걱삐걱 소리만이 들렸다. 그제야 저 시의 경물표현이 핍진하다는 사실을 깨달았다. 석주 권필이 새벽길 떠나며 지은 시는 다음과 같다.

기러기 울고 강 위에는 그믐달	雁鳴江月細
갈대밭 사잇길을 새벽에 간다.	曉行蘆葦間

아득히 말 위에서 꾸는 꿈은   悠揚據鞍夢

홀연히 고향집에 이르렀구나.   忽復到家山

나는 시의 운치와 시어를 기이하게 여겼으나 그 멋을 알아내지 못하였다. 한번은 춘천을 가다가 청평역(靑平驛)에서 자고 새벽에 길을 떠났는데 때는 9월 20일 뒤였다. 강을 따라 길은 온통 갈대밭이고, 새벽달은 눈썹처럼 떠 있으며, 외로운 기러기는 무리를 찾는 울음을 울었다. 말에 몸을 내맡긴 채 채찍을 내리고 가며 졸며 하다보니 그제야 석주 시의 경물묘사가 그림과 같다는 사실을 깨닫게 되었다. 두 분 시의 가치는 경물을 마주 대할 때 더욱 높아진다.

95

이이의 시

명나라 사신 황홍헌(黃洪憲)·왕경민(王敬民)이 조선에 왔을 때1 율곡
(栗谷) 이이(李珥)가 원접사가 되었다. 마침 간이(簡易) 최립(崔岦)이 성
천부사(成川府使)로 재직하고 있었는데 율곡을 시험해보고자 여러 기
생들을 불러모아놓고 "너희들 중에 이 어른을 홀릴 수 있는 자가 있다
면 내 후한 상을 내리겠다!"라고 하였다. 그중 미모의 기생 하나가 가
기를 청하여 곧바로 율곡에게 기생을 보냈다. 율곡은 그 기생을 낮이
면 좌우에서 시중들게 하고 밤이면 반드시 거처로 돌려보냈다. 그렇
게 한 달 넘겨 지내자 기생이 드디어 돌아가기를 청하였다. 그때 율곡
은 절구 한 수를 지어 기생에게 주었다.

여관의 찬 잠자리 누가 불쌍히 여겼는가?　　旅館誰憐客枕寒
쓸데없이 구름과 비 무산(巫山)에 내리게 했네.　枉敎雲雨下巫山
오늘 밤도 양대(陽臺)의 꿈 헛되이 버렸으니　　今宵虛負陽臺夢
내일 아침 이별하기 어려울까 염려되네.　　　只恐明朝作別難

---

1 1582년 황태자 탄생을 알리기 위한 조사였다.

철석(鐵石) 같은 심장으로 이런 맑고 새로우며 은근하고 아름다운 시를 지었으니 송광평(宋廣平)의 「매화부(梅花賦)」와 천 년을 넘어 잘 어울린다.[2]

---

2 송광평(663~737)은 당나라 현종 때의 명재상 송경(宋璟)으로 광평군공(廣平郡公)에 봉해졌다. 그는 꿋꿋하고 강직하여 철석과 같은 심장을 가졌다는 평을 받았으나 그가 지은 「매화부」는 매우 곱고 섬세한 것으로 유명하였다.

96

고경명의 흉금

제봉(霽峯) 고경명(高敬命)이 임진왜란 때 의병장이 되었는데 양경우
(梁慶遇)가 서기(書記)의 임무를 맡았다. 군무를 처리하는 여가에 그들
의 대화가 시를 논하는 데 이르렀다. 제봉이 손곡(蓀谷) 이달(李達)의
시격(詩格)을 칭찬하여 "세상에 손곡과 짝할 이가 드물지"라고 말하였
다. 양경우가 "손곡의 시는 만당(晚唐)을 따르는 까닭에 한 편이나 한
구절은 읊조릴 만합니다. 하지만 합하(閤下)의 농후하고 아름다우며
풍부하고 성대함만 하겠습니까?"라고 말하였다. 그러자 제봉이 이렇
게 말하였다.

"그 우열이야 쉽게 말할 수 있겠는가? 칠언율시와 배율(排律) 등의
작품은 내가 손곡에 양보하지 않겠네. 하지만 오언율시나 절구는 내
가 결코 손곡에 미치지 못하지. 옛날 내가 서산군수로 재직할 때 손곡
을 초청하여 객사에 여러 달 묵게 하고는 더불어 시를 창화(唱和)하였
네. 절구를 지을 때마다 나는 감히 송시(宋詩)의 시체(詩體)를 그 사이
에 섞어 지을 수가 없어 창졸간에 당풍(唐風)을 배우게 되었네. 반은
진정으로, 반은 거짓으로 쓴 것이라 참으로 부끄러운 일일세."

양경우는 사람을 만날 때마다 이렇게 말하곤 하였다.

"문인들이 상호간에 경멸하는 짓은 예로부터 있어왔다. 제봉은 손곡을 이렇게까지 인정하고 추켜세워 자신보다 낫다고 하였으니 여기에서 그 어른다움을 한층 엿볼 수 있다."[1]

내가 제봉이 고깃배 그림에 붙인 절구를 보니 다음과 같았다.

갈대밭에 바람 불어 눈송이가 날리는데	蘆洲風颭雪漫空
어부는 술을 사와 작은 배에 걸어두네.	沽酒歸來擊短篷
젓대소리 흐느끼고 달빛까지 흰해지자	橫笛數聲江月白
자던 새는 물안개 속 훨훨 날아가는구나.	宿禽飛起渚烟中

이 시는 성운(聲韻)과 율격이 당시에 지극히 가까우니 반은 거짓으로 썼다고 평가할 수 있을까? 제봉의 말씀은 겸손에서 나온 것이다.

---

1 이상의 내용은 양경우의 『제호시화(霽湖詩話)』를 전재하였다.

97

정사룡과 고경명의 우열

호음이 백마강(白馬江)을 읊은 시는 다음과 같다.

이별주 가슴에 부어도 수심은 안 흩어져	別酒澆胸未散愁
다리부터 갈림길 따라 강가에 이르렀네.	野橋分路到江頭
온조왕의 요새를 앉은 채로 잃어버려	城池坐失溫王險
지도와 토지대장을 당나라 장수가 거둬갔네.	圖籍曾聞漢將收
궁녀 몸 던진 일은 낙화암 벼랑에 전해오고	花委尙傳崖口缺
용이 사라진 것을 조룡대 자취에서 찾아보네.	龍亡猶認釣痕留
찬 물결은 오자서의 분노를 억지로 흉내내어	寒潮强學靈胥怒
놀란 파도를 세게 일으켜 누대를 뒤흔드네.	亂送驚濤殷柂樓

제봉이 백마강을 읊은 시는 다음과 같다.

병석에서 일어나 먼 여행을 떠나니	病起因人作遠遊
동풍이 꿈을 깨우고 돌아갈 배를 보내네.	東風吹夢送歸舟
산천은 짙푸르러 옛 왕조를 한하는 듯	山川鬱鬱前朝恨

성곽은 쓸쓸하여 반달은 시름겹네.   城郭蕭蕭半月愁

그날의 낙화는 푸른 절벽에 남아 있고   當日落花餘翠壁

오늘도 둥지 찾는 제비는 홍루(紅樓)를 맴도네.   至今巢燕繞紅樓

벗들이여 온조왕의 옛일일랑 묻지 말라.   傍人莫問溫家事

회고에 잠겨 봄에 상심하면 백발 되기   吊古傷春易白頭

쉬우니라.

호음의 시가 지극히 웅장하고 호쾌하지만 제봉 시의 맑고 새로우며 높고 고매함만은 못하다. 유우석(劉禹錫)의 「금릉회고(金陵懷古)」[1]와 비교한다 해도 제봉이 많이 양보할 것 없다.

---

1 유우석의 명작으로 백거이가 물속에서 졸고 있는 여룡(驪龍)의 턱 아래 구슬을 얻은 것에 비유하며 극찬했고, 다른 사람들의 작품은 비늘이나 발톱 정도밖에 되지 않는다고 평하였다. 그 작품은 "西晉樓船下益州, 金陵王氣漠然收. 千尋鐵鎖沈江底, 一片降幡出石頭. 人世幾回傷往事, 山形依舊枕寒流. 今逢四海爲家日, 故壘蕭蕭蘆荻秋."(『영규율수(瀛奎律髓)』 권3, 회고류(懷古類) 「서새산회고(西塞山懷古)」)이다.

98

정철의 절창

송강(松江) 정철(鄭澈)이 일찍이 배 안에서 한 선비를 만났는데 그 선비가 송강을 행촌(杏村) 민순(閔純)으로 보기도 하고, 또 우계(牛溪) 성혼(成渾)으로 보기도 하였다. 이에 송강이 절구 한 수를 써서 그에게 주었다.[1]

나는 우계도 행촌도 아니고 미치광이라	我非成閔卽狂生
반평생 풍진 속에 취객 이름 얻었다오.	半世風塵醉得名
새로 만난 이에게 성명을 말하려니	欲向新知道姓字
청산은 비웃고 갈매기는 무시하네.	靑山獻笑白鷗輕

호방하고 빼어나서 얽매인 점이 없다. 함흥 낙민루(樂民樓)에 붙인 시는 다음과 같다.

---

1 『송강집(松江集)』에 「배안에서 나그네에게 답하다〔舟中謝客〕」의 제목으로 수록하였는데 제목 아래에 장암(丈巖) 정호(鄭澔)의 기사를 주석으로 달았다. 이 시평의 내용과 비슷하다. 또 민인백(閔仁伯)의 『태천집(苔泉集)』 「척언(撫言)」과 이시발(李時發)의 『벽오유고(碧梧遺稿)』 「만기(謾記)」에는 더 구체적인 일화가 소개되어 있다.

백악은 하늘까지 뻗어 있고	白岳連天起
성천강은 바다 멀리 들어가네.	成川入海遙
해마다 풀이 푸르른 길에는	年年芳草路
해지는 만세교를 사람들 건너가네.	人渡夕陽橋

세상에서 절창이라 칭송하는 시이다. 그러나 내 생각으로는 속되지 않다면 근사한 평이라 하겠지만 절창이라 하기에는 모자란다.[2]

---

2 이 평은 김득신이 『종남총지』에서 내린 평가를 차용했다.

이방운(李昉運), 〈낙민루도(樂民樓圖)〉

18세기 말~19세기 초, 지본담채, 개인 소장. 함흥의 명승 낙민루를 중심으로 만세교(萬歲橋)와 성천강(成川江) 일대 풍경을 그렸다. 낙민루 등은 함경도의 대표적 명승인데 시와 그림의 배경으로 많이 등장한다.

99

시와 도

문장과 성리학은 심오한 경지에 이르면 하나이다. 세상 사람들은 그 점을 모르고 두 가지 물건으로 보고 있으니 이는 맞지 않다. 당나라를 예로 들면, 창려(昌黎) 한유(韓愈)가 문장을 통해 도(道)를 깨우쳤다. 『치재집(恥齋集)』[1]에서 "점필재 김종직은 문장을 통해 도를 깨우쳤다"라고 하였고, 『석담유사(石潭遺史)』[2]에서는 "퇴계도 문장을 통해 도를 깨우쳤다"라고 하였다. 내가 우계(牛溪) 성혼(成渾)이 스님에게 증정한 시를 보았더니 다음과 같았다.[3]

물과 구름 속에서 한 뙈기 밭을 경작하며　　　　一區耕鑿水雲中

세상일에 관심없는 백발의 노인일세.　　　　　萬事無心白髮翁

지저귀는 산새 소리에 잠깨어 일어나서　　　　睡起數聲山鳥語

---

1 이 문집은 치재(恥齋) 홍인우(洪仁祐, 1515~1554)의 문집으로 권2의 「일록초(日錄抄)」에서 인용하였다.

2 율곡이 편찬한 야사로 보통 『석담일기(石潭日記)』라고 한다. 권1에서 인용하였다.

3 『우계집(牛溪集)』에는 「안천서에게 주다[贈安應休天瑞]」로 되어 있다. 안천서는 율곡의 제자인 감파산인(紺坡山人) 안천서(安天瑞)이다. 홍만종이 승려로 본 것은 착각인 듯하다. 『국조시산』에서는 "초매하여 미칠 수 없다[超邁不可及]"라고 평하였다.

지팡이 짚고 천천히 꽃밭을 둘러보네.　　　　杖藜徐步繞花叢

　시인의 체제와 격식을 완전히 갖추었다. 석주가 한강변 정자에서
지은 시는 다음과 같다.4

비 온 뒤라 짙은 구름 겹겹이 떠가는데　　　　雨後濃雲重復重
이른 새벽 발을 걷고 기이한 모습 바라보네.　　捲簾晴曉看奇容
잠깐 사이 해가 솟아 자취없이 사라지더니　　　須臾日出無踪跡
동남쪽에 두세 개 묏부리가 비로소 보이네.　　始見東南三兩峯

　도를 깨우친 사람의 시와 매우 비슷하다.

─────────────

4 『석주집』에는 「구성부사 김여율의 호정팔경〔金龜城汝嵊湖亭八景〕」 가운데 '삼각산의 비 갠
　뒤 구름〔三角晴雲〕'으로 실려 있다.

100

송익필의 시

구봉(龜峯) 송익필(宋翼弼)은 출신은 미천하나 천품은 대단히 높았고 문학에도 뛰어났다.[1] 구봉이 달을 바라보고 지은 작품은 다음과 같다.

둥글기 전에는 더디 둥글어 늘 아쉽더니	未圓常恨就圓遲
둥글고 나니 왜 저리 쉽게 이지러지나?	圓後如何易就虧
서른 날 중에 둥근 날은 하룻밤뿐이니	三十夜中圓一夜
한평생 세상일이 모두 그와 똑같구나.	百年心事摠如斯

시어가 정밀하고 알맞은 경지에 이르렀다. 또 객지에서 다음 시를 지었다.

대숲 헤쳐 밥을 먹고 노을 기대 잠을 자니	食披叢竹宿依霞
나그네 행색 초라하여 도롱이 하나뿐이로군.	行計蕭然只一簑
계룡산에 가까워져 가을 산 느낌 먼저 나고	山近鷄龍秋氣早
백마강에 이어진 물은 석양빛에 물들었네.	江連白馬夕陽多

---

1 신흠의 『청창연담』에서 평한 것을 거의 그대로 가져왔다.

남북으로 길이 뻗어 임금님 은혜 넉넉하고　　　路通南北君恩足

고난을 겪을수록 공부에는 힘을 보태네.　　　身歷艱危學力加

아들은 진성(秦城)에, 형님은 변방에 있어　　　子在秦城兄塞外

꿈속에서 가본들 집에는 아무도 없네.　　　夢中歸去亦無家

갖은 고생하며 나그네로 떠도는 행색이 언외(言外)에 잘 나타나 있다.

101

송한필과 권벽의 낙화

운곡(雲谷) 송한필(宋翰弼)의 시는 다음과 같다.

지난밤 비에 꽃이 피더니	花開昨夜雨
오늘 아침 바람에 꽃이 지누나.	花落今朝風
애달프다! 봄날의 사연이	可憐一春事
비바람 속에 왔다 갔구나.	往來風雨中

습재의 시는 다음과 같다.

비 내려 꽃이 피고 바람 불어 꽃이 지니	花開因雨落因風
봄 가고 가을 오기 그 가운데 있구나.	春去秋來在此中
어젯밤 바람 불고 비마저 내리더니	昨夜有風兼有雨
배꽃은 만발하고 살구꽃은 사라졌네.	梨花滿發杏花空

두 편의 시가 가진 뜻은 일맥상통하지만 제각기 풍치(風致)가 다르다.

102

대가 황정욱

세상에서 근대의 명가(名家)를 말할 때는 반드시 호소지(湖蘇芝)라는 말을 한다. 바로 호음(湖陰) 정사룡과 소재(蘇齋) 노수신과 지천(芝川) 황정욱이다. 호음은 조직이 잘 갖춰져 정교하고 치밀하며, 소재는 웅장하고 특출나며 부유하고 넉넉하며, 지천은 횡행하고 빼어나며 기이하고 헌걸차서 참으로 서로 맞상대하기에 어울린다.[1] 지천이 오음(梧陰) 윤두수(尹斗壽)에게 증정한 시는 다음과 같다.

봄풍경이 끝물인데 병들어 더디 일어나   春事闌珊病起遲
꾀꼬리 울고 제비 재잘대도 시를 안 지었소.   鶯啼燕語久逋詩
환골탈태하여 지은 그대의 시 한 편을   一篇換骨奪胎去
향 사르고 손 씻고서 세 번이나 읽어보았소.   三復焚香盥手時
하늘이 그대는 사뭇 자유롭게 하고   天欲此翁長漫浪
나는 세상길 낮은 자리에 뒹굴게 하네.   人從世路苦低垂
은산(銀山)의 소나무와 지천(芝川)의 시냇물은   銀山松桂芝川水

---

1 이상의 내용은 장유(張維)의 「지천집서(芝川集序)」를 축약하여 인용하였다.

내가 또 은퇴할 때를 놓쳤다고 비웃겠지요.　　　應笑吾行又失期

　이 시에서도 대가가 지닌 솜씨의 일면을 볼 수 있다. 허균은 이렇게 말했다.

　"지천의 율시 백여 편을 보니 긍지를 지키고 사나우며 웅숭깊고 공활하여 참으로 천년 이래 빼어난 노래이다. 지천 시가 어디에서 변화되어 나왔는가를 추적해보니 대개 눌재에서 나와서 소재와 호음 사이에 출입하였다. 큰 흐름은 거의 같으나 특히 뛰어난 시인이다."[2]

2　허균의 「지천 시권에 쓴 서문[題黃芝川詩卷序]」에서 인용하였다.

103

유영길의 경구

월봉 유영길이 일찍이 오산(五山) 차천로(車天輅)를 비롯한 여러분들과 함께 송도에 이르렀다. 때는 8월이라 큰 연못에 연꽃이 모두 사그라져 단지 한 송이 이울어진 꽃만이 남아서 비를 맞으며 혼자 서 있었다. 여러분들이 각자 시를 지었는데 월봉이 제일 먼저 지었다. 그 낙구(落句)는 다음과 같았다.

안쓰럽기는 항우가 해하(垓下)에서 밤을 맞이하여　　　　　　　　　　　　　　憐似楚王垓下夕

깃발은 거꾸러지고 곱게 차린 우미인은 울고 있는 모양이로나[1]　　　　　　　旌旗倒盡泣紅粧

자리에 있던 모든 사람들이 붓을 놓고 감탄하였다.

---

1 진한(秦漢) 교체기에 서초패왕(西楚霸王) 항우(項羽)가 유방(劉邦)이 이끈 제후군에게 패퇴하여 해하에서 사면초가(四面楚歌) 신세가 되었다. 결전 전날 밤 항우는 운명을 슬퍼하며 노래를 불렀는데 그 노래를 듣고 우미인(虞美人)과 부하 장수가 모두 눈물을 흘렸다.

104

정작과 선조임금

고옥(古玉) 정작(鄭碏)은 북창(北窓) 정렴(鄭磏)의 아우인데 똑같이 기이
한 선비이다. 일찍이 자규새 시를 지었다.

검각산(劍閣山) 밖에서 황제라 칭하더니	劍外稱皇帝
인간세상 자규새에 몸을 기탁하였네.	人間托子規
배꽃 핀 옛 절에 달이 떠오르자	梨花古寺月
새벽이 될 때까지 울어대누나.	啼到五更時
나그네는 천년의 눈물 흘리고	遊子千年淚
외로운 신하는 두 번 절하며 시를 읊네.[1]	孤臣再拜詩
시름에 찬 간장은 외마디 소리에 끊어지니	愁腸一叫斷
어째서 저다지 슬픔을 자아내느냐?	何用苦摧悲

이 시는 한 시대에 회자하였다. 맹인 술사 장순명(張順命)이 부름을
받고 입궐했을 때 선조임금께서 "너는 근래 어디에 머물렀느냐?"라

---

1 두보는 「두견시(杜鵑詩)」에서 "나는 두견새를 보면 언제나 재배하노니 / 옛 임금의 넋을 소
중히 여겨서지〔我見常再拜, 重是古帝魂〕"라고 읊었다.

고 물으시자 장순명이 "해서에 떠돌고 있사옵니다"라고 아뢰었다. 임금께서 "정작이 근래 해주에 머물고 있다 들었노라. 이 사람이 술을 좋아하는데 술이나 마시는지 모르겠노라!" 하시고 '배꽃 핀 옛 절에 달이 떠오르자' 한 연을 외워 읊으시며 "아름다운 시로다! 아름다운 시로다! 전편을 보지 못한 것이 한이로다! 네가 혹 기억하느냐?" 장순명이 그 시를 외어드렸더니 임금께서 친히 벽에 그 시를 쓰셨다.

105

신응시의 두견새

백록(白麓) 신응시(辛應時)가 일찍이 홍문관(弘文館) 수찬(修撰)으로 대궐에 들어갔을 때 선조임금께서 '해당화 아래 두견이 우네'라는 제목을 내어주시고 여러 학사들로 하여금 시를 지어 바치게 하셨다. 그때 백록이 다음 시를 지었다.

봄이 끝나가며 해당화가 늦게 피었는데	春盡棠花晩
부질없이 귀촉도(歸蜀道)만 남아 우누나.	空留蜀鳥啼
창 너머로 듣자하니 지레 늙겠고	隔窓聞欲老
베개에 누웠더니 꿈조차 처량하네.	倚枕夢猶凄
원한 서린 피가 소리소리 떨어질 듯하고	怨血聲聲落
돌아갈 마음은 밤마다 서편을 향하네.	歸心夜夜西
우리 임금님 요사이 심기가 불편하시니	吾王方在疚
금원 안쪽 가까이는 다가오지 말아다오.	莫近上林棲

선조임금께서 당시 국상 중에 계셨는데 마지막 구절을 보시더니 매우 아름답다고 칭찬하셨다 전해온다.

106

최경창의 시

고죽(孤竹) 최경창(崔慶昌)이 (한양) 낙산의 인가를 읊은 시는 다음과 같다.

동쪽 봉우리에 안개 끼어 아침 햇살 가리니　　東峯雲霧掩朝暉
깊은 숲에 자던 새는 늦도록 날지 않네.　　　　深樹棲禽晚不飛
고택에는 이끼 끼고 문마저 닫혀 있고　　　　　古屋苔生門獨閉
뜨락 가득 맑은 이슬이 장미를 적시었네.　　　滿庭淸露濕薔薇

맑고 아름답기가 그림과도 같다. 고죽이 일찍이 손곡과 더불어 빈
배가 강둑에 매여 있는 그림에 시를 지었다. 손곡 시의 낙구(落句)는

배는 매여 있고 사람은 안 보이니　　　　　　　泊舟人不見
사공은 술 사러 어부집에 갔나보다.[1]　　　　　沽酒有漁家

이고, 고죽의 시는

---

1 초간본 『손곡시집(蓀谷詩集)』에 「김취면의 산수 병풍에 쓰다〔題金醉眠山水障子面〕」라는 제
목으로 실려 있으므로 유명한 산수화가 김제(金禔)의 산수화 병풍에 쓴 제화시이다.

저기에 배 매어두었으니   遙知泊舟處

강둑 너머엔 인가가 있겠지.   隔岸有人家

　고죽은 '사람이 보이지 않는다〔人不見〕'라는 글자를 쓰지 않았어도 사람이 없다는 뜻을 절로 그 안에 담았으니 고죽의 시가 낫다고 하겠다.

107

최경창의 시풍

나는 선배들로부터 "우리나라 시는 오로지 고죽만이 시종 당시풍을 배워 송시의 풍격에 빠지지 않았다"라고 들었는데 이 말은 사실이다. 고죽의 시는 높게는 무덕(武德)·개원(開元)의 시풍을 출입하였고, 아무리 낮아도 장경(長慶)[1] 이하의 시어는 말하지 않았다.

봄 물결은 옛 성곽을 감싸 흐르고   春流繞古郭

들불은 높은 산으로 올라가누나.   野火上高山

는 중당(中唐) 시와 비슷하고

강에서 멀리 떨어져 인가 드물고   人烟隔河少

국경에 가까워 눈보라 거세네.[2]   風雪近關多

---

1 당나라 목종(穆宗)의 연호로 중당(中唐) 시풍의 시대이다. 무덕과 개원은 초당(初唐)과 성당(盛唐) 시풍의 시대이다.

2 이 시는 칠언율시 「여양역(閭陽驛)」의 함련이다. 『국조시산』에서 "편편이 모두 왕유와 맹호연 전기와 유종원의 고아한 시이다[篇篇俱是王孟錢劉雅韻]"라는 평어를 달았다. 다른 두 사례는 그의 문집에 보이지 않는다.

는 성당(盛唐) 시와 비슷하며

> 산에는 태곳적 눈이 남아 있고　　　　　　　　山餘太古雪
> 나무에는 태평시대 안개가 자욱하다.　　　　　樹老太平烟

는 초당(初唐) 시와 비슷하다. 오늘날 세상에 이 같은 곡조와 소리가
다시 나올 수 있을는지 모르겠다.

108

백광훈의 시

옥봉(玉峯) 백광훈(白光勳)이 홍경사(弘慶寺)[1]를 읊은 시는 다음과 같다.

가을 풀은 전조(前朝)의 절에 무성하고	秋草前朝寺
부서진 빗돌에는 학사의 글이 남아 있구나.	殘碑學士文
천년토록 흐르는 물은 남아 있어	千年有流水
지는 해에 돌아가는 구름을 바라보노라.	落日見歸雲

아담하고 독특하여 옛 시에 아주 가깝다. 스님의 시축에 붙인 시는
다음과 같다.

지리산은 쌍계사가 멋지고	智異雙溪勝
금강산은 만폭동이 기이하다는데	金剛萬瀑奇
그 좋다는 명산에 가진 못하고	名山身未到

---

1 고려 현종 때 충청도 천안시 성환읍 큰길에 도둑이 출몰하고 황폐하다 하여 조정에서 큰 여
관을 지어 여행객들을 유숙하게 하고 절을 지어 봉선홍경사(奉先弘慶寺)라 하였다. 한림학사
최충(崔沖)이 비문을 지었다. 현재는 터만 남아 있고, 갈기비(碣記碑)는 국보 제7호로 지정되
어 있다. 이 시의 승구에 나오는 '학사'는 최충이다.

스님 보내는 시만을 짓고 있구나.　　　　　　　　每賦送僧詩

맑고 은근하여 기뻐할 만하다. 또 삼차송월(三叉松月)²을 읊은 시는
다음과 같다.

예주편(藥珠篇)³ 한 권을 손에 들고서　　　　　手持一卷藥珠篇
단에 앉아 읽고 나서 학과 함께 잠을 자네.　　讀罷空壇伴鶴眠
한밤중에 일어나니 솔 그림자 쏟아지고　　　驚起中宵滿身影
저녁노을 흩어진 하늘에 달빛만 쏟아지네.　　冷霞飛盡月流天

밝고 투명하여 아무 찌꺼기가 없다.

2　이 시는 「망포정팔경(望浦亭八景)」의 한 수이다. 망포정은 현감을 지낸 노욱(盧稶)의 별장으
　로 경기도 여주에 있었다. 택당 이식도 같은 작품을 지었다.
3　『예주편』은 도가의 경전이다.

109

이달의 시재

손곡 이달이 젊어서부터 하곡(荷谷) 허봉(許篈)과 친하게 지냈다. 어느
날 하곡을 방문하였더니 허균이 마침 형인 하곡을 찾아왔다. 허균은
손곡을 깔보고서 예우하는 낯빛을 보이지 않은 채 태연자약하게 시를
말하였다. 그러자 하곡이 "시인이 자리에 있거늘 아우는 그래 소문도
듣지 못했는가? 내 아우를 위해 시 한 수를 부탁드리겠소!" 하였다.
하곡이 운자(韻字)를 부르니 손곡은 말이 떨어지자마자 절구 한 수를
지었다. 그 낙구는 다음과 같았다.

담 모퉁이 작은 매화 피고 지기 다 끝내자	墻角小梅開落盡
봄철의 정신은 살구꽃 가지로 옮겨 갔구나.	春心移上杏花枝

허균은 깜짝 놀라 낯빛을 바꾸며 사죄하고 마침내 시벗이 되었다.
손곡이 봉은사 스님에게 준 시[1]는 다음과 같다.

---

1 『손곡시집』에 「연상인의 시축에 붙이다(題衍上人軸)」라는 제목으로 실려 있다. 봉은사는 원
  주 손곡리(蓀谷里)에 있는 작자의 집으로 가는 길목에 있어서 귀향하는 도중에 들러서 향수
  를 읊은 작품이다.

동호(東湖)에 배를 대고 절에 잠시 들렀더니   東湖停棹暫經過

버들은 치렁치렁 강둑에 늘어져 있네.   楊柳悠悠水岸斜

병든 나그네의 외로운 배에는 달빛이 가득하고   病客孤舟明月在

늙은 스님의 깊은 절 안에는 낙화가 수북하네.   老僧深院落花多

향수는 하염없이 고운 풀을 보고 일어나건만   歸心黯黯連芳草

고향길은 아득히 멀어 큰 물결에 막혀 있네.   鄉路迢迢隔遠波

홀로 앉아 갈 길을 꼽아보니 구름바다 밖이라   獨坐計程雲海外

해질 무렵 갈가마귀 우는 소리는 차마 듣지   不堪西日聽啼鴉

못하겠네.

아담하고 독특하여 당나라 시인의 운향(韻響)과 비슷하다.

110

광한루 시회

손곡이 일찍이 대방군(帶方郡, 전라도 남원의 옛 이름)에 나그네가 되어 노닐 적에 옥봉 백광훈, 백호(白湖) 임제(林悌), 송암(松巖) 양대박(梁大樸)과 함께 광한루에 올랐다. 술자리에서 백호가 먼저 율시를 지었다.

남포(南浦)에 미풍 불어 저녁 물결 일어나니	南浦微風生晚波
안개 개어 수양버들 푸른빛을 드리우네.	晴烟低柳碧斜斜
선계 위에 누대는 좋은 자리 차지하고	山分仙府樓居好
평원으로 뻗은 길은 전원 풍치 물씬 나네.	路入平蕪野色多
천리 되는 서울 그려 올라갈 꿈 또 꾸느라	千里更成京國夢
봄철 내내 부질없이 고향 꽃을 저버렸네.	一春空負故園花
술잔 들고 이별할 때 시를 새로 짓는다면	淸樽話別新篇在
이별 노래 몇 편보다 그게 되레 나으리라.	却勝驪駒數曲歌

손곡이 차운한 시는 다음과 같다.

맑은 냇물 비온 뒤라 물살 조금 일어나고	淸溪雨後起微波

수양버들 한들한들 물 언덕에 빗겨 있네.　　　　楊柳陰陰水岸斜

남쪽 거리에 술 한 동이 다함께 취해보세.　　　南陌一樽須盡醉

봄바람도 삼월이라 이제 얼마 안 남았네.　　　東風三月已無多

이별하는 정자마다 왕손(王孫) 풀이 자라나고　離亭處處王孫草

골목에는 집집마다 탱자꽃이 피어 있군.　　　門巷家家枳殼花

하늘 끝에 유랑하는 과객 된 지 오래거니　　流落天涯爲客久

한밤중 남녘 노래는 차마 듣지 못하겠네.　　不堪中夜聽吳歌

옥봉의 차운시는 다음과 같다.

고운 난간 저편에는 개구리밥 물에 떴고　　畫欄西畔綠蘋波

이별 슬픔 끝이 없어 저물도록 이어지네.　　無限離情日欲斜

풀에 덮인 나그네 길 언제나 끝이 나고　　芳草幾時行路盡

흰 구름이 깊게 덮은 청산은 어데 있나?　　青山何處白雲多

외로운 배에 꿈꾸면서 푸른 바다 건너와서[1]　孤舟夢裏滄溟事

삼월에는 동산에서 꽃구경을 즐기누나.　　三月烟中上苑花

술동이는 잘도 비고 사람은 잘도 헤어지나니　樽酒易空人易散

들새는 원망하다 또 노래하는 듯하네.　　野禽如怨又如歌

송암의 차운시는 다음과 같다.

---

1 『옥봉집(玉峰集)』에는 이 구절에 "마침 탐라에서 돌아왔다[時歸自耽羅]"는 주가 달려 있어
　임제가 제주도에서 온 사실을 읊은 것으로 보인다.

오작교 난간에는 봄물결이 찰랑대고	烏鵲橋頭春水波
광한루 밖에는 수양버들 늘어졌네.	廣寒樓外柳絲斜
풍광은 천고에 빼어나게 펼쳐졌으니	風烟千古勝區在
시와 술로 한바탕 신나게 즐겨보세나.	詩酒一場歡意多
그 누가 술자리에서 풀밭 길을 원망하나?	誰向筵前怨芳草
뒤에 가면 시든 꽃이 말발굽에 밟히리라.	行看歸騎踏殘花
하늘 끝의 떠나거나 머무는 뒤엉킨 수심에	天涯去住愁如織
억지로 미친 말 뱉어 호탕한 노래 대신하네.	强把狂言替浩歌

여러분들이 이렇게 노닐었을 때는 마침 국상 기간이었다. 백호가 노래할 가(歌)자로 먼저 시를 지어 다른 시인들을 곤란하게 만들었는데 옥봉이 "들새는 노래하는 듯하다"라고 지어서 다들 시어를 잘 놓았다고 평가를 했다는 말이 세상에 전해온다.[2]

백호의 시는 농후하고 아름다우며, 송암의 시는 원만하고 숙련되었다. 손곡과 옥봉의 시가 당시의 운치에 가장 가깝다. 그런데 손곡 시의 처음과 끝 두 구절은 도리어 평범하여 옥봉 시의 첫 구절과 끝 구절이 모두 활달하고 시원하며 맑고 새로운 것보다 못하다.

---

2 이 사연은 양경우의 『제호시화』에 자세하게 실려 있다.

소화시평

✳

하권

1

역대의 우수한 오언 시구

『점필재집』에는 다음과 같은 글이 실려 있다.

시를 배운 뒤로 우리나라 시를 얻어보니 시의 명가(名家)라고 하는
사람이 수백 명 이상이었다. 오늘로부터 신라 말까지 거슬러 올
라가보면 거의 천 년이 된다. 그 사이에 풍교(風敎)를 기록하고 찬
미하거나 풍자하는 뜻을 형상화하며, 열거나 닫고, 누르거나 드러
내어 성정의 올바름을 깊이 터득한 시인들은 당송(唐宋)의 시인들
과 실력을 겨루며 후세에 모범이 될 만하다.[1]

대개 우리 동방의 시학이 삼국에서부터 시작하여 고려에서 융성하
였고, 우리 조선에서 극도로 발전하였다. 점필재로부터 현재에 이르
기까지 또한 수백 년이 흘러 문장의 대가가 서로 이어서 걸출하게 나
타났다. 전후로 활동한 작가는 이루 다 기록할 수 없다. 비록 중국과

---

[1] 인용한 글은 김종직이 편찬한 『청구풍아』의 서문을 축약하였다. 현존하는 목판본 『점필재
집』이나 『청구풍아』에는 실려 있지 않고, 김휴(金烋)가 편찬한 『해동문헌총록(海東文獻總
錄)』에 발췌 수록되어 있다.

비교해도 많이 양보하지 않으니 기자(箕子)가 문명으로써 교화한 결과가 아니겠는가! 내 이제 백에서 한둘을 선택하여 후세 사람들로 하여금 나무 한 그루를 통하여 등림(鄧林)에 재목이 많음을 보여주려고 한다.

나는 늘 시중 김부식이 눈앞 풍경을 읊은 시

| 놀란 번갯불 절벽에 서려 있고 | 驚電盤絶壁 |
| 성급한 빗발은 석양에 들이친다. | 急雨射斜陽 |

를 읊조릴 때마다 빠르게 떨쳐일어남에 놀란다. 학사 정지상이 두견새를 읊은 시

| 자지러지는 소리에 산대는 갈라지고 | 聲催山竹裂 |
| 피에 젖어 들꽃은 붉어라.[2] | 血染野花紅 |

는 그 공교롭고 고움을 괴이하게 여긴다. 백운거사 이규보가 덕연원(德淵院)에서 자며 쓴 시

| 속빈 대는 나그네와 성품이 같고 | 竹虛同客性 |
| 늙은 소나무는 스님과 나이가 같네. | 松老等僧年 |

---

2 이 시는 성간의 「밤에 자규새 울음을 듣다〔夜聞子規〕」(『진일유고』 권3)의 경련 '聲催山竹折, 血染野花深'과 거의 똑같다.

는 그 외롭고 높음을 사모한다. 목은 이색이 부벽루를 읊은 시

성은 빈 채 한 조각 달만 떠 있고　　　城空月一片
바위는 묵어 천년토록 구름뿐이네.　　　石老雲千秋

는 그 맑고 원대함에 탄복한다. 춘정 변계량이 봄날의 일을 읊은 시

호젓한 꿈은 중이 와서 해몽해주고　　　幽夢僧來解
새로 지은 시는 새를 벗하여 읊네.　　　新詩鳥伴吟

는 그 맑고 새로움을 좋아한다. 괴애(乖厓) 김수온(金守溫)이 산사에 붙인 시

열린 창가에 스님은 가사를 깁고　　　窓虛僧結衲
조용한 탑에 나그네는 시를 쓰누나.　　　塔靜客題詩

는 그 한가하고 아담함을 사랑한다.3 점필재 김종직이 불국사에서 쓴 시4

---

3 문집에는 「복령사 벽에 쓰다〔題福靈寺壁〕」라는 제목으로 실려 있고, 『성수시화』에서 "매우 한가하고 원대하여 아치가 있다〔殊閒遠有致〕"라고 평했다.

4 대부분 사본에 제목이 선사(仙槎) 또는 선사사(仙槎寺)로 되어 있다. 그러나 인용한 시구는 김종직의 「불국사에서 세번과 대화를 나누다〔佛國寺與世蕃話〕」의 함련이다. 『국조시산』에 나란히 실려 있는 두 작품을 홍만종이 혼동하여 잘못 쓴 듯하다. 번역은 고쳐 싣는다.

푸른 산 한쪽에는 비가 내리고　　　　　　青山半邊雨

해지는 윗 절에선 종이 울린다.　　　　　落日上房鍾

는 그 맑고 밝음을 감탄한다. 충암 김정이 청풍 한벽루(寒碧樓)에 붙인 시

만고(萬古)의 동굴에서 바람이 불고　　　　風生萬古穴

새벽 누대를 강물이 흔들어댄다.　　　　江撼五更樓

는 그 호쾌하고 건장함을 기뻐한다. 용재 이행이 계곡에서 즉흥적으로 읊은 시

샘물을 파서 물위에 뜬 산빛 훔치고　　　鑿泉偸岳色

바위를 옮겨 개여울 소리 줄인다.　　　　移石殺溪聲

는 그 기이하고 교묘함을 떠올린다. 호음 정사룡이 감회를 읊은 시

얻기도 전에 잃을까봐 먼저 근심하고　　未得先愁失

기쁜 일 대하면 벌써 슬픔이 일어나네.　當歡已作悲

는 그 맑고 절실함을 깨닫는다. 동고 최립이 제야에 쓴 시

홍구(鴻溝)를 떼어가기 허락치 않아도　　鴻溝未許割

양 어깨뼈 다 익기를 기다리지 않네.5   羊胛不須烹

는 그 기이하고 굳셈에 탄복한다. 오산 차천로가 외기러기를 읊은 시

산하에 외로운 그림자 사라지고   山河孤影沒
천지에 외마디 소리만 슬프다.6   天地一聲悲

는 그 훌륭하고 빼어남이 두렵다.

---

5 홍구는 중국 고대의 수로 이름으로 진나라 말엽에 항우와 유방이 천하를 양분할 때 이 홍구를
  경계선으로 하였다. 오늘을 경계로 두 해가 갈라짐을 비유한다. 양의 어깨뼈는 쉽게 익는다.
  『신당서(新唐書)』권217「회홀전(回鶻傳)」에 "골리간(骨利幹)은 한해 북쪽에 사는데 그 지
  역이 북해와 닿아 있어 서울로부터 가장 멀리 떨어져 있다. 또 그 바다를 건너면 낮은 길고 밤
  은 짧아 해가 들어갈 때 양의 어깨뼈를 삶으면 다 익기도 전에 벌써 먼동이 튼다"라고 하였다.
6 『오산집(五山集)』에 실려 있지 않다. 박홍중(朴弘中. 1582~1646)이 쓴 「여상사전(呂上舍
  傳)」에는 화담의 문인으로 무인이자 시인인 여세윤(呂世潤)의 작품으로 나온다.

2
역대의 우수한 칠언 시구

처절하고 서글픈 시구는 고운 최치원이 고소대(姑蘇臺)를 읊은 시

> 황량한 누대에는 사슴들이 가을 풀 밟고 놀며   荒臺麋鹿遊秋草
> 버려진 정원에는 소와 양이 저물어 내려온다.   廢苑牛羊下夕陽

가 있고, 쓸쓸하고 괴로운 시구는 서하 임춘이 벗에게 준 시

> 십 년간의 갖은 고생 심지 돋우며 이야기하고   十年計活挑燈話
> 반평생 쫓은 공명 거울 잡고 확인하네.   半世功名把鏡看

가 있고, 섬세하고 교묘한 시구는 노봉 김극기가 안변 파천현(派川縣)에서 쓴 시

> 붉은 꽃잎 휘날려 진 뒤에 꽃은 열매를 맺고   飄盡斷霞花結子
> 보리밭 물결을 베고 난 곳에 보리는 새싹을   割殘驚浪麥生孫
> 내놓네.

가 있고, 맑고 툭 트인 시구는 익재 이제현이 새벽길에 쓴 시

깊은 밤 달빛은 주인집 지붕에 쏟아지고	三更月照主人屋
큰 들에 부는 바람 과객의 옷에 펄럭인다.	大野風吹遊子衣

가 있고, 노련하고 숙련된 시구는 목은 이색이 자신을 읊은 시

몸은 병마에 시달려 오래 버티기 힘들어도	身爲病敵難持久
마음은 가난에 익숙해 벌써 든든하게 지키네.	心與貧安已守成

가 있고, 전아하고 아름다운 시구는 도은 이숭인이 설날 황제를 알현한 시

배에 실은 옥과 비단 타국에서 바쳐왔고	梯航玉帛通蠻貊
예악과 의관은 한당보다 뛰어나네.	禮樂衣冠邁漢唐

가 있고, 예스럽고 질박한 시구는 점필재 김종직이 복룡(伏龍)에서 쓴 시

마을 개가 사람 향해 짖어 울타리엔 개구멍이 있고	邑犬吠人籬有竇
촌 무당은 귀신 맞으려 종이로 돈을 만들었군.[1]	野巫迎鬼紙爲錢

---

1 복룡은 전라도 나주에 있는 지명으로 신사(神祠)가 있던 금성산으로부터 삼십 리 떨어져 있다. 『필원산어(筆苑散語)』에서는 상말을 잘 단련한 구절로 꼽았다.

가 있고, 높고 깨끗한 시구는 동봉 김시습이 철상인(徹上人)에게 증정한 시

> 흐르는 물 가는 구름은 세태를 보여주고   流水落雲觀世態
> 푸른 솔 밝은 달 선(禪)이야기 비춰주네.   碧松明月照禪談

가 있고, 기이하고 빼어난 시구는 읍취헌 박은의 영보정(永保亭) 시

> 급한 바람이 안개 흩어 거을 같은 수면   急風吹霧水如鏡
> 나타나고
> 가까운 포구에 인기척 없어 새는 저만 홀로   近浦無人禽自謠
> 노래하네.

가 있고, 시원하고 통달한 시구는 복재 기준이 새벽에 앉아 쓴 시

> 마음은 온갖 물이 갈라지는 근원까지 파고들고   心通萬水分源處
> 귀는 숲에서 울려나오는 소리에 길들여졌네.   耳順千林發籟間

가 있고, 기이하고 오묘한 시구는 호음 정사룡이 중국 여관에서 쓴 시

> 말이 마른 콩깍지 우물거리는 소리를 꿈결에   馬吃枯箕和夢聽
> 듣고
> 쥐가 곡식 낱알 훔치는 짓을 등잔 뒤에서 보네.   鼠偸殘粟背燈看

가 있고, 단단하게 벼린 시구로는 동고 최립이 중국 객지에서 쓴 시

사람들은 먼 길손 업신여겨 처음 만나도 데면데면   人輕遠客初逢淡
하고
말은 갈림길 고생스러워 두번째 와서도 헤매는구나. 馬苦多歧再到迷

가 있고, 슬퍼하고 개탄한 시구는 오산 차천로가 회포를 읊은 시

신선도 분수가 있어 쇠로 금을 만들지는 않고   神仙有分金難化
천지는 무정하여 검만이 홀로 울고 있네.   天地無情劍獨鳴

가 있고, 신기하고 기묘한 시구는 석주 권필이 호젓하게 살며 흥에 겨
워 쓴 시

신새벽이면 시냇가 바위로 발걸음이 이르고   淸晨步到礀邊石
해질녘이면 물밑에 어린 산봉우리를 마냥   落日坐看波底峯
보고 있네.

가 있고, 매끄럽고 밝은 시구는 동악 이안눌이 강가의 누정에 쓴 시

밀물이 올라오자 바람은 강언덕을 울리고   江潮欲上風鳴岸
들판에 비가 개자 산위로 달이 솟네.   野雨初收月湧山

가 있고, 풍부하고 고운 시구는 어우 유몽인이 관서에서 쓴 시2

> 봄 삼월에 나는 겨우 변방을 떠돌아도　　　　春遊關塞王三月
> 궁궐 있는 강남땅에는 꽃이 만발했겠지.　　　　花發江南帝六宮

가 있고, 처량하고 절실한 시구는 택당 이식이 여강에서 쓴 시

> 멀리 바라보니 강호는 온통 가을빛에 물들었고　　江湖極目皆秋色
> 계절도 시름겨운데 게다가 석양이라니!　　　　　節序關心又夕陽

가 있고, 기이하고 건장한 시구는 동명 정두경이 북관 성진에서 쓴 시

> 고개가 추워서 기러기는 늘 눈이 올까 걱정하고　嶺寒過雁常愁雪
> 바다가 검어서 용은 물속에서 구름을　　　　　　海黑潛龍欲起雲
> 일으키려 하네.

가 있다.

---

2 『어우집(於于集)』에는 「봉산 동선령 도중에 지어 참판 오억령에게 봉정하다〔鳳山洞仙途中口
占, 奉呈吳參判晚翠〕라는 제목으로 되어 있다. 원문이 "海關春盡王三月, 巖峀袍多帝六宮"으
로 차이가 많다.

3

풍자시 명작 오언절구

시는 실정을 알리고, 풍유(諷諭)로 소통시킬 수 있다.1 만약 말이 세교 (世敎)와 관계를 맺지 않거나 뜻을 비흥(比興)에 두지 않는다면 헛노릇 에 불과하다.2 졸옹(拙翁) 최해(崔瀣)가 직책에서 교체된 뒤 쓴 시3

---

1 3칙과 4칙은 시의 사회적 기능을 강조하고 있다. 여기서 풍유는 부조리한 세태나 사회현상을 직접 폭로하기보다는 은유하여 드러내는 수법이다. 반고(班固)의 「양도부서(兩都賦序)」에 서 "아래 백성의 실정을 알리고 풍유로 소통시키기도 한다〔或以抒下情而通諷諭〕"라는 문장 에서 취한 말이다.

2 '세교(世敎)'는 세상의 교화로 윤리적·사회적 이데올로기를 의미한다. '비흥(比興)'은 시창 작 방법이다. 한대 경학가인 정현(鄭玄)은 『주례』 주에서 "비는 현재의 잘못된 점을 보고서 감히 배척해 말하지 못하므로 유사한 일을 가져다가 잘못을 말하는 것이고, 흥이란 현재의 아름다운 점을 보고서 아첨해 말할 혐의가 있으므로 좋은 일을 끌어다 비유하고 권장하는 것 이다〔比, 見今之失, 不敢斥言, 取比類以言之 ; 興, 見今之美, 嫌於媚諛, 取善事以喩勸之〕"라고 정의하였다. 홍만종의 비평은 스스로 창안한 것이 아니라, 조선 중기에 윤춘년(尹春年)이 편 집 간행한 『시법원류(詩法源流)』의 글을 축약하여 제시하였다. 즉, "風之體, 如後世之歌謠, 采 之民間而被之聲樂者也, 故爲之正風. 其言主於達事情, 通諷諭"(傅若金의 「詩法正論」)와 "大凡 作詩, 須用三百篇與離騷. 言不關於世敎, 義不存於比興, 亦徒勞耳"(盧學士의 「詩法家數」)를 결 합하여 이 글이 나왔다.

3 『청구풍아』에 「기유년 3월에 관직에서 교체된 뒤 짓다〔己酉三月遞官後作〕라는 제목으로 실 려 있다. 두 번째 구에는 "'비록'·'어찌' 두 글자는 불평의 뜻을 함유한다〔雖詎二字含不平 意〕"라는 평을, 마지막 구에는 "끝에는 무심함에 부쳤다〔卒付之無心〕"라는 평을 달았다.

변새의 늙은이가 비록 말을 잃었어도	塞翁雖失馬
장자(莊子)인들 어찌 물고기 속내를 알아내랴?	莊叟詎知魚
화복(禍福)을 묻는 자가 나타난다면	倚伏人如問
마땅히 자허(子虛)에게 물어봐야지.4	當須質子虛

는 잃고 얻는 것을 걱정하는 무리를 깨우친다. 설곡(雪谷) 정포(鄭誧)가 아이들에게 준 시

먹을 것이 부족하면 콩잎도 달고	乏食甘藜藿
입을 옷이 없으면 베옷도 아낀다.	無衣愛葛絺
배부르고 따뜻한 쾌락만 찾으면	若求溫飽樂
얻기는커녕 해악이 먼저 따른다.	不得害先隨

는 제 분수가 아닌데 망령되게 부귀를 구하는 무리를 경계하였다. 가정 이곡이 감회를 쓴 시

구슬을 숨기려고 몸을 가르며	身爲藏珠剖
집을 옮기려다 아내를 잊었다.	妻因徙室忘
마음을 담박하게 지켜간다면	處心如淡泊

---

4 앞 대목은 『회남자』 「인간훈(人間訓)」에 나오는 새옹지마(塞翁之馬)의 고사와 『장자』 「추수 (秋水)」편의 물고기 즐거움을 논하는 고사를 이용했다. 화복의 원문은 '의복(倚伏)'으로 『노 자』에 "앙화여! 행복이 그에 기대어 있고, 행복이여! 앙화가 그에 숨어 있구나〔禍兮福所倚, 福兮禍所伏〕"라는 말에서 나왔다. 자허는 가상의 인물로 「자허부(子虛賦)」의 주인공이다. 헛 된 말을 비유한다.

일에 닥쳐 우왕좌왕 당황하겠나?[5]　　　　　　　　遇事豈蒼黃

는 인간의 물욕이 사물을 보는 눈을 가로막음을 비유하였다. 독곡(獨
谷) 성석린(成石璘)이 풍악산에 가는 사람을 보낸 시

　　일만 이천 개 산봉우리는　　　　　　　一萬二千峯
　　높낮이가 저마다 다 달라도　　　　　　高低自不同
　　그대는 보라! 해 바퀴가 떠오르면　　　君看日輪上
　　어느 곳이 가장 먼저 붉어지는지.　　　何處最先紅

는 인품의 높고 낮음을 비유하였다.[6] 원정(猿亭) 최수성(崔壽城)이 강가
에서 지은 시[7]

　　맑은 강에 해가 저물고　　　　　　　　日暮滄江上
　　날은 춥고 물결이 저절로 인다.　　　　天寒水自波

---

5 『가정집』과 『청구풍아』에 제목이 「사예 중시에게 답을 보낸다[復寄仲始司藝]」로 되어 있다.
　당 태종이 "서역 상인이 좋은 구슬을 얻으면 배를 째고 구슬을 몸 안에 감추니 구슬을 아끼고
　제 몸은 아끼지 않는다"라고 하였다(『자치통감(資治通鑑)』). 노나라에 건망증이 심한 자가
　있어 이사를 하면서 제 처를 잊고 왔다(『공자가어(孔子家語)』). 『청구풍아』에서 "좌우명으
　로 삼을 만하다[可爲座右之銘]"라는 평을 달았다.
6 『청구풍아』에서는 "도를 얻는 것에 앞뒤가 있고, 깊고 얕음이 있는 차이는 인성의 높낮이에
　말미암는다는 점을 비유한다[喩得道之有先後深淺, 由人性之有高下]"라는 평어를 달았다. 반
　면에 『국조시산』에서는 "멀리 이르려는 그의 기상을 살펴보라[看他負遠到氣象]"라는 평을
　내렸다. 『호곡만필』에서는 우리 오언절구 가운데 가장 예스러운 작품이라 평가했다.
7 이 작품은 작자가 최수성, 나식(羅湜) 또는 정희량(鄭希良)으로 혼동되고 있어 각 시인의 문
　집이나 많은 야사에 뒤섞여 실려 있다. 어느 누구의 작품으로 단정짓기 힘들다.

외로운 배는 얼른 닻을 내려라.   孤舟宜早泊

밤이 되면 풍랑이 더 거세지리.   風浪夜應多

는 세상 급류에서 용감히 물러선다는 뜻이 담겨 있다. 구봉 송익필이
남계(南溪)에서 지은 시

꽃에 빠져 저물어서 배를 돌리고   迷花歸棹晚

달을 기다리다 늦게야 여울을 내려갔네.   待月下灘遲

술에 취해 자면서도 낚시를 드리우니   醉睡猶垂釣

배는 옮겨가도 꿈은 옮겨가지 않네.   舟移夢不移

는 지조를 지켜 변치 않는다는 의지를 담고 있다.[8] 만죽(萬竹) 서익(徐
益)이 구름을 읊은 시

뭉게뭉게 피더니 훨훨 날아 흩어지며   漠漠復飛飛

바람 따라 검정개도 흰옷도 되네.[9]   隨風任狗衣

이리저리 배회하며 정해진 모양 없어   徘徊無定態

동쪽으로 갔다가는 또 서쪽으로 가네.   東去又西歸

---

8 구봉의 제자 심종직(沈宗直)은 『비선구봉선생시집(批選龜峯先生詩集)』에서 "마음이 외물에
빼앗김을 당하지 않는다〔心不爲境所奪〕"라는 평을 내렸다.

9 원문은 '구의(狗衣)'로 종잡을 수 없이 바뀜을 비유한다. 두보는 「가탄(可歎)」에서 "하늘에
뜬구름이 흰옷처럼 보이다가 / 어느 새 바뀌어서 검정개로 보이누나〔天上浮雲似白衣, 斯須改
變如蒼狗〕"라고 하였다.

는 머리를 고치고 얼굴을 바꿔 형세에 따라 번복하는 자를 비유한다.

춘소(春沼) 신최(申最)가 한강 기탄(歧灘)을 읊은 시

기탄은 바위가 창인양 험난하여	歧灘石如戟
뱃사공이 서로 불러 일러주누나.	舟子呼相謂
"솟아난 바위야 잘도 피하나	出石猶可避
숨어 있는 바위가 진짜 무섭지."	暗石眞堪畏

는 입으로는 꿀같이 단 말을 하며 뱃속에는 칼을 갈고 있다가 몰래 꺼
내 교묘하게 찌르는 행위를 비유하고 있다.

4

풍자시 명작 칠언절구

시중(侍中) 최승로가 궁궐의 새 대나무를 읊은 시

대 껍질이 벌어져서 마디마디 또렷하고	錦籜初開粉節明
어로(御路)에 낮게 자라 녹음 짙게 드리웠네.	低臨輦路綠陰成
상감님 거둥에 균천광악 꼭 울릴 건가	宸遊何必將天樂
가을바람 저절로 옥경쇠를 흔들텐데.	自有金風撼玉聲

는 음악을 경계하는 뜻이 담겨 있다.[1] 형재(亨齋) 이직(李稷)이 철령(鐵嶺)에 올라 쓴 시[2]

험한 벼랑 깊은 계곡 전에 들던 그대로고	崩崖絶磵愜前聞
북쪽 변방 남쪽 고을 이 고개서 갈라지네.	北塞南州道路分

---

1 『청구풍아』에는 "대나무 소리로 충분히 음악을 대신할 수 있다고 하여 풍자하는 뜻이 있다〔竹聲足以代樂, 有諷意〕"라고 평하였다.

2 『형재시집(亨齋詩集)』과 『청구풍아』에 "정해년(1407, 태종 7) 7월 동북 지방의 도순문사로 부임하라는 명을 받아 이 길을 간다"라는 작자의 주석이 달려 있다. 『청구풍아』에 "참소를 걱정하고 재앙을 두려워하는 뜻이 담겨 있다〔有憂讒畏禍之意〕"라는 평을 달았다.

| 고개를 돌려보니 서울 하늘 맑지마는 | 回首日邊天宇淨 |
| 뜬구름이 일어날까 보는 중에 염려로다. | 望中還恐起浮雲 |

는 참소를 걱정하고 헐뜯음을 두려워하는 뜻이 담겨 있다. 신촌(愼村) 권사복(權思復)이 기러기를 풀어주고 쓴 시

창공은 정작 마음껏 날 수 있으련만	雲漢猶堪任意飛
어째서 제 발로 위험한 논을 밟았더냐?	稻田胡自蹈危機
이제부터 높고 높은 하늘 밖을 날아서	從今去向冥冥外
몸이나 보전하고 살찌기를 구하지 말라.	只要全身勿要肥

는 이익을 뒤쫓는 무리를 경계한다.[3] 정당문학(政堂文學) 신천(辛蕆)이 외나무다리를 읊은 시[4]

긴 나무를 잘라다가 여울 위에 걸치니	斫斷長條跨一灘
서리 뿌리고 눈 날리며 놀란 물결 넘실대네.	濺霜飛雪帶驚瀾
걸음걸음 깊은 계곡 조심하는 그 마음을	須將步步臨深意
부귀공명 탐을 내는 벼슬길로 옮겨보라.	移向功名宦路看

---

3 『청구풍아』에는 제목 아래에 "연안의 서촌 주인이 산기러기를 잡아 내게 주려 하였다. 마음
  에 차마 먹을 수 없어 풀어주었다[延安西村主人捕生雁, 餉余, 心不忍, 放之]"라는 작자의 주석
  이 달려 있고, 아울러 "이익을 뒤쫓는 무리를 경계할 만하다[可以警逐利之徒]"라는 평을 달
  았다.
4 정당문학은 고려 중서문하성의 종이품 관직이다. 『동문선』에 제목이 「와수목교(臥水木橋)」
  로 되어 있는데 이 다리는 강원도 삼척에 있어 삼척팔경의 하나였다.

는 녹봉을 탐내는 무리를 경계한다. 동고 최립이 시월 보름 뒤 비가 내리자 쓴 시

여름에 내릴 장맛비가 추수 뒤에 내렸어도　　一年霖雨後西成
너무 야속하다 우사(雨師)에게 탓하지 말라.　　休說玄冥太不情
조정의 구황대책 늦은 것과 똑같나니　　正叶朝家荒政晩
굶주릴 때 따져보다 죽은 다음 시행하지.　　飢時料理死時行

는 조정에서 정사를 보는 관리들이 이 시를 통해 스스로를 경계할 만하다. 어우 유몽인이 이주(伊州)에서 지은 시5

베를 짜는 빈가의 여인 뺨에 줄줄 눈물 쏟나니　　貧女鳴梭淚滿腮
겨울옷을 처음에는 임을 위해 지었다네.　　寒衣初擬爲郞裁
내일 아침 옷감 잘라 세리(稅吏)에게 주고 나면　　明朝裂與催租吏
아전 하나 물러가고 다른 아전 찾아올 텐데.　　一吏纔歸一吏來

는 군주를 대신하여 백성을 자식처럼 다스려야 하는 수령이 경계의 거울로 삼을 만하다. 아! 당나라 섭이중(聶夷中)의 시

이월에는 새로 짠 실을 내다 팔고　　二月賣新絲

---

5 이 시는 『어우집』에 제목이 「양양도중(襄陽途中)」으로 실려 있고, 1590년에 지었다고 밝혀 놓았다. 한편, 어우의 조카 홍서봉(洪瑞鳳)의 『학곡집(鶴谷集)』에는 「연천에서 난을 피할 때 감회가 있어 짓다[避亂漣川, 有感而作]」라는 제목으로 본문이 조금 다르게 실려 있다. 『기아 (箕雅)』에는 홍서봉의 작품으로 수록하였다. 원작자를 단정하기 쉽지 않다.

를 두고 논자들은 『시경』 수준의 시라고 인정한다. 우리 동방의 많은 작품이 풍속 교화를 돕는 가치 면에서 어찌 섭이중 시보다 모자라겠는가?

6　섭이중(837~884)은 당나라 말기의 시인으로 농민의 고통과 호족생활의 사치를 묘사하는 시를 다수 지었다. 이 시는 오언고시 「농촌에 마음이 아프다[傷田家]」의 한 구절이다. 『시인옥설(詩人玉屑)』에는 이 시를 두고 『시경』 삼백 편의 뜻을 가지고 있다고 평가하였다.

5

이산해의 시

아계(鵝溪) 이산해(李山海)가 일곱 살 때 세톨 밤을 읊은 시는 다음과
같다.

한 집안에서 아들 셋을 낳았는데	一家生三子
가운데 놈은 양 볼이 납작하네.	中者半面平
바람 불어 앞서거니 뒤서거니 떨어지니	隨風先後落
누가 형이고 누가 아우일까.	難弟亦難兄

아계는 어린 시절부터 이처럼 기이한 시를 토해냈다. 만년에 회포
를 펼쳐낸 시1는 다음과 같다.

꿈속에서 또렷하게 용안을 뵈었는데	夢裏分明拜聖顏
깨고 보니 여전하게 하늘 끝에 매여 있다.	覺來依舊在天端
원한은 푸른 풀 따라 치렁치렁 자라나고	恨隨靑草離離長

---

1 임진왜란 중인 1592년 이후 1594년까지 경북 평해에서 귀양살이할 때 지은 시를 모아놓은
『기성록(箕城錄)』에 「꿈에서 깨어〔夢覺〕」라는 제목으로 실려 있다.

눈물은 대에 뿌려 방울방울 얼룩진다.　　　　　　涙滴疎篁點點斑

충효밖에 추구한 것 아무것도 없건마는　　　　　萬事不求忠孝外

부질없이 이 한 몸이 시비 틈에 늙어간다.　　　　一身空老是非間

바닷가에 묻힌 뒤로 생사 묻는 사람 없어　　　　瘴江生死無人問

안개 덮인 외로운 마을 나 홀로 문을 닫는다.　　烟雨孤村獨掩關

맑고 고우며 둥글고 원만하다. 아계 같은 분은 어릴 적 재능을 끝까지 잘 발휘한 분이라 할 수 있다.

6

이산해의 왕소군

아계가 왕소군(王昭君)[1]을 읊은 절구 2수를 지었다.

삼천 궁녀 궁궐 안에 갇혀 있어서	三千粉黛鎖金門
지존이 지척에 있어도 볼 길이 없네.	咫尺無由拜至尊
그 시절 이역 땅에 가지 않았더라면	不是當年投異域
한나라 궁궐에 왕소군 있는 줄 누가 알리요?	漢宮誰識有昭君

인간의 사랑과 미움은 본디 정처 없나니	世間恩愛元無定
흉노의 파오라도 타향만은 아니로다.	未必氈城是異鄉
한평생 구중궁궐서 달과 외롭게 벗하며	何似深宮伴孤月
임금 모시지 못하는 신세보다는 나으리라.	一生難得近君王

---

1 왕소군은 명군(明君)·명비(明妃)라고도 불린다. 한 원제(漢元帝) 때 흉노의 호한야선우(呼韓邪單于)에게 인질로 보내졌다. 원제는 후궁이 많아서 화공에게 궁녀의 용모를 그리게 하여 그림을 보고 궁녀를 골라 총애하였다. 궁녀들이 화공에게 다투어 뇌물을 주고 잘 그려달라 부탁하였으나 가장 아름다웠던 왕소군은 그렇게 하지 않아서 화공이 추하게 그렸다. 그 때문에 황제의 은총도 입지 못했고, 흉노가 선우의 연씨(閼氏)가 될 미인을 보내달라 했을 때 뽑혀서 갔다. 왕소군은 흉노 땅에 가서 자식을 낳고 살다 죽었다. 그 슬픈 운명을 읊은 시가 많다.

이 시는 대개 왕안석(王安石)이 「명비곡(明妃曲)」²에서

> 한나라 은혜는 얕고 흉노의 은혜는 깊나니 　　漢恩自淺胡恩深
> 인생의 즐거움은 마음 알아줌을 귀히 여기네. 　人生樂在貴知心

라는 구절의 뜻을 훔쳐왔는데 아계의 시는 의도가 겉으로 지나치게 노출되었다. 참으로 뜻을 말하는 시는 마음의 소리로구나!³ 나대경(羅大經)이 일찍이 왕안석의 시를 평하여 "설령 제 마음을 알아주지 않는다 하여 신하로서 군주를 배반하고, 아내로서 남편을 버릴 수 있는가?"라고 하였고, 주자(朱子)도 평을 하여 도리에 어긋나고 도(道)를 해치는 글이라 하였다.⁴

---

2 왕안석(1021~1086)은 북송의 정치가이자 문인으로 자는 개보(介甫), 호는 반산(半山)이다. 신종 때 변법(變法)을 주도하였다. 시문에 뛰어나 송대의 대가로 일컬어진다. 왕안석은 1059년에 2수의 「명비곡」을 지었다.

3 한대의 문인 양웅(揚雄)은 『법언(法言)』「문신(問神)」에서 "말은 마음의 소리이고, 글은 마음의 그림이다[故言, 心聲也；書, 心畵也]"라고 하였다.

4 나대경의 저술 『학림옥로(鶴林玉露)』 형공의론(荊公議論) 조항에 관련 내용이 실려 있다.

7

천재시인 허봉

하곡(荷谷) 허봉(許篈)이 아홉 살 때 금전화(金錢花)[1]를 읊었다.

조물주는 용광로에 온갖 노력 기울여서	化工爐上用功多
똑같은 금전화를 잘도 찍어냈구나.	鑄出金錢一樣花
반 푼어치 동전은 저 잘난 것만 뻐기고	半兩五銖徒自貴
가난한 사람을 도울 줄도 모르네.	不知還解濟貧家

아! 단산(丹山)의 봉황새는 태어날 때부터 다섯 빛깔을 갖추고, 악와(渥渦)의 준마는 망아지 때부터 피땀을 흘린다.[2] 이제야 문장에도 하늘이 낸 재주가 있어 배워서 도달하는 것이 아님을 알았다. 또 하곡이 난하(灤河)[3]에서 지은 시는 다음과 같다.

---

1 이 꽃은 '황금빛 부처님 같은 풀'이란 의미의 금불초이다. 그 모양이 금화와 같다고 하여 금전화로 불리고, 또 초부용(草芙蓉)으로도 불린다.
2 단산은 단혈산(丹穴山)으로 이 산에는 봉황이 오색 빛깔을 갖춰 살고 있다는 전설이 『산해경』「남산경(南山經)」에 실려 있다. 악와는 감숙성(甘肅省) 안서현(安西縣) 당하(黨河)의 지류로서 신마(神馬)의 산지이다(『사기』「악서(樂書)」). 비범한 태생이 비범한 재능을 가졌음을 비유한다.

고죽성(孤竹城) 하늘 위로 달이 떠올라 　　孤竹城頭月欲生

난하 저편에서 종소리가 들려온다. 　　灤河西畔聽鍾聲

조각배로 건너기 전 모래언덕 찾았더니 　　扁舟未渡尋沙岸

고북구(古北口)⁴ 평야에는 안개만이 자욱하다. 　烟霞蒼蒼古北平

당시(唐詩)의 빼어난 격조이다.

---

3 만주 열하(熱河) 경계를 지나 발해로 흘러들어가는 강으로 조선의 사신이 북경 사행길에 거
  친다. 하곡이 1574년 명나라에 사신으로 갔을 때 지은 작품이다. 부근에 백이·숙제의 고장
  고죽성이 있다.

4 현재 북경시 밀운현(密雲縣) 동북쪽 지명으로 만리장성으로 들어가는 입구이며, 군사적 요
  충지이다.

8

허봉의 시재

계곡은 동국의 시인 가운데 하곡을 가장 뛰어난 시인이라 칭송하였고, 제호 역시 하곡을 절대(絶代)의 시재(詩才)라고 말했다.[1] 내가 일찍이 하곡이 길주에서 가을철 감상을 쓴 시를 본 적이 있다.

금마문(金馬門)[2]에 출입한 기억은 갈수록 까마득하여	金門蹤跡轉依依
느릅나무 다 지도록 대궐로 돌아가지 못하네.	落盡黃楡尙未歸
변방의 뿔피리는 거둥을 보는 꿈결에 아득히 들리고	塞角暗吹仙仗夢
산마루 구름은 임금 모신 신하의 옷깃에 내려와 젖네.	嶺雲低濕侍臣衣

---

1 이상은 제호 양경우가 『제호시화』에서 밝힌 내용을 정리한 것이다.
2 한나라 미앙궁(未央宮)의 문으로 문학에 능한 선비가 출입한 곳이다. 조선시대에는 주로 홍문관(弘文館)을 비유한다. 하곡은 1574년 명나라에 사신을 갔다 온 다음 홍문관 부수찬에 임명된 이래 자주 홍문관에 봉직하였다. 1578년 28세 때 함경도 순무어사(巡撫御史)로 함경도 일대를 여행하였다.
3 한나라 때 미앙궁 안에 있었던 건물로 선제(宣帝) 때 공신 11명의 초상을 그려두었다.

기린각(麒麟閣)[3]에 초상이 그려지는 공명을   功名誤許麒麟畵
잘못하여 기대했더니

나는 반딧불에 세월이 흘렀음을 알아차리고   歲月空驚燿燿飛
부질없이 놀랐네.

그리워라! 지난해 홍문관에 숙직하던 날   憶得去年三署直
대궐 안 은촛불에 종소리는 밤하늘에   禁城銀燭夜鍾微
나직하게 울렸지.

이 시 한 수를 읽어보면 두 분이 한 말을 믿게 된다.

9
윤두수 시의 결함

오음(梧陰) 윤두수(尹斗壽)가 스님에게 시를 증정하였다.

관북에 떠도느라 마음 갈피 잡지 못하고	關外羈懷不自裁
봄철 내내 매화한테 시흥을 쏟고 있네.	一春詩興賴官梅
날이 긴 공관에는 공무조차 한갓지고	日長公館文書靜
때때로 고승만이 자주자주 찾아오네.	時有高僧數往來

이 시에서 '때때로[時]'와 '자주자주[數]' 두 어휘는 뜻이 서로 반대
인데 허균이 『국조시산』에 뽑아넣은 것은 무슨 까닭일까?[1]

---

1 『국조시산』 권3 장11에 실려 있다. 『오음유고(梧陰遺稿)』에 「서산대사 휴정의 시축에 쓰다
〔書西山休靜詩軸〕」라는 제목으로 실려 있다.

10

유성룡의 시

서애(西厓) 유성룡(柳成龍)이 다음 절구 한 수를 지었다.

대창 너머 잔설은 밤새도록 서걱서걱   竹窓殘雪夜蕭蕭

임 계신 천리 서울 까마득히 멀어라.   千里歸心故國遙

제아무리 흰 머리로 성은을 새로 입었으나   白首縱霑新雨露

성인의 밝은 조정 어찌 다시 더럽히랴.[1]   豈宜重汚聖明朝

동주(東洲) 이민구(李敏求)가 이 시를 외워 읊으며 "시가 그분의 장
기는 아니지만 대단히 정밀하여 사랑스럽다"라고 말한 적이 있다.

---

1 『서애집』에 제목이 「성은을 입어 직첩을 돌려받았다〔蒙恩給職牒〕」로 되어 있다. 선조 33년
(1600) 6월 서애는 왜와 화의를 주장했다 하여 직첩을 빼앗겼다가 그해 11월에 다시 발급받
았다. 그때 이 시를 지어 자신의 뜻을 보였다. 『시화휘편(詩話彙編)』에 시와 관련된 내용을
소개하였다.

11

조휘의 경구

조휘(趙徽)는 호를 풍호(楓湖)라 한다. 여러 문사들이 모여 사냥하다가 갑자기 산불이 나자 각자 시 한 수씩 지었다. 풍호가 맨 나중에 참석하여 차운하였는데 그 시는 다음과 같다.

> 한(漢)나라 기치가 지름길로 조(趙)나라 진지로   漢幟間行趨趙壁
> 들어가고
> 제(齊)나라 소는 성이 나자 연(燕)나라 진지로   齊牛乘怒赴燕軍
> 뛰어들었네.¹

꼴찌로 와서 윗자리를 차지했다²고 할 만하다.

---

1 두 구는 각각 『사기』의 「회음후열전(淮陰侯列傳)」과 「전단열전(田單列傳)」을 희화화하여 표현하였다. 조나라와 한나라가 전투할 때, 조나라 전 군대가 한신(韓信)이 이끈 한나라 군을 공격하자 한신의 2천 기병이 각기 한나라 깃발을 들고 몰래 조나라 진지로 들어갔다. 조나라 군사가 전투를 마치고 진지로 돌아가니 자기 진지에 한나라 군의 깃발이 꽂힌 것을 보고 완전히 점령당한 줄 알고 저절로 혼란에 빠졌다. 연나라가 제나라를 공격할 때 제나라 전단(田單)이 즉묵(卽墨)에서 버텼다. 전단은 밤에 천여 마리 소의 꼬리에 기름 묻힌 갈대를 묶고 그 끝에 불을 질렀다. 소는 뜨거워 즉묵을 포위한 연나라 진지로 달려들었고, 결국 연나라가 무너졌다.
2 남조(南朝) 송(宋)의 사혜련(謝惠連)이 지은 「설부(雪賦)」에서 "사마상여(司馬相如)가 가장 꼴찌로 왔으나 많은 손님의 윗자리에 앉았다〔相如末至, 居客之右〕"라 하였다.

12

이덕형의 영사시

한음(漢陰) 이덕형(李德馨)이 열네 살 때 봉래(蓬萊) 양사언(楊士彦)이 집으로 찾아왔다. 봉래가 한음을 데리고 수석(水石) 사이에서 놀다가 율시 한 수를 지었다. 그러자 한음이 그 시에 다음과 같이 화답하였다.

들이 넓어 저녁햇볕 엷고	野闊暮光薄
물이 맑아 산그림자 질다.	水明山影多

봉래가 감탄하여 "자네는 내 스승일세!"라고 했다. 한음이 이 일로 말미암아 명성이 매우 크게 났다.[1] 일찍이 한음이 시시(柴市)를 지나가다 감회가 있어[2] 다음 시를 지었다.

---

1 이 시구에 얽힌 일화가 한음의 연보, 이준(李埈)이 지은 「행장(行狀)」, 정경세(鄭經世)가 지은 「시장(諡狀)」, 김명세(金命世)의 야사 『무송소설(茂松小說)』 등에 나온다. 『무송소설』에는 열 살 때의 일로 기록하였다.

2 시시는 문천상(文天祥)이 순절한 북경에 있는 유적지이다. 송나라가 멸망할 때 문천상은 끝까지 항거하다 몽골의 포로가 되었다. 온갖 회유에도 굽히지 않고 2년여를 버티다가 끝내 시시에서 죽임을 당하였다. 이 시는 북경에 가서 지은 작품이 아니라 임금의 명에 따라 지은 응제시(應制詩)로서 당시 장원으로 뽑혔다.

변방에서 갖은 고생하다 또 의병을 일으켰으나　　　嶺海間關更起兵
영웅도 운수가 사나워 사업을 끝내 못 이뤘어라.　　英雄運屈竟無成
선비의 삶을 길러준 은혜 누구에게 갚을 건가?　　　百年養士恩誰報
만 번 죽어 군주 지키려는 의지만이 또렷하네.　　　萬死勤王志獨明
오랑캐 임금마저 그 절의 인정할 줄 어찌　　　　　虜主詎知容節義
알았으랴?
시정인조차 그 충정 아끼는 까닭 잘도 알겠네.　　　市人猶解惜忠貞
초혼(招魂)하며 왕생(王生)의 시구에 화답하려 하니　招魂欲和王生句
동으로 흐르는 역수(易水)는 곡소리와 같구나.　　　易水東流似哭聲

처절하고 억울하며 느꺼워하고 개탄함이 담겨 있다.

13

이항복의 국량

백사(白沙) 이항복(李恒福)이 여덟 살 때 참찬(參贊)을 지낸 그 아버지가 검(劍)과 금(琴) 두 글자를 가지고 대구를 지으라고 하였다. 백사가 바로 다음 시구를 지었다.

검에는 장부의 기상이 서려 있고 　　　　　　　　劍有丈夫氣

거문고에는 천고의 음악이 담겨 있네. 　　　　　琴藏千古音

이 시를 듣고서 사람들은 그가 장차 크게 되리라는 것을 알아차렸다.[1] 백사가 젊은 시절 강가에서 여러 날 동안 배를 구했으나 얻지 못하고 매우 답답해하였다. 그때 장난삼아 다음 시 한 수를 읊었다.[2]

나는 항상 소망하지, 곡식 만 섬을 싣는 배가 　　常願身爲萬斛舟

되었으면,

배 안 넓은 곳에 다락을 세웠으면 하고. 　　　中間寬處起柁樓

---

1 백사의 어린 시절 영재성과 호방한 성격을 보여주는 이 일화는 장유가 지은 「행장(行狀)」을 비롯하여 많은 야사에 흔히 등장한다.

동으로 남으로 가는 나그네를 때가 되면 모두 　　　時來濟盡東南客
건네주고
해질녘에는 무심히 두둥실 노닐었으면 하고. 　　　日暮無心穩泛浮

이 시는 큰 강을 건네주는 배와 같은 기상[3]이 엿보인다. 호음이 문
익공 정광필의 문장을 평가하여 "세상에서 문장을 가지고 숙부님을
논하는 자가 없는데 공명과 덕망이 문장을 가렸기 때문이다"[4]라고 말
한 적이 있다. 나는 한음·백사에게도 똑같은 말을 하고 싶다.

---

2 『백사집(白沙集)』에 「수초·인수와 함께 강가의 집에 있는데 여러 날 동안 배를 구해도 얻지
를 못해 수초가 몹시 답답해했다. 그가 탄식하며 "어떻게 하면 이 몸이 큰 배가 되어 바람 타
고 파도를 부술 수 있을까?"라고 하길래 내가 장남삼아 이 시를 지었다〔與守初·仁叟同在江
舍, 數日索舟不得, 守初甚鬱鬱, 歎曰, 安得身爲巨艦, 乘風破浪, 余戲而作此〕」란 제목으로 실려
있다. 윤휴(尹鑴)도 「우연히 시 한 수를 지었는데 뒤에 『백사집』에 거의 비슷한 시가 있는 것
을 보았다〔偶得一詩, 後見在白沙集, 略有異同〕」라는 제목으로 다음 시를 지었다. "나는 항상
소망하지, 곡식 만 섬을 싣는 배가 되었으면 하고 / 배 안 넓은 곳에 다락을 세웠으면 하고. /
몰려드는 나그네를 모두 건네주고 / 해질녘에는 물위에서 두둥실 노닐었으면 하고〔常願身爲
萬斛舟, 中間寬處作柁樓, 來來渡盡行人後, 日夕煙波泛泛浮〕."
3 『상서(尚書)』「열명(說命)」에서 은나라 고종(高宗)이 부열(傅說)이라는 재상을 얻고 그를
큰 강을 건너는 배에 비유하였다. 그 뒤로 큰 강을 건너는 배는 군주를 보좌하여 천하를 다스
리는 재상의 재주를 가진 사람을 비유한다.
4 정사룡은 정광필의 조카로서 그의 평가는 상권 67칙에서 언급한 김해에 귀양가서 쓴 시를 두
고 한 말이다. 「임당연보(林塘年譜)」에 관련 내용이 나온다.

14

유근의 시

서경(西坰) 유근(柳根)이 송도에서 늙은 퇴기 한 사람을 만난 적이 있는데 젊을 때 서울에서 명성을 날리던 기생이었다. 서경이 그녀에게 다음과 같은 시를 주었다.

가야금 가로 안고 고운 노래 부르던 시절   瑤琴橫抱發纖歌
경성의 화대값은 그대가 제일 높았지.   宿昔京城價最多
난새 거울 속 봄빛은 시들기가 쉬우니   春色易凋鸞鏡裏
백발에는 들사람 집에 떠도는 신세로다.   白頭流落野人家

시가 지극히 처절하고 한탄스럽다. 석주 권필이 잘 지었다고 칭송했다.

15

심희수의 시

일송(一松) 심희수(沈喜壽)가 양양에서 쓴 시는 다음과 같다.

청간정(清澗亭) 앞에 가랑비가 걷히자	清澗亭前細雨收
해당화 핀 저녁 해변, 취한 몸을 말에 실었네.	斜陽馱醉海棠洲
모래 우는 소리 그쳐 그제야 눈 떠보니	沙鳴乍止方開眼
어느새 몸은 양양 백척루에 있구나.[1]	身在襄陽百尺樓

신선이 다니는 명사십리 길을 눈을 감고 지나갔으니 이분의 이번 길은 헛걸음이라 일컬을 만하다.

---

1 청간정은 간성의 동해안 해안가에 있는 정자로 그 앞의 백사장은 모래가 백설과 같이 희고, 밟으면 사각사각 우는 소리가 나서 마치 구슬 위를 걷는 것 같다고 한다. 시인이 자면서 도착한 백척루는 간성의 만경대(萬景臺)를 가리킨다. 청간역 동쪽으로 몇 리 떨어져 있고, 석봉이 우뚝 솟아 높이가 수십 길이다.

16

이제신 시의 기상

청강(淸江)은 이제신(李濟臣)으로 내 외조모의 외조부이시다. 도량이 웅걸하고, 문장이 호매하며, 기상이 한 시대를 뒤덮었다. 청강이 도중에서 즉석으로 읊은 시는 다음과 같다.

대장부 평생을 거는 것	男子平生在
낡은 검에 별무늬가 싸늘하네.	星文古劍寒
압록강 물에 검을 다시 갈고	重磨鴨綠水
백두산 봉우리에 새로 기대섰네.[1]	新倚白頭巒

기상을 상상해볼 만하다.

---

[1] 청강은 1580년부터 4년간 강계부사와 함경도 병마절도사를 지냈다. 이 무렵에 지은 시로 보인다.

17

선연동

선연동(嬋娟洞)은 평양 칠성문 밖에 있는데 바로 기생이 묻히는 공동
묘지이다. 당나라 궁인야(宮人斜)[1]와 비슷한 장소로 이곳을 지나는 시
인들은 반드시 시를 남겼다. 파담(坡潭) 윤계선(尹繼先)이 지은 시는 다
음과 같다.

아름다운 기약은 어디 가고 또 황혼이런가?	佳期何處又黃昏
가시덤불만 쓸쓸히 묘지문을 덮고 있구나.	荊棘蕭蕭擁墓門
한이 서린 푸른 이끼는 옥 같은 해골을 감싸건만	恨入碧苔纏玉骨
꿈결에는 붉은 누각 찾아 금술잔을 잡고 있네.	夢來朱閣對金樽
밤비 내려 꽃이 지자 향기는 흔적도 없어지고	花殘夜雨香無迹
풀밭에는 이슬 내려 눈물방을 맺혀 있네.	露濕春蕪淚有痕
누가 알랴, 낙양에서 온 호방한 과객이	誰識洛陽遊俠客
석양 지는 산중턱에서 꽃다운 넋 조문함을.	半山斜日弔芳魂

---

1 중국 고대에 궁녀를 매장하던 도성 안의 장소로 내인야(內人斜)라고도 하였다. 당나라 시인
이 시로 읊은 작품이 다수 남아 있는데 육구몽(陸龜蒙)의 칠언절구 「궁인야」가 유명하다.

석주 권필도 절구 한 수를 지었다.

해마다 쓸쓸한 무덤에 봄빛 이르면   年年春色到荒墳

꽃은 새단장, 풀은 치마 빛깔 되네.   花似新粧草似裙

한없는 꽃다운 넋은 흩어지지 않고   無限芳魂飛不散

아직도 비로, 구름으로 서려 있어라.   祗今爲雨更爲雲

파담의 시는 석주의 시에는 미치지 못하나 소리와 운치가 매끄럽고 매끄럽다. 다만 몽(夢)자가 적절치 못하다.[2]

---

2 김점(金漸)은 『서경시화(西京詩話)』에서 이 내용을 싣고 홍만종의 평을 분석하였다. "내가
『소화시평』을 보니 파담의 시가 석주의 시에 미치지 못한다고 하였다. 그 까닭은 석주의 시가
무르녹은 경지에 훌쩍 들어간 반면, 파담의 시는 가볍고 날렵한 데 불과하기 때문이라 생각
한다[余按『小華詩評』, 尹詩不及石洲云者, 盖以石洲優入化境, 坡潭詩特輕俊耳]."

18

최립 시의 기이함

동고 최립은 또 다른 호가 간이(簡易)이다. 문수사(文殊寺) 스님의 시권에 차운한 시는 다음과 같다.

문수사를 가본 지도 십 년이라 흐릿하나　　　　文殊路已十年迷
꿈에서는 아직도 성곽 북서쪽을 찾아가네.　　　有夢猶尋北郭西
지팡이를 짚고 서면 골골마다 구름이 오갔고　　萬壑倚筇雲遠近
창문 열면 봉우리마다 달이 떴다 졌었지.　　　　千峰開戶月高低
풍경소리 잦아들자 돌틈에선 새벽 샘물
떨어졌고　　　　　　　　　　　　　　　　磬殘石竇晨泉滴
등심지 잘라내자 솔바람에 밤 사슴이 울었지.　燈剪松風夜鹿啼
이런 정경을 스님과 함께 언제 다시　　　　　此況共僧那再得
누려보나?
관청 길은 칠월이라 진탕길이 괴롭다네.　　　官街七月困泥蹄

이 시는 동고의 시 중에서 조금 평온한 작품인데도 다른 작가들의 시에 비하면 오히려 기이하고 굳센 기미가 있음을 깨닫게 된다.[1] 허균은 이렇게 말했다.

"간이의 시는 본디 스승으로부터 배우지 않고 스스로 풍격을 창조하여 뜻은 깊고 시어는 웅걸하다. 성률을 갈고 닦으며 꽃을 따서 엮은 자들이 따라갈 수 있는 경지가 아니다. 나는 간이의 시가 문장보다 낫다고 생각한다."2

---

1 당시 허균이나 신흠은 최립의 시를 '기이하고 굳셈〔奇健〕'으로 규정하였다.
2 『시평보유』 상권 100칙(190~191면)에 같은 내용이 실려 있다. 허균의 말은 최립에게 1607
년 3월에 쓴 척독(尺牘)에 실려 있다. 그 척독에서 문학을 잘 모르는 자들이 최립의 시를 낮
추어보지만 최립의 문장이 반고나 한유의 글에 연원을 둔 반면, 시는 자기 가슴속에서 우러
나와 창작하였으므로 허균은 더 낫다고 평가했다.

19

최립의 일출

옛 사람이 말했다.

"사람 노릇하면서 온 세상이 다 좋아하기를 바란다면 올바른 사람이 아니요, 글을 지어서 온 세상이 다 좋아하기를 바란다면 훌륭한 글이 아니다."[1]

이 말은 참으로 옳다. 글을 모르는 사람이 헐뜯어도 구태여 화를 낼 것이 없고, 칭찬해도 구태여 기뻐할 것이 없다. 글을 잘 아는 사람이 좋아하는 것이 차라리 낫다.

금강산에서 손님이 찾아와서 계곡 장유를 만나뵈었다. 계곡이 그에게 "이번 여행에서 자네가 시 한 수 안 지었겠는가?"라고 말하였다. 손님이 동고가 간성에서 일출을 보고 지은 시를 자기 작품이라 하여 속여 보려 하였다. 계곡이 무릎을 치면서 한참 읊조리다가 "이것은 자네가 지은 시가 아닐세. 이 작품은 분명히 8월 16일이나 17일 밤에

---

1 이 말은 신흠이 편찬하여 간행한 『야언(野言)』에 나온다. 그리고 『야언』은 육소형(陸紹珩)의 『취고당검소(醉古堂劍掃)』에 실린 "글을 지어서 온 세상 사람이 좋아하기를 바란다면 나는 그런 글짓기를 슬퍼하고, 사람 노릇하면서 온 세상 사람이 좋아하기를 바란다면 나는 그런 사람 되기를 슬퍼한다[爲文而欲一世之人好, 吾悲其爲文; 爲人而欲一世之人好, 吾悲其爲人]"를 수정한 것이다.

지은 것일세"라고 하였다. 손님이 크게 놀라서 "이 시가 본디 그리 놀랄 만한 작품이 아닌데 어떻게 또 8월 16일이나 17일 밤에 읊은 것임을 알아차렸습니까?"라고 물었다. 그러자 계곡이 다음과 같이 말하였다.

"옛사람은 한가을에 옥우(玉宇, 가을 하늘)라는 문자를 많이 썼네. 또 해가 뜨려 할 때는 달이 서쪽에 있으므로 이때는 16일이나 17일이네.2 첫째 구 '동쪽 하늘 달이 지자 까마득한 허공 아래[玉宇迢迢落月東]'는 웅장하게 시작하였고, '푸른 파도 일만 이랑 문득 붉게 일렁이네[滄波萬頃忽飜紅]'는 황홀하게 묘사하였고, '꿈틀꿈틀 온갖 괴물 모두 불을 머금으며[蜿蜿百怪皆含火]'는 지극히 그윽하고 멀며 이상하고 기괴한 볼거리를 보여주며, '황도(黃道) 가는 해바퀴를 받들어 올렸네[捧出金輪黃道中]'는 고명하고 광대한 모양을 갖추고 있네. 한 마디 한 글자가 모두 만 근의 힘을 가지고 있으니 고금에 일출을 읊은 시로서 이 시를 따를 것이 없네. 자네는 어디서 이 시를 얻어왔는가?"

손님이 크게 놀라 탄복하고는 마침내 사실을 털어놓았다. 그러자 계곡이 "이분이 아니라면 이런 말을 내놓지 못하지"라고 말하였다. 아! 그때 동고가 온 세상이 다 좋아하는 시를 짓고자 했다면 계곡이 이렇게 경외하고 탄복했겠는가? 시를 모르는 사람이 헐뜯거나 칭찬한들 기뻐하거나 화낼 필요가 어디 있겠는가?

---

2 이 시는 『간이집』에 「십칠일 아침에[十七日朝]」라는 제목으로 실려 있는데 낙산사에서 일출을 보고 지은 작품이다.

20

최립의 연구

동고 최립이 장난삼아 시 한 편을 지었다.

새는 혀를 바꾸지 않았는데도 진부한 말이 없고　禽非易舌無陳語
나무는 꽃을 피우려 하는지 가지 절로 예쁘네.　樹欲生花自好枝

　조화가 오묘하여 살아 움직이는 뜻을 잘도 형용해 냈다. 나는 "새
가 진부한 말이 없는 것이 아니라 간이야말로 진부한 말이 없다"고 말
하련다.

21

이규보와 차천로

백운 이규보가 복양(濮陽) 오세문(吳世文)이 초청한 자리에 갔더니 한 시대의 문사들이 다 모여 있었다. 술자리가 무르익자 오세문이 자기가 지은 삼백 운(韻)이나 되는 장편시를 내어놓고 화답시를 요구하였다. 백운이 붓을 잡고 운을 따라 시를 지었는데 운자가 어려워지면 어려워질수록 시상은 더욱더 힘을 얻어 드넓고 왕성하며 내달리고 자유로웠다. 비록 바람 앞의 돛단배나 군진(軍陣) 앞의 말이라도 그 빠름에 견주기가 쉽지 않았다.[1]

또 오산 차천로는 문장이 웅장하고 굳세며 기이하고 건장하였다. 제독(提督) 이여송(李如松)이 중국으로 돌아갈 적에 이별시를 지어달라고 부탁하였다. 오산이 칠언배율(七言排律) 일백 운 시를 반나절 만에 다 지었는데 마치 양자강이나 큰 바다와 같아서 쓰면 쓸수록 끝이 나지 않았다. 체소 이춘영이 오산의 문장은 이규보 이후 일인자라고 칭찬한 적이 있다. 오산이 병조(兵曹) 가낭청(假郎廳)[2]으로 재직하고 있을 때 병조 관아의 벽

---

1 이 시는 『동국이상국집』에 「오세문의 시에 차운하여 곡원 여러 학사에 드린 삼백 운 시〔次韻吳東閣世文, 呈詰院諸學士三百韻詩〕」라는 제목으로 실려 있다. 그 서문에 따르면 이 시는 연회 자리가 아니라 집에 돌아가서 지었다. 『동인시화』에서 이 시를 높이 평가하였다.

2 임시로 임용된 낭관(郎官)으로 육조의 정5품관인 정랑(正郎)과 좌랑(佐郎)의 자리이다.

에 희롱삼아 다음과 같은 시를 써붙였다.

좋은 자리 나쁜 자리 따지지 말자꾸나　　　　　休將爛熟較酸寒

일장춘몽 꾸는 사이 벼슬살이 끝날 테니.　　　一枕黃粱宦興闌

천상에야 진짜 별자리가 왜 없을까?3　　　　 天上豈無眞列宿

인간에도 임시직 낭관이 있다네.　　　　　　 人間還有假郎官

따오기 떼가 관서를 자주 맡아 걱정스레　　 　愁看雁鷔頻當署

바라보다

이무기가 제 잘못 자책함을 웃으며 보네.4　　笑把蛟龍獨自彈

반생토록 길이 적막하게 보냈거니　　　　　 作此半生長寂寂

안개 낀 강에는 옛 낚싯대 한가로이 버려져 있네. 烟江閒却舊漁竿

　이 시는 느꺼워하고 개탄하며, 분노하고 들떠 있다. 세상에서는 오산의 시가 이무기와 지렁이가 간혹 뒤섞여 있다고 흠잡는 사람이 있다.5 그러나 내 생각으로는 오산의 시 가운데 장편대작은 도도하게 흘러 마르지 않는 강물과 같아서 문장을 마구 써내려갈 즈음에는 말을 선택할 겨를이 없다. 비록 작은 흠집이 있다 해도 이는 마치 등림(鄧林) 숲에 마른 나뭇가지나 푸른 바다에 지푸라기가 떠다니는 것과 같다.

---

3 별자리(列宿)는 하늘의 수많은 별인데 낭관 벼슬을 상징한다.

4 따오기 떼는 아전을, 이무기는 능력 가진 자신을 비유한다.

5 여기에서 말하는 평자는 바로 양경우로『제호시화』에서 오산의 시를 비평하고 있는데 다만 논의의 취지는 오산을 높이고자 하였다. 초암(初庵) 신혼(申混)은「오산시를 읽고서(讀五山詩)」에서 비슷한 견해를 보였고, 남용익은『호곡만필』에서 그 반대의 견해를 피력하였다.

22

차천로와 권필

석주가 오산과 더불어 스님의 시축에 함께 차운하다가 풍(風)자에 이르렀다. 석주가 먼저 다음과 같이 지었다.

학이 앉은 소나무는 천년 세월 달빛 아래   鶴邊松老千秋月
늙어가고
자라등 위 구름은 만 리에 부는 바람 따라   鰲背雲開萬里風
날아가네.

석주는 스스로 호방하고 놀랍다며 자랑하였다. 오산이 이 시구에 다음과 같이 차운하였다.

구름 뚫고 올라와서 금강산 물에 주발을 씻고   穿雲洗鉢金剛水
비를 무릅쓰고 지리산 바람에 옷을 말리네.   冒雨乾衣智異風

건장하고 굳셈이 석주의 시보다 낫다.

23

웅화와 이정귀

명나라 사신 웅화(熊化)가 태평관(太平館)에 한가로이 앉아서 시를 지었는데 그중 한 연은 다음과 같다.[1]

> 한낮에 꽃잎 하나 떨어지더니　　　　　　　　　白晝一花落
> 파란 하늘로 외로운 새 날아가누나.　　　　　　青天孤鳥飛

스스로 신령의 도움을 받았다고 자부하였다. 관반(館伴) 여러분 가운데 이 시에 화답한 분이 매우 많았으나 사신은 아무것에도 시선을 주지 않고 오로지 월사(月沙) 이정귀(李廷龜)의 시구

> 맑은 향기 속에 제비가 움츠린 채 앉았고　　　　清香凝燕坐
> 빈 누각에 꿩이 날개 펼치고 날아가네.　　　　　虛閣敞翬飛

만을 두세 번 읊어보더니 "이 시는 당시의 운치를 지녔다"라고 하였다.

---

1 웅화는 1609년에 조선에 와서 이정귀 등과 가깝게 지냈다. 원접사는 유근(柳根)이었다. 웅화는 문집 『정검당집(靜儉堂集)』을 남겼는데 조선 문인과 주고받은 글이 다수 실려 있다. 인용한 시구는 『황화집』에 실린 「오후에 꽃난간 앞에서 보이는 풍경을 가볍게 쓰다〔午後花檻前卽景漫書〕」의 함련이다.

24

이춘영의 오기

체소(體素) 이춘영(李春英)은 안목이 높아서 인정하는 사람이 드물었다. 일찍이 월사와 담을 사이에 두고 산 적이 있었는데 하루는 체소가 월사 집 문밖을 지나가다 말을 세우고 월사를 불렀다. 월사가 나와서 대꾸하자 체소가 멀리 서서 그에게 말했다. "내가 오늘 자네가

관문 밖 나무에는 봄이 찾아들고   春生關外樹
말 앞의 산에는 해가 지누나.   日落馬前山

를 지었다고 들었네. 자못 법도가 있으니 시를 배워도 좋을 듯하네. 자네는 노력하기 바라네!" 그러고는 말에 채찍을 내리쳐 가버렸다. 자신을 무겁게 여기고 남에게 오만한 태도가 이와 같았다.[1]

---

1 남용익의 『호곡만필』에도 비슷한 일화가 실려 있다.

25

이호민의 시

임진왜란 때 선조대왕이 평안도에 거둥했는데 오봉(五峯) 이호민(李好
閔)이 그 뒤를 따랐다. 의주에 머물 때 남쪽 3도의 군사가 한양성의 왜
적을 친다는 소식을 듣고서 다음 시를 지었다.

전란 중에 누가 노래자(老萊子)처럼 색동옷   干戈誰着老萊衣
입으랴?1

인간사 온갖 일에 갈수록 의욕이 사라지네.   萬事人間意漸微

지세는 벌써 난자도(蘭子島) 땅끝에 다다랐고2   地勢已從蘭子盡

한양으로 돌아가는 행인은 보지 못하겠네.   行人不見漢陽歸

임금님은 갈피를 못 잡은 채 압록강 바라보시고   天心錯莫臨江水

종묘의 운명은 처량하게 저녁노을 마주하네.3   廟算悽涼對夕暉

---

1 노래자는 춘추시대 초나라의 은사로 나이가 일흔이 되어서도 오색 색동옷을 입고 부모 앞
  에서 춤을 추면서 부모의 마음을 기쁘게 하였다 한다.
2 난자도는 의주의 위화도(威化島) 최북단에 있는 섬으로서 둘레가 10리로 물이 빠지면 육지
  와 연결된다.
3 이 연은 남용익의 『호곡만필』과 신위(申緯)의 「동인논시절구(東人論詩絶句)」, 김택영의 『소
  호당집(韶濩堂集)』에서 극찬한 구절이다. 특히 김택영은 고금에 우뚝하여 이백이나 두보도
  옷깃을 여밀 만한 작품이라 하였다.

남쪽에서 근래 들어 승전한다 들었나니	聞道南兵近乘勝
언제나 승리 거둬 서울을 회복할까?	幾時三捷復王畿

세상에 전하는 바로는, 선조대왕께서 제2연에 이르러 자신도 모르는 사이 눈물을 흘리셨다고 하니 '시가 존귀한 제왕도 감동케 했다'[4]는 작품이라 일컬을 만하다.

---

4 두보의 시 「집현원 최국보와 우휴열 두 분 학사께 받들어올리다[奉留贈集賢院崔國輔于休烈二學士]」에 나오는 구절이다.

26

이산해의 감식안

오봉은 어느 날 소낙비가 창문을 두드리자 문득 '산비가 창문을 후드득 치네〔山雨落窓多〕'라는 시 한 구절을 얻었다. 그러고서 그 윗구로 '시냇물은 대밭을 뚫고 가늘게 흘러가네〔磵流穿竹細〕'라는 구절을 이어 썼다. 마침내 시 한 편을 채워 만들어 아계에게 보냈다. 아계는 '산비가……' 구절에만 비점을 찍어 돌려보냈다. 오봉이 뒤에 그 까닭을 물었더니 아계가 이렇게 말했다.

"공이 실제 경물을 만나서 먼저 이 구절을 얻었고, 나머지는 모두 추후에 만들었다. 시 한 편에서 참된 뜻은 모두 이 구절에 있기 때문이다."

시를 보는 아계의 감식안은 이와 같았다.[1]

---

1 오봉과 아계의 작품평에 관해 임상원은 『교거쇄편』에서 다루되 조금 다른 내용으로 전하고 있다.

27

홍이상의 시

홍이상(洪履祥)은 호가 모당(慕堂)으로 내게는 증백조(曾伯祖)가 되신다. 일찍이 율곡으로부터 인정을 받았는데 율곡이 돌아가시자 다음 만시를 지어 애도를 표하셨다.

유학의 종장에다 나라의 원로시라	斯文宗匠國蓍龜
천하에 큰 명성은 하인조차 잘 안다네.	海內名聲走卒知
낙양에서 사마광(司馬光)을 막 만났는데	洛下正逢司馬日
촉땅에서 제갈량(諸葛亮)을 새로 잃었네.[1]	蜀中新喪臥龍時
선비들은 대들보 무너진 아픔 견디지 못하고	靑衿不耐摧樑痛
임금님은 귀감을 잃은 슬픔이 유독 깊으시네.	丹扆偏深失鑑悲
무엇하러 낳아놓고, 무엇하러 빼앗아가는지	何意挺生何意奪
창공은 무심하니 누구에게 물어보나?	蒼天漠漠問憑誰

---

1 왕안석의 신법(新法)을 반대하여 낙양에서 독락원을 짓고 15년간 은거하며 지내던 사마광에 대해 소식(蘇軾)이 「사마광의 독락원〔司馬溫公獨樂園〕」에서 "아동들도 군실을 외우고, 하인들도 사마를 아네〔兒童誦君實, 走卒知司馬〕"라고 하였다. 한편 『시화총림』「증정(證正)」에서는 이 구절의 '와룡(臥龍)'이란 어휘를 '공명(孔明)'으로 써야 한다고 주장하였다.

이 시를 읽을 때마다 어느새 눈물이 흘러내리니 하물며 직접 가르침을 받은 사람이야 어떠하겠는가?

28

홍난상의 시

내 증조부는 홍난상(洪鸞祥)으로 모당의 아우이다. 오봉과 나이가 같고, 또 진사시(進士試) 동년(同年)인데 그 과거시험에서 오봉이 장원이었다. 동년 여러분이 탕춘대(蕩春臺)에서 모임을 가졌다. 때마침 여러분들이 푸른 솔뿌리가 물속으로 뻗은 모습을 보고 이를 시제(詩題)로 시를 지었다. 증조부께서 먼저 절구 한 수를 지으셨는데 그 시는 다음과 같다.

천년 세월 높고 곧게 자란 줄기가	高直千年幹
계곡을 내려보고 늙은 용을 흉내내네.	臨溪學老龍
얽힌 뿌리가 흐르는 물 두른 까닭은	蟠根帶流水
진시황에 봉함 받은 치욕을 씻는가보다.[1]	似欲洗秦封

오봉이 크게 칭찬하여 "지난날 장원이 오늘은 공에게 졌네!"라고 하면서 마침내 붓을 던졌다.

---

1 진시황이 태산에 갔을 적에 갑자기 비가 내려 소나무 아래로 피하였다. 그 뒤 진시황은 그 소나무를 오대부(五大夫)에 봉하여주었다.

29

신흠의 시

현옹 신흠은 젊을 때부터 문장을 지어 곧 스스로 일가를 이루었다. 평론가 중에 그를 낮춰보는 이가 있으나 그것은 지나치다. 현옹이 의주에서 지은 시는 다음과 같다.

9월이라 요하(遼河)에는 갈대잎이 무성한데	九月遼河蘆葉齊
귀경 날짜 늦춰져서 패강(浿江) 북쪽에 묶여 있네.	歸期又滯浿關西
찬 모래는 서걱서걱 변방 소리 어울리고	寒沙淅淅邊聲合
짧은 해는 뉘엇뉘엇 기러기 날개 내려오네.	短日荒荒雁翅低
한양의 친구들은 편지조차 끊어지고	故國親朋書欲絶
타향의 꿈속에서는 고향길이 헛갈리네.	異鄕魂夢路還迷
시름겨워 또다시 망루에 올라 바라보니	愁來更上醮樓望
큰 사막에 뜬구름 끼어 한층 더 처량해지네.	大漠浮雲易慘悽

농후하고 도타우며 노련하고 갖춰져서 가벼이 볼 수 없다.

30

정지승과 이수광

총계(叢桂) 정지승이 길을 떠나며 지은 시1는 다음과 같다.

여린 풀 고운 꽃을 물가 정자에서 바라보고	細草閒花水上亭
푸른 버들은 그림같이 봄날의 성을 뒤덮었네.	綠柳如畵掩春城
이별 노래 부를 줄 아는 이 하나 없어	無人解唱陽關曲
푸른 산만이 길 떠나는 나를 배웅하누나.	惟有靑山送我行

지봉 이수광의 시2는 다음과 같다.

압록강 나루에서 적막하게 배 띄워도	寂寞扁舟鴨綠津
풍광은 지난해 봄과 온전히 똑같구나.	風光渾似昔年春

---

1 『총계당시집(叢桂堂詩集)』에 제목이 「축천정에서 헤어지다[丑川亭留別]」로 실려 있다. 축천
　정은 전라도 남원에 있는 정자이다. 『명시별재(明詩別裁)』에도 뽑혀 있다.
2 『지봉집(芝峯集)』「조천록(朝天錄)」에 제목이 「압록강을 건너는 배안에서 장난삼아 짓다[渡
　江舟中戲成]」로 되어 있다. 원주에 "당시 왜적의 경보가 매우 다급하여 의주부사도 나와 배
　웅하지 않았다[時倭報甚急, 地主亦不出送]"라고 하였다. 정유재란 나던 해 명나라에 들어가
　면서 지었다.

이별 노래 부를 줄 아는 이 그 누구던가?　　　誰能解唱陽關曲

강물결만이 먼 길 가는 나그네를 배웅하네.　　　惟有江波送遠人

총계와 지봉은 한 시대에 살았으니 총계의 시를 표절하지 않았을 텐데 어쩌면 그렇게 비슷할까? 총계의 시가 지봉 시보다 훨씬 낫다.[3]

---

3 『국조시산』에서 총계의 시가 당나라 낭사원(郎士元)의 「국사직을 보내며〔送麴司直詩〕」에서 점화되어 나왔다고 밝혔다. 낭사원의 시는 "가난한 벗이라 이별에 달리 줄 것은 없고 / 오로지 청산만이 멀리까지 그대를 배웅하네〔貧交此別無他贈, 惟有靑山遠送君〕"이다. 총계와 지봉이 모두 낭사원의 작품을 점화했기에 서로 비슷해졌다.

31

이수광의 명구

『지봉유설(芝峯類說)』에는 지봉 자신이 지은 시를 수십 구 싣고서 "세상에서 칭송하는 것이라서 싣는다"라고 하였다. 그러나 내가 보기에는 칭송할 만한 시구가 들어 있지 않다. 오로지

숲 사이 길은 작아 옹달샘으로 겨우 통하지만   林間路細纔通井
대숲 속 누대는 높아 산에도 막히지 않네.   竹裏樓高不碍山

한 구절만이 조금 마음에 든다. 문집에 실려 있는 극성(棘城)을 읊은 시의 경련

전쟁 먼지 뽀얀 낡은 성루, 새벽 되자 매가   烟塵古壘鷦晨落
내려앉고
비바람 치는 황량한 들, 대낮에도 도깨비가   風雨荒原鬼晝行
다니네.

라는 구절과 시어가 기이하고 괴상하여 칭송할 만하다. 그런데 이 구

절은『지봉유설』에 수록되지 않았는데 세상에서 칭송하지 않았기 때문에 일부러 빠트린 것일까? 창주(滄洲) 차운로(車雲輅)가 일찍이 지봉 시를 평하여 "초가집 환한 창가에 주인과 손님이 마주 앉아서 좋은 술과 맛좋은 안주를 놓고 술잔을 한 순배 돌렸다. 그 다음 술이 얼마나 남았느냐고 물은즉 겨우 한 잔밖에 남지 않아 더 이상 마실 술이 없자 즐겁던 기분이 싹 사라졌다"라고 하였다.

32

홍경신의 시

내가 동명 선생께 현옹 신흠과 지봉 시의 우열에 대해 여쭈었더니 선생께서는 "현옹은 문장 구사에는 뛰어나지만 시는 본색(本色)이 아니라네. 그래서 지봉이나 녹문(鹿門)에게는 미치지 못하지"라고 말씀하셨다. 녹문 홍경신(洪慶臣)은 지봉과 이름을 나란히 했기 때문이다. 녹문이 동강(東江) 풍경을 읊은 시는 다음과 같다.

해가 지자 강 하늘은 푸르러가고	日落江天碧
안개 자욱해도 산불은 붉기만 하다.	烟昏山火紅
고기잡이배는 아직도 안 돌아왔는데	漁舟殊未返
포구에는 밤들어 바람 거세지네.	浦口夜多風

강을 따라가며 쓴 시는 다음과 같다.

뱃사공이 나를 불러 당부하누나.	黃帽呼相語
"수양버들 강가에 배를 대시오.	將船泊柳汀
앞머리에 험난한 여울 있어서	前頭惡灘在

달빛 뚫고 가기는 좋지 않다오!"　　　　　　　　　　未可月中行

왕소군을 읊은 시는 다음과 같다.

청해성(靑海城, 서역의 성) 머리에는 흰 기러기　　　　青海城頭白雁飛
날고
변새 바람은 한나라 궁녀의 옷깃에 나부끼네.　　　　塞風吹薄漢宮衣
아침 되어 비파 소리 곱절이나 애끓나니　　　　　　朝來一倍琵琶怨
지난밤 꿈속에서 감천궁(甘泉宮)을 다녀왔네.　　　　昨夜甘泉夢裏歸

격조와 운치가 아담하고 깨끗하여 당시(唐詩)와 유사하다.

33

시와 표절

시가(詩家)는 표절을 가장 꺼리지만 옛사람도 이 금기를 많이 침범하였다.[1] 독곡(獨谷) 성석린(成石璘)의 시구

> 맑은 밤에 달을 보니 부모님 그리는 눈물 떨어지고　　　　　清宵見月思親淚
> 환한 대낮에 구름을 보니 아우 그리는 마음 뭉클하네.[2]　　白日看雲憶弟心

는 두보의 「이별을 원망하며〔恨別〕」

> 집 생각에 달 아래 거니느라 맑은 밤에 서 있고　　　　思家步月清宵立
> 아우 그리며 구름 바라보다 낮잠에 빠지네.　　　　　　憶弟看雲白日眠

1　『시화총림』「증정」에서 33칙의 내용을 보완하여 표절을 논하고 있는데 이행과 임억령의 시는 거듭 거론하였다.

2　『독곡집(獨谷集)』에는 「기미년 고성에서 아우에게 부친다〔己未年在固城寄舍弟〕」라는 제목으로 실려 있고, 『청구풍아』에서 "두보의 시어를 썼다〔用杜語〕"라고 밝혔다.

를 이용하였다. 통정 강회백이 아우에게 부친 시

> 강산에 떠도는 오늘 머리털 부쩍 하얘질 것 　　　江山此日頭將白
> 같나니
> 골육을 언제나 만나 반갑게 눈을 뜰까?　　　　骨肉何時眼更靑

는 산곡 황정견의 「왕랑을 보내며〔送王郞〕」

> 천리 강산 떠도느라 머리는 다 쇠었지만 　　　江山千里俱頭白
> 십 년 만에 골육 만나 끝내 반갑게 눈을 뜨리. 　　骨肉十年終眼靑

를 이용하였다. 읍취헌이 개성의 역암(櫟巖)에 노닐며 쓴 시구

> 성난 폭포는 절로 허공 저편에서 울려오고 　　　怒瀑自成空外響
> 시름겨운 구름장은 해 쪽에서 몰려드네. 　　　　愁雲欲結日邊陰

는 구양수(歐陽修)의

> 우레는 허공 저편에서 시끄럽고 　　　　　　雷喧空外響
> 구름장은 해 쪽에서 몰려드네. 　　　　　　　雲結日邊陰

를 이용하였다. 용재 이행이 선천(宣川) 동헌에 쓴 시

이 한 몸 천리 밖에 떠도는데 　　　　一身千里外

새벽녘께 꾸던 꿈에 뒤척이누나. 　　　殘夢五更頭

는 당나라 시인 고황(顧況)의 「낙양의 이른 봄〔洛陽早春〕」

한 집안이 천리 밖에 떠도는데 　　　　一家千里外

새벽녘께 백설조가 지저귀누나. 　　　百舌五更頭

를 이용하였다. 석천 임억령이 옥봉 백광훈을 보내며 쓴 시구

강위의 달 찼다가는 다시 이울고 　　　江月圓還缺

뜰의 매화 졌다가는 또 다시 피네. 　　庭梅落又開

는 노봉 김극기의 시구

인정 많은 변새의 달 찼다가는 다시 이울고 　　多情塞月圓還缺

볼품없는 산꽃은 졌다가는 또 다시 피네. 　　少格山花落又開

를 이용하였다. 소재 노수신이 아우를 이별하고 쓴 시

푸른 바다 배를 함께 탄 일 어찌 또 할 수 있나 　　同舟碧海何由得

황혼에 말고삐 나란히 한 일 다시 하지 못하리라. 　　幷馬黃昏未擬回

는 두보의 「또 배웅하고〔又送〕」

> 지난날 배를 함께 탄 일 어찌 또 할 수 있나　　同舟昨日何由得
> 오늘 아침 말고삐 나란히 한 일 다시 하지　　并馬今朝未擬回
> 못하리라.

를 이용하였다. 지봉이 오산 차천로를 애도한 시

> 시단의 빼어난 기운은 늦봄에 사라졌고　　　詞林秀氣三春盡
> 학문바다의 큰 파도는 하룻저녁에 말라버렸네.　學海長波一夕乾

는 당나라 시인 최각(崔珏)이 이상은을 애도한 시

> 시단의 나뭇가지는 늦봄에 사라졌고　　　詞林枝葉三春盡
> 학문 바다의 파도는 하룻저녁에 말라버렸네.　學海波濤一夕乾

를 이용하였다. 대체로 자기 창작의 틀을 스스로 마련하여 진부한 말
을 힘써 제거함으로써 어근버근하지 않기는 참으로 어렵다.

34

이춘영의 영보정

체소 이춘영은 문장을 짓되 드넓고 왕성하며 늠름하고 사나워 스스로 일가(一家)의 문장을 이뤄냈다. 일찍이 영보정(永保亭)을 읊은 네 편의 시를 지었는데[1] 이제 그중에서 한 편을 싣는다.

성가퀴는 바닷물과 나무 사이로 둥글게 돌아가고	雉堞縈紆水樹間
금자라 모양 정상에는 붉은 누대 기세 좋네.	金鰲頂上壓朱欄
달은 오늘 밤부터 완전히 찰 것이고	月從今夜十分滿
앞바다는 저녁 밀물을 받아 천 이랑 되겠지	湖納晚潮千頃寬
술기운이 차가운 물기운을 완전히 몰아내고	酒氣全勝水氣冷
나팔소리는 찬 파도소리가 반쯤 섞여 있네.	角聲半雜江聲寒

---

1 『체소집(體素集)』에는 다섯 수를 수록하였고, 허균은 『국조시산』에 그중 네 수를 뽑아 실었다. 홍만종은 『국조시산』에 따라 네 편이 실려 있다고 말했다. 문집에서도 밝히고 있듯이, 이춘영은 읍취헌의 작품을 염두에 두고 지었다. 허균은 "네 편이 있는 힘껏 읍취헌을 모방하였는데 음조는 한 단계 떨어져도 호쾌하고 자유로우며 제 마음대로 뿜낸 장점은 있다〔四篇極力摸擬挹翠, 而韻調終讓一頭地. 然豪縱自肆則有之〕"라는 평가를 내렸다. 홍만종과 남용익의 평은 여기에 근거를 두고 있다.

그대와 함께 앉으니 굳이 잠들어야 하나   共君相對不須睡
자욱한 새벽안개 걷히기를 기다리네.   待到曉霧晴漫漫

멋대로 쓰고 횡행하기를 마음껏 하여 읍취헌의 뒤를 따랐다.

작자 미상, 〈영보정(永保亭) 지도〉, 『호우도(湖右圖)』 중에서

개인 소장. 충청도 수영(水營)에 소속된 누정이다. 서해안에서 제일가는 명승으로 유명하여 수많은 시가 지어졌다. 바다와 산이 어우러진 풍경을 아름답게 묘사한 회화식 지도이다.

35

권필의 불우함

명나라 사신 고천준(顧天埈)과 최정건(崔廷健)이 오자[1] 석주 권필이 포
의(布衣) 종사관으로 선발되었다. 선조대왕께서 석주의 시고(詩稿)를
대궐로 들여오게 해서 향안(香案)에 놓아두시고 항상 읊으셨다. 석주
가 한식(寒食)을 읊은 시는 다음과 같다.

제사 끝난 산비탈에 해는 벌써 기울고	祭罷原頭日已斜
지전(紙錢)을 날린 곳에 갈가마귀 나타나 우네.	紙錢翻處有啼鴉
성묘객들 돌아간 뒤 적막해진 산골짜기	山谿寂寞人歸去
하얗게 핀 팔배나무 꽃에 빗줄기가 내리치네.	雨打棠梨一樹花

시가 지극히 아담하고 독특하다. 또 청명에 지은 시구

한식 지나 밥 짓는 연기 피어오르고	人烟寒食後
비개고 난 저녁 새가 지저귄다.	鳥語晚晴時

---

1 상권 92칙의 각주에 설명되어 있다.

는 그 오묘한 자연스러움이 어찌

> 부용꽃은 이슬 내려 떨어지고
> 버들가지는 달빛 속에 성글다.[2]

芙蓉露下落
楊柳月中疎

보다 모자라겠는가? 계곡은 "내가 석주를 볼 때 입에서 나오고 눈과
눈썹에서 움직이는 것 어느 하나 시 아닌 것이 없었다"라고 하였거니
와,[3] 석주의 시는 정말 이른바 하늘이 내려준 것인가 보다. 안타깝구
나! 처음에는 선조대왕에게 시로써 인정을 받았다가 끝에는 광해군
에게 시로써 화를 당하였다. 선비가 때를 만나는 행복과 불행은 이처
럼 다르다.

---

2 소각(蕭愨)의 고시 「가을 생각〔秋思〕」의 한 구절이다. 심덕잠(沈德潛)은 『고시원(古詩源)』에
  서 "조탁하지 않고 얻은 것인데도 절로 아름다운 시구이다〔不從雕琢而得, 自是佳句〕"라고 평
  가하였다.
3 계곡이 「석주집서(石洲集序)」에서 한 말이다.

36

권필의 천재성

시는 하늘로부터 얻은 재능에서 나오지 않으면 제대로 된 시라 할 수 없다. 하늘로부터 얻은 재능이 없다면 아무리 눈을 파내고 심장을 찌르면서 종신토록 붓과 벼루를 껴안고 있다 한들 이룬 성취는 함통(咸通, 860~873) 연간의 시인들을 모방한 시인에 불과하다. 비유하자면 색종이를 오려서 만든 조화(造花)가 화려하지 않은 것은 아니지만 생화(生花)와는 같은 수준에서 색깔을 말할 수 없다.

내가 석주 시의 격조를 살펴볼 때 조화롭고 평탄하며 담백하고 아담하여 하늘로부터 재능을 부여받았다는 생각이 든다. 석주가 해직당하고 난 뒤 쓴 시는 다음과 같다.

한평생 무능한 몸이 머리털마저 하얘지고	平生樗散鬢如絲
미관말직 처량하게 굶주림에서 못 구했네.	薄宦悽涼未救飢
네게 묻노니 주정뱅이라 상관에게 욕먹느니	爲問醉遭官長罵
집에 돌아가 야인과 어울리는 게 어떠한가?	如何歸赴野人期
섣달 술동이를 서둘러 열어 새로 담근 술 맛보고	催開臘甕嘗新醞
환한 창가에 앉아 옛날 써놓은 시를 읊어보네.	更向晴窓閱舊詩

학생을 돌려보내고 지게문을 꼭 닫노니   謝遣諸生深閉戶

병중에는 잠이나 자는 것이 제격이라네.   病中惟有睡相宜

　말과 뜻이 지극히 천연스러워 올바른 당나라 시인들에게 양보할
것이 없다.

37

구용의 시

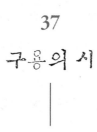

죽창(竹窓) 구용(具容)이 언젠가 석주와 함께 저자도(楮子島)에 놀러 갔다가 다음 시 한 연을 지었다.

봄날이 흐려 한쪽에서는 비가 내려도 　　　　春陰一邊雨

첩첩한 수많은 산에는 낙조가 지네. 　　　　落照萬重山

일시에 전해져 읊어졌다.

38

임전의 시

처사(處士) 임전(林錪)은 호를 명고(鳴皐)라고 하는데 시를 잘 지었다. 그런데 그가 평생토록 읽은 것은 이백(李白)의 시와 『당음(唐音)』뿐이었다.[1] 명고는 시를 지은 다음 아무리 격조와 소리가 좋다 하더라도 당시(唐詩)와 유사하지 않으면 남에게 보이지 않았다. 그가 강언덕을 읊은 시는 다음과 같다.

높다랗게 해가 떠서 뽀얀 안개 다 걷히고	三竿日出白烟消
강북에도 강남에도 저녁 밀물 올라오네.	江北江南上晩潮
저 건너 포구에서 일제히 북을 치니	隔浦坎坎齊打鼓
임의 배는 바다입구 다리께 벌써 왔겠지요.	郎船已近海門橋

담백하고 아담하여 읊을 만하다.

---

1 『당음』은 원나라 문인 양사홍(楊士弘)이 편찬한 당시선집이다. 당시시음(唐詩始音) 1권, 당시정음(唐詩正音) 6권, 당시유향(唐詩遺響) 7권의 삼부로 구성되었는데 조선에서 가장 널리 읽힌 당시 선집이다. 이 대목은 양경우의 『제호시화』에서 그대로 가져왔다.

39

허씨 가문

허씨(許氏)는 고려의 야당(埜堂)[1] 이후부터 문장가가 갈수록 번성해졌
다. 봉사(奉事)를 지낸 허한(許澣)이 허엽(許曄)을 낳았는데 이분이 바
로 초당(草堂)이다. 초당은 아들 셋을 두었는데, 둘째가 허봉(許篈)이
고, 허균은 막내이며, 딸은 난설헌(蘭雪軒)이라 한다. 허한의 종숙부
는 지중추부사를 지낸 허집(許輯)이요, 재종형은 충정공(忠貞公) 허종
(許琮)과 문정공(文貞公) 허침(許琛)이다. 모두들 문장으로 명성을 떨쳤
다. 허씨의 조상 산소에 길이가 한 길 남짓 되는 옥기둥이 있었는데 허
균이 망치로 부순 뒤부터 마침내 문장가가 끊어졌다고 전해오기도 한
다. 이제 각각의 시 한 편씩을 뽑아 실어 전체 중에서 한 면을 보이려
한다.[2] 허집이 실성사(實性寺)를 읊은 시는 다음과 같다.

사찰의 금빛 단청 산마루에 번쩍이고　　　　梵宮金碧照山椒
골골마다 구름 깊어 풍경소리 날아오네.　　　萬壑雲深一磬飄

---

1 야당은 허금(許錦, ?~1388)의 호로서 전리판서(典理判書) 등을 역임하였다.
2 허씨 가문의 시는 『국조시산』에 부록으로 실은 『허문세고(許門世稿)』에서 뽑아왔다. 허균의
　친구인 석주가 선발한 작품들이다.

스님이 대방에서 참선에 막 들어가니 　　　僧在竹房初入定
등잔불 깜박이다 연기가 사그라드네. 　　　佛燈明滅篆烟消

허종이 밤에 앉아 눈앞 풍경을 읊은 시는 다음과 같다.

뜰 가득히 꽃과 달이 비단창에 쏟아지니 　　　滿庭花月寫窓紗
꽃은 바람에 날리고, 달은 기울기 쉬워라. 　　　花易隨風月易斜
휘황한 달이야 내일 밤에 또 뜨겠기에 　　　明月固應明夜又
지는 꽃을 바라보며 아쉬움이 한량없네. 　　　十分愁思屬殘花

허침이 봄추위를 읊은 시는 다음과 같다.

구리대에 이슬 맺히고 등불은 사위어갈 때 　　　銅臺滴瀝佛燈殘
골골마다 솔바람 불고 밤빛이 차갑다. 　　　萬壑松濤夜色寒
십 년 세월 속세에 찌든 꿈을 깨려고 　　　喚起十年塵土夢
화로 안고 소룡단(小龍團, 명차)을 새로 맛본다. 　　　擁爐新試小龍團

허한이 시골 농장 풍경을 읊은 시는 다음과 같다.

봄비가 마침 그쳐 들비둘기 울어대고 　　　春霖初歇野鳩啼
원근의 들녘에는 풀빛이 짙어졌네. 　　　遠近平原草色齊
사립문 열어놓고 한가로이 바라보니 　　　步啓柴門開一望
낙화는 무수히 앞개울에 떠가누나. 　　　落花無數漲南溪

허엽이 평양에서 장난삼아 지은 시는 다음과 같다.

허씨 관리가 동방의 하계(下界)로 내려와 　　　　許橡東來下界塵

대동강 강가에서 진진(眞眞)을 불러보네.[3] 　　　大同江上喚眞眞

둘이 함께 퉁소 부는 짝[4]이 된다면 　　　　　相將去作吹簫伴

부벽루 높은 곳에 달빛은 새로우리. 　　　　　浮碧樓高月色新

허봉이 이산(夷山, 함경도 초산)에 귀양 가 쓴 시는 다음과 같다.

봄철 내내 고향 그리며 하늘 끝에 머무는데 　　經春鄕夢滯天涯

4월이라 산과 들에 살구꽃이 만발했네. 　　　四月湖山發杏花

강둑길에 풀이 돋아 끝없이 펼쳐지고 　　　　江路草生看欲遍

쫓겨난 신하 초췌하게 눈물에 젖어 있네. 　　放臣憔悴泣懷沙

허균이 의창군(義昌君) 저택에서 저녁에 읊은 시[5]는 다음과 같다.

3　당나라 두순학(杜荀鶴)의 『송창잡기(松窓雜記)』에 "진사 조안(趙顔)이 화공으로부터 미녀도
　한 폭을 얻었다. 화공이 '이 여인의 이름은 진진(眞眞)인데, 백 일 동안 밤낮으로 이름을 부
　르면 대답한다. 대답하거든 백가채회주(百家彩灰酒)를 그림에 부어라. 그러면 여인이 살아
　날 것이다'라고 하였다. 조안이 그 말대로 했더니 정말 여인이 화폭에서 살아나왔다" 하였
　다. 여기서는 기녀를 가리킨다.

4　춘추시대 소사(簫史)가 진 목공(秦穆公)의 딸 농옥(弄玉)을 아내로 맞이하여 그녀에게 퉁소
　를 가르쳤다. 부부가 봉대(鳳臺)를 짓고 살다가 나중에는 신선이 되어 함께 하늘로 날아갔다.

5　의창군은 선조의 여덟 번째 왕자 이광(李珖, 1589~1645)으로 허성(許筬)의 사위이므로 허
　균에게 조카사위이다. 서예에 뛰어났고 문학을 좋아하여 『당송팔대가문초』에서 뽑아 『팔
　가정수(八家精髓)』를 편찬하였다. 문집에 『기천당유고(杞泉堂遺稿)』가 있다. 이 시는 작자가
　1607년 내자시정(內資寺正)으로 재직할 때 지었다.

겹주렴에 어른어른 저녁 해가 넘어가고　　　重簾隱映日西斜
작은 뜰에 회랑은 구비구비 막혀 있네.　　　小院回廊曲曲遮
조창(趙昌)[6]이 새로 그린 화폭 속 풍경일까?　　疑是趙昌新畵就
대 사이에 두 마리 뱁새 가을꽃에 앉아 있네.　竹間雙雀坐秋花

허난설헌이 밤에 앉아 지은 시는 다음과 같다.

상자 속의 비단을 금 가위로 잘라내어　　　金刀剪出篋中羅
겨울옷 만드노라 곱은 손을 호호 부네.　　　裁取寒衣手屢呵
등잔 그늘 곁에 있다 옥비녀를 뽑아들고　　斜拔玉釵燈影畔
붉은 심지 잘라내어 나는 나방 구해주네.　　剔開紅熖救飛蛾

---

6 북송(北宋)의 저명한 화가로 꽃과 새를 잘 그렸다.

40

허난설헌의 노래

중국은 우리나라를 한쪽에 치우친 변방으로 간주하기 때문에 우리나라 시인들 가운데 뽑아 수록한 시가 한 편도 없었다. 근세에 계문(薊門)의 가사마(賈司馬)와 신도(新都) 왕백영(汪伯英)이 동방의 시를 뽑았는데 유독 난설헌의 시가 가장 많이 뽑혔다.[1] 「상현요(湘絃謠)」[2] 등의 작품을 두고 모두 대단히 잘 썼다고 칭송하였는데 그 시는 다음과 같다.

상강(湘江) 물굽이 파초 꽃에는 이슬방을 맺혀 있고　　蕉花泣露湘江曲

아홉 점(點) 가을 안개는 하늘 밖에서 푸르구나.　　九點秋烟天外綠

깊은 물속 파도 일고 용이 우는 밤이면　　水府深波龍夜吟

남녘땅 여인네는 영롱한 옥을 사뿐히 튕기네.　　蠻娘輕憂玲瓏玉

---

1 이상의 글은 왕동궤가 『이담유증(耳談類增)』 '조선허매씨시(朝鮮許妹氏詩)' 항목에서 언급한 내용이다. 가사마가 조선시선을 편찬한 사실은 확인되지 않는다. 왕백영은 왕세종(汪世鍾)으로 만세덕(萬世德)을 따라 조선에 온 문인이다. 조선 고금의 시가를 수집하여 『조선시(朝鮮詩)』 4권을 편찬하였으나 현존하지 않는다.

2 상강(湘江)의 여신 아황(娥皇)과 여영(女英)이 금을 연주하여 순임금에 대한 사랑을 표현한다는 전설을 읊은 노래이다. 임을 그리는 애틋한 여인의 순정을 담고 있다.

난새 봉황 이별한 뒤 창오산(蒼梧山)이 가로막고　　　　離鸞別鳳隔蒼梧

비올 낌새 강에 스며 아침해를 가리누나.　　　　雨氣侵江迷曉珠

석벽에서 호젓하게 금의 현을 튕기면서　　　　閒撥神絃石壁上

꽃다운 머리, 달 같은 살쩍에 여신은 울고 있네.　　　　花鬘月鬢啼江姝

푸른 하늘 은하수는 아스라이 높이 있어　　　　瑤空星漢高超忽

푸른 수레 금빛 장식3 오색구름에 사라지네.　　　　羽盖金支五雲沒

문밖에서 어부는 죽지사(竹枝詞)4를 부르는데　　　　門外漁郎唱竹枝

은빛 못에는 임 그리는 달이 반쯤 걸려 있네.　　　　銀潭半掛相思月

　왕동궤(王同軌)가 편찬한 『이담(耳談)』에도 이 시를 싣고서 "그 지역
은 산과 들의 신령한 기운이 유독 음(陰)이나 부드러운 곳에 부쩍 많이
나타났다. 그 지역이 치우쳤기 때문에 유독 그쪽이 왕성한 것일까?
주공(周公)과 소공(召公)이 남긴 소리를 허씨가 들었는지 알 수 없다"
라고 말했다.5

---

3 '우개(羽盖)'는 푸른빛 수레 덮개이고, '금지(金支)'는 악기 위의 장식이다. 신선의 행차를
　비유한다. 두보의 「미피행(渼陂行)」에 "상비 한녀 나와서 노래하고 춤추니, 금지 취기 그 빛
　이 있는 듯 없는 듯하다〔湘妃漢女出歌舞, 金支翠旗光有無〕"라고 하였다.

4 삼협(三峽)의 자연풍광과 남녀 사이의 연정을 노래한 칠언절구 형식의 통속적 시가이다. 악
　부(樂府) '근대곡(近代曲)'의 이름으로 원래는 파유(巴渝) 일대의 민가(民歌)였는데 당나라
　유우석(劉禹錫)이 새롭게 창작했다.

5 왕동궤의 자는 행보이다. 명나라 만력 연간의 소설가 문인으로 『이담』과 그것을 대폭 증보
　한 『이담유증』 54권을 편찬하였다. 이국 문화를 다수 반영한 필기로서 상당한 인기를 누렸
　는데 그 가운데 '조선허매씨시' 항목에서 허난설헌을 흥미롭게 기술하였다. 주공과 소공
　이 남긴 소리는 『시경』 「국풍(國風)」 맨 앞에 수록된 주남(周南)과 소남(召南)의 특징을 가
　리킨다.

41

허균 시의 평가

태사 주지번이 "단보(端甫)는 중국에 있더라도 여덟아홉 명의 대가 가운데 한 사람이 될 것이다"라고 하였다. 단보는 바로 허균의 자(字)이다. 다만 허균은 형벌을 받아 죽었기 때문에 문집이 세상에 유통되지 않아서 아는 사람이 드물다. 특별히 시 몇 수를 가려 싣는다. 그가 근심이 있어 지은 시[1]는 다음과 같다.

지친 새는 언제나 둥지에 깃들려나?	倦鳥何時集
외로운 구름은 여태 돌아오지 않네.	孤雲且未還
뜬 이름은 백발이나 솟게 만들고	浮名生白髮
귀향 계획은 청산을 속이려 드네.	歸計負靑山
책상에 꿇어앉아 숱한 세월 보냈고[2]	日月消穿榻
성문을 지키면서 한 세상 살아가네.	乾坤入抱關
새로 지은 시는 율격에 안 매였으니	新詩不縛律

---

1 허균이 황해도 도사(都事)에서 파직당하고 몇 개월 동안 실직상태로 있다가 예조의 낭관(郎官)으로 재직할 때 지었다. 당시 매우 우울하게 나날을 보낸 심경이 시에 표현되었다.

2 후한 때 관녕(管寧)은 속세를 피해 요동에 살았는데 50여 년 동안 목탑(木榻) 하나에서 지내 무릎이 닿은 부분이 깊이 파였다(『고사전(高士傳)』).

시름겨운 이맛살을 펴보자꾸나.　　　　　　　　　且以解愁顔

첫여름에 궁중에서 지은 시3는 다음과 같다.

전원이 황폐한데 언제나 돌아가나.　　　　　田園蕪沒幾時歸

백발을 재촉하니 벼슬 욕심도 엷어진다.　　　頭白人間宦念微

적막해라 대궐에는 봄 풍경이 끝나가도　　　寂寞上林春事盡

보슬비에 살짝 젖어 장미꽃이 피는구나.　　　更看疏雨濕薔薇

보슬비 막 내리고 노곤하게 낮잠 들어　　　　懕懕晝睡雨來初

베개 맡에 부는 훈풍 전각에 가득하다.　　　一枕薰風殿閣餘

점심밥 어서 들라 아전들은 재촉 말라.　　　小吏莫催嘗午飯

꿈속에서 무창(武昌) 물고기4 한창 먹던 참이란다.　夢中方食武昌魚

평론가가 다음과 같이 말하였다.

"동악 이안눌의 시는 유연(幽燕)의 소년배들5과 같아서 벌써 침울
한 기상을 짊어지고 있고, 석주 권필은 낙수(洛水)의 여신이 파도를 헤
치면서 사뿐사뿐 거닐며 시선을 돌리자 광채를 쏘고 기를 통하는 것

---

3 이 작품과 42칙의 작품은 허균이 사복시정(司僕寺正)으로 재직하던 1602년에 지었다.

4 무창에서 나는 물고기로 아주 맛이 좋은 고기를 비유한다. 삼국시대 동오(東吳)의 장호(張
皓)가 건업(建業)에서 무창으로 수도를 옮기려 하였다. 백성들이 이를 반대하여 '차라리 건
업의 물을 마실지언정 무창의 물고기는 먹지 않으리!'라는 민요를 불렀다.

5 중국 북경 일대는 전국시대 연·조(燕趙)의 영역이고 고대에는 유주(幽州)라서 유연이라 하
였다. 이곳 사람들은 비분강개하여 슬픈 노래를 부르고 기개와 의리를 숭상하고 협객을 우
대하는 기풍이 있다.

과 같다.⁶ 허균의 시는 페르시아 장사꾼이 저자에 보물을 진열했는데 가장 나쁜 것이라도 목난(木難)이나 화제(火齊)쯤은 되는 것과 같다."⁷

---

6 상권 83칙의 주에 설명되어 있다.

7 목난과 화제는 귀한 옥(玉)의 이름이다. 이 평은 허균의 시「내가 화병 탓에 연행을 갈 수 없어 순군에서 견책을 기다리며 장시를 지어 기헌보에게 주어 회포를 풀다〔余以病火動, 不克燕行, 竢譴巡軍, 作長句, 贈奇獻甫以抒懷〕」의 주석을 취합한 것이다. 이 시는 역대 대가의 시를 논한 작품이다. 특히 허균에 대한 평은 왕세정이 이반룡(李攀龍)에게 내린 평과 같아서『예원치언』에 나온다.

42

허균의 시

허균이 춘추관 겸직에 제수되고서 감회를 쓴 시는 다음과 같다.

한가한 저 강호로 물러나려 청하려던 차에	投閑方欲乞江湖
금궤(金櫃)¹의 책 편찬하는, 분에 넘치는 일 맡았네.	金櫃抽書更濫竽
산수간의 멋진 풍류 내 어이 바라겠나	丘壑風流吾豈敢
서책이나 교감하다 한 해를 마치겠군.	丹鉛讎勘歲將徂
사마천 같은 장유(壯遊)는 따라하지 못한대도	壯遊未許追司馬
동호(董狐) 같은 바른 사관 누가 능히 뒤이을까?²	良史誰能繼董狐
푸른 바다 일렁이는 삼만 이랑 파도 보며	碧海烟波三萬頃
어느 날 낚싯대로 산호수를 스쳐볼까?	釣竿何日拂珊瑚

말과 뜻이 지극히 은근하고 잘 선회한다. 다만 흉악한 무리에 붙어

---

1 국가의 도서를 보관하는 곳을 말한다.
2 동호는 춘추시대 진(晉)나라 사관(史官)으로 공자가 올바른 사관이라 평하였다. 후대에 사관의 귀감으로 많이 거론된다.

사악한 논의를 선동하였다. 말과 행동이 어긋나 이런 지경에 이르렀
으니 무슨 까닭일까?

43

조위한과 김정의 총석정

현곡(玄谷) 조위한(趙緯韓)이 총석정을 읊은 시는 다음과 같다.

모아놓고 쌓아올린 바윗덩이 바닷가에 가득하니	叢巖積石滿汀洲
조물주가 설치한 비밀 알아내기 참 어렵네.	造物經營渺莫求
창공을 떠받친 옥기둥은 모두 여섯 모인데	玉柱撑空皆六面
바다에 누은 푸른 용은 머리가 몇 천 개인지?	蒼龍偃海幾千頭
설마하니 진시황의 채찍질로 옮겨왔을까?	輸來豈是秦鞭着
결단코 우임금 도끼로는 깎아내지 않았지.[1]	刻斵元非禹斧修
나라에 기둥감이 부족할까 염려한 것 아니라면	不念邦家棟樑乏
무엇 하러 바다 속에 우뚝하게 서 있겠는가?	屹然何事立中流

아름다운 작품으로 칭송되기는 하지만 충암 김정의 다음 작품보다 는 못하다.

---

1 진시황이 돌다리를 만들어 바다를 건너 해돋는 곳을 구경하려 했다. 그때 신이 나타나 돌을 몰고 바다로 내려가게 했는데 돌이 빨리 움직이지 않았다. 이에 신이 채찍을 내리치니 돌이 모두 피를 흘려 색깔이 모두 붉게 변했다(『예문유취』 권79). 우임금이 천하 하천의 물길을 다 스릴 때 가지고 있던 도끼로 용문산(龍門山)을 끊어 물길을 텄다(『회남자』).

천년토록 높은 언덕 총석정은 아름다워라.　千古高皐叢石勝

올라보니 시원하여 가을날의 회포로다.　登臨寥落九秋懷

북두(北斗)에서 풍채 깎아 바다에 부어댔고　斗魁散彩隨滄海

월궁(月宮)에서 도끼 빌려 붉은 절벽 깎았도다.　月宮借斧削丹崖

큰 바다는 높은 산을 물에 띄워 보내려 하나　巨溟欲泛危巒去

굳센 바위 거센 파도를 밀치며 버리는구나.　頑骨長衝激浪排

봉래산 신선의 피리를 부질없이 기다리면서　蓬島笙簫空淡竚

석양에 시름하며 하늘 끝에 서 있노라.　夕陽搔首寄天涯

험벽하고 독특하며 기이한 시어로서 사람의 눈을 어지럽게 만든다.

44

차운로의 시

창주 차운로가 죽서루(竹西樓)를 읊은 시는 다음과 같다.

두타산의 구름과 수목은 푸른빛이 이어졌고　　　頭陀雲樹碧相連

구불구불 오십천은 서쪽에서 흘러드네.　　　　　屈曲西來五十川

무쇠 같은 절벽은 창공의 새를 내려다보고　　　　鐵壁俯臨空外鳥

보석 같은 누각은 거울 속 하늘에 솟아 있네.　　　瓊樓飛出鏡中天

연하(煙霞)의 세계가 관가 옆에 위치하여　　　　　煙霞近接官居界

풍월(風月)이 언제나 책상 앞에 놓여 있군.　　　　風月長留几案前

이제야 알겠구나, 진주(眞珠)¹의 어진 학사　　　　始覺眞珠賢學士

3분(分)은 원 님이요 7분(分)은 신선이로구나.　　　三分刺史七分仙

시를 읽으면 상쾌하다. 또한 산행하며 본 풍경을 읊은 시는 다음과 같다.

---

1 죽서루는 삼척 관아의 서쪽에 있었고, 관아의 동헌 이름이 진주관(眞珠館)이었다. 진주는 삼척의 옛 이름이기도 하다. 이 시는 삼척부사에게 증정한 시이다.

골짜기에 내린 서리 초목은 알아차리고	峽墮新霜草木知
가을 강은 말없이 어디로 흘러가는가?	寒江脈脈向何之
깊은 연못 늙은 용은 자식을 껴안고서	老龍抱子深淵裏
내년 봄에 비 내릴 날짜 가르치고 있구나.	臥敎明春行雨期

　시의 뜻이 대단히 기이하여 남들이 말한 적 없는 내용을 말했다. 시
평론가들은 창주가 그의 형 오산 차천로보다 낫다고 하는데 창주 자
신도 일찍이 자신의 시를 평하여 "나는 곱게 대껴 기름기 좔좔 흐르는
쌀 오백 석이지만 내 형은 쌀겨와 잡곡이 뒤섞인 일만 석일 뿐이다"[2]
라고 말하였다.

2　박양한(朴亮漢)은 『매옹한록(梅翁閒錄)』에서 비슷한 평을 흥미롭게 기록해놓았다.

45

이경전의 동몽시

이경전(李慶全)은 호가 석루(石樓)이다. 그가 아홉 살 때 아계 이산해가 그를 무릎 위에 앉히고서 눈앞에 보이는 풍경을 시로 지으라고 했다. 이에 석루는 다음 시를 지었다.

첫째 개가 짖고	一犬吠
둘째 개가 짖고	二犬吠
셋째 개가 따라 짖는다.	三犬亦隨吠
"인기척인가? 범이 나타났을까?	人乎虎乎風聲乎
바람소리인가?"	
아이가 대답하였다. "산달이 촛불 켠 듯 환해요.	童言山月正如燭
뜰에는 오동잎 스치는 소리뿐인걸요."[1]	半庭惟有鳴寒梧

---

1 『석루유고(石樓遺稿)』에는 제목이 「개가 짖다[犬吠]」로 13세 때 지은 작품이라 했다. 시의 뒤에 "보지 못하던 것을 보면 놀라는 것이 옳지. / 개가 어찌하여 까닭없이 짖으랴? / 짖는 이유 분명 있건마는 사람들이 알아차리지 못하나니 / 문을 빨리 닫으라고 아이에게 말해주네〔見非常有理宜驚, 犬乎何事無爲吠? 吠固有意人不識, 說與兒童門速閉〕"의 내용이 덧붙여져 있다.

열 살 때 항주도(杭州圖)를 읊은 다음 시를 지었다.

열두 다리에 버들은 치렁치렁 늘어지고2   楊柳依依十二橋

푸른 호수 봄 물결은 아스라이 펼쳐졌네.   碧潭春水正迢迢

고운 누대 구슬주렴에 초승달을 기다리며   粧樓珠箔待新月

강가에는 집집마다 퉁소를 불고 있네.   江畔家家吹紫簫

아계는 일찍부터 신동이라 불렸는데 석루도 어릴 때부터 기이한
글솜씨가 이와 같았으니 그 집안의 아이라고 부를 만하다.

---

2 『석루유고』에는 11세의 작품으로 실려 있다. 문집과 통문관본에는 '열두 다리〔十二橋〕'가
  '이십교(二十橋)'로 되어 있는데 후자가 적합한 것으로 보인다.

김득신(金得臣), 〈출문간월도(出門看月圖)〉

개인 소장. 개자 짖자 동자가 문을 열고 나가 달을 보는 장면을 그린 그림이다. 화제(畵題)가 다름 아닌 이경전이 아홉 살 때 지었다는 동몽시이다. 이 시는 대단히 유명하여 인구에 회자되었는데 그 때문에 내용이 조금씩 차이가 있다. 이 그림에서는 "첫째 개가 짖고 / 둘째 개가 짖고 / 만 마리 개가 첫째 개를 따라 짖는다. / 동자 불러 문밖을 내다보라 했더니 / '달이 오동나무 꼭대기에 걸려 있는 걸요'라 대꾸하네〔一犬吠, 二犬吠, 萬犬從此一犬吠. 呼童出門看, 月掛梧桐第一枝〕"라고 썼다. 이 시가 널리 알려진 데에는『소화시평』의 영향도 있다.

46
유몽인의 시

어우 유몽인이 일본에 가는 이교리(李校理)를 전송하며 지은 시는 다음과 같다.

동해바다에 고래가 날뛴 지 12년째로	鯨曝東溟十二年
대마도는 쓸쓸하게 짙은 안개에 숨어 있네.	馬州蕭瑟隱重烟
성가퀴 모서리에 붉은 해가 떠오르고	城頭畵角催紅日
누대 위 연회장은 창공에 가깝겠네.	臺上華筵近碧天
가을날 손님을 접대하는 접시에는 섬나라 굴이 풍성하고	秋日賓盤饒島橘
밤바람에 실려오는 어부의 젓대소리는 오랑캐 배임을 알려주네.	夜風漁笛識夷船
서생은 반듯이 앉아 전략을 논하다가	書生正坐談兵略
술에 취해 용천검 만지며 떨어지는 매를 보겠지.1	醉撫龍泉看跕鳶

단지 이 한 편의 시만으로도 성취가 탁월함을 엿볼 수 있다. 또 산

행(山行)을 읊은 시는 다음과 같다.

바위에 소라가 붙었으니 옛날에는 바다였던가?   蚌螺黏石何年海
산 위에 무가 자라니 태곳적에는 밭이었나보다.   蘿蔔生山太古田

철쭉꽃은 바위를 등지고 자라 흰 꽃술이 많고   躑躅背岩多白藥
다람쥐는 잣을 먹어 털이 푸른 놈도 있구나.[2]   狂鼯食栢或靑毛

이와 같은 연들은 모두 극히 그윽하고 기이하다.

---

1 이 시는 『어우집』에 「동래부사 조존성을 전송하는 시의 서문〔送東萊府使趙浚初存性詩序〕」
  에 글과 함께 실려 있어 본문과 크게 다르다. 조존성은 1610년 7월에 임명되었다. 마지막 구
  의 '떨어지는 매〔跕鳶〕'는 남쪽 변방에서 고생하다보면 고향에서 한가롭게 지내고 싶은 생
  각이 날 것이라는 취지이다. 후한의 장군 마원(馬援)이 교지(交趾)를 정벌하러 갔을 때, 남
  방의 무더위와 독기로 인해 매가 힘없이 물속으로 떨어지는 것을 보았다. 평소 "짧은 한평
  생에 무리하게 큰 뜻을 품지 말고 고향에서 마음 편히 살다 가는 것이 좋다"라고 말한 것을
  떠올리며 탄식하였다는 고사에서 나온 말이다(『동관한기(東觀漢記)』).
2 『어우집』「두류록(頭流錄)」에 실려 있다. 지리산 정룡암(丁龍巖) 부근에 있는 대암(臺巖)에
  서 지었다. 이병연(李秉淵)의 「백운대(白雲臺)」에 나오는 "골짜기가 깊어 철쭉꽃은 큰 나무
  가 많고 / 동굴이 오래되어 다람쥐는 긴 털이 있네〔躑躅洞深多大木, 鼯鼠穴古有長毛〕"는 이
  시구를 모의했다.

47
유몽인의 좀벌레 시

어우 유몽인이 젊을 때 책상자를 뒤지다가 좀벌레가 낭자한 서책을 보고 드디어 절구 한 수를 지었다.

진시황의 남은 넋이 좀벌레로 변신하여   秦王餘魄化爲蟫
태우지 못한 그날의 책을 다 먹어치우네.   食盡當年未盡書
먹기는 먹더라도 꼭 먹어치울 글자는 알아야지. 等食須知當食字
작품 속의 사(私)자만은 남김없이 먹어치우렴.   一篇私字食無餘

아마도 격분한 일이 있어서 말한 것이니 어찌 좀벌레만을 미워해서 썼겠는가?

48

유몽인 과부의 노래

어우가 옥중에서 늙은 과부의 노래[1]를 써서 바쳤다.

칠십 먹은 늙은 과부가	七十老孀婦
단정히 규방을 지키고 사네.	端居守閨壼
식구들은 개가하라 권하며	家人勸改嫁
남자가 무궁화처럼 잘생겼다네.	善男顔如槿
"여사(女史)가 지은 시를 자못 외었고	頗誦女史詩
태임(太姙)과 태사(太姒)의 가르침도 제법 안다오.[2]	稍知姙姒訓

---

1 『어우집』에 제목이 「보개산 절의 벽에 쓰다〔題寶蓋山寺壁〕」로 되어 있고, 계해년(1623)에 지었다고 밝혀놓았다. 어우는 인조반정 후에 새 군주를 환영하지 않았다는 이유로 역률(逆律)을 적용받아 사형에 처해졌다. 그는 국문을 당할 때 보개산에서 지은 이 시를 읊어서 자신의 뜻을 보였다. 정승들이 그를 살려주려 하였으나 김류(金瑬)와 같은 훈신의 반대에 부딪혀 사형을 당하였다. 광해군의 절신(節臣)으로는 유몽인만을 꼽는다. 이 시는 많은 시화와 야사에서 다루고 있는데 그중 이익은 『성호사설』에서 원명 교체기의 유명한 시인이자 지사인 양유정(楊維楨)의 「노객부요(老客婦謠)」를 모방하였고, 실제 행적도 비슷하다고 지적하였다.

2 여사는 주나라 여관(女官)으로 왕후의 예의를 관장하여 내치(內治)를 보좌하였다. 태임은 주나라 계력(季歷)의 아내로서 문왕(文王)의 어머니이다. 태사는 주나라 문왕의 아내로서 무왕(武王)의 어머니이다. 현모양처의 대명사로 쓰인다.

흰 머리에 청춘의 용모를 꾸민다면   白首作春容

붓가루한테 부끄럽지 않겠소?"   寧不愧脂粉

어우는 끝내 죄목을 덮어쓰고 죽임을 당했다. 논자들은 "어우는 간이와 비교하여 노련하고 숙련된 점에서는 미치지 못하나 재능과 격조는 능가한다. 간이는 남의 모양에 기대어 수립한 점이 있으나 어우는 자기 창작의 틀을 스스로 마련하여 모든 작품의 변화가 무궁하다. 이 점이 가장 대적하기 어려운 면이다"[3]라고 하였다. 어우가 평생 저술한 작품은 수십만 글자를 상회하지만 안타깝게도 그가 화를 입어서 문집이 세상에 돌아다니지 않는다. 참으로 탄식할 일이다.

---

3 '남의 모양에 기대어 수립한 점〔依形而立〕'은 소식(蘇軾)의 「조주한문공묘비(潮州韓文公墓碑)」에서 한유의 문장을 논할 때 사용한 말이다. 그리고 이 논평은 『어우야담』에 실린 습재 권벽의 평가와 유사하다.

49

시참

고금에 시참(詩讖)을 보인 작품으로 구슬을 읊은 시구

밤들어 보름달 두 개가 떴더니	夜來雙月滿
날이 밝자 별 하나 외롭구나.[1]	曙後一星孤

와 같은 부류가 아주 많아서 이루 다 기록할 수 없다. 감사를 지낸 홍명구(洪命耈)가 아이 적에 '꽃이 져서 천지가 붉다〔花落天地紅〕'라는 시구를 지었다. 학곡(鶴谷) 홍서봉(洪瑞鳳)의 어머니가 보고서 탄식하며 말하기를, "이 아이는 반드시 귀하게 될 것이나 요절할 것만 같구나! 만약 '꽃이 피어 천지가 붉다〔花發天地紅〕'로 썼다면 행복과 녹봉이 무궁했을 텐데 질 낙(落)자를 써서 오랜 복을 누릴 기상이 없으니 아깝구나!"라고 하였다. 그 뒤 홍명구는 평안감사로서 금화(金化)에서 전사하였다. 당시 42세였으니 결국 시참대로 되었다.[2] 학곡의 어머니는

---

1 당나라 시인 최서(崔曙)의 「시험에서 명당의 화주를 읊다〔奉試明堂火珠〕」의 한 구이다. 두 달은 부부를 상징하고 한 개의 별은 부부의 딸을 상징하여 딸이 고아가 되는 미래를 암시한다고 풀이한다.

바로 어우의 누이동생이다. 어우가 공부할 때 곁에서 훔쳐보고 공부를 하였는데 그 문장이 세상에 드문 솜씨였다. 그러나 부인은 여자가 시를 읊는 것이 올바르지 않다고 여겼기 때문에 세상에 전해지는 작품이 전혀 없다. 오직

봄빛을 뚫고 골짜기로 들어가고   入洞穿春色
물소리를 밟으며 다리를 건너가네.   行橋踏水聲

한 구절이 세상에 전할 뿐이다.

---

2 홍명구는 병자호란이 일어났을 때 평안감사로 재직하였는데, 군사를 이끌고 자모산성(慈母山城)에 들어가 청병(淸兵)에 대항하다 금화에서 장렬히 전사하였다(『국조인물고』).

50

양경우와 이안눌

제호 양경우가 이렇게 말했다.

"동악이 추성(秋成)[1]의 부사로 재직할 때 나와 함께 면앙정(俛仰亭)
에 올라가 시를 지었다. 그때 내가 감히 당돌하게 선수를 쳐서 다음과
같이 함련을 지었다.

저녁 해 지려 할 때 대지는 광활하고　　　　殘照欲沈平楚闊
허공은 막힘없어 사방 산은 드높구나.　　　　太虛無閡衆峯高

스스로 빼어난 시어를 얻었노라고 생각하였다. 이 구절에 동악 이
안눌이 다음과 같이 차운하였다.

서쪽을 조망하니 산천은 끝이 없고　　　　　西望川原何處盡
남쪽 지방 명승은 이 누각이 가장 좋네.　　　　南來形勝此亭高

---

1 추성은 전라도 담양의 옛 이름으로 동악은 1610년 담양부사로 임명되어 일 년이 채 못 되는
　기간 동안 재직하였다.

아래 구절은 은연중 두보의 '바다 오른쪽에선 이 누각이 가장 좋네〔海右此亭高〕'라는 구절과 어세가 대략 비슷하다. 모과를 던져주었더니 구슬로 보답한 격이라 할 만하다."[2]

내 관점에서 본다면, 동악의 시는 원만하고 잘 선회하여 아무 흠이 없는 듯하나 제호의 맑고 새로우며 우람하게 솟은 것만은 끝내 못하다. 일부러 겸손한 말을 함으로써 자랑한 것이 아닐까!

---

2 이 내용은 양경우의 『제호시화』에 실려 있다. 인용한 두보의 명구는 「이북해를 모시고 역하 정에서 잔치하다〔陪李北海宴歷下亭〕」의 한 구절이다. 고(高)자는 본디 고(古)자로 되어 있다.

51

양경우와 이안눌의 우열

제호 양경우가 언젠가 다음 시를 지었다.

> 시든 꽃은 두견새 울음 속에 떨어지고 殘花杜宇聲中落
> 고운 풀은 왕손이 떠난 뒤에도 푸르다 芳草王孫去後靑

제호는 경련임을 자부하였다. 동악이 보고서 웃으면서 "이 시는 있는 그대로 말하여 곡절이 없다" 말하고 자신이 지은 시를 읊었다.

> 해당화 밑에서 스님 만나 대화하고 海棠花下逢僧話
> 두견새 울음 들으며 손님 보낸 시름에 젖네. 杜宇聲中送客愁

동악과 제호의 시는 깊고 얕은 차이가 없으나 작법에 제각기 공교로움과 졸렬함이 있다. 시를 배우는 이들이 이 예에서 자신의 주견을 또렷하게 세운다면 더불어 시를 논할 수 있다.

52

이안눌의 시

동악 이안눌은 체소, 석주와 서로 친하였다. 체소와 석주 두 분이 모두 세상을 떠나고 그 뒤에 두 집 자제들이 함께 강화도로 동악을 방문하였다. 동악은 감회가 뭉클하여 다음 시를 지었다.[1]

예문관 검열을 지낸 이첨정(李僉正)과	藝文檢閱李僉正
사헌부 지평을 증직받은 권교관(權敎官).	司憲持平權敎官
천하의 기막힌 재사는 이 둘밖에 없건마는	天下奇才止於此
세상 인생길은 어째 그리 험난했던가?	世間行路何其難
양춘(陽春)과 백설(白雪) 노래 누구를 위해 부르랴	陽春白雪爲誰唱
유수(流水)와 고산(高山) 곡을 다시는 타지 않네.[2]	流水高山不復彈
백발노인이 두 집 자제를 이제 만나니	晧首今逢兩家子
바닷가의 한잔 술에 가을 구름만 쓸쓸하네.	一樽江海秋雲寒

---

1 『동악집』에 「자범 이시해, 자화 이시매 백고 권항 세 수재에게 주다(贈李子範時楷 · 李子和時楳 · 權伯高伉三秀才)」란 긴 제목으로 실려 있다. 그 뒤에 길게 시를 쓰게 된 동기를 설명했는데 이 시평의 본문은 그 설명을 취하여 서술하였다. 동악은 1628년에 강화유수로 부임하였다.

2 양춘과 백설은 초(楚)나라의 고상한 노래로서 평범한 사람은 이해하지 못하여 화답하는 자가 거의 없다고 한다. 유수와 고산은 상권 15칙의 주 '백아와 종자기' 이야기에 설명되어 있다.

시가 매우 씩씩하고 아름답다. 체소가 처음 과거에 급제하여 바로 검열(檢閱)에 임명되었으나 종부시(宗簿寺) 첨정(僉正)으로 벼슬이 끝났고, 석주는 일찍이 동몽교관(童蒙敎官)을 지냈다가 이제 와서 사헌부 지평에 증직되었다. 두 분은 모두 나이가 44세에 그쳤다.

53

이안눌의 재능

택당이 하루는 동악 이안눌을 뵈러 갔는데[1] 마침 자리에 스님 둘이 찾아와 앉아 있었다. 그때는 정월 초닷새였고, 이전 사흘 동안 연달아 눈이 내렸다. 동악이 즉시 '봄날 닷새에 눈은 사흘 동안 내리고〔春天五日雪三日〕'라고 시구를 읊었다. 택당이 눈을 떼지 않고 쳐다보며 바깥짝을 어떻게 놓을까 기다렸더니 동악이 또 '먼 손님 네 분에 스님이 두 분이로군〔遠客四人僧二人〕'이라고 읊었다. 대구가 지극히 오묘하여 택당이 경탄해 마지않았다.

---

1 택당은 동악의 재종질(再從姪)이다.

54

이안눌과 권필

판서 심집(沈輯)이 부모를 봉양하고자 안변부사(安邊府使)로 제수되기를 자청하여 어머니의 수연(壽宴)을 열었다. 동악이 잔치자리에서 율시 한 수를 지었는데 그 함련은 다음과 같다.[1]

공경의 달이 멀리 도호부에 와서 뜨고　　　　　卿月遠臨都護府
축수의 별은 높이 대부인을 모시네.[2]　　　　　壽星高拱大夫人

문사 이진(李進)[3]이 보고서 감탄하며 "진정으로 육경(六經)에서 나온 문장이다"라고 하였다. 내가 동명 선생에게 "석주와 동악의 시는 어느 것이 낫습니까?" 여쭈었더니 선생께서 이렇게 말씀하셨다.

1　1631년 동악이 함경도관찰사로 재직할 때 수연에서 지었다. 형조판서 심집이 85세 된 어머니 안씨(安氏)를 봉양하고자 안변부사를 자청하였다.

2　공경의 달[卿月]은 판서급 조정 고관을 말한다. 『서경』 「홍범(洪範)」에 나오는 "卿士惟月, 師尹惟日"의 구절에서 가져왔다. 축수의 별[壽星]은 남극노인성(南極老人星)으로 장수를 기원하는 별 이름이다.

3　광해군 때의 문사로 『시평보유』 하권에서 "지체는 낮지만 문장에 능하다"라고 평하고 그의 시를 소개하였다. 주부(主簿)를 지냈고, 유몽인의 문장선집을 증보한 『산보대가문회(刪補大家文會)』를 편찬하여 평양에서 간행하였다.

"석주 시는 매우 은근하고 밝으며, 동악의 시는 매우 깊고 도도하다. 선가(禪家)에 비유하면 석주는 돈오(頓悟)요, 동악은 점수(漸修)[4]이다. 두 작가의 문로(門路)가 같지는 않으나 그 우열을 쉽게 논할 수 없다."

---

4 돈오와 점수는 선종(禪宗)의 개념이다. 돈오는 불교의 이치를 홀연히 깨우치는 방향으로 천부적 재능에 뿌리를 둔 창작을 의미하고, 점수는 학습에 의하여 이치를 깨우치는 방향으로 학습에 뿌리를 둔 창작을 강조한 말이다.

55

김류의 시

동회(東淮) 신익성이 일찍이 심양(瀋陽)에서 「상림도(上林圖)」를 얻어
북저 김류에게 시를 지어달라 부탁하였다.[1]

자각(紫閣)이랑 곤명지(昆明池)가 손바닥에 펼쳐지고　紫閣昆明一掌中

무제가 탄 수레랑 말소리가 우레처럼 들려오네.　武皇車馬若雷風

육정(六丁)[2]은 힘을 써서 하늘밖에 날려보내　六丁有力排天外

삼절(三絶)이 까닭없이 해동에 떨어졌구나.　三絶無端落海東

조(趙)나라를 떠난 것은 화씨벽(和氏璧) 때문이고[3]　去趙嘗爲和氏璧

한(韓)나라에 옮긴 것은 초나라 활과 같은 이유지.[4]　輸韓亦是楚人弓

나홀로 안타깝나니, 상림원은 정작 진(秦)나라　獨憐上苑猶秦地

땅이라

---

1 『북저집(北渚集)』「동양위 상림부도 권축에 쓰다[題東陽都尉上林賦圖軸]」의 서문에는 시를
쓰게 된 과정이 자세하게 밝혀져 있다. 이 권축(卷軸)은 한나라 사마상여(司馬相如)가 지은
「상림부(上林賦)」를 명나라 화가 문징명(文徵明)이 글씨를 쓰고, 구영(仇英)이 그림을 그렸
으며, 왕세정(王世貞)이 소장했던 것이다. 「상림부」는 한나라 무제가 조성한 황실 정원 상
림원(上林苑)의 웅장한 경관을 형용한 것이다.
2 도교의 귀신 이름으로 재계를 하고 부리며, 육정은 먼 곳의 물건을 가져오게도 하고 길흉을
미리 알 수도 있다고 한다.

양왕(襄王)을 이어 「소융」을 지을 자 누구인가?[5]   誰繼襄王賦小戎

청음(淸陰) 김상헌(金尙憲)과 관해(觀海) 이민구(李敏求)가 모두 이 시에 차운하였다. 관해가 "북저의 이 시는 매우 기이하고 굳세다. 다만 '한나라에 옮긴다〔輸韓〕는 말의 출처를 알 수가 없다"라고 말하자 어떤 손님이 "'한(韓)'자는 삼한(三韓)을 가리키는 것이 아닐까요?"라고 말했다. 관해가 웃으면서 "아닙니다. 그렇다면 큰 잘못입니다. 북저가 틀림없이 따로 본 것이 있을 겁니다"라고 말하였다.

---

3 전국시대 조나라에서 화씨벽(和氏璧)을 손에 넣었다. 진(秦)나라 소왕(昭王)이 화씨벽을 탐내 15개 성과 바꾸자고 하였다. 진나라의 청을 거절할 수 없어 인상여(藺相如)가 진나라에 가서 계교를 써서 화씨벽과 함께 조나라에 무사히 귀환하였다(『사기』 「인상여전」).

4 초나라의 공왕(共王)이 활을 잃어버렸다. 좌우 신하들이 찾아보기를 청하자 왕은 "내버려두어라. 초나라 사람이 잃은 활을 초나라 사람이 얻었을 것이니 왜 찾겠느냐?"라고 하였다.

5 「소융(小戎)」은 『시경』 「진풍(秦風)」의 편명이다. 소융은 전차(戰車)를 말하며, 이 시는 전차의 훌륭함을 찬미한 것이다. 이 전차를 타고 전쟁에 나가는 사람을 사모하는 정을 담고 있다. '시서(詩序)'에서는 진나라 양왕이 군사를 양성하여 서융(西戎)을 정벌하려는 것을 찬미한 작품으로 보았다.

56

이안눌과 허적

대저 기녀의 정회와 요염한 생각을 묘사한 작품에는 바른 것과 사특한 것이 있다. 바른 것에도 즐길 만한 작품이 있고, 사특한 것에도 경계로 삼을 만한 작품이 있다. 동악이 북관(北關)에 관찰사로 간 적이 있는데 기녀 하나가 노래를 잘 불렀다. 동악이 그녀에게 옷가지를 선물하면서 옷 위에 다음 시를 써주었다.

술자리에서 비단옷 준 것 의아해하지 말라	莫怪樽前贈素衿
늙은이가 설마하니 젊은 마음 있겠는가.	老翁寧有少年心
가을 하늘 달빛 환해 귀향 생각 간절하니	秋空月白思歸夜
고운 노래 한 곡조는 만금 값이 되느니라.	一曲姸歌直萬金

수색(水色) 허적(許摘)이 일찍이 친구 지산(芝山)의 집에서 눈길이 가는 여자가 있어 다음과 같은 시를 지었다.

오늘은 그대 집에서 갑자기 죽어버려	擬將今日死君家
넋이 규방 주렴의 나방이 되면 좋겠네.	魂化春閨箔上蛾

영원히 옥 같은 미인의 섬섬옥수 아래에서　　　　長在玉人纖手下

몸뚱이가 매미허물처럼 되어도 괜찮네.　　　　不辭軀殼似蟬花

57

홍서봉의 필력

학곡 홍서봉은 지은 시가 침울(沈鬱)하고 호방하며 굳세다. 그러나 때때로 껄끄럽고 궁벽한 흠집이 나타난다. 시 한 수 지을 때마다 반드시 며칠을 들인다. 일찍이 예천군에 이르렀을 때

> 처마 밑에는 나그네 같은 제비 머물고   簷留如客燕
> 연못에는 임 같은 꽃이 떨어지네.   池謝似郎花

와 같은 시구를 얻었다. 그러나 하루종일 끙끙대며 시구를 찾았으나 끝내 한 편의 시로 완성시키지 못했다. 학곡이 관서에 사신으로 갔을 때 용천(龍川)의 늙은 마부에게 다음 시를 지어주었다.

> 나를 따르던 그 옛날 수염도 나지 않고   當時從事未生鬚
> 술에 취해 말을 타면 자네가 부축했지.   醉騎驊騮爾輒扶
> 삼십 년 만에 다시 만나 얼굴을 보니   三十年來相見地
> 나의 호기, 그대의 건장함은 한 점도 안 남았네.   吾豪爾健一分無

필력(筆力)이 늙을수록 더 굳세다.

58

홍서봉과 이식

학곡이 금계군(錦溪君) 박동량(朴東亮)을 애도한 만시(挽詩) 한 연은 다음과 같다.

> 활기찬 붕새가 하늘을 치고 나는 힘을 잃고   搏鵬一失扶搖勢
> 병든 나무는 한창 무르녹은 봄을 허송했구나.   病樹虛經爛熳春

택당이 설사(雪簑) 남이공(南以恭)을 애도한 만시는 다음과 같다.

> 한단(邯鄲)의 베개에서 부자 꿈을 한바탕 꾼   一炊爛熳邯鄲夢
> 듯한데
> 그 험한 염예퇴(灩澦堆)를 만 섬 배를 끌고   萬斛撑過灩澦堆
> 지나갔네.

사람들이 두 편의 시구를 놓고 뜻을 만들고 시상을 구상한 것이 서로 같다고 평가하였다.

59

박엽의 시

숙야(叔夜) 박엽(朴燁)은 문장의 재능이 대단한 분으로 호가 약창(葯窓)
이다. 벼슬에 오르기 전 한 고을에 들렀는데 그 고을 원님이 삶은 기러
기를 대접하였다. 약창이 즉시 소반 바닥에 다음 시를 썼다.

> 가을 끝날 때 남으로 와서 봄 되면 북으로   秋盡南歸春北去
> 떠나는데
> 시냇가에 그물 놓아 잡다니 무정도 하다.   溪邊羅網忽無情
> 원님 소반 위에 음식으로 나왔으니   來充太守盤中物
> 이제부터 구름 사이에 우는 소리 하나 줄겠구나.   從此雲間減一聲

숙야가 평안감사로 재직할 때 서울로 가는 사신에게 다음 시를 주
었다.1

> 풀죽은 노래 쓰라린 거문고, 이별은   歌低琴苦別離難

---

1 『기아』에는 「남영에서 귀경하는 신경숙을 배웅하다〔南營送申敬叔還京〕」라는 제목으로 실려
  있고, 『호곡만필』과 『송천필담(松泉筆譚)』에 호평이 실려 있다.

어렵기만 한데

관서 땅에 나무는 푸르고 강물은 차갑구나.　　　隴樹蒼蒼隴水寒

나는 설산(雪山)과 함께 이 땅에 남을 테니　　　我與雪山留此地

그대는 서녘 해를 따라 장안으로 가시게나.　　　君隨西日向長安

이와 같은 재능이 있음에도 끝내 제 몸을 그르쳤으니 아깝다.

60

조희일의 도망시

죽음(竹陰) 조희일(趙希逸)이 원접사(遠接使) 종사관으로 황해도 서흥에
이르렀다. 그때 마침 손곡 이달이 사랑하던 기녀를 잃었다. 여러분들
이 역루(驛樓)에 모여 손곡을 위해 기녀를 애도하는 도망시(悼亡詩)를
지었는데 죽음이 맨 먼저 시를 완성하였다.[1]

살아 이별 죽어 이별 다같이 넋이 빠지나	生離死別兩茫然
선연동(嬋姸洞) 여린 풀에는 서러움이 사무치네.	恨入嬋姸洞裏綿
사뿐사뿐 걷던 걸음 사라져 패물소리도 끊어지고	飛步無蹤仙佩冷
시든 꽃은 말이 없이 새벽바람에 흩날리네.	殘花不語曉風顚
미인의 한 맺힌 피는 봄풀 되어 솟아나고	美人寃血成春草
신녀(神女)의 아침 구름은 무협 하늘에 가득하네.	神女朝雲鎖峽天
가냘픈 구곡간장 그러잖아도 끊어졌건만	九曲柔腸元自斷

---

1 1606년 주지번과 양유년(梁有年)이 황태손(皇太孫) 탄생을 반포하기 위해 조선에 왔을 때 원
접사 대제학 유근(柳根)의 종사관으로 접대하러 갔다. 그때 손곡이 관서에 머물렀는데 사랑
하던 평양기생이 곤장을 맞아 죽는 일이 발생하였다. 그래서 시인들이 도망시를 지어 손곡
을 위로하였다.

역 이름은 무슨 일로 용천(龍泉)이란 말이던가?[2] 驛名何事又龍泉

여러분들이 모두 붓을 던졌다. 용천은 서흥의 역에 있는 관사 이름
이다.

---

2 용천은 서흥의 역명으로 관아 서쪽 10리 되는 거리에 위치하고, 여기에는 사신들이 머무는
　용천관(龍泉館)이 있었다. 지명 이름이 황천(黃泉)을 연상시킨다.

61

스님에게 준 시

옛날 분들은 스님에게 증정한 시가 많다. 호음이 준 시는 다음과 같다.

일천 산을 편력하고 일만 산을 다녔으니	踏盡千山更萬山
가슴 가득 높고 푸른 명산이 들어찼겠네.	滿腔疑是碧孱顏
뒷날 설령 삼계(三界)는 벗어나지 못해도	他年縱未超三界
사바세계 서성대며 사찰을 만들겠네.	猶與婆娑作寶關

동고가 준 시는 다음과 같다.

흰 구름 그림자 잠긴 옛 시내는 차가워라.	白雲涵影古溪寒
달과 함께 이따금씩 돌계단을 올라보라.	和月時時上石壇
산속에 있을 때는 시가 절로 기이한데	詩在山中自奇絕
갈림길을 잘못 찾아 너무 멀리 떠나왔네.	枉尋岐路太漫漫

동악이 준 시는 다음과 같다.

노년에 무슨 일로 스님 보기 좋아하나.　　老年何事喜逢僧

명산을 찾고 싶어도 병이 들어 못해서지.　　欲訪名山病未能

짧은 처마 아래 꽃잎 지고 봄날은 길 때　　花落矮簷春晝永

꿈속의 개골산은 푸른빛이 넘실대더군.　　夢中皆骨碧層層

소암(疎庵) 임숙영(任叔英)이 준 시는 다음과 같다.

선비는 실리(實理)를 말하고, 스님은 공(空)을　　儒言實理釋言空
말하니

얼음과 숯이라서 한 그릇에 담기 어렵네.　　氷炭難盛一器中

가을 산에서 담쟁이넝쿨 위로 달이 뜨면　　惟有秋山碧蘿月

스님의 맑은 흥취 나하고 똑같다네.　　上人淸興與吾同

　호음의 시는 기이하고 굳세며, 동고의 시는 정밀하고 깊으며, 동악
의 시는 맑고 쇄락하며, 소암의 시는 초월하고 벗어나서 각자의 시가
극점에 도달하였다.

62

조찬한의 시

대체로 시와 글은 연원(淵源)이 있는 것을 귀히 여긴다. 이른바 기이하고 우뚝한 시문과 담백하고 아담한 시문은 비록 재능이 같지는 않아도 연원이 깊은 작가라야 기이하고자 하면 기이해지고, 담백하고자 하면 담백해진다. 현주(玄洲) 조찬한(趙纘韓)은 한평생 지은 시가 기이하고 괴상하며, 험벽하고 우뚝하였다. 그가 완폭대(玩瀑臺)[1]를 읊은 시는 다음과 같다.

범이 깊이 숨어 잠을 자기에 바람과 안개 　　　 深藏睡虎風烟晦
자욱하고
용이 거꾸로 걸린 채 살아서 벼락을 뿜고 있네. 　　倒掛生龍霹靂噴

이무기를 사로잡고 범을 손으로 때려잡는 기세가 있다. 괴산군수로 부임하는 오숙(吳䎘)에게 증정한 시는 다음과 같다.

새 제비는 오지 않아 봄철은 적적하건만 　　　 新燕不來春寂寂

---

1 지리산의 명승지로 작자가 1618년 형 조위한과 함께 유람했을 때 올랐다.

옛 벗은 떠나려 하고 비만 부슬부슬 내리네.　　故人將去雨紛紛

거의 평탄하고 쉬우며 담백하고 아담하여 험하고 끊긴 모양이 전혀 없다. 연원이 깊고 넓지 않은 작가라면 이렇게 지을 수 있겠는가?

63

장유의 시

계곡(谿谷) 장유(張維)는 문장이 원만하고 시원하며, 순조롭고 숙련되어 대가의 한 사람이다. 청음 김상헌이 계곡의 문집에 서문을 썼는데 "성종임금 때에는 점필재가 독보하였고, 선조임금 때에는 간이가 고고하게 행보하였다"라고 했으니 아마도 계곡의 문장이 두 분과 더불어 삼걸(三傑)이 된다는 말일 것이다.[1] 계곡이 기암(畸庵) 정홍명(鄭弘溟)에게 준 시는 다음과 같다.

대밭에서 죽순 솟아 섬돌 아래 곧추 서고	叢篁抽筍當階直
새끼에게 먹이 주려 제비가 창문을 스쳐 난다.	乳燕將雛掠戶斜
우스워라, 쑥 덤불 속 장중위(張仲蔚)[2]는	自笑蓬蒿張仲蔚
평생 가도 귀족집은 모르고 지내누나.	平生不識五侯家

여기에서 무늬 한 점을 보고 범과 표범의 전체 무늬가 어떠한지 짐작할 수 있을 것이다.

---

1 서문이 김상헌의 『청음집(淸陰集)』과 장유의 『계곡집』에 실려 있다.
2 후한시대의 은사로서 궁핍하지만 고고하게 살아 은사의 전형이 되었다.

64

대가의 경구

우리나라는 고운 최치원으로부터 고려를 지나 조선에 이르기까지 수천여 년 사이에 문장을 한다는 사람이 수백 명 아래로 내려가지 않으나 대가(大家)는 겨우 십여 명에 지나지 않는다. 이제 그들이 지은 작품 가운데 두드러지게 빼어난 경련을 기록하는데 일부러 여러 시화에 실렸거나 실리지 않았거나를 따지지 않고 다 거두어 싣는다.

학사(學士) 최치원이 윤주(潤州) 자화사(慈和寺)를 읊은 시

뿔나팔 소리 속에 아침저녁으로 파도가 치건만 　畵角聲中朝暮浪
푸른 산 자락 속에 고금의 사람들 덧없이 바뀌네. 　靑山影裏古今人

에 대해 나는 그 느꺼워하고 개탄함에 경탄하지 않을 수 없다. 백운 이규보가 대보름날 아침에 대궐에 조회하고 쓴 시

만세를 삼창하자 삼신산이 용솟음치고 　三呼萬歲神山湧
천년에 한번 익는 선도(仙桃)가 올라왔네. 　一熟千年海果來

에 대해 나는 그 건장하고 아름다움에 경탄하지 않을 수 없다. 익재 이
제현이 기행(紀行)을 읊은 시

　비는 추운 송아지를 몰아 주막으로 밀어넣고　　雨催寒犢歸漁店
　바람은 가벼운 갈매기를 보내 뱃전에 다가서네.　風送輕鷗近客舟

에 대해 나는 그 정교하고 치밀함에 경탄하지 않을 수 없다.[1] 목은 이
색이 산중의 삶을 추억한 시

　바람 맑은 대나무 뜰에서 스님 만나 대화 나누고　風淸竹院逢僧話
　풀이 부드러운 양달에서 사슴과 함께 잠을 자네.　草軟陽坡共鹿眠

에 대해 나는 그 짙고 넉넉함에 대해서 경탄하지 않을 수 없다. 사가
서거정이 못난 처지를 읊은 시

　먹구름 첩첩하더니 포도시렁에 비를 뿌리고　　黑雲暗淡葡萄雨
　붉은 안개 흩날리더니 연꽃에 바람이 부네.　　紅霧霏微菡萏風

에 대해 나는 그 부드럽게 무르녹음에 경탄하지 않을 수 없다. 점필재
김종직이 청심루(淸心樓)를 읊은 시

---

1 문집에 제목이 「팔월 십칠일 배를 타고 아미산으로 향하다[八月十七日, 放舟向蛾眉山]」로 되
　어 있다.

십 년 겪은 세상사를 괴롭게 읊는 중인데   十年世事苦吟裏
팔월이라 가을 풍광 넓은 숲에 펼쳐졌네.   八月秋容亂樹間

에 대해 그 상쾌하고 명랑함에 경탄하지 않을 수 없다.[2] 동봉 김시습
이 산중 생활을 읊은 시

용은 산 구름을 끌고 먼 계곡으로 돌아가고   龍曳洞雲歸遠壑
기러기는 가을 해를 당겨 먼 산으로 내려간다.   雁拖秋日下遙岑

에 대해 그 아담하고 굳셈에 경탄하지 않을 수 없다. 허백당 성현이 개
성의 연경궁(延慶宮) 옛터를 읊은 시

비단 향기 사라진 곳에 봄만 홀로 남아 있고   羅綺香消春獨在
풍악 소리 끊긴 뒤로 물만 부질없이 흘러가네.   笙歌聲盡水空流

에 대해서는 그 처절하고 청초함에 경탄하지 않을 수 없다. 읍취헌 박
은이 개성의 복령사(福靈寺)를 읊은 시

봄 하늘 침침하여 비 오려 하자 새들 서로   春陰欲雨鳥相語
지저귀고
고목은 무정하건만 바람 홀로 슬피 우네.   老樹無情風自哀

---

2 신흠이 『청창연담』에서 똑같이 평가하였다.

에 대해 그 신비하고 기이함에 경탄하지 않을 수 없다. 용재 이행이 개성 대흥동(大興洞) 가는 길에 쓴 시

> 정이 많은 골짜기 새는 돌아가라 권하고　　　多情谷鳥勸歸去
> 껄껄 웃는 들판의 스님 시비를 가림이 없네.　一笑野僧無是非

에 대해 그 한가롭고 담백함에 경탄하지 않을 수 없다. 호음 정사룡이 황산(荒山) 전쟁터에서 쓴 시

> 가을바람 살기가 실려 숲속은 스산하고　　　商聲帶殺林巒肅
> 도깨비불 음지에 붙어 성가퀴가 황량하네.3　鬼燐憑陰堞壘荒

에 대해 그 날카롭고 사나움에 경탄하지 않을 수 없다. 소재 노수신이 윤씨와 이씨 두 벗에게 보낸 시

> 해거름에 숲속 까마귀 피 맺히게 울어대고　　日暮林鳥啼有血
> 날 추운 모랫벌에 기러기는 벗이 없이 홀로 있네.　天寒沙雁影無隣

에 대해 그 처량하고 답답해 함에 경탄하지 않을 수 없다.4 지천 황정욱이 파직당한 뒤에 쓴 시

3　1380년 9월 이성계가 전라도 운봉현 황산(荒山)에서 왜적을 크게 무찌른 역사를 시화하였다. 허균은 이 구에 "모골이 송연하고 넋이 떨린다〔毛竦神顚〕"라고 평했고, 『성수시화』에서도 "기이하고 걸출하며 혼연하고 무거워 참으로 기이한 작품이다〔奇杰渾重, 眞奇作也〕"라고 평했다.

청춘 시절에는 공연히 귀향이 좋다고 말하더니   青春謾說歸田好

백발 시절에는 도리어 인생길 어렵다고 노래하네. 白首猶歌行路難

에 대해 그 분노하고 절실함에 경탄하지 않을 수 없다.[5] 동고 최립이
연경(燕京)에 가는 도중에 지은 시

칼 기운이 두우성에 뻗친들 그 누가 알아차릴까?[6] 劍能射斗誰看氣

옷은 연경에 들어가지 않았는데 벌써 향기가 나네. 衣未朝天已有香

에 대해 그 바르고 굳셈에 경탄하지 않을 수 없다. 계곡 장유가 새벽에
판교 객사를 떠나며 지은 시

가을벌레 애절하게 풀속에서 하소연하고   寒蟲切切草間語

조각달은 희부옇게 하늘 끝에서 빛이 흐르네.   缺月輝輝天際流

에 대해 그 맑고 청초함에 경탄하지 않을 수 없다. 여기에서 한 그릇
국물을 맛보아 솥 전체의 맛을 알 수 있을 것이다.

---

4 『국조시산』에서 "뼈에 사무친 한스러운 말로 참으로 두보답다〔刺骨恨語, 眞是杜陵〕"라고 평
했다.

5 이 시는 지천의 집으로 가면서 서울시 도봉구 다락원에서 지었다. 『청창연담』에는 "뜻이 대
단히 분노하고 매섭다〔意甚激烈〕"라고 평했다.

6 1594년 명나라에 사신으로 갈 때 용천(龍川)에서 지었다. 『청창연담』에서 "시어가 정밀하고
절실하며 바르고 굳세다〔詞語精切矯健〕"라고 평했다.

65

이식의 시

택당(澤堂) 이식(李植)이 열 살 때 버들솜을 읊은 시는 다음과 같다.

눈처럼 가볍게 바람 뒤를 따르다가　　　　　隨風輕似雪

솜보다 부드럽게 땅위에 내려앉네.　　　　　着地軟於綿

　시를 본 사람들이 기특하게 여겼다. 임진왜란 뒤에 왜놈들이 통신사(通信使)를 보내줄 것을 요청하였다. 사람들이 모두들 분해하고 답답하게 여겼으나 조정에서는 저들이 생트집을 잡을까 염려하여 유정(惟政) 스님을 보내 적의 정세를 살피도록 하였다.[1] 이에 유정은 많은 고위 관료들에게 배웅하는 시문을 두루 구하였다. 택당은 당시 아직 벼슬하기 전인데도 유정에게 시를 증정하였다.

왜적 제압할 좋은 계책이 없다보니　　　　　制敵無長算

---

[1] 1604년 8월 일본이 지속적으로 애걸과 협박을 섞어 화친을 요구하자 조정에서도 마지못해 손문욱(孫文彧)을 정사로, 사명당 유정(1544~1610)을 사신으로 삼아 일본에 파견하였다. 유정은 일본에 머문 8개월 동안 외교성과를 거두고 3천 명의 조선 포로를 데리고 다음해 4월에 귀국하였다. 그해 6월에 선조에게 복명하고 10월에 묘향산으로 돌아갔다.

산중에서 늙은 스님 일으키었네.　　　　　　雲林起老師

행장 꾸려 먼 바다를 뚫고 가노니　　　　　　行裝冲海遠

그 담력은 하늘도 인정하였네.　　　　　　　肝膽許天知

기봉(機鋒)의 세치 혀끝 움직여 보소.　　　　試掉三禪舌

여섯 가지 기계(奇計)야 굳이 꺼내랴?[2]　　　何煩六出奇

돌아와서 임금님께 보고한 뒤엔　　　　　　歸來報明主

예전대로 지팡이 하나로 돌아가시리.　　　　依舊一笻枝

　유정도 시를 잘하는 스님이라 시를 보고 기뻐하며 "이 시를 얻었으
니 내 여행길이 외롭지 않겠군"이라 하였다.

---

2 '기봉의 세치 혀끝'의 원문인 '삼선설(三禪舌)'은 운문(雲門)대사가 전광석화처럼 날카로운
　언변으로 학인을 인도하는 것을 가리킨다. 운문삼자선(雲門三字禪)이라 한다. '여섯 가지 기
　계'는 한나라 진평(陳平)이 한 고조를 위하여 여섯 번이나 기이한 책략을 내어놓은 사실을
　가리킨다.

66

권겹을 애도한 이식의 시

권겹(權韐)이 아홉 살 때 송도를 회고한 시1를 지어 당시 사람들의 입에 널리 회자되었다. 훗날 택당이 시를 지어 그를 애도하였다.

'눈 속에 달이 뜨고 종소리 쓸쓸한 망한 나라!'	雪月寒鍾故國詩
아홉 살 소년의 아름다운 시구 세상에 알려졌네.	九齡佳句世間知
풍진 세상 두루 겪을 때 시류배(時流輩)는 안중에 없었고	風塵歷抵空時輩
강호로 돌아와서는 술로 세월 보냈네.	江海歸來有酒巵
주머니엔 병략(兵略) 있어도 몸에는 베옷 걸쳤고	囊裏虎韜身擁褐
책상에는 단약 비결 놓였어도 머리는 허옇게 쇠었네.	案頭丹訣鬢成絲
형제들 문학에 뛰어나『연주집(聯珠集)』남겼으니2	猶應五竇聯珠集
높은 명성 길이 남아 후세에 전하리라.	不廢高名死後垂

---

1 「송도회고(松都懷古)」는 "눈 속에 뜬 달은 지난 왕조의 빛깔이요 / 쓸쓸한 종소리는 망한 나라의 소리일세. / 남쪽 성루에서 시름겨워 홀로 서니 / 부서진 성곽 위로 새벽 구름 피어오르네〔雪月前朝色, 寒鐘故國聲. 南樓愁獨立, 殘郭曉雲生〕"이다. 많은 선집에 실려 있는 명작으로 시조로도 널리 불려졌다.

뜻을 세우고 말을 놓은 것이 정밀하고 맞춤맞으며 공교하고 치밀하여 명작이라 할 만하다. 그러나 격조는 절로 송시풍(宋詩風)에 떨어졌다.

---

2 당나라 두군(竇群)의 다섯 형제는 모두 시문에 뛰어나 훗날 그들 형제의 시문을 『연주집(聯珠集)』으로 엮었다. 권섭의 형제는 모두 여섯으로 문학에 뛰어났는데 그중에 권필도 들어 있다.

67

백로주 시

영평(永平)의 백로주(白鷺洲)는 형승이 경기도 내에서 가장 뛰어나다.
백주(白洲) 이명한(李明漢)이 일찍이 절구 한 수를 짓자 용주(龍洲) 조경
(趙絅)과 감호(鑑湖) 양만고(楊萬古)가 모두 차운하였다. 그 가운데 백주
의 시가 제일인데 그 시는 다음과 같다.[1]

몸은 백로주 모래밭의 해오라기요	身如白鷺洲邊鷺
마음은 백운산 산위의 구름이로다.	心似白雲山上雲
온종일 시 읊으며 돌아갈 줄 모르니	孤吟盡日不知返
구름 떠나고 해오라기 날면 누구와 더불어 놀까?	雲去鷺飛與誰群

용주의 시는 다음과 같다.

빈 연못은 뜨는 달을 먼저 받아들이고	潭虛先受欲生月

---

1 『백주집(白洲集)』에 제목이 「백로주에 양도일이 지은 새집에 부친다〔寄題白鷺洲楊道一新居〕」
로 되어 있다. 세 편의 시는 모두 양도일의 새집에 부친 시로서 자연에 몰입하여 유유자적
하는 집주인의 한거 생활을 묘사하였다. 『시평보유』에서 홍만종은 이 세 시인의 일화를 소
개하였다.

노송 위에 끝없는 구름이 늘 떠 있네.　　　　松老常浮不盡雲

이곳에는 그처럼 한가한 사람 있을 법한데　　應有此間閑似者

그대 지금 홀로 가니 인간의 무리 아니로다.　君今獨往非人群

감호의 시는 다음과 같다.

동풍 불어 강바위에 꽃잎 떨어지고　　　　　東風花落水中石

해 지자 소나무 밑 구름에 잠을 자네.　　　　西日客眠松下雲

술에 취해 해오라기에 한잔 술 권하노니　　　醉把一盃酬白鷺

세상에는 너만이 나와 같은 무리로다.　　　　世間惟有爾爲群

68

구봉서의 시

구봉서(具鳳瑞)는 호가 낙주(洛洲)이다. 어릴 적에 달밤에 동무들과 함께 백사(白沙) 정승 댁에 들어가서 연(蓮)을 훔쳤다. 백사가 낙주에게 "너는 어째서 글은 읽지 않고 도리어 연이나 훔치는 게냐?"라고 책망했더니 낙주가 "책을 벌써 다 읽어서 신나게 노는데요!"라고 대답했다. 백사가 "내가 운(韻)을 부를 텐데 시를 짓지 못하면 회초리를 맞을 줄 알아라!"라 하고 노닐 유(游)자를 불렀더니 낙주가 즉시 '동자가 동무 불러 달 아래 놀았더니[童子招朋月下遊]'라 응답했고 다시 가을 추(秋)자를 불렀다. 낙주가 '정승님의 연못가는 썰렁하기 가을 같아라[相公池館冷如秋]'라고 말했다. 낙주가 시를 잘 짓는 줄 알아차리고 백사가 시짓기 힘든 운으로 군색하게 만들려고 소 우(牛)자를 불렀더니 이번에도 바로 다음과 같이 답하였다.

태평시대 사업은 어떻게 해야 하나요?　　　　　昇平事業知何事
연꽃만 물고 소에 대해선 물지 않네요.[1]　　　　但問蓮花不問牛

당시에 낙주를 기이한 동자라고 불렀다.[2]

1 소에 대해 묻는 것은 바로 정승의 사업이다. 한나라 정승 병길(丙吉)이 길에 나갔다가 사람
  들이 난투극을 벌이는 장소를 지나게 되었는데 사람이 부상한 것에 대해 묻지 않고 소가 더
  위에 헐떡이는 것을 물었다는 『한서(漢書)』 「병길전(丙吉傳)」의 고사에서 나왔다.
2 『국조인물지(國朝人物志)』에서 『조야집요(朝野輯要)』를 인용하여 여기의 일화를 소개하였
  다. 그러나 이야기 주인공이 바뀌어 홍서봉(洪瑞鳳)이 어릴 적에 홍섬(洪暹)의 집에 가서 지
  은 시로 바뀌어 있다. 『시화초성(詩話抄成)』에도 마찬가지이다.

69

흥보의 한벽당

나의 할아버지 참찬공(參贊公, 洪霽)은 호가 월봉(月峯)이다. 전주부윤
(全州府尹)으로 재직하셨을 때 한벽당(寒碧堂)에서 연회를 베푼 적이 있
다. 그때 청하(淸河)현감 권항(權伉)의 시에 차운하셨는데 다음과 같다.

가마 타고 길을 늦게 나서 성남 거리 벗어나고	肩輿晚出城南陌
높은 누대 홀로 오르니 백 척도 넘는구나.	獨上高樓百尺餘
산비가 흘쩍 그쳐 시냇물은 콸콸 흐르고	山雨乍晴溪水急
먹구름이 막 걷혀서 골짜기 활짝 펼쳐졌네.	暝雲纔捲洞天虛
외로운 배의 젓대 소리를 난간에 기대 듣고	孤舟長笛憑欄外
촛불 켜고 술잔 들어 달뜨기를 기다리네.	紅燭淸樽待月初
그윽한 흥취 끝이 없고 가을밤은 길어져서	幽興未闌秋夜永
취한 몸 이끌고서 좀 더 걷고 싶구나.	不妨扶醉暫躊躇

당시에 전라도관찰사는 글을 잘 쓰는 분이었는데 크게 칭찬하며
판에 새겨 문미(門楣)에 걸어두도록 하였다. 그 뒤 할아버지께서 체직
되어 돌아올 때 그 현판을 떼어내자 사람들이 모두 말렸다. 할아버지

는 "내 시는 나 혼자 읊을 정도에 지나지 않는다. 누정에 걸어놓아 모 자람을 떠벌려서야 되겠는가?"라고 하셨다. 사람들이 그 말씀을 듣고서 겸양하는 미덕을 높이 평가하였다.

70

김육의 시

정승 김육(金堉)은 호가 잠곡(潛谷)이다. 일찍이 부사(副使)로 연경에 갔다. 산해관(山海館)에서 10리쯤 되는 곳에 각산사(角山寺)라는 절이 있는데 지극히 험준하여 오르기가 어려웠다. 잠곡이 서장관(書狀官) 유심(柳淰)과 더불어 말고삐를 나란히 하여 절에 올라가보니 드넓게 펼쳐진 시계(視界)하며 빼어난 경치가 천하를 작게 내려다보는 풍경이었다. 잠곡은 즉석에서 절구 한 수를 읊었다.

중원에 두 번째로 들어가는 길	再入中原路
올해는 장쾌하게 유람하였네.	今年辦壯遊
스님들 바다 너머 가리키노니	居僧指海外
태산의 정상 끝이 살짝 보이네.	微露太山頭

산을 내려와 서장관이 정사(正使)에게 "오늘 세 가지 장쾌한 구경거리를 했습니다"라고 말하였다. 정사가 "무엇이 그렇던가?"라고 물으니 서장관이 이렇게 대답하였다.

"천길 높은 산과 만리 먼 바다는 천하의 장관 가운데 최고라서 말로 표현할 길이 없습니다. 게다가 부사께서는 칠십 노인으로 붉은 얼굴에 하얀 머리를 하고서 몹시 험한 곳을 올라가되 부축도 받지 않고 지팡이도 잡지 않고 마치 평지를 걷듯이 하시니 이것이 또 하나의 장관이었습니다."

내가 보기에는 시의 기상이 지극히 활달하고 원대하므로 이것까지 네 가지 장관이라 할 만하다.

71

이민구의 시

동주 이민구는 어릴 적부터 문장을 전문으로 익혔는데 가장 잘하는 것은 사부(詞賦)였다. 그의 시는 처음에는 길굴(佶屈, 곡절이 있고 난삽함)함을 위주로 삼았다. 나이 들어 한강 밖으로 물러나 은퇴해서 문장에 더 힘을 쏟으면서부터는 점차 밝고 시원하게 썼다. 그가 전창군(全昌君) 저택의 술잔치에서 지은 시[1]는 다음과 같다.

부마의 누각에는 안개 끼고 향내 짙어	秦樓烟霧細香濃
화려한 잔치에 이끌려 병든 몸을 일으켰네.	牽率華筵起病慵
시월이라 찬바람은 마른 몸을 압도하는데	十月風威欺瘦骨
석 잔 술 힘으로 노쇠한 얼굴 되살렸네.	三杯酒力借衰容
날이 추운 궁궐의 나무숲으로 갈가마귀 자러 들고	栖鴉上苑天寒樹
저물녘 동대문 종소리로 말 타고 돌아가네.	歸騎東城日暮鍾
우스워라! 흙탕길 세상에서 꼬장꼬장 오기만 남아	自笑泥途餘骯髒
몇 해를 떠돌다가 현자에게 찾아왔는가.	幾年流落又登龍

---

1 전창군은 유정량(柳廷亮, 1591~1663)으로 아들은 선조의 부마로서 정휘옹주(貞徽翁主)의 남편이다. 동주의 아들 이중규(李重揆)의 장인이라 동주와 사돈간이며 매우 가깝게 지냈다.

이 시는 농후하고 아름다우며 은근하고 곡절이 있다. 또한 강변 누
정에서 쓴 율시의 함련

풍진 세월에 백발된 몸 일으켜서　　　　　　　　　　風塵扶白髮
강호에서 맑은 술잔 마주하였네.　　　　　　　　　　江漢對淸樽

호방하고 상쾌하여 칭송할 만하다.

72

관어대 시

내가 옛날 영남에 노닐 적에 영해(寧海)의 관어대(觀魚臺)에 올라갔다. 관어대는 바다를 내려다보고 있는데 바위 아래 물속에 노니는 물고기를 하나하나 셀 수 있을 정도였다. 현판에는 동주의 시가 걸려 있었는데 그 시는 다음과 같다.

관어대 아래로는 바다가 까마득하고	觀魚臺下海茫茫
회오리치는 가을바람에 학은 활짝 날개 펼쳤네.	羊角秋風鶴背長
둥근 껍질에 덮인 자라 모양 하늘은 아주 낮고	倚蓋天隨鰲極庳
쳇바퀴 도는 개미인양 사람들은 바쁘구나.	旋磨人比蟻行忙
이무기가 사는 골골의 물을 뒤흔들어	陶將萬壑蛟龍水
하늘에 뜬 해와 달을 씻어 빛을 내네.	洗出重宵日月光
구름 돛을 올리고서 넘실넘실 파도를 타고	欲掛雲帆乘澒洞
해뜨는 곳 동쪽까지 날아오르고 싶어라.	扶桑東畔試方羊

내가 차운하여 지은 시는 다음과 같다.

높은 누대에 홀로 올랐더니 마음은 아득하고 高樓獨上意微茫

삼신산에서 서늘한 바람이 만 리 멀리 불어오네. 鰲背冷風萬里長

누대는 이무기 서린 천길의 험한 굴을 누르고 臺壓千尋蛟窟險

산에는 영겁의 세월 바삐 지나는 태고가 山留太古劫灰忙

머물러 있네.

먼 섬에 구름이 걷혀 하늘은 맑고 天淸遠嶼收雲氣

높이 이는 파도가 햇빛에 일렁여 바다는 붉네. 海赤層濤盪日光

나는 곧장 신선 되어 이제 훌쩍 떠나려니 便欲登仙從此去

세상의 영욕이란 헛일과 똑같구나. 世間榮辱等亡羊

그 뒤 동주를 찾아가 뵈니 동주가 원고를 꺼내 보여주었다. 관어대 시에 이르러 내가 "이 시를 제가 관어대에서 본 적이 있습니다"라고 했더니 동주가 "그래 어떻던가?"라고 물으시길래 나는 "말과 뜻이 바르고 굳셉니다만 격조가 강서시파(江西詩派)[1]에 떨어졌습니다. 게다가 맷돌 돌리는 '선마(旋磨)'의 '마(磨)'자는 산곡 황정견이 거성(去聲)으로 썼으므로 흠인 듯합니다"[2]라고 말씀드렸다. 동주는 머리를 끄덕였다. 나는 예전에 차운했던 시를 외워 들려주고 어떤지를 여쭈어보았

---

1 송대의 문학 유파로 황정견과 진사도(陳師道), 진여의(陳與義) 등이 주요한 시인이다. 이들은 새로운 시경(詩境)의 창출을 목표로 하여 활골탈태(換骨奪胎)와 같은 주장을 내세웠다.

2 홍만종이 반증의 예로 든 시는 산곡의 칠언고시 「연아(演雅)」의 "기운이 천리를 능멸하는 것은 마치 파리가 천리마에 붙어 있는 것 같고 / 부질없이 보낸 한평생은 개미가 쳇바퀴 도는 것과 같네[氣陵千里蠅附驥, 枉過一生蟻旋磨]"라는 구절이다. 마(磨)는 평성(平聲)일 때 가운(歌韻)으로 '돌을 다듬다'라는 뜻을 가지고, 거성(去聲)일 때에는 개운(箇韻)으로 '맷돌'이라는 뜻을 가진다. '선마(旋磨)'에서 '마(磨)'는 거성으로 읽는다. 동주의 시에서는 평성이 놓여야 할 자리에 거성이 놓임으로 해서 염법이 어긋났으므로 홍만종의 지적에 동주가 수긍하였다.

더니 동주가 매우 칭찬하셨다. 그 뒤 다시 동주를 찾아가서 대화를 하는 중에 그분의 원고를 보았더니 관어대 시는 벌써 빼버렸다. 문인은 대체로 자신만을 옳다고 여기는 버릇이 많다. 그런데 이 어른은 이렇게 하셨으니 이른바 '잘못을 하더라도 잘 고치는'[3] 분이라고 하겠다.

---

3 『춘추좌씨전』 선공(宣公) 2년조에 "사람이 누군들 잘못함이 없겠는가. 잘못을 하더라도 고칠 수 있다면 그보다 더 좋은 일은 없다〔人誰無過, 過而能改, 善莫大焉〕"라고 나온다.

73

조선 중기의 대시인

내가 일찍이 동주와 더불어 이야기를 하다가 조선조의 옛일에 말이 미쳤다. 동주가 하나하나 두루 말씀을 해주시다가 다음과 같은 이야기를 하셨다.

"계해년(1623)에 내가 소암과 계곡 등 아홉 명과 더불어 호당(湖堂)에서 사가독서(賜暇讀書)하게 되었네.[1] 하루는 성상으로부터 어제(御題)가 내려와 여러 사람들에게 시를 지어 바치라는 하명이 떨어졌네. 그때 마침 내가 장원을 하였는데 성상께서 표범 가죽 한 장을 하사하셨고, 이등을 한 계곡에게는 범 가죽 한 장을 하사하셨으며, 나머지 사람들에게도 각각 차등을 두어 상을 내리셨네. 그 다음 내관을 파견하여 술을 내리셨지. 여러분들이 서로 즐겁게 술을 마셨는데 술이 거나해지자 좌중이 입을 모아 내게 말하기를 '오늘 응제(應製)에서 그대가 장원을 하였으니 우리들이 지은 문장의 높고 낮음을 그대가 평가하는 것이 옳겠네!'라고 했네. 나는 웃으며 고개를 끄덕이고 다음과 같이 평가했지.

---

1 1623년(인조 원년) 10월에 조익(趙翼)·임숙영·오숙(吳翻)·이명한·정백창(鄭百昌)·김세렴(金世濂)·장유·이식·정홍명 등과 모두 10명이 사가독서에 선발되었다. 선발은 대제학 상촌 신흠이 맡았다.

'계곡의 문장은 장강(長江)이 단번에 쏟아져 흐르되 천리 길에 아무 소리도 나지 않는 것과 같고, 택당의 문장은 산길이 그윽하고 가파른데 화초가 향기를 뿌리는 것과 같고, 백주(白洲)는 나공원(羅公遠)[2]이 향기를 맡은 황백(黃柏)이 꽃 빛깔은 화려하되 꽃받침은 하나 부족한 것과 같네. 천파(天坡) 오숙(吳翻)의 문장은 흰 앵무새가 천성이 매우 지혜로워 때때로 한두 마디 영리한 말을 하는 것과 같네.'

여러분들이 서로를 돌아보면서 크게 웃고 적확한 평가라고 칭찬하더군. 그때 좌중에는 이 네 분만 있었던 것이 아니라서 하나하나 평론한 것이 있었으나 내가 늙어서 다 기억하지 못하고 잊어버렸네.”

---

2 나공원은 당나라 현종 때의 도사로 기이한 행적을 많이 행하였다.

74

윤순지의 시

내가 근래 행명자(涬溟子) 윤순지(尹順之)의 시고를 얻어서 살펴보았
다. 그의 시는 당시(唐詩)도 아니고 송시(宋詩)도 아니어서 스스로 일가
를 이루었다. 격조는 맑고 시어는 오묘하며, 구절은 원만하고 뜻은 살
아 있어 옛사람의 시적 경계에 깊이 들어갔다. 다만 그 점을 아는 이가
드물다. 이에 칠언근체시 몇 수를 대충 가려서 소개한다. 시구를 찾다
가 장난삼아 지은 시는 다음과 같다.

전생에 익힌 버릇이라 바보짓을 잊지 못하고   結習多生未忘癡
여전히 새롭고 기이한 글자 찾아 애를 쓴다.   尙從文字鬪新奇
화씨벽(和氏璧) 같은 고운 옥만 남기면 되니   但令美玉連城在
좋은 금을 더디 풀무질하는 것쯤은 괜찮다.   不厭良金鼓橐遲
상상력이 발휘될 때면 준마가 내달리는 듯   活意有時騰驥足
고심하여 지을 때는 밤새 거미가 줄을 뽑듯.   苦心終夜引蛛絲
꽃을 찾고 버들 묻는 한가롭고 즐거운 날   尋花問柳閒閒處
골똘하게 시나 짓는 네 행색이 우습구나.   笑爾沈吟復索詩

망해정(望海亭)을 묘사한 시[1]는 다음과 같다.

물과 불의 문에서 혼돈의 세계 개벽하니   鴻荒開闢坎離門

갈석산(碣石山)과 곤륜산이 좌우에 버텨 섰네.   碣石崑崙左右蹲

손을 뻗치면 해바퀴를 들어올릴 것만 같고   垂手恰堪扶日轂

몸을 기울이면 천근(天根, 별)을 밟을 것 같네.   側身今已躡天根

산을 끼고 바다를 넘는 짓은 어려운 일 아니니   挾山超海非難事

맨손으로 범을 잡고 황하를 건너는 짓은 말할   暴虎憑河不足論

것도 없네.[2]

만 리에 부는 긴 바람에 돛을 내리자   落帆長風吹萬里

눈에 드는 오나라 초나라는 파도 속에 일렁이네.   眼邊吳楚浪中飜

또 지은 시는 다음과 같다.

바다를 가르고 높은 정자가 날듯이 솟아 있어   劈海危亭峻欲飛

임공자(任公子)[3]가 먼 옛날 거북이 낚던   任公曾作釣鰲磯

낚시터였네.

바람 불고 우레 쳐서 이무기 굴이 요란하고   風雷㳽洞喧蛟窟

---

1 망해정은 중국 요동에 있는 누정으로 조선시대 사신들이 연행(燕行)길에 거치는 명소이다. 윤순지는 1657년 동지겸사은부사(冬至兼謝恩副使)로 연행하였는데 다음 해 귀국 중에 올라가 시를 지었다.

2 앞 구절은 『맹자』「양혜왕(梁惠王)」에 나오는 내용으로 불가능한 일을 비유한다. 뒷 구절은 혈기를 믿고 무모한 짓을 행하는 것을 말한다. 『시경』과 『논어』에 나온다.

3 『장자』「외물(外物)」편에 나오는 고대의 전설적 인물로 물고기를 잘 낚는 낚시꾼이다.

금벽(金碧)이 울긋불긋 햇살에 설렁이네.　金碧參差漾日暉

태공망(太公望)의 영토4는 보일락말락하고　尙父提封看隱約

계주(薊州)의 안개 속 나무는 어렴풋하네.　薊門烟樹望依微

내 인생에서 호탕한 여행 정말 자랑거리라　吾生豪橫誠堪詫

조개대궐 진주궁궐 밟아보고 돌아가리.　貝闕珠宮踏得歸

씩씩하게 훌쩍 치솟아 지천의 「바다」나 「산」5과 대적할 만하다.

---

4 춘추전국시대에 산동 지방에 있던 제(齊)나라를 가리킨다. 제나라는 태공망이 봉해진 나라
   였다.
5 두 편은 칠언율시로 『국조시산』과 『기아』에 모두 실려 있다.

75

정두경의 기운

동명(東溟) 정두경(鄭斗卿)은 기운이 사해(四海)를 삼키고 천고의 작가를 아예 안중에 두지 않으며, 문장이 한 시대의 태산북두이다. 손으로 진한(秦漢)과 성당(盛唐)의 유파를 개척하였으니 달마(達摩)대사가 인도에서 와서 선종을 혼자 힘으로 열어놓은 일에 비유할 수 있다. 동명이 갈매기를 읊은 시는 다음과 같다.

흰 갈매기는 강 위에서	白鷗在江河
겨울 여름 없이 둥둥 떠 있네.	泛泛無冬夏
새는 종류가 적지 않으나	羽族非不多
나는 이 새만을 사랑하네.	吾憐是鳥也
해마다 기러기처럼 남북을 오가지 않고	年年不與雁南北
날마다 물결 따라 오르내리네.	日日常隨波上下
네게 말하노니 나를 의심하지 말거라.	寄語白鷗莫相疑
나도 바닷가의 세상욕심 잊은 이란다.	余亦海上忘機者

시험삼아 우리나라 고금 시인을 살펴보라! 감히 이와 같은 말을 한

시인이 어디 있었던가? 계곡이 다음과 같은 말을 남에게 한 적이 있다.

"내 문장은 비유하자면 좋은 말과 같아 걸어가려 하면 걸어갈 수 있고 내달리고자 하면 내달릴 수 있으나 말이라는 한계를 벗어나지는 못한다. 그런데 군평(君平)은 아무리 못해도 도롱뇽이지만 그래도 용의 부류에 속하지 않을 수 없다."

그러고는 동명이 기자묘(箕子廟)를 읊은 시

해외라서 주나라 곡식은 없어도	海外無周粟
하늘에는 낙서(洛書)가 있구나.[1]	天中有洛書

를 읊조리고 자신도 모르는 사이에 무릎을 치면서 "이 시구는 사람의 의표(意表)를 벗어났다. 미칠 수가 없어, 미칠 수가 없어!"라고 하였다. 동명은 이렇게까지 계곡의 인정을 받았다. 군평은 바로 동명의 자(字)이다. 계곡은 동명보다 십 년 연장자이다.

---

1 기자(箕子)는 은나라의 종친이다. 은을 멸망시킨 주나라 무왕(武王)이 기자를 조선에 봉했기에 기자는 주나라 곡식을 먹지 않아도 된다고 한 것이다. 낙서는 황하에서 나왔다는 팔괘가 쓰인 책으로 기자가 이 낙서를 바탕으로 「홍범구주(洪範九疇)」를 편찬하였다. 기자묘는 평양에 있다.

76

정두경의 격조

강왈광(姜曰廣)과 왕몽윤(王夢尹) 두 칙사가 조선에 왔을 때[1] 북저 김류가 원접사가 되었는데 동명 정두경이 백의(白衣)로 종사(從事)하게 되었다. 이들이 의주(義州)에 이르러 부윤(府尹)인 이완(李莞)과 더불어 통군정(統軍亭)에 모여서 술을 마셨다. 그때 마침 도독(都督) 모문룡(毛文龍)의 군대가 지나가는 것을 보게 되었는데 이에 공이 율시 한 수를 지었다.

통군정 정자 앞은 압록강이 연못이라	統軍亭前江作池
통군정 정자 위에 뿔나팔소리 비장하다.	統軍亭上角聲悲
부윤이 탄 수레는 푸른 실로 말을 매고	使君五馬青絲絡
도독 휘하 일천 군사 붉은 깃발 들었구나.	都督千夫赤羽旗
변방 지역 아동들은 중국말을 다 하는데	塞垣兒童盡華語
요동 땅의 산천은 옛날과는 다르구나.	遼東山川非昔時
선우가 사냥하러 나온 것에 불과하니	自是單于事遊獵
성머리 봉홧불은 걱정일랑 하지 마라.	城頭夜火不須疑

---

1 1626년(丙寅)에 황태자 탄생 조사(詔使)로 왔다.

기운과 격조가 씩씩하고 굳세어 두보(杜甫)와 아주 흡사하다. 참으로 불이문(不二門) 가운데에서도 정법안장(正法眼藏)이므로 야호선(野狐禪)의 소품(小品)과 같은 수준에서 논할 것이 아니다.[2]

---

2 불이문은 둘이 아닌 하나의 참된 것이란 뜻으로, 상대적이고 차별적인 것을 모두 초월하여 절대적이고 평등한 진리의 법문이다. 정법안장은 부처가 살아 있을 때 말한 더 큰 것이 없는 올바른 법을 말한다. 부처는 이것을 가섭에게 넘겨주어 선가에서는 교외별전(敎外別傳)의 심인(心印)으로 전하고 있다. 야호선은 『무문관(無門關)』 제2칙의 '백장야호(百丈野狐)' 이야기가 그 출전으로 사특한 사이비 선(禪)을 지칭하는 말이다. 김점(金漸)은 『서경시화(西京詩話)』에서 홍만종의 평을 비판하였다. "홍만종은 기운과 격조가 씩씩하고 굳세어 두보와 아주 흡사하다고 하였다. 나는 동명의 여러 작품은 다수가 이백으로부터 나왔다고 생각하는데 이 작품만은 자기만의 시법을 구사하였기에 그렇게 말한 것일 뿐이다. 요컨대 침착하고 돈좌한 가운데 드날리고 탁월한 점을 갖추었다. 홍만종은 겉모습만 보고 판단하는 사람일 뿐이다〔洪于海稱其氣格遒健, 髣髴老杜. 余謂東溟諸作, 多從謫仙來, 若此篇用私法故云耳. 要其沈着頓挫之中, 該得飄揚踔越. 如于海直驪黃觀馬者耳〕"라고 평했다.

77

정두경의 시

근세에 계곡과 택당, 동명 세 분이 그 시대의 철장(哲匠)으로 병칭되었다. 평론가들은 각자가 숭상하는 기준으로 그들의 우열을 정하고, 높낮이를 평가하였는데 의의가 전혀 없는 일이다. 무릇 문장의 아름다움이란 제각기 정해진 값이 있으니 어찌 자기가 좋아하고 싫어하는 잣대로 작품의 값을 올리고 낮출 수 있으랴? 내가 보건대, 계곡의 문장은 혼연하고 도타우며, 야들야들하고 시원하여 마치 태호(太湖)의 아득하게 펼쳐진 호수가 산들바람에 파도가 일지 않는 것과 같다. 택당은 정밀하고 오묘하며 후련하고 꿰뚫어서 진나라 대(臺)에 있던 밝은 거울 앞에서는 사물이 제 본모습을 드러내지 않을 수 없는 것[1]과 같다. 동명은 발랄하고 뛰어넘으며 준수하고 건장하여 마치 해가 빛나는 푸른 하늘에 벼락이 으르렁대며 울리는 것과 같다. 세 분 대가의 기상은 본디 제각각이다. 그중에서 동명의 작품

바닷가 흰 구름 떠가는 곳　　　　　　　　　　海上白雲間

1　진시황 때에 함양궁(咸陽宮)에 보관하고 있던 거울로, 사람의 오장(五臟)을 비춰보고 인간의 선악사정(善惡邪正)과 질병의 유무를 알아냈다고 한다.

푸르고 푸른 개골산(皆骨山) 향해	蒼蒼皆骨山
산 스님 지팡이를 휘저어 가니	山僧飛錫去
언제나 돌아오나 웃으며 묻네.	笑問幾時還

는 준수하고 빼어난 가운데 지극히 어여쁘고 아담하여 풍신(風神)과
골격(骨格)이 이백과 흡사하다. 이는 앞 두 분조차 아직껏 말해보지 못
한 시구이다.

78

박정길의 만시

김응하(金應河)[1] 장군을 애도한 만시가 매우 많으나 그중에서 박정길(朴鼎吉)의 시가 가장 뛰어나다.[2]

깊고 깊은 심하(深河)의 만길 높은 산에는	百尺深河萬仞山
지금도 모랫벌에 핏자국 선연하네	至今沙磧血痕斑
강가에서 꽃다운 넋 부르려 하지 말라.	英魂且莫超江上
흉노를 멸하기 전에 결코 돌아오지 않으리니.	不滅匈奴定不還

그가 악한 일을 저지르지 않았다면 어엿한 재자(才子)였을 것이다.

---

1 김응하(1580~1619)는 광해군 때의 무신이다. 1618년 명나라가 후금을 정벌할 때 조선에 원병을 청하자 1619년 2월 도원수 강홍립(姜弘立)을 따라 압록강을 건너 후금 정벌에 나섰다. 명나라가 대패하자 김응하는 심하(深河)에서 3천 명의 군사로 수만 명의 후금군을 맞아 싸웠으나 중과부적으로 패배하고 전사하였다. 이듬해 명나라 신종은 그의 공을 기려 요동백(遼東伯)에 봉하였고, 조선에서는 영의정에 추증하였다.

2 박정길(1583~1623)은 광해군 때의 문신으로 참판을 지냈다. 이이첨의 당파로 폐모론(廢母論)을 주장했다 하여 인조반정 이후 처형되었다. 『호곡만필』과 『성호사설』에서 이 작품을 압권이라 높이 평가하였다.

79

이계의 시재

이계(李烓)는 문장을 잘하여 세상에서 드물게 보는 재사(才士)이다. 그
가 백상루(百祥樓)를 읊은 시는 다음과 같다.

살수 강가에 들을 내려다보며 서 있어	睥睨平臨薩水湄
거센 바람에 펄럭펄럭 깃발이 나부끼네.	高風獵獵動旌旗
길은 요동 심양 삼천 리로 바로 통하고	路通遼藩三千里
성곽은 수당(隋唐)의 백만 군사를 대적했지.	城敵隋唐百萬師
천지는 전쟁을 잊은 적 한 번도 없나니	天地未曾忘戰伐
나라의 안위가 산하의 험함에나 달려 있으리?	山河何必繫安危
처량하게 신정(新亭)의 눈물이 떨어지려 하니1	悽然欲下新亭淚
속절없이 누대에서 뿔피리를 불지 말라.	樓上胡笳莫謾吹

시의 기운이 훌륭하고 호매하다. 또

---

1 서진(西晉) 말년에 중원이 함락당하자 양자강 이남으로 귀족들이 피난하였다. 단양(丹陽)의
　신정(新亭)에 모여 연회를 할 적에 주후(周侯)가 "풍경은 옛날과 다름이 없건마는 산하만은
　참으로 다르다" 하자 모두들 얼굴을 마주보며 통곡하였다. 뒤에는 국토를 잃은 슬픔을 비유
　하는 고사로 널리 사용된다.

들길에 풀벌레 울어 가을소리 몰려오고   蛩吟野逕秋聲急

사립문에 참새 재잘거려 저녁 풍경 스산하네.   雀噪柴門暮景疎

는 맑고 놀랍다. 택당이 의주에 머물 때 이계가 처형을 당했다는 소식을
접하였다.[2] 막 밥상을 앞에 두고 있었는데 고기를 물리쳐 먹지 않은 채
탄식하며 오랫동안 애도하였다. 곁에 있던 사람들이 괴이하게 여겨 연
유를 물었다. 택당은 "그 사람 때문이 아니라 빼어난 기예가 아까워서
그런다"라고 말했다.

2 이계(1603~1642)는 선천부사로 있으면서 국경에서 밀무역을 하다가 발각되었다. 청나라에
잡혀 심문을 받자 살아남기 위해 조선이 명나라와 내통하는 실상을 음해하여 많은 조선 고위
관원이 피해를 입었다. 청나라에서 조선에 그의 신병을 넘기자 조선에서 의금부도사를 보내
참수하였다.

80

신최의 시

도사(都事)를 지낸 신최는 호가 춘소이다. 할아버지 현옹 신흠 때부터 문장으로 대를 이었다. 그는 특히 사부(詞賦)를 잘 지었고, 시 또한 맑고 아담하였다. 옛집에 돌아와 지은 시는 다음과 같다.

우연히 성안에 들어가 여러 달 머물렀는데	偶入城中數月淹
산꼭대기에 찾아온 가을빛에 깜짝 놀랐네.	忽驚秋色着山尖
행장 꾸려 떠나려니 외로운 배 한 척 남았고	行裝理去孤舟在
빠른 세월 쫓기다보니 흰 머리만 늘어갔네.	急景侵來素髮添
조정을 일찍 떠난들 누가 용감하다 하고	早謝朝班誰道勇
산수를 늦게 탐한들 누가 청렴하다 칭찬할까?	晚饞邱壑不稱廉
에라! 조물주가 이상히 여길까 걱정되니	且愁未免天公怪
성도(成都)에 가서 엄군평(嚴君平)에게 물어보자.[1]	欲向成都問姓嚴

소동파로 하여금 뒤로 물러서게 할 작품임이 분명하다.

---

1 엄군평(嚴君平)은 점술에 능통했던 엄준(嚴遵)이다. 전한 말에 성도에서 점집을 차리고 사람들에게 길흉을 알려주었는데, 하루 생계가 마련되면 발을 내리고 손님을 받지 않았다.

81

홍주세의 시

내 선친은 호가 정허당(靜虛堂)이다. 글을 쓸 때에는 성리(性理)에 뿌리를 두어 탁월하고 자연스럽게 지을 뿐 조탁이나 수식의 힘을 빌리지 않았다. 택당이 일찍이 말하기를, "글 쓰는 법은 계곡보다 손색이 있으나 이치는 그보다 뛰어나 마치 콩이나 좁쌀, 베나 비단처럼 일상적 글이다"라고 하였다.[1] 한가한 생활을 읊은 절구 한 수는 다음과 같다.

지난일 돌이켜보는 것도 정말 미혹이고	追惟旣往眞爲惑
장래를 미리 점치는 것도 어리석은 짓	逆料將來亦是愚
만사가 눈앞에 닥치도록 내버려두고	萬事當頭須放下
마음밭을 깨끗이 하여 걱정없도록 만들어보자.	儘敎心地淨無虞

동회 신익성은 "이 시는 식견이 후련하고 매인 데 없어 진정으로 선비의 시이다. 문장과 구절을 다듬고 꾸미며, 기이함을 자랑하고 신

---

1 임방은 『수촌만록(水村謾錄)』에서 "수암 홍주세는 호를 정허당이라 한다. 문장을 지을 때 말을 잘 전달하고 이치가 시원한 것을 위주로 지었고, 들뜨고 화려하거나 험벽하고 기이한 것을 숭상하지 않았다. 계곡과 택당이 모두 대가라고 칭찬하였다〔洪守菴柱世, 一號靜虛堂, 爲文詞以辭達理暢爲主, 不尙浮華險奇, 谿谷·澤堂俱稱爲大手〕"라고 평했다.

기함을 다투는 세상 문인이 이 같은 말을 어떻게 꺼낼 수 있겠는가?"
라고 평했다.

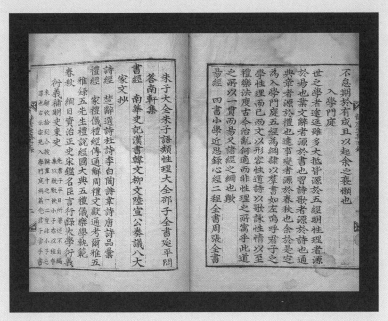

홍주세의 문집 『정허당집(靜虛堂集)』

목판본, 1708년, 역자 소장. 남구만(南九萬)이 1696년에 지은 친필 서문과 임방(任埅)이 1708년에 지은 발문을 갖춰 홍만종이 2권 1책으로 간행하였다. 그 부록으로 홍만종에게 준 「만종 보아라(示宗兒)」와 「입학문정(入學門庭)」이 수록되어 있다.

82

통신사의 시

만랑(漫浪) 황호(黃㦿)는 시를 잘 지었으나 생경(生梗)하게 짓는 흠이 있다. 일본 통신사로 가서 지은 시는 다음과 같다.

동남동녀 그 옛날 신선 찾으러 떠난 곳에　　童男女昔求仙地
대장부 오늘은 사절 되어 가는구나.　　大丈夫今杖節行

사람들 사이에 널리 불려 전해졌다. 포은이 일본에 사신으로 가서 지은 시는 다음과 같다.

장건(張騫)이 탄 배위에 하늘은 바다 멀리　　張騫槎上天連海
뻗어 있고
서복(徐福)의 사당 앞에는 풀만 절로 푸르구나.[1]　　徐福祠前草自春

이 두 편의 시를 살펴보면 하늘과 땅 차이보다 심하다.

1 동남동녀와 서복의 사연은 진시황과 서복의 고사이다. 김종직은 『청구풍아』 주석에서 다음과 같이 말했다. "진시황이 방사 서복(徐福)과 동남동녀 수천 명을 삼신산에 보내 불사약을 구해오게 하였다. 서복은 왜국에 이르러 그대로 머무르고 돌아오지 않았다. 아이들은 색동옷 입기를 좋아하므로 일본 풍속에 모두 울긋불긋한 옷을 입는다 한다." 『호곡만필』에서는 황호의 작품이 장난기가 있어 모범이 되기는 어렵다고 평하였다.

83

임유후의 시

참판을 지낸 임유후(任有後)는 호가 휴와(休窩)로 중년에 벼슬에 등용
되지 못하고 버림을 받아 오로지 문한(文翰)만을 일삼았다. 젊은 시절
산사에 놀러 갔다가 스님의 시축에 다음 시를 썼다.

산은 절을 감싸안고 돌길은 구불구불 올라가네.	山擁招提石逕斜
구름이 감춰놓은 호젓한 골짜기를 들어서자	洞天幽杳閟雲霞
스님의 푸념소리 들려오네. "봄이라 일도 많네!	居僧說我春多事
아침마다 절문 앞에 낙화를 쓸어야 하네."	門巷朝朝掃落花

사람들이 이 시를 착각하여 소암 임숙영의 시로 알았다. 그 뒤 소암
이 그 시축을 보고 "나는 성당(盛唐)이 아니면 시어를 입 밖으로 내놓
지 않는다. 이 시는 당시(唐詩)의 운치에 매우 가깝지만 중당(中唐)의
소리가 자못 섞여 있으므로 후생 젊은이의 작품이다"라고 하였다. 휴
와는 다음 시도 지었다.

돌을 깎아 성명을 새겨놓으니	鑱石題名姓

산 스님 웃기를 그치지 않네.　　　　　　　　山僧笑不休

"건곤은 하나의 물거품이거늘　　　　　　　乾坤一泡幻

그 이름 언제까지 남아 있을꼬?"　　　　　能得幾時留

　이 시를 읽어보면 자신도 세상도 다 잊어서 만물의 형상이 모두 공
(空)이 된다. 성률(聲律) 속에 이렇게 오묘한 진리를 담을 줄은 생각지
도 못했다. 중당(中唐)이나 만당(晩唐)의 시라고 해서 무시할 수 있겠는
가?

84

김득신의 시풍

백곡(栢谷) 김득신(金得臣)은 재능이 매우 노둔하였는데 다독(多讀)을 통해 바닥을 다져 노둔함을 벗어나 예민한 능력을 갖추었다. 백곡이 용산에서 지은 시는 다음과 같다.

찬 구름 속 고목 서 있고	古木寒雲裏
뽀얀 비 가을 산에 내린다.	秋山白雨邊
저문 강에 풍랑 일어나	暮江風浪起
어부는 황급히 배를 돌린다.	漁子急回船

시가 한때 인구에 회자되었으나 목천(木川) 가는 도중에 쓴 다음 시에는 미치지 못한다.

짧은 다리 넓은 들판 석양은 내려앉고	短橋平楚夕陽低
앞 숲으로 새는 자러 날아드는 때로구나.	正是前林宿鳥栖
물 건너엔 누구일까? 젓대 불며 지나가고	隔水何人三弄笛
낡은 옛 성 저편에는 매화가 다 저버렸네.	梅花落盡古城西

당시(唐詩)에 매우 가깝다.

85

홍석기의 시재

만주(晩洲) 홍석기(洪錫箕)는 천재로서 민첩한 재능을 가져 붓을 잡고 시를 지을 때면 샘물이 솟아나고, 물이 콸콸 쏟아지듯 하여 조금도 멈춤이 없다. 이는 다른 사람이 미칠 수 없다. 만주가 개성 운거사(雲居寺)에 놀러간 적이 있었다. 여러 벗들과 함께 밤에 앉아 있는데 한 친구가 만주에게 "자네는 경쇠를 한번 치고 그 소리가 다 사라지기 전에 시 한 수 지을 수 있겠는가?"라고 물었다. 그리고 '달밤에 비파소리를 듣다〔月夜聞琵琶〕'를 제목으로 내고 문(聞)·운(雲)·군(君)을 운자로 준 다음 경쇠를 치고 제목과 운자를 내보였다. 만주가 즉시 입에서 나오는 대로 다음 시를 불렀다.

천추토록 애원하는 그 소리 차마 듣지를 못해	千秋哀怨不堪聞
지는 달도 어슴프레 골골마다 구름일세.	落月蒼蒼萬壑雲
술잔을 앞에 두곤 한 곡조도 타지 마오.	莫向樽前彈一曲
왕소군(王昭君)과 같은 여인 동방에도 있다오.	東方亦有漢昭君

이 무렵 의순공주(義順公主)가 막 연경으로 시집을 가서 그렇게 읊

었다.[1] 그 자리에 있던 모든 사람이 혀를 내두르고 감탄했다.

---

1 의순공주(?~1662)가 청나라 황실로 시집간 것을 말한다. 금림군(錦林君) 이개윤(李愷胤)
   의 딸이다. 1650년(효종 1년)년에 청나라 권력자 예친왕(睿親王) 도르곤이 조선의 공주를 얻
   어 결혼하겠다고 요청하여 조정에서는 이개윤의 딸을 공주로 봉하여 시집보내었다. 그 뒤 도
   르곤이 반역죄로 처단되자 공주는 도르곤의 부하장수에게 넘겨졌다가 금림군의 간청으로
   1656년 조선에 돌아와 불우한 만년을 보냈다.

86
홍석기의 시

내가 일찍이 폐병을 앓아 두문불출한 적이 있었다. 그러자 동명 정 선생이 휴와 선생을 데리고 문병을 오셨다. 그때 백곡과 만주도 함께 오셨다. 나는 술을 내오라 하고 기녀 여러 명을 불러 노래하고 악기를 타게 하였다. 술이 거나해지자 여러분들이 시를 짓거나 노래를 부르며 밤까지 놀다가 자리를 파하였다. 그로부터 예닐곱 해 사이에 동명과 휴와가 연이어 돌아가시고, 백곡과 만주는 모두 시골로 낙향하셨다. 하루는 만주가 찾아와 내게 율시 한 수를 증정하셨다.

우리들의 행락이 예전에는 질펀하여　　　　吾儕行樂向來多
검은 머리 흰 얼굴에 기생들도 끼여 있었지.　玄鬢蒼顏間綺羅
백곡은 풍채 좋아 본디부터 속되지 않고　　栢谷風標元不俗
풍산은 품격 있어 그분과도 비슷했지.　　豊山才格亦同科
파도의 호탕함은 휴와의 붓이었고　　　　波瀾浩蕩任公筆
천지를 울린 것은 동명의 노래였네.　　　天地低昂鄭老歌
모이고 흩어지며 살고 죽은 칠년 세월　　聚散存亡還七載
그대 만난 오늘에는 심경이 어떠한가?　　逢君今日意如何

옛일을 회상하고 현재의 일을 가슴 아파하는 정감이 시에 넘쳐서
읽는 사람으로 하여금 눈물을 떨구게 한다. 풍산(豊山)이란 바로 나의
본관이다.[1]

1 『순오지』에는 이때의 풍류와 지은 작품이 자세하게 설명되어 있다.

87

김득신과 홍석기

백곡과 만주는 모두 새벽길을 나서며 시를 지었다. 백곡의 시는 다음과 같다.

닭 우는 소리 들녘 주막에서 들려오고　　　　鷄聲來野店
도깨비불은 시내 다리를 건너오네.　　　　　鬼火渡溪橋

만주의 시는 다음과 같다.

아침 먹고 나온 주막에서 닭이 울어대고　　　鷄鳴飯後店
눈 붙일 때 말은 다리 위를 지나가네.　　　　馬過睡時橋

모두 정겨운 풍경을 잘 묘사하였는데 만주의 시가 특히 핍진하다. 온정균(溫庭筠)의 시 '주막집 달빛 아래 닭은 울고'[1]와 서로 엇비슷하다.

---

[1] 온정균의 오언율시 「상산조행(商山早行)」의 함련이다.

88

이지천의 궤벽함

사포(沙浦) 이지천(李志賤)은 시를 궤벽(詭僻)하게 짓는 고질병이 있었다. 그의 작품 중에서 청산(靑山)을 읊은 시가 가장 아름다운데 다음과 같다.

가령 이 청산을 시장에 내다판다면	假令持此靑山賣
그 누가 흔쾌하게 돈 한푼 내놓을까?	誰肯欣然出一錢
뜬세상에 버림받았다 탄식하지 말아다오.	莫歎終爲浮世棄
노인 앞에 그래도 잘 놓여 있지 않나.	尙堪留置老人前
지는 달을 머금고 빈 주렴을 엿보다가도	纔含落月窺虛幌
어느새 구름 밀치고 저녁 자리로 들어오네.	旋拂輕雲入晚筵
조물주는 나 혼자 누리는 것 싫어할 테니	造物祇應嫌獨取
서쪽 향해 성근 발 걷어올리지 못하겠네.	疎簾不敢向西搴

89

조한영의 시

장인어른 조한영(曹漢英)은 호가 회곡(晦谷)이다. 일찍이 여주 전원에 머물렀을 적에 9월 9일 중양일(重陽日)이 되자 다음과 같은 오언율시 한 수를 지으셨다.

옛 고향의 중양절에 친구들 모여	故里重陽會
손을 잡고 몇 번이나 취했던가?	相携醉幾遭
노인이라 지팡이도 잡기 힘들어	老翁難策杖
좋은 철에 등고(登高)조차 못하는구나.	佳節負登高
모래밭 희디희고 맑은 물가에	沙白仍淸渚
국화 노랗고 막걸리도 있지만	花黃復濁醪
미친 듯 노래하고 모자 떨구던	狂歌落帽興
소년 시절 호기로움 사라졌구나!	無復少年豪

격률(格律)이 맑고 절실하다. 어른은 젊은 시절에 택당으로부터 배웠으니 연원이 있다.

90

김석주와 홍만종

사백(斯伯) 김석주(金錫冑)는 호가 식암(息庵)으로 많은 책을 널리 읽어 학식이 풍부하고 재주가 많아 문장에서 일가를 이루었다. 일찍이 나와 더불어 시를 주고받았는데 내 시를 본색(本色)[1]이라 칭찬하였다. 사백이 사부(詞賦)는 잘 지은 반면 늦게야 시를 배웠기 때문에 이처럼 분에 넘치게 평가한 것이다. 그러나 식암의 시는 곧잘 옛 법을 보여주었다. 식암이 접위관(接慰官)[2]으로 동래(東萊)에 머물 때 내게 시를 한 수 부쳐 보냈다.

천 리 먼 곳에 떨어져 있나니	相離千里遠
그리움은 언제나 그치게 될까.	相憶幾時休
나는 부질없이 여기저기 떠돌고	以我虛漂梗
그대는 혹에 잘못 침을 맞았네.	憐君誤決疣

---

1 본색은 본연(本然)의 색깔, 본래의 면목이란 뜻을 가졌다. 도명준(陶明濬)은 『시설잡기(詩說雜記)』에서 "본색이란 천연의 아취를 보전함을 말한다"라고 풀이하였고, 엄우(嚴羽)는 『창랑시화(滄浪詩話)』에서 시는 "반드시 본색을 지녀야 하고 당행(當行)을 가져야 한다"라고 하였다.

2 일본 사절을 영접하기 위해 임시로 임명한 관직이다. 식암은 1667년 34세 때 임무를 맡았다.

싱그런 봄은 시름 속에 벌써 지나갔고 青春愁已過

푸른 바다는 저물어도 영영 넘실대네. 碧海暮長流

꿈속에서 아직도 그대 손을 잡고 夢裏還携手

밝은 달 뜬 누각에 함께 오르네. 同登明月樓

그때 마침 내가 왼손등에 난 담핵(痰核)에 침을 잘못 맞아 신음하고 있었기 때문에 함련에서 그와 같이 읊었다. 나는 다음 차운시를 써서 그에게 부쳤다.

세상 이치는 이해하기 정말 어렵고 世故殊難了

이별의 시름은 정녕 그치지 않네. 離愁苦未休

시 짓느라 그대는 너무 야위었고 緣詩君太瘦

관례 쫓다가 나는 혹이 생겼네. 隨事我生疣

달 뜬 밤에 누가 함께 술잔 나누랴? 夜月誰同酌

봄날에도 나 홀로 배를 띄우네. 春天獨泛流

서울로 돌아올 날 멀지 않았으니 還朝知不遠

말 타고 강가에서 기다리겠소. 匹馬候江樓

그때 나는 마침 마포에 배를 띄우고 있었으므로 경련에서 이렇게 언급하였다. 보석을 던져주었더니 모과로 보답하더란 격이다.[3]

---

3 『시경』「국풍(國風)」'위풍(衛風)'에 "내게 모과를 던져주니 / 보물로 갚아줘야지[投我以木瓜, 報之以瓊琚]"란 시구가 있는데 그 패러디로서 훌륭한 작품을 보내주었는데 좋지 못한 작품을 보내주었다는 말이다.

91

윤정의 시

윤정(尹淨)은 선조 때 인물로 청요직(淸要職)을 맡아서 관아에 근무하였다. 그때 작은 물건을 남에게 받아내기 위하여 관청에 소장을 올리려 하였다. 동료가 그 행동을 야박하게 여기자 윤정이 다음 절구 한 수를 지었다.

> 요임금 천하를 헌신짝처럼 버렸으니　　　弊屣堯天下
> 허유(許由)의 기상은 맑기도 하다.　　　　清風有許由
> 분수에 맞는 물건은 버리지 않아　　　　分中無棄物
> 오히려 자기 소는 끌고 갔어라.　　　　猶挈自家牛

지금까지 인구에 널리 회자된다. 그러나 소부(巢父)가 한 일을 허유가 한 일로 썼는데 세상 사람들이 알아차리지 못한다. 한바탕 웃음거리로 삼을 만하다.

이원진의 시

이원진(李元鎭)은 인조 때 인물로 한 고조 유방(劉邦)을 읊었는데 다음
과 같다.

산동(山東)의 콧마루 높은 분 기상이 웅혼하여　　　山東隆準氣雄豪

3개항 법을 약속하고 왕업을 높이 이루었네.　　　一約三章帝業高

함곡관(涵谷關) 들어가서 가져간 물건 없다고　　　莫道入關無所取

하지 말라.

진시황 천하는 가을터럭같이 가벼운　　　祖龍天下勝秋毫

물건보다 낫구나!¹

　호쾌하고 굳세며 얽매임을 벗어나서 남들이 말하지 못한 이치를
말했다. 시가 이름만으로 선택해서 될 일이겠는가?²

---

1 이 시는 한 고조(漢高祖) 유방의 사적을 읊은 영사시(詠史詩)이다. 한 고조는 산동 출신으로
콧마루가 높았다. 고조가 진나라 학정에 반기를 들어 봉기한 다음 수도 함양(咸陽)을 공격하
여 함락시켰다. 그는 함양에서 백성들을 약탈하지 않고 부로(父老)들과 3개항의 법만을 약
속하고 조용히 물러났다. 반면에 뒤따라 입성한 항우(項羽)는 온갖 약탈을 자행하였다. 결국
천하는 고조의 손으로 들어갔다. 고조가 인정(仁政)으로 천하를 얻었음을 뜻한다.
2 남용익은 『호곡만필』에서 "시의 뜻이 기이하고 오묘하다[語意奇妙]"라고 평했다.

93

작자미상의 이항복 만시

오성(鰲城) 대감 이항복(李恒福)을 애도한 만시(挽詩)는 매우 많았는데
당시에 평론가들은 다음 시를 제일 잘된 것으로 평가하였다.

거북이를 기둥 삼아 하늘 받쳐 하늘이 편안했는데	鰲柱擎天天妥帖
거북 죽고 기둥 무너져 하늘을 어찌 하나?	鰲亡柱折奈天何
북풍이 불어 수산(囚山)의 비1를 뿌리지만	北風吹送囚山雨
비는 내 눈물보다 많지는 않으리라!	雨未多於我淚多

어떤 사람은 성여학(成汝學)의 작품이라 하기도 하고, 어떤 사람은
김창일(金昌一)의 작품이라 하기도 하는데 어느 말이 맞는지 알 수 없
다. 김창일은 남행(南行)2으로 청도(淸道)군수를 지낸 사람이다.

---

1 이 시어는 유종원(柳宗元)의 「수산부(囚山賦)」를 전고로 사용하였다. 유종원이 영주(永州)
로 귀양 가서 괴로움을 겪으며 조정에 돌아가고픈 심정을 표현한 작품이다. 광해군의 뜻을
거슬러 북관으로 귀양 가서 죽은 이항복의 처지를 빗대었다.
2 음직(蔭職)을 가리키는 말로 과거를 치르지 않고 조상의 혜택으로 벼슬하는 것이다.

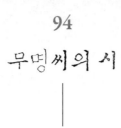

무명씨의 시 중에서 사람들에게 전해져 읊어지는 작품이 매우 많다.
하지만 그중에 아름다운 시는 드물다.

"비온 뒤 맑은 강은 어떠한가?"	雨後淸江興
머리 돌려 갈매기에게 물었네.	回頭問白鷗
갈매기 답하였네. "붉은 여뀌에 달 비쳐	答云紅蓼月
어부의 젓대 소리는 가을에 물들었소."1	漁笛數聲秋

말이 대단히 비루하고 상스러워 촌마을에서 벌이는 푸닥거리 같다.

물과 늪은 물고기가 사는 나라요	水澤魚龍窟
산과 숲은 새와 짐승 집이건마는	山林鳥獸家
외로운 배 달빛 아래 이 나그네는	孤舟明月客

---

1 김득신은 『종남총지』에서 무명씨의 작품으로서 비루하고 상스러운 배우(俳優)의 말인데도
남들이 명작으로 간주한다고 소개하였다. 이우준(李遇駿)은 『몽유야담(夢遊野談)』에서 정
두경의 작품이라 소개하고 당시(唐詩)보다 작품성이 낮다고 평했다. 『대동시선(大東詩選)』
에서는 석장인(石丈人)의 작품으로 소개했다.

생애를 붙일 땅이 어디 있을까?[2]   何處是生涯

시의 뜻이 궁색하고 한미하여 바가지 잡고 있는 거지꼴이다.

석 자 크기 비단 폭에다   三尺齊紈上
누가 잠자는 기러기를 길게 그렸나?   誰摸雁睡長
이슬 내려 갈대꽃 펼쳐졌으니   蘆花霜落後
풍광 좋은 소상강을 꿈꾸나보다.[3]   烟月夢瀟湘

가짜이지 진짜가 아니라서 우맹(優孟)이 손숙오(孫叔敖)를 흉내 낸 듯하다.[4]

10월이라 된서리가 대지에 깔렸는데도   十月嚴霜着地多
접부채를 굳게 잡은 마음이 따로 있나?   强提凉扇意如何
"홍진 세상 십년살이에 부질없이 분주하여   紅塵十載空奔走
하고많은 청산을 얼굴 가리며 지나가네."   多少靑山掩面過

시어와 격조가 시큼털털 맛이 없어 촌 아낙이 화장을 흉내낸 것같다.

---

2 『국조시산』에 무명씨의 「벽에 쓰다〔題壁〕」라는 제목으로 실려 있다. 그 책에 최수성(崔壽峸)의 작품으로 보기도 한다고 소개하였다.

3 『기아』에는 양만고(楊萬古)로 작자를 밝혀놓았다.

4 우맹은 춘추시대 초나라의 배우였다. 초나라 재상인 손숙오가 죽은 뒤 그의 자식들이 곤궁하게 지내는 것을 보고 우맹은 손숙오의 옷을 입고 초나라 장왕(莊王) 앞에서 예전 모습대로 분장하였다. 그 모습이 하도 비슷하여 모두 손숙오가 다시 태어난 줄로 알았고, 이에 손숙오의 자식들을 잘살게 해주었다. 후대에 모방을 잘하는 것을 비유하는 고사로 사용한다.

시름 없애려 술을 사랑하다 도리어 병이 되고   攻愁愛酒還成病

병을 고치려 술잔 멈췄더니 시름 다시 생겨나네.   治病停盃轉作愁

밤새도록 서창 밖에 비바람 요란하여   一夜西窓風雨鬧

시름도 병도 사라지고 강호를 꿈꾸었네.   兩除愁病夢滄洲

제법 솜씨가 있어 진정한 작가의 작품이라 하겠다.

95

한 연만 전해지는 시구

한 연만이 세상에 전해져 읊어지는 시가 있는데 그중에는 아름다운 것도 있고 아름답지 않은 것도 있다. 무명씨의 시구

> 대창이라 바둑에는 푸른빛 물들었고   竹窓碁影碧
>
> 매화 밭이라 빗소리에 향기가 묻어 있네.   梅塢雨聲香

는 지나치게 교묘함에 흘렀다.

> 과실이 익어 산이 술자리에 오르고   果熟山登席
>
> 물고기가 살쪄 바다가 소반에 들어오네.   魚肥海入盤

는 연구(聯句)와 비슷하여 좋지 않다.

> 공자는 기골이 맑아 가을이 대 속에 스민 듯하고   公子骨清秋入竹
>
> 미인은 화장이 짙어 비가 꽃에 지나간 듯하네.   美人粧濕雨過花

는 기이하게 쓰려는 고질병이 있다.

차 이름이 작설(雀舌)이라 스님이 마시려   茶名雀舌僧疑飮
하지 않고
산 이름이 아미(蛾眉)라 여인이 흘겨보네.[1]   山號蛾眉女妬看

또 다음 시구

강 이름이 백마(白馬)이니 남쪽 목장인가   江名白馬疑南牧
의심스럽고
산 이름이 부소(扶蘇)이니 북방 감독으로   山號扶蘇恐北監
추측하네.[2]

두 편의 연구는 똑같은 체격(體格)을 가졌는데 정밀하고 교묘하기
는 하지만 비속하여 싫증이 난다. 권도(權韜)의 시구

두견새 소리 구슬퍼 봄 산은 저물어가고   杜鵑聲苦春山晩
탱자 꽃 시들어 옛 절은 호젓하네.   枳殼花殘古寺幽

---

1 작설차(雀舌茶)의 이름이 참새의 혀이므로 스님이 먹기를 꺼려하고, 중국의 명산 아미산은
여인의 아름다운 눈썹이므로 여인이 질투한다고 하였다.
2 공주 부소산(扶蘇山)을 진나라 이세황제 부소와 연결시켰다. 부소는 진시황의 맏아들로 유
생을 구덩이에 파묻어 죽이는 진시황에게 간하였다. 진시황이 화가 나서 부소를 북방 감독
북감(北監)으로 보냈다.

는 지극히 맑고 놀랍다. 이춘원(李春元)이 금강산을 읊은 시구

> 기상은 봄 여름 가을 겨울이 다르나 　　　　　氣像秋冬春夏異
> 정신만은 일만 이천 봉우리마다 같다. 　　　　精神一萬二千同

는 시어가 자못 씩씩하고 굳세다. 정지우(鄭之羽)가 온성(穩城)을 읊은 시구

> 외딴 변새에서 만나니 사람들 모두 반가워하고 　人逢絶塞俱靑眼
> 궁벽한 변방에 이르니 산도 백두(白頭)가 되네.3 　山到窮邊亦白頭

는 뜻이 몹시 처절하고 서글프다. 권겹의 시구

> 묻혀 사는 사람이라 시냇가 바위를 유난히
> 사랑하고 　　　　　　　　　　　　　　　幽人偏愛磵邊石
> 산새라서 숲속의 스님에도 놀라지 않네. 　　山鳥不驚林下僧

는 그윽하고 아리따우며 뛰어나고 독특하여 앞에 든 여러 개 연을 압도할 만하다.

---

3 남용익은 『호곡만필』에서 임유후의 작품이라 하였고, 평범한 대우(對偶)를 매우 공교롭게 단련(鍛鍊)했다고 평했다.

96

승려 시인

고려조에는 시를 쓰는 승려가 많았다. 굉연(宏演)은 호가 죽간(竹磵)으로 묵룡권(墨龍卷)에 쓴 시는 다음과 같다.

먼 하늘로 아스라이 흰 기운이 통해 있고	闔闔迢迢白氣通
비단 가득 구름 일어 검은 연못에 바람 부네.	滿綃雲起黑潭風
밤사이에 지팡이가 어디 갔나 알 수 없더니[1]	夜來仙杖無尋處
인간 세상에 풍년을 만들러 가셨겠지.	應向人間作歲豐

천인(天因)이 냉천정(冷泉亭)을 읊은 시는 다음과 같다.

구름 뿌리 부수어서 작은 정자 세웠더니	鑿破雲根搆小亭
푸른 벼랑에서 한 줄기 샘물 찰랑찰랑 뿌리네.	蒼崖一線灑泠泠
그 누가 알랴? 이 청량한 경계에 이르면	何人解到淸涼界

---

1 후한 비장방(費長房)은 호공(壺公)으로부터 선술을 배운 뒤 대나무 지팡이를 타고 멀리 있는 집까지 순식간에 날아갔다. 호공이 지시한 대로 그 지팡이를 언덕에 던졌더니 푸른 용으로 변했다(『신선전(神仙傳)』).

인간의 번뇌 바로 깨우치게 만드누나.　　　　　　坐遣人間熱惱惺

원감(圓鑑)이 빗속에 잠에서 깨어나 지은 시는 다음과 같다.

선방은 고요하여 스님 한분 없는 듯　　　　　　禪房闃寂似無僧
담쟁이넝쿨 덮인 낮은 처마를 비가 적시네.　　　雨浥低簷薜荔層
낮잠 자다 깜짝 깨니 해는 벌써 뉘엿 지고　　　　午睡驚來日已夕
산 아이는 불을 불여 감실(龕室)을 밝히네.　　　山童吹火上龕燈

나옹(懶翁)이 세상을 경계한 시는 다음과 같다.

평생토록 허둥지둥 홍진 세상 뛰어다니니　　　終朝役役走紅塵
머리가 하얘져도 이 몸 늙은 줄 어찌 알랴?　　頭白焉知老此身
명리(名利)가 재앙 불러 사나운 불 일으켜서　　名利禍門爲猛火
고금에 몇천 명을 태워 죽였던가?　　　　　　古今燒殺幾千人

　우리 조선조에는 시를 잘 쓰는 스님이 매우 드문데 오로지 참료(參寥)가 가장 뛰어나다. 참료가 성천(成川)부사에게 증정한 시는 다음과 같다.[2]

물같이 구름같이 떠돈 지가 벌써 여러 해　　水雲蹤跡已多年
자석이 바늘을, 호박이 겨자를 당기는 듯한　　針芥相投喜有緣

---

2 이 단락의 기사는 허균의 『성수시화』에서 간추려 나왔다.

인연이 기쁩니다.[3]

하루종일 사랑방에 적적하게 봄을 보낼 때 　　盡日客軒春寂寞

낙화는 눈발인양 비갠 하늘에 떨어지리라. 　　落花如雪雨餘天

휴정(休靜)은 호가 청허당(淸虛堂)인데 가을 풍경을 감상한 시는 다음과 같다.

원근의 가을 풍광 한결같이 기이하여 　　　　遠近秋光一樣奇

석양에 휘파람 불며 한가롭게 길을 가네. 　　閑行長嘯夕陽時

온 산 가득 울긋불긋 모든 것이 정채 띠고 　　滿山紅綠皆精彩

물 흐르고 새가 울어 너나없이 시를 읊네. 　　流水啼禽亦說詩

태능(太能)이 서산대사에게 바친 시는 다음과 같다.

천지를 여관 삼아 형체 빌려 나왔으니 　　　蘧廬天地假形來

윤회를 거듭하며 태어난 것 부끄럽습니다. 　　慙愧多生托累胎

스님의 주장자 소리에 활안(活眼)을 뜨고 보니 　玉塵一聲開活眼

맑은 하늘 옛 영대(靈臺)에 바람은 시원합니다. 　清霄風冷古靈臺

수초(守初)가 잠에서 일어나 지은 시는 다음과 같다.

---

3 자석은 바늘을 잘 당기고, 호박(琥珀)은 겨자를 잘 주워올린다. 서로 마음이 맞는 것을 비유하는 데 쓰이는 말이다.

해 기울어 처마 그림자가 시냇가에 지고   日斜簷影落溪濱

발을 걷자 산들바람이 절로 먼지 씻어가네.   簾捲微風自掃塵

창밖에는 꽃이 지고 인적은 적막한데   窓外落花人寂寂

봄을 노래하는 새소리에 꿈이 깨었네.   夢回林鳥一聲春

여러 편의 시는 서정과 시경(詩境)이 모두 오묘하여 제각기 한가로운 정취에 이르렀다. 이른바 "스님은 잘하는 기능이 많다"는 말4이 어찌 사실이 아니겠는가?

---

4 이 말은 한유(韓愈)의 「승려 고한을 보내는 글[送高閑上人序]」에서 "나는 승려가 환술을 잘하고 기능이 많다고 들었다[吾聞浮屠人善幻, 多技能]"라고 한 구절에 나온다.

97

여항시인

유희경(劉希慶) · 김효일(金孝一) · 최대립(崔大立) 등의 시인이 있는데
비천한 계층 출신으로 모두 시를 잘 지었다. 유희경은 제복장(祭服匠)
으로 호가 촌은(村隱)인데 양양(襄陽)에서 쓴 시[1]는 다음과 같다.

산은 비를 머금고, 물에는 안개 피어나고　　　　山含雨氣水含烟

청초호(青草湖) 물가에는 해오라기 잠자네.　　　　青草湖邊白鷺眠

해당화 아래로 길을 따라가려니　　　　　　　　路入海棠花下去

가지 가득한 향기로운 눈이 채찍에 떨어지네.　　滿枝香雪落揮鞭

김효일은 금루관(禁漏官)이고 호는 국담(菊潭)이다. 그가 자고(鷓鴣)
새를 읊은 시는 다음과 같다.

청초호 물결은 건계(建溪)[2]에 이어져　　　　　青草湖波接建溪

---

1 『해동유주(海東遺珠)』 · 『소대풍요(昭代風謠)』 · 『촌은집(村隱集)』에는 제목이 「월계(月
溪)」 또는 「월계도중(月溪途中)」으로 되어 있다.

2 중국 건녕부(建寧府)에 있으며 무이산에서 나오는 강으로 경치가 아름다운 곳으로 알려졌다.

엄나무 우거진 곳은 암수 살기 좋구나.   刺桐深處可雙栖

상강(湘江)에는 두 여인의 원한이 서렸으니   湘江二女寃魂在

황릉묘(黃陵廟)로 날아가서 울지는 말아다오.   莫向黃陵廟裡啼

    최대립은 역관으로 호가 창애(蒼崖)이다. 아내를 잃은 뒤 밤에 읊은 시는 다음과 같다.[3]

수압(睡鴨) 향로 연기 꺼져 밤은 벌써 깊고   睡鴨薰消夜已闌

빈 방에서 잠을 깨니 병풍 안이 썰렁하다.   夢回虛閣寢屛寒

매화 끝에 지는 달은 곱디곱게 남아 있어   梅梢殘月娟娟在

그날에 깨진 거울 영락없이 똑같구나.   猶作當年破鏡看

    또 백대붕(白大鵬)과 최기남(崔奇男)이란 이들이 있는데 모두 비천한 노비로서 시를 잘 지었다. 백대붕은 전함노(戰艦奴)로 그가 취해서 지은 시[4]는 다음과 같다.

술에 취해 수유꽃 꽂고 나 홀로 즐기나니   醉揷茱萸獨自娛

온 산에는 달이 밝아 빈 병 베고 누웠어라.   滿山明月枕空壺

---

3 세 명의 시인에 관한 내용을 이덕무(李德懋)는 『청비록(淸脾錄)』 4권에 거의 그대로 재수록하였다.

4 『해동유주』에는 제목이 「구일(九日)」로 되어 있다. 이덕무는 『이목구심서(耳目口心書)』에서 이 시와 함께 백대붕의 자세한 행적을 고증하고 평가하였다. 홍여하(洪汝河)가 지은 전기에는, 백대붕은 어머니가 전함시노(典艦寺奴)라서 노비종모법(奴婢從母法)을 적용받아 전함노가 되었다고 하였다(『진휘속고(震彙續攷)』).

이웃들아 묻지 마라, 무엇 하는 놈이냐고.　　　傍人莫問何爲者

풍진 세상에 머리 하얗게 센 전함노란다.　　　白首風塵典艦奴

최기남은 동양위 신익성의 궁노(宮奴)로 호가 구곡(龜谷)이다. 그가 한식(寒食)날 도중에서 지은 시는 다음과 같다.

샛바람 가랑비에 제방 길을 지나려니　　　東風小雨過長堤

풀빛에다 안개 끼어 바라볼수록 흐릿하네.　　　草色和烟望欲迷

한식날 북망산을 오고가는 길 위에는　　　寒食北邙山下路

백양 숲에 날아올라 들 까마귀 울어대네.　　　野鳥飛上白楊啼

여러 편의 시가 모두 맑고 절실하다. 아! 재주가 귀천에 제한받지 않음이 이와 같다.

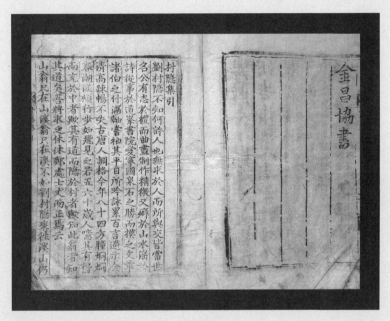

촌은(村隱) 유희경(劉希慶)의 문집 『촌은집(村隱集)』 3권 1책

목판본, 1707년, 역자 소장. 김창협(金昌協)의 중간본 친필 서문과 이경전(李慶全)의 초간본 인(引). 조선 후기 여항시단의 선구적 인물인 유희경의 시문집으로 그의 증손이 김창협에게 부탁하여 산정(刪定)하여 출간했다.

98

부녀 시인

옛날 부인 중 글을 잘 짓는 사람이 많아 조대고(曹大家) 반소(班昭)[1] 이하 이루 다 기록할 수 없다. 우리나라는 여자가 문학에 종사하지 않아서 설령 영특한 자질이 있다 하더라도 길쌈만을 열심히 할 뿐이다. 따라서 부인의 시는 전해지는 것이 드물다. 오직 조선조 정씨(鄭氏)가 읊은 '지난밤 봄바람이 규방에 침노하여〔昨夜春風入洞房〕'라는 절구 한 수가 사가 서거정의 『동인시화』에 실려 있는 정도이다.[2] 정씨는 또 두루미를 읊은 시가 있는데 다음과 같다.

한 쌍의 두루미가 창공에서 울고 있으니	一雙仙鶴叫靑宵
선계에서 농옥(弄玉)이 부는 퉁소소리 아닐까	疑是丹邱弄玉簫
삼신산과 십주(十洲)[3]로 돌아갈 그리움 간절하여	三島十洲歸思闊

---

1 반소(49?~120?)는 후한의 역사가이자 문인이다. 역사가 반표(班彪)의 딸이자 반고(班固)의 누이이며, 조세숙(曹世叔)의 아내이다. 반고가 『한서(漢書)』를 완성하지 못하고 죽자 그 뒤를 이어 완성시켰다. 궁정에 출입하며 황후 및 비빈을 가르쳐 조대고(曹大家)라 불렸다. '家'의 음은 '고'(姑)이다.

2 『동인시화』에 사연과 함께 시를 수록하였다.

3 팔방의 큰 바다에 있는, 신선이 산다는 선계이다. 한나라 동방삭(東方朔)이 지었다는 『해내십주기(海內十洲記)』에 자세하게 실려 있다.

온 하늘의 바람과 이슬에 털을 다듬네. 　　　　滿天風露刷寒毛

또 종실(宗室) 사람 숙천령(肅川令)의 아내의 시가 있고, 난설헌 허씨(許氏)의 시가 있다. 숙천령 아내가 빙호(氷壺)를 읊은 시는 다음과 같다.

상 위의 맛좋은 술병으로 딱 어울리건만 　　　最合床頭盛美酒

어째서 작은 시냇가에 옮겨두었나. 　　　　　如何移置小溪邊

꽃밭에서 대낮에도 비를 내리게 하니 　　　　花間白日能飛雨

호리병 속 별천지를 이제는 믿겠네. 　　　　　始信壺中別有天

허난설헌이 궁녀의 삶을 읊은 노래는 다음과 같다.

재계하는 가을 궁전 밤이 막 깊어가니 　　　　淸齋秋殿夜初長

궁녀는 임금님께 가까이 갈 수 없네. 　　　　　不放宮人近御床

때때로 가위 잡아 월금(越錦)을 잘라내어 　　　時把剪刀裁越錦

등불 아래 한가로이 원앙새를 수놓네. 　　　　燭前閒繡紫鴛鴦

또 승지 조원(趙瑗)의 첩과 선비 양사기(楊士奇)의 첩이 있는데 모두 시문을 잘 지었다. 조원의 첩은 곧 옥봉(玉峯) 이씨(李氏)로 조선조 제일가는 여류시인이라 일컬어진다. 그녀가 눈앞의 풍경을 읊은 시[4]는 다음과 같다.

---

4 『가림세고(嘉林世稿)』와 『이옥봉집(李玉峯集)』·『열조시집』에는 제목이 「만흥 시를 지어 낭군에게 주다〔漫興贈郎〕」로 되어 있고, 『송계만록』에는 창작 동기가 자세히 밝혀져 있다.

버들 저쪽 강둑에는 다섯 마리 말이 울어   柳外江頭五馬嘶

취한 듯 깬 듯 누대에서 내려왔네.   半醒半醉下樓時

봄꽃이 야윈 듯해 거울 앞에 다가가서   春紅欲瘦臨粧鏡

매화 핀 창가에 앉아 반달눈썹 그려보네.   試畵梅窓却月眉

양사기의 첩이 규방의 한을 읊은 시는 다음과 같다.

가을바람 서걱서걱 오동나무 가지 떨고   西風摵摵動梧枝

창공에는 아스라이 기러기 떼 더디 가네.   碧落冥冥雁去遲

고운 창에 기대고서 잠 한숨 못 이루고   斜倚綠窓人不寐

눈썹 같은 초승달은 서편 연못 내려가네.   一眉新月下西池

여러 편의 시는 제각기 오묘함에 이르러 절로 규방의 시 가운데 빼어
나다.

기녀 시인

옛날의 재주 있고 시를 잘 짓는 기녀로 설도(薛濤)나 취요(翠翹)[1] 등의 무리가 상당히 많다. 우리 동방의 여자들은 설령 글을 배우지 않았어도 자질이 영특하여 빼어난 무리 가운데 그런 인물이 없지 않다. 그러나 시인으로서 세상에 알려진 기녀가 전혀 없으니 그 이유는 무엇인가? 어숙권(魚叔權)의 『패관잡기(稗官雜記)』를 살펴보면, "우리나라 여자들의 시는 삼국시대에는 알려진 것이 없고, 고려 오백 년 동안 용성(龍城)의 기녀 우돌(于咄)과 팽원(彭原)의 기녀 동인홍(動人紅)만이 시를 지을 줄 안다"라고 하였는데 그들의 시도 전해지지 않는다.[2] 근자에 송도의 황진이와 부안(扶安)의 계생(桂生)은 그 사조(詞藻)가 일반 문사들과도 겨룰 만하니 참으로 기특하게 여길 만하다. 황진이가 반달을 읊은 시는 다음과 같다.

그 누가 곤륜산 옥을 잘라내 　　　　　　　　　　誰斲崑山玉

---

1 설도(?~834?)는 당나라 여류시인으로 장안 사람이다. 아버지를 따라 촉(蜀)으로 갔다가 뒤에 기녀가 되었는데 시를 잘 지었다. 취요에 관해서는 전해지는 바가 없다.

2 『패관잡기』는 『보한집』에 실려 있는 내용을 의존하여 기록하였는데 『보한집』에는 두 기녀에 관한 기록과 함께 시구가 실려 있어 이 내용은 맞지 않다.

직녀의 빗으로 만들었는가?　　　　　　裁成織女梳

견우와 이별한 직녀가　　　　　　　　牽牛離別後

시름에 차 창공에 던져버렸네.　　　　愁擲碧空虛

계생은 호가 매창(梅窓)으로 다음 시를 지었다.

취객이 나삼을 잡아당기니　　　　　　醉客執羅衫

나삼이 손힘에 찢어졌구나.　　　　　羅衫隨手裂

나삼 한 벌쯤 아깝지 않으나　　　　　不惜一羅衫

은정이 끊어질까 그게 두렵네.　　　　但恐恩情絶

또 추향(秋香)과 취선(翠仙)이란 기녀가 있는데 모두 시를 잘 지었다. 추향이 창암정(蒼巖亭)을 읊은 시는 다음과 같다.

맑은 강 어귀로 배 타고 가니　　　　　移棹淸江口

인기척에 자던 백로 날아가누나.　　　驚人宿鷺飜

산이 붉어 가을은 자취 남기고　　　　山紅秋有跡

모래는 하얘 달은 흔적이 없네.　　　　沙白月無痕

취선은 호가 설죽(雪竹)으로 백마강을 회고한 시는 다음과 같다.

저녁 무렵 고란사에 배를 대고　　　　晩泊皐蘭寺

서풍 불 때 누대에 기대섰더니　　　　西風獨倚樓

용은 사라져도 강물은 만고에 흐르고 龍亡江萬古
꽃은 져도 달은 천년토록 떠 있네. 花落月千秋

그밖에도 동양위 신익성의 궁비(宮婢)도 시를 잘 지었는데 다음과
같은 절구가 있다.

낙엽은 바람 앞에 속살거리고 落葉風前語
찬 꽃은 비온 뒤에 눈물짓는다. 寒花雨後啼
상사몽에 이 밤을 뒤척이노니 相思今夜夢
작은 다락 서편으로 달은 환하네. 月白小樓西

시어가 모두 공교하고 아름답다. 아! 승려와 기녀는 사람들이 대단
히 천하게 여겨서 함께 어울리기를 부끄러워한다. 그런데 지금 그 작
품이 이와 같으니 우리 동방 사람들의 훌륭한 재주를 엿볼 수 있다.

100

도사 전우치

조선왕조의 전우치(田禹治)는 도사로서 당나라 때의 조당(曹唐)[1]과 같은 부류이다. 그가 만월대에서 차운한 시는 다음과 같다.

푸른 솔이 누런 잎 된 만월대 옛길에서	靑松黃葉古臺路
과객은 오래도록 마음이 편치 않네.	惟有人心長未閒
궁녀의 보조개는 하늘의 달로 남아 있고	寶靨尙餘天上月
눈썹은 바닷속 산이 되어 있네.	宮眉留作海中巒
석양에 꽃은 지고 강물은 흘러가는데	落花流水斜陽外
성곽에는 비 그치고 구름 흩어지네.	斷雨殘雲城郭間
요동에 학은 오지 않고 인간사는 끝나니[2]	遼鶴不來人事盡
백년 소식에 머리털만 반백이로다.	百年消息鬢毛斑

호음이 칭찬하였다.

---

1 조당의 자는 요빈(堯賓)으로 계주(桂州) 사람이다. 도사로서 후에 사부종사(使府從事)가 되었는데 함통(咸通) 연간에 죽었다. 「유선사(遊仙詞)」 백여 편을 지어 유명하다(『당시기사』).

2 요동 사람 정령위(丁令威)가 신선의 도를 터득하여 학으로 변해 요동으로 돌아가서 화표주(華表柱)에 앉아 있었다. 소년배들이 화살로 그를 쏘려 하자 그는 다음과 같은 노래를 부르고 날아갔다. "새는 새는 정령위라네. 집 떠난 지 천 년 만에 이제야 돌아왔네. 성곽은 옛날과 변함없건만 사람들은 옛사람이 아니로다. 신선 되기 배우지 않아 무덤만 많구나."

101

귀신 시인

고려 때 한 선비가 친구를 찾아가 술을 마시고 날이 저물어 집으로 돌아갔다. 길에서 취해 쓰러져 누워 있는데 갑자기 시를 읊는 소리가 들려왔다.

시냇물 졸졸 흐르고 산은 고요한데　　　　澗水潺湲山寂歷
나그네는 시름겹고 달은 황혼이로다.　　　客愁迢遞月黃昏

선비가 깜짝 놀라 일어나 살펴보니 자신은 산길에 누워 있고 그 옆에는 오래된 무덤이 하나 있어 우거진 가시덤불이 두르고 있었다. 그제야 당나라 이하(李賀)가 시에서 이른바

가을날 무덤에선 귀신이 포조(鮑照)의 시를 읊고　　秋墳鬼唱鮑家詩
천년토록 피맺힌 한은 흙속에서 파랗구나.[1]　　　恨血千年土中碧

---

1 시의 제목은 「가을이 와서[秋來]」이다. 남조(南朝) 송(宋)의 시인 포조(鮑照)의 『대호리행(代蒿里行)』에 "영원히 한스러운 나의 마음 가져가 돌아가 여우와 토끼의 먼지가 되리[齎我長恨意, 歸爲狐兔塵]"라는 구절이 있는데 진실한 감정과 간절한 마음을 표현한 이 구절이 귀신도 감동시켜 읊조리게 한다고 하였다.

라고 한 것이 빈말이 아님을 알아차렸다. 또한 귀신 이현욱(李顯郁)은
다음과 같은 시를 남겼다.[2]

바람이 놀란 기러기를 몰아 모래밭에 앉게 하니　　　風驅驚雁落平沙
강 풍광과 산빛은 어스름 저녁에 좋구나.　　　　　水態山光薄暮多
용면(龍眠)에게 그림으로 그리라고 시켜본들　　　欲使龍眠移畵裏
고깃배의 젓대소리는 어떻게 그려내나?　　　　　其於漁艇笛聲何

또 귀신 박률(朴崒)의 시는 다음과 같다.

해당화가 가을 되어 눈꽃처럼 떨어지고　　　　　海棠秋墜花如雪
성 밖의 인가에는 문이 모두 닫혀 있네.　　　　　城外人家門盡關
망망한 언덕길을 나 홀로 돌아가노니　　　　　　茫茫丘壟獨歸去
해는 지고 길은 멀고 산만이 첩첩하네.　　　　　日暮路遠山復山

또 권겹이 만났던 귀신의 시는 다음과 같다.

누대에 꽃비는 십삼천(十三天)에 내리는데　　　樓臺花雨十三天
풍경소리 그치고 향이 꺼지자 밤은 고요하다.　　　磬歇香殘夜闃然
창밖에 두견새는 피맺히게 울어대고　　　　　　窓外杜鵑啼有血
꿈결 속에 새벽 산은 밝아오고 안개처럼 달은 진다.　　曉山如夢月如烟

2　허균이『학산초담』과『국조시산』에 귀신 이현욱의 작품으로 수록하였다. 홍만종은『시화총
　림』「증정」에서 이현욱을 귀신 또는 우사로 보는 문제를 변증하였다.

소리와 운치가 모두 높고 독특하며 매끄럽고 그윽하여 본디 인간의 말이 아니다. 귀신도 자기 시를 아끼어 가끔 놀랄만한 시구를 지을 때에는 반드시 사람의 힘을 빌어 세상에 전함으로써 재능을 드러내는 것이 아니겠는가?

102

요절 시인

감주(弇州) 왕세정(王世貞)은 문장을 잘하는 작가가 겪는 아홉 가지 운명에 대하여 썼다. 그중 하나가 단명하고 요절하는 운명인데[1] 고금 현인 가운데 문장의 재능을 갖추었으나 오래 살지 못한 사람 47명을 들었다. 나는 그 글을 읽고 슬프게 여겼다. 아! 하늘이 재능 가진 사람을 태어나게 하는 것은 그 수가 많지 않아 천년 백년에 겨우 한두 사람에 불과하거늘, 싹은 보이나 꽃을 피우지 못하거나 꽃은 피웠으나 열매를 맺지 못하는 일이 생기니 무슨 까닭일까?[2] 내가 우리나라에서 문장의 재능을 갖추었으나 오래 살지 못한 사람 12명을 찾아 각각 시 한 수씩을 들어 시평(詩評)의 끝에 붙인다.

정작(鄭碏)은 북창(北窓) 정렴(鄭磏)의 아우로 시에 재능이 있었으나 약관이 되기도 전에 요절하였다. 아이 적에 통천의 금란굴(金襴窟)에 가서 시를 지었는데 사람들로부터 칭찬을 들었다. 그 시는 다음과 같다.

---

1 왕세정의 시화 『예원치언』에서 문장구명(文章九命) 즉, 문장을 잘하는 작가가 겪는 아홉 가지 운명을 흥미롭게 논하였는데 그중에서 일곱 번째로 요절(夭折)을 들었다.
2 요절 문인에 관한 이 평가는 택당 이식이 19세에 요절한 문인 심안세(沈安世)의 시집에 붙인 서문 서두를 거의 그대로 가져왔다.

관음보살이 금빛 가사 차려입고서 人言菩薩着金襴

파도치는 동굴 속에 산다고 말들 하네. 住在衝波石竇間

진신은 찾아봐도 끝끝내 뵈지 않고 爲訪眞身了不見

물기와 산안개가 얼룩덜룩 주름졌네. 水紋山氣自成斑

이영극(李榮極)은 시에 재능이 있었는데 스물세 살에 요절하였다. 그가 스님에게 증정한 시는 다음과 같다.

산 입구에는 구름 몇 점, 풀은 무성하고 踈雲山口草萋萋

밤들어 안개 따라 시내 저편으로 건너가네. 夜逐香烟渡水西

술에 취해 노래 불러 밝은 달과 화답하니 醉後高歌答明月

물가에 꽃은 져서 소쩍새만 울어대네. 江花落盡子規啼

최전(崔澱)은 재주가 있었으나 일찍 죽었다. 호가 양포(楊浦)로 세상에서 신선이 될 인물이라 칭송하였다. 아홉 살 때 율곡(栗谷)을 따라 파주에서 서울로 오는 말 위에서 율곡이 운자를 부르자 즉석에서 다음 시를 지었다.

나그네는 어째 그리 느린가요? 客行何太遲

다리에서 날 저물면 겁나지 않나요? 不畏溪橋暮

청산에는 구름장 한 덩이 흩어져 靑山一片雲

강 하늘에 부슬비를 뿌리잖아요. 散作江天雨

차은로(車殷輅)는 오산 차천로의 형이다. 당시에 기동(奇童)으로 불렸는데 약관도 되기 전에 요절하였다. 그 부친 차식(車軾)이 황주(黃州) 통판(通判)으로 재직할 적에 그의 나이 열두 살이었는데 다음 시를 지어 손님을 배웅하였다.

영빈관에서 몇 번이나 잔치를 열었고   幾宴寧賓館
광원루에는 자주 많이 올랐지.3   頻登廣遠樓
오늘 아침 구름처럼 떠나고 난 뒤에도   一朝雲樹別
산은 푸르고 물은 하염없이 흘러가리라.   山碧水空流

윤계선(尹繼先)은 세상에서 귀재(鬼才)라고 말하는데 스물여섯 살에 요절하였다. 임진왜란 후에 충주의 달천(獺川) 전장터를 지나가다 다음 시를 지었다.4

옛 전장에 고운 풀은 몇 번이나 푸르렀나?   古場芳草幾回新
규방의 꿈 그리운 임, 한도 없이 많으련만.   無限香閨夢裏人
비바람 몰아치는 한식날이 돌아와도   風雨過來寒食節
해골에는 이끼 끼고 또 봄은 그냥 가네.   髑髏苔碧又殘春

---

3 영빈관은 황주의 객관(客館) 이름이고, 광원루는 영빈관 동쪽에 있던 누정이다. 황주는 조정의 사신과 중국 사신이 오가는 주요 교통요지였다.

4 『난중잡록(亂中雜錄)』에는 1600년 조항에 윤계선이 지은 「달천몽유록(獺川夢遊錄)」이 실려 있다. 왜란 발발 초기에 충주 달천에서 신립(申砬)이 배수진을 쳐 왜적을 막는다고 하다가 왜적에게 몰살당한 참담한 전쟁을 회상하며 지은 작품이다. 작자가 호서 암행어사가 되어 옛일을 회상하며 세 수의 시를 짓는 대목부터 작품이 시작되는데 이 시가 그중 한 수이다.

권득인(權得仁)은 본관이 안동(安東)으로 석주와 더불어 일시에 이름을 나란히 했으나 겨우 일곱 살을 넘기고 요절하였다. 다음 시를 남겼다.

횡당(橫塘)에는 연대가 열 길로 커서	橫塘十丈藕
꽃을 잘라 옷을 지으려 했지.	採緝作衣裳
떨어진 꽃이 흐르는 물에 떠가니	零落隨流水
지난밤 강남에는 서리가 푸지게 내렸나보다.	江南昨夜霜

정기명(鄭起溟)은 송강의 아들로 재주가 있었으나 요절하였다. 스스로 호를 화곡(華谷)이라 하였는데 그가 봄날의 규방을 읊은 시는 다음과 같다.

샛바람이 불어서 막수(莫愁)5 집에 들어오니	東風吹入莫愁家
주렴은 들쳐지고 제비는 빗겨 나네.	簾幕徐開燕子斜
잠을 깨어 비파 뜯고 땀 향기에 젖을 때에	睡起調琴香霧濕
벽도화 지는 꽃잎 마당에 가득하네.	滿庭零落碧桃花

심안세(沈安世)는 호가 묵재(黙齋)인데 열네 살 때 벌써 재능을 갖춰서 세상에서 기재(奇才)라고 말하였다. 나이 열아홉 살이 되어 요절하였는데 그가 최국보(崔國輔)의 시체를 본떠 지은 시는 다음과 같다.6

---

5 중국의 미인 이름이다. 「하중지수가(河中之水歌)」에 "황하의 강물은 동으로 흘러가고, 낙양 여인의 이름은 막수라네. (중략) 15세에 노씨 집안의 며느리가 되어, 16세에 아후(阿侯)란 아이를 낳았지"라고 하였다.

가을비 서쪽 연못에 뿌려서	秋雨下西池
푸른 연잎에 빗소리가 어둡게 들리네.	綠荷聲暗動
쓸쓸하다 한밤중의 오싹한 날씨	蕭蕭半夜寒
꿈꾸던 원앙새를 깨워놓누나.	驚起鴛鴦夢

정성경(鄭星卿)은 동명 선생의 아우로 호가 옥호자(玉壺子)인데 약관이 되기 전에 요절하였다.7 그가 지은 「보허사(步虛詞)」는 다음과 같다.

황하가의 신선 노인 도서 맡던 관리인데	河上仙翁藏室史
푸른 소의 신비한 기운 관문에 가득하다.	靑牛紫氣滿關門
사막으로 떠난 뒤엔 간 곳을 모르고	一去流沙不知處
세상에는 그저 『노자(老子)』만이 남아 있네.	人間只有五千言

조규상(趙奎祥)은 현주 조찬한의 손자로 시에 재능이 있었는데 요절하였다. 아이 적에 안현(鞍峴)을 읊은 시는 다음과 같다.

장군이 말에 올라 천산(天山)을 내달릴 때	將軍躍馬踏天山
금빛 채찍 휘두르고 철관(鐵關)을 휩쓸었지.	揮却金鞭掃鐵關
사막의 전장에는 이제 다시 전쟁이 없어	沙塞卽今無戰伐

---

6 심안세는 심광세(沈光世)의 아우이다. 그의 문집은 1642년에 이식과 임숙영의 서문, 신익성의 발문을 받아 『심덕유유고(沈德裕遺稿)』로 간행되었다.

7 정성경은 22세에 요절하였다. 그의 시 27수를 최석정(崔錫鼎)이 선집한 『옥호자유고(玉壺子遺稿)』가 『동명집』에 부록으로 수록되어 있다. 아래에 실린 「보허사」는 이 유고에 실려 있지 않다.

성문에는 장군 안장이 한가롭게 걸려 있네.8   國門閒掛伏波鞍

　신의화(申儀華)는 춘소 신최의 아들로 호가 사아당(四雅堂)이다. 재능과 상상력이 곱고 아름다웠다. 사부(辭賦)를 잘 지어 일찍이 「설부(雪賦)」를 지었는데 인구에 회자되었다.9 스물여섯 살에 요절하였는데 그가 눈 온 뒤의 풍경을 읊은 시는 다음과 같다.

집 뒤 산의 갈가마귀 얼어서 날지 않더니   屋後林鴉凍不飛
날이 밝자 옥가루가 소나무를 내리누른다.   曉來瓊屑壓松扉
지난밤 산신령이 돌아가셔서   應知昨夜山靈死
수많은 봉우리가 모두 흰옷 입었나보다.   多少靑峯盡白衣

　이홍미(李弘美)는 용주 조경의 외손이다. 문장을 잘하였으나 열일곱 살에 요절하였다. 그가 지은 「한도송(漢都頌)」은 온 세상에 널리 알려졌다.10 여덟 살 때 그에게 반달을 가리키며 주제로 주고 이어서 운자를 불렀다. 이홍미는 말이 채 끝나기도 전에 다음 시를 지었다.

반쪽 없는 흰 달이라 동그라미 찌그러져   半缺氷輪影不成
반짝 반짝 많은 별과 밤하늘을 다투네.   衆星磊落暮光爭
거울 깨져 두 쪽 되고 두 쪽 모두 날아갔는데   鏡分兩端雙飛去

---

8 안현은 서울 서대문구의 무악재 아래에 있는 길마재고개로 인조 때 이괄과 전투가 벌어졌다.
9 신의화는 「설부」를 16세에 지었다. 그의 사부 작품을 수록한 『사아자유고(四雅子遺稿)』는 부친의 문집 『춘소자집(春沼子集)』에 부록으로 수록되었다.
10 이 작품은 이홍미가 14세 때 지었는데 현재 일본 동양문고본에 그 사본이 전해진다.

어느 하늘 복판에서 다른 반쪽 빛나려나?　別有何天一片明

아! 이들에게 수명을 더 연장해주었다면 그들이 거둘 성취를 어찌 헤아릴 수 있으랴! 하늘이 태어나게 하고서 바로 목숨을 빼앗아서 가진 재능을 발휘하지 못하도록 하였다. 오호라, 아깝구나!

소화시평

❋

부록

소화시평 후발[1]

나는 병이 들어 쓰러진 이후 한가로이 하는 일 없이 지냈다. 약을 먹는 사이에 우리 동방의 여러 작가들이 지은 시편을 구해다가 시간을 때울 일거리로 삼았다. 병중에 책을 보는 것은 그 책에 맛을 들여 아픔을 잊기 위해서였다.

하루는 친구인 옥천(玉川) 노규엽(盧奎燁)이 찾아와 진찰하는데 소매에 넣어온 책 한 권을 내게 보여주며 "이것은 현묵자(玄默子) 홍만종(洪萬宗)이 편찬한 『소화시평』이오. 이 책이 만들어진 지가 오래되었는데 이제야 비로소 간행되었다오"라고 하였다.

내가 기쁜 마음에 책을 받아서 한번 읽어보니 기이하고 진귀한 보물로서 눈과 귀를 즐겁게 해주는 것임을 알아차렸다. 마침내 다른 책들을 제쳐두고 마음을 오로지 이 책에 두고 읽어나가니 청량산(淸涼散)을 복용한 듯이 병의 뿌리가 어느새 저절로 사라져버렸다.

아아! 우리 동방은 고려로부터 우리 조선에 이르기까지 문장가들

---

1 이존서(李存緖)의 발문은 통문관본에만 실려 있다. 그의 생몰연대와 인물내력에 대해서는 알려진 바가 없어서 이 글이 쓰여진 해가 1825년인지 1885년인지 분명치 않은데, 필자는 1825년에 쓰여진 것으로 추정한다.

이 배출되어 시를 지어 읊조려 제각기 일가를 이루고 모두들 홀로 오묘한 경지를 얻었다고 자부하였다. 그래서 옥과 돌, 붉은 색과 자주색을 분별할 방법이 없었다. 홍만종 선생의 이 시평이 나온 데 힘입어 비로소 각 작가의 고움과 미움, 아름다움과 추함이 한 거울 안에서 모습을 다 드러내게 되었다. 독자가 책을 펼쳐보면 손바닥 안에 올려놓은 것처럼 명료해져 시가(詩家)에게 천고의 사표가 될 것이 분명하고, 직접 그분의 가르침을 듣지 않는다 해도 복종할 수 있을 것이다.

나는 은근히 생각건대, 홍만종 선생은 인조임금 때 사람이다. 그때부터 지금까지 이백여 년 동안 문인재자(文人才子)가 대대로 배출되어, 그 사이에 앞 시대 작가를 능가하는 이름난 작품과 아름다운 시구들이 또한 많이 나왔다. 그러나 선생의 붓 아래에서 평가를 받지 못하였으니 어찌 안타깝지 않겠는가?

아! 오늘날 사람 중에도 선생의 뜻과 같이하고자 하는 자가 있어 그 뒤를 계승하는 일을 한다면, 옛날에 오도손과 왕세정 두 분이 한 업적이 어찌 중국에서만 아름다움을 드날릴 수 있겠는가? 이에 나는 감회가 일어 다음 시를 지었다.

낙양(洛陽)의 재자2라고 자부하는 자 누가 있나?	洛陽才子問誰誰
시인의 숲에서는 시 함부로 짓지 말라.	莫向詞林濫作詩
지금 세상에서 우해(于海)의 붓을 만난다면	今世若逢于海筆
춘추필법(春秋筆法) 있을 줄 알지 못하나?	春秋袞鉞又安知

---

2 전한의 저명한 문인 가의(賈誼)를 가리키는데 시문에서 보통 문인재사(文人才士)를 비유한다.

을유년 10월 하순에 야헌주인(野軒主人) 이존서(李存緒)는 삼가 발문을 쓴다.

소화시평 후서[1]

내가 지금 이 시평의 책을 보았더니 온갖 시인을 망라하고 많은 시를 묶어 꿴 것이었다. 참으로 시의 뜻에 깊이 잠겨서 투명하게 설명하였고, 시인의 사업을 갈고 닦아서 올바르게 평하였다. 예술의 논밭에서 정감을 일궈내고자 갖은 힘을 기울였고, 서적의 숲에서 뜻을 얻어내려고 열심히 애썼다고 할 만하다. 그렇기에 문장이 타당하여 마치 신선의 거처에 옥이 쌓여 있어도 그 아름다움을 줄지 못하는 것과 같고, 문장이 기이하여 봉황이 날고 용이 뛰어도 그 오묘함을 묘사해내지 못하는 것과 같다. 만 섬 되는 시인의 원천이 그로 인해 정신을 노출하고, 천 길 되는 시의 광망(光芒)이 그로 인해 영화로움을 드러냈다. 그는 향기로움에 몸을 담고서 시의 고갱이를 기울여 쏟아내고자 쓸 수 있는 온갖 방법을 참으로 다 써보았다.

그런데 나는 민활하지 못하여 전서를 삼키는 재사도 아니고 봉황을 뱉어내는 솜씨도 없어서 풍상(風霜)의 기운을 담은 문장이나[2] 신선 세

---

1 이 글은 역자 소장의 사본 끝에만 실려 있다. 원제목은 「소화시평서(小華詩評敍)」이나 글의 위치나 내용으로 보아 후서(後敍)로 보는 것이 옳다고 판단하여 이 제목으로 뒤에 수록한다.
2 한나라 회남왕(淮南王) 유안(劉安)은 『회남자』를 짓고서 "글자가 모두 풍상의 기운을 담고 있다〔字中皆挾風霜〕"라고 자부하였다(『서경잡기(西京雜記)』).

계의 기상을 띠는 시[3]에 대해 어찌 감히 맛을 보거나 씹어 먹으며, 뽑거나 본뜨거나 하겠는가? 그러나 때로는 배움의 바다에서 배를 띄워 물길을 따라가 그 속에 스며들거나 문장의 사냥터에서 말을 달려 치닫고 횡행하여 사냥한다면 온갖 화려하고 기이한 시의 형태와 각 작가의 비밀스런 개성을 얼추 엿보거나 조직해낼 수 있을 것이다.

붓을 들어 베끼는 작업이 끝을 보려 하므로 뒤에 글을 지어 감회를 풀고자 하여 외롭고 고루함을 헤아리지 않고 기록한다.

현토(玄菟)의 해 1월 하순에 퇴호(退湖)

---

3 신선 세계의 기상을 띠고 있는 시문을 가리킨다. 소식(蘇軾)은 「시승 도통에게 준다[贈詩僧道通]」에서 "말이 신선 세계의 기상을 띠는 것은 예로부터 드물다[語帶煙霞從古少]"라고 하였다.

퇴호(退湖) 필사, 『소화시평』 사본

역자 소장. 퇴호가 쓴 「소화시평서」가 끝부분에 실려 있다. 이 사본은 각 칙(則)의 상단에 주제어를 뽑아 적어놓은 점이 특징이다.

시평치윤 서[1]

일은 달라도 이치는 한 가지인 경우가 있고, 작은 것으로 큰 것을 비유하는 경우가 있다. 이제 엮은 책을 치윤(置閏. 윤달을 둠)이라 이름붙인 이유는 무엇인가? 태양은 빠르게 운행해도 1년 만에 하늘과 만나고, 달은 느리게 운행해도 한 달 만에 태양과 만난다. 그 부스러기 시간을 쌓아나가면 한 해 만에 도합 열흘을 얻고, 삼 년이면 도합 삼십 일을 얻어서 하나의 윤달을 이룬다.

나는 벌써 우리 동방의 이름난 시편과 아름다운 작품을 수집하여 『소화시평(小華詩評)』을 편찬하였고, 또 그 책에서 빠트린 것을 모아서 『시평보유(詩評補遺)』를 만들었다. 몇 년 이래로 다시 문인과 재자(才子), 보잘것없는 선비와 신분이 낮은 사람이 지은 작품들로서 독자의 입안에 향기를 감돌게 하는 훌륭한 시구와 놀랄 만한 시어를 주워모았다. 안목 없는 이들에게 버림받은 것도 있고, 이름 없는 작가라 하여 내팽개쳐진 것도 있는데 하나같이 묻히거나 사라져서 언급되지 않는 작품들이었다. 나는 그 작품들을 애석하게 여겨서 손에 들어오는

---

1 『시평치윤(詩評置閏)』은 『소화시평』과 『시평보유』를 편찬한 이후 몇 년 만에 다시 편찬한 시평집(詩評集)이다. 현존하지 않고 그의 필사본 문집 『부부고(覆瓿藁)』에 서문만 실려 있는데 김영호 교수의 논문에 전문이 전재되어 있다.

대로 거두어 기록하였다가 마침내 하나의 책으로 만들었다. 마치 부스러기 시간을 쌓아서 한 해를 완성하는 것과도 같다.

사계절의 순환을 바로잡고 백성들에게 농사철을 알려주고자 할 때 윤달을 두지 않으면 일을 어그러뜨릴 것이다. 마찬가지로 온갖 아름다운 것을 한데 모아 시의 물길을 넓게 열고자 할 때 이 책이 없다면 뜻을 이루지 못할 것이다. 일을 하는 것은 비록 달라도 그 이치는 똑같고, 공을 들이기는 비록 작아도 큰 것을 비유할 수 있다. 내가 윤달을 비유로 들어 책의 이름을 삼은 것이 어찌 지나친 처사이겠는가!

누군가 내 잘못을 지적하면서 이렇게 말했다.

"작든 크든 하나도 버리지 않는 법이 옛날에도 있기는 하지만 번잡한 것을 깎아내어 정밀하게 취하는 것이 본래 시를 선발하는 방법입니다. 지금 그대가 시를 수록한 법은 넓게 거두려고 수고만 많이 들이는 짓이 아닌지요?"

나는 그에게 이렇게 대답하였다.

"양귀비(楊貴妃)와 조비연(趙飛燕)[2]은 자태가 달라도 아름답기가 똑같고, 봄철 난초와 가을철 국화는 꽃피는 시기가 달라도 향기는 똑같습니다. 독특한 음향에 오묘한 시구라면 어느 것은 버리고 어느 것은 취할까요? 제 고질병은 고치기 어려우니 그대는 너그

---

2 양귀비는 당나라 현종 때의 미인이고, 조비연은 한나라 성제(成帝)의 후(后)로서 모두 빼어난 미인으로 이름이 높다.

럽게 용서하시기 바랍니다."

마침내 한바탕 웃고서 자리를 파한 다음 위와 같이 서문을 짓는다.

소화시평

�֍

원문

일러두기

1. 『소화시평』의 많은 이본을 교감하여 정본(定本)을 확정하여 싣는다.
2. 교감에 주로 사용한 이본은 이 책 앞에 실린 '서설' 5장에 목록과 서지사항, 그 특징을 밝혀놓았다. 그밖에도 교감에 사용한 사본이 더 있으나 일일이 밝히지 않는다.
3. 1백여 종 이상을 상회하는 이본(異本) 가운데 (1) 국립본1, (5) 서강대본, (6) 가람본, (9) 역자소장본1이 표준적인 이본이고, 그중에서 선본(善本)이라 판단하여 이들 이본을 중심으로 교감을 진행하였다.
4. 각 이본마다 글자와 행문(行文)의 차이가 상당히 많고 크지만, 실제 교감에서는 의미의 차이를 가져오는 것에 한정하여 교감하고 그 내용을 주석에서 밝혔다. 꼭 밝힐 필요가 있는 것을 빼놓고는 주석을 달지 않고 교감자의 안목에 따라 가장 적합하다고 판단되는 방향으로 글자와 문단을 선택하여 정본을 만들었다.
5. 통문관본에 수록된 이존서의 '소화시평후발'과 퇴호본(退湖本)에 수록된 '소화시평서'를 '소화시평후서'로, 홍만종의 문집 『부부고』에 실려 있는 '시평치윤서'를 부록으로 함께 실었다.

小華詩評 上卷

小華詩評序 1

余所善于海洪君, 少小酷好詩, 閱盡百氏語, 透三昧之奧, 具金剛之眼. 遂取我東古今宸翰詞人佳什, 以至山僧閨秀警語妍辭, 靡不該錄, 名之曰『小華詩評』, 以示余. 謂余曰: "昔楊子雲作『太玄』, 諸儒譏其非聖人而作經, 猶春秋吳楚之君僭號稱王. 不佞無作者之能而著是書, 吳楚僭號之譏, 其將不免耶?" 余應之曰: "固然! 夫人情好古而輕今, 子雲生於漢, 故漢儒易之, 後人重之. 今子之生也亦今世也, 覆瓿之譏, 子豈獨免乎! 雖然明珠璵玖混陳於市肆, 凡賈不知, 惟波斯胡一見便別. 使是書也, 不遇如桓譚者則已, 遇之, 獨使子雲見重於後人乎? 況子雲之所以見重者, 以其言之能不襲前人也. 今子之書, 前人之所已記者, 雖膾炙不錄, 所未記者, 雖羊棗不遺. 殘編逸句, 短章瑣語, 蒐獵無餘, 有新必採. 而尤精於取舍, 譬若評花上林, 紅紫自別; 考牧沙苑, 駑驥莫逃, 使人讀之, 亹亹手不欲釋. 其視前輩疊取古詩話所已有, 重書複書, 屋上加屋者, 相去萬矣. 子姑藏之, 以俟知者, 無以今世人之譏之也自少也." 歲黑牛仲春下浣, 東崖老人金震標序.

小華詩評序 2

隋珠楚璞, 不同其彩, 而爲寶則均也; 麗姬毛嬙, 不同其態, 而爲艶則一也. 桂之於申椒, 蘭之於芷若, 異其性而同其芬馥; 江河之於溪澗, 嵩華之於衆巒, 異其勢而同其流峙. 此百家之詩, 不一其體而皆可取者也.

玄默子洪于海，酷好詩，閱覽古今諸子詩文，其才穎，故耳不遺聽；其見高，故目無所逃．詩壇袞鉞，固嚴於胸中矣．遂採輯我東方大小家佳篇秀句，分爲二篇，顏之曰『小華詩評』．其所評騭，炳若丹青，使人一開卷，規模體制，已了了於心上，其有神於詩學，豈淺尠哉！鄭東溟君平，文章冠當世，嘗稱于海'彼美採蓮女，繫舟橫塘渚．羞見馬上郎，笑入荷花去.'曰："酷似盛唐韻語."于海之詩評，宜見重於世，而其傳之遠也，可知矣，余安得無序．乙卯十月望，南陽後人晚洲洪錫箕書．

小華詩評序 3

余嘗耳食於古人之所論，知詩之難，甚於爲詩之難，其言豈不信哉！余之所善洪于海萬宗，博觀古人載籍，而於古人詩集，尤極博矣．杜門一室，沈潛反覆，凡諸耄倪妍醜，無不鏡于靈臺．於是採撫我東名章傑句，緝成一冊，名之曰『小華詩評』，其多幾乎萬矣．

余昨年適于海所，于海出是編，使余諷誦之．其詩或艷冶，或蒼鹵，或雄渾，或簡雅，或佶屈，或沈鬱，而其所評騭，各臻其妙．譬如塚發驪山，珍貝盡獻；犀燃牛渚，光怪難逃，一見可知其深於詩學矣．

以余觀之，徐四佳之詩話，精而不博；梁霽湖之詩話，穩而欠少．今于海之所著也，精而穩，博而該，雖謂之度越兩公，亦非僭也．若余詩者，亦與於此評之末，則誠以續貂爲愧，而竊恐衆人之捧腹也．

蓋于海自髫齔，學於東溟鄭君平，君平嘗謂余曰："于海格律淸峻，頗有唐韻."又曰："見得高明，善於評點."此足爲一世定衡耳．今茲詩評之作，其不泯沒而傳於後也，無疑．此于海之所以必使余爲序於卷首，而亦余之終不能辭遜者也．昭陽赤奮若，仲秋上浣，栢谷老人金得臣序．

小華詩評序 4

昔敖陶孫評漢魏以下諸詩, 王世貞評皇明百家詩, 皆善惡直書, 與奪互見, 凛然有華袞斧[1]鉞之榮辱. 嗚呼! 評詩之難尙矣. 評其所難評, 而使夫後學知所取舍, 則非具別樣眼孔, 能之乎?

余自髫齔有志于詩, 嘗見二公所評, 欣然慕之, 上自太師, 下逮近時, 凡吾東方所稱詩者, 無不博求而廣裒, 購之市, 借之人, 如是者積歲月, 而悉爲吾架上有矣.

顧才質卑下, 學力魯[2]莽, 其於立意之淺深, 造語之工拙, 格律之淸濁, 昧昧焉不得窺其藩籬, 闖其閫域. 每對人論詩, 或混淄澠, 以是有慊于心. 自遭大病以來, 憒憒焉[3]筌蹄於文字, 向所謂博求而廣裒者, 亦歸之束閣. 然藥餌之暇, 捨此無所用心. 故頗復收拾前見, 反復諷詠, 先覼立意之所在, 次察造語之如何, 終又協之以格律, 而後作者之精粗眞贗, 似若有會于吾心.

若是者又有年, 而淺者深者工者拙者淸者濁者, 如易牙之於味, 師曠之於聲, 了了然白黑分矣. 此『小華詩評』之所以作者也. 抑不知吾所謂淺者果淺, 深者果深, 而工拙淸濁不失其則, 能如敖王二公之見重後學否耶?

或曰: "子之書善矣. 然吾東方以詩鳴者何限, 而今子所評若是之略, 奚哉?" 余曰: "不然. 桂林之樹, 非斧斤所盡; 渤海之鱗, 非網罟所窮, 百代風雅, 豈隻手所能盡收哉? 且余[4]此書, 本爲取正於眞知者耳. 若夫兼收竝錄, 細大不遺, 採詩者之職, 余曷敢, 余曷敢!" 遂爲

---

1 斧가『부부고(覆瓿藁)』「소화시평서(小華詩評序)」에 鈇로 되어 있다. 이 홍만종의 문집은 김영호 교수 소장본이다. 이하『부부고』로 표시한다.

2 魯가『부부고』에 鹵로 되어 있다.

3 焉이『부부고』에 然으로 되어 있다.

4 余 다음에『부부고』에 之가 첨가되어 있다.

之序. 乙⁵卯八月日豊山後人洪萬宗于海書.

1

凡帝王文章, 必有大異於人. 宋太祖「詠日」詩‧明太祖「詠雪」詩, 其弘量大度, 皆有不可以言語形容者. 按『輿地勝覽』, 載高麗太祖嘗巡到鏡城龍城川, 有詩一絶曰: '龍城秋日晚, 古戍寒烟生. 萬里無金革, 胡兒賀太平.' 意格豪雄, 音律和暢. 其一統三韓之氣像, 於此可見.

2

文宗與契丹爲隣, 苦其誅求. 一夕夢至京師, 備見城闕之盛, 覺而慕之, 爲詩以記. 乃遣使朝宋, 時卽元豊初也. 其詩曰: '惡業因緣近契丹, 一年朝貢幾多般. 移身忽到京華地, 可惜中宵漏滴殘.' 其用夏變夷之意, 藹然可掬.

3

顯宗潛邸時, 在中興寺,「詠澗水」曰: '一條流出白雲峯, 萬里滄溟去路通. 莫道潺湲巖下在, 不多時日到龍宮.' 辭意宏遠, 聞者謂有王者氣像, 後果驗焉.⁶

4

忠肅王到安州百祥樓, 題詩曰: '淸川江上百祥樓, 萬景森羅不易收.

---

5 乙 앞에 『부부고』에는 歲가 첨가되어 있다.

6 마지막 문장이 빠진 사본이 있다. 필자 소장 사본과 가람본 등에는 이 문장 뒤에 "與唐宣宗瀑布詩略相同. 宣宗微時往山寺, 與黃蘗禪師詠瀑布聯句, 足句曰: '溪澗豈能留住得, 終歸大海作波濤.' 其雄渾殆過之, 豈有大小之別耶?"의 내용이 첨가되어 있다.

草遠長堤青一面, 天低列峀碧千頭. 錦屛影裏飛孤鶩, 玉鏡光中點小
舟. 未信人間仙境在, 密城今日見瀛洲.' 天葩燦然, 但欠萎弱. 密城
卽安州古號.[7]

5

我朝列聖翰墨亦多矣. 太祖微時登白岳, 有詩曰:'突兀高峯接斗魁,
漢陽形勝自天開. 山盤大陸擎三角, 海曳長江出五臺.' 筆力豪壯, 幾
與「大風」詩爭雄. 其肇刱鴻基, 實兆於此.

6

文廟在東宮時, 盛橘一盤, 賜下玉堂. 諸臣聚噉, 橘盡, 詩見于盤面,
乃御製手書也. 詩曰:'柑檀偏宜鼻, 脂膏偏宜口. 最愛洞庭橘, 香鼻
又甘口.' 香鼻甘口之喩, 豈責備臣隣之意耶!

7

成廟見平陽碑文, 以詩尾之曰:'先朝身許國安危, 功在山河上鼎彛.
爽氣空留圖畫裏, 英才今想急難時. 石床苔覆山羊睡, 巒壟雲深野馬
嘶. 衰草月明凉露滿, 行人幾欲問爲誰.' 寤寐英豪感舊圖今之意, 溢
於辭表, 眞帝王之言.

8

仁廟進「大殿春帖子」詩曰:'杓指東方節候新, 風雲佳會是良辰. 樓

---

7 "밀성(密城)은 안주의 옛 이름이다〔密城卽安州古號〕"라는 문장은 사본에 따라 본문으로 쓰
거나 주석으로 처리한 경우로 나뉜다. 일부 사본에는 이 문장이 빠져 있다.

邊浮舞含書鳳, 苑裏遊嘶保德麟. 白雪將殘知送臘, 靑芽欲吐覺迎
春. 年年每被殊恩渥, 祝福端宜駑劣身.' 典麗和暢, 有太平氣像, 而
臨御未滿一歲. 嗚呼, 痛哉!

9

宣祖詠「臘梅」詩曰: '人事每從忙裏擾, 天心但覺靜無爲. 上林臘月
梅花發, 誰道窮陰閉塞時.' 上句道破天人動靜之理, 下句顯有抑陰
扶陽之意, 不但天藻之炳煥, 聖學之高明亦可見矣. 申玄翁欽云:
"文廟成廟宣廟翰墨, 無讓於漢武唐宗也."

10

仁祖在潛邸幼時, 有詩一聯曰: '世間萬物人禽獸, 天上三光日月星.'
造語奇偉, 識者知其非常.

11

孝廟有詩曰: '我欲長驅十萬兵, 秋風雄鎭九連城. 大呼蹴踏天驕子,
歌舞歸來白玉京.' 辭意豪壯, 殆不讓 '雪恥酬百王, 除兇報千古.' 之
作, 而天不假聖算, 齎志未就, 可勝痛哉!

12

魯山廢居寧越, 有詩曰: '嶺樹參天老, 溪流得石喧. 山深多虎豹, 不
夕掩柴門.' 語極悲凉, 讀之淚下.

13

光海自江都移耽羅, 舟中賦詩曰: '炎風吹雨過城頭, 瘴氣薰蒸百尺

樓. 滄海怒濤來薄暮, 碧山愁色送清秋. 歸心每結王孫草, 客夢頻驚帝子洲. 故國興亡消息斷, 烟波江上臥孤舟.'惜其詞華若此, 而淫侈無度, 終以覆國, 眞可與煬帝一轍.

14

申玄翁云:"宗英之能詩者亦多, 風月亭爲冠, 醒狂子·西湖主人其次也."按風月亭, 卽月山大君婷, 醒狂子, 卽朱溪君深源, 西湖主人, 卽茂豐正摠. 今選三人詩各一首, 風月亭「寄人」詩曰:'旅館殘燈夜, 孤城細雨秋. 思君意不盡, 千里大江流.'醒狂子「雲溪寺」詩曰:'樹陰濃淡石盤陀, 一逕縈回透碅阿. 陣陣暗香通鼻觀, 遙知林下有殘花.'西湖主人「漁父詞」曰:'老翁手把一竿竹, 靜坐苔磯睡味閒. 魚上釣時渾不覺, 豈知身在畫圖間.'近世泰山守棣亦能詩, 其「閒居卽事」詩曰:'蕪菁結穗麥抽芽, 粉蝶飛穿茄子花. 日照踈籬荒圃靜, 滿園春事似田家.'蓋自古宗英生長綺紈, 耽悅聲色, 罕有留意文章者, 而觀其諷詠, 絶俗超倫, 有非等閒詞客所及, 可貴哉!

15

申玄翁云:"貴遊中能詩者, 高原·礪城尉, 其人也."按高原, 卽文孝公申沆, 礪城, 卽頤庵宋寅. 今選兩人詩各一首, 高原「詠伯牙」詩曰:'我自彈吾琴, 不須求賞音. 鍾期亦何物, 强辯絃上心.'礪城「戲題氷綃手帕, 幷寄眞娘」曰:'半幅氷綃一掬雲, 寄渠聊作扇頭巾. 不知幾處離筵上, 持向阿誰拭淚痕.'近世東陽尉申翊聖亦能詩, 其「歸田結網」詩曰:'寒食風前穀雨餘, 磨腮魚隊上灘初. 乘時盡物非吾意, 故敎兒童結網疎.'噫! 此等公子, 皆妙年富貴, 於文章用力必不專, 而其所諷詠如此. 非其才之過大者, 能如是乎?

16

我東之通中國, 遠自檀箕, 而文獻蓋蔑蔑. 隋唐以來, 始有作者, 如
乙支文德之「獻規仲文」, 新羅女王之「織錦頌」, 功雖在簡册, 率皆寂
寞, 不足下乘. 而至于唐侍御史崔致遠, 文體大備, 遂爲東方文學之
祖. 其「江南女」詩曰: '江南蕩風俗, 養女嬌且憐. 性冶恥針線, 粧成
調急絃. 所學非雅音, 多被春心牽. 自謂芳華色, 長占艷陽天. 却笑
隣舍女, 終朝弄機杼. 機杼終老身, 羅衣不到汝.' 佔畢齋云: "公仕
于唐, 此詩疑見三吳女兒作." 余觀此詩, 蓋有所感諷而作, 非但詠
三吳女兒也. 辭極古雅, 非後世人可及. 所著詩文甚富, 而屢經兵燹,
傳者絶少, 良可惜也.

17

崔孤雲「泛海」詩曰: '掛席浮滄海, 長風萬里通. 乘槎思漢使, 採藥憶
秦童. 日月無何外, 乾坤太極中. 蓬萊看咫尺, 吾且訪仙翁.' 辭語宏
肆. 「贈智光上人」詩曰: '雲畔構精廬, 安禪四紀餘. 筇無出山步, 筆
絶入京書. 竹架泉聲緊, 松欞日影疎. 境高吟不盡, 瞑目悟眞如.' 句
格精緻. 且如「題輿地圖」一聯: '崑崙東走五山碧, 星宿北流一水黃.'
囊橐天下山水之祖, 思意極其豪健. 想此老胸中, 藏得幾箇雲夢也.

18

我東以文獻聞於中國, 中國謂之小中華, 蓋由崔文昌致遠唱之於前,
朴參政寅亮和之於後. 文昌入唐賦詩, 膾炙人口. 其「郵亭夜雨」曰:
'旅館窮秋雨, 寒窓靜夜燈. 自憐愁裏坐, 眞箇靜中僧.' 參政奉使朝
宋, 所至皆留詩, 華人傳賞, 刊其詩文, 號『小華集』. 其「舟中夜吟」

詩曰: '故國三韓遠, 秋風客意多. 孤舟一夜夢, 月落洞庭波.' 崔詩
格律嚴正, 朴詩語韻淸絶, 可與中國諸子囊鞬周旋.

19

凡爲詩, 意在言表含蓄有餘爲佳. 若語意呈露, 直說無蘊, 則雖其詞
藻宏麗侈靡, 知詩者固不取矣. 淸河崔承老詩曰: '有田誰布穀, 無酒
可提壺. 山鳥何心緒, 逢春謾自呼.' 辭語淸絶, 意味深長, 頗得古人
賦比之體. 昔韓昌黎遊城南作詩曰: '喚起窓全曙, 催歸日未西. 無心
花裏鳥, 更與盡情啼.' 山谷云: "喚起·催歸, 二鳥名, 而若虛設, 故
後人多不覺耳." "然實有微意, 蓋窓已全曙, 鳥方喚起, 何其遲也;
日猶未西, 鳥已催歸, 何其早也. 二鳥無心, 不知同遊者之意乎! 更
爲我盡情而啼, 早喚起而遲催歸, 可也. 至是然後, 知昌黎之詩有無
窮之味, 而用意則精深也." 布穀·提壺亦皆鳥名, 淸河此詩得韓法.

20

金侍中富軾「燈夕」詩曰: '城闕沈嚴更漏長, 燈山火樹燦交光. 綺羅
縹緲春風細, 金碧鮮明曉月凉. 華盖正高天北極, 玉繩相對殿中央.
君王恭黙疎聲色, 弟子休誇百寶粧.' 詞極典實. 「題松都甘露寺」詩
曰: '俗客不到處, 登臨意思淸. 山形秋更好, 江色夜猶明. 白鳥高飛
盡, 孤帆獨去輕. 自慙蝸角上, 半世覓功名.' 亦脩然有出塵之趣.

21

世傳金侍中富軾, 與鄭學士知常同遊山寺, 知常有'琳宮梵語罷, 天
色淨琉璃.' 之句. 富軾喜之, 乞而不與, 乃搆而殺之. 後往一寺, 偶
登厠, 忽有從後握囊者曰: "君顏何赤?" 富軾對曰: "隔岸丹楓照面

紅."因病死. 按唐劉廷芝作「白頭翁」詩, 其一句曰:'今年花落顏色改, 明年花開復誰在.'其舅宋之問愛其句, 懇乞不與, 怒, 以土囊壓殺之. 噫! 人之猜才好名如此, 爲詩者不可不知.

22

余嘗宿丹陽鳳棲樓, 時秋雨終宵, 溪聲聒耳. 曉夢初覺, 開戶視之, 濃雲滿壑, 樹色依微, 宿鳥猶在枝間, 沾濕刷羽, 忽憶高平章兆基:'昨夜松堂雨, 溪聲一枕西. 平明看庭樹, 宿鳥未移栖.'之詩, 始覺摸寫今朝情境甚善[8].

23

唐錢起初從鄉薦, 偶於客舍, 月夜聞吟於庭者曰:'曲終人不見, 江上數峯靑.'錢愕然攝衣視之, 一無所見, 以爲鬼, 恠而志之. 及錢就試, 考官李暐試「湘靈鼓瑟」詩(押)靑韻, 卽以鬼謠十字爲落句, 暐深嘉之, 稱爲絶唱, 因中魁選. 麗朝鄭學士知常, 嘗肆業山寺, 一日夜月明, 聞有詠詩於岸上曰:'僧看疑有寺, 鶴見恨無松.'因忽不見, 以爲鬼物所告, 後入試院, 考官以夏雲多奇峯爲題, 而押峯韻. 知常覺其襯着, 續成書呈. 考官至其句, 極稱警語, 遂爲置之魁級. 兩句俱神妙, 事亦相類, 異哉!

24

拗體者, 律之變也. 當平而仄, 當仄而平, 如'負鹽出井此溪女, 打鼓發船何郡郎.' '湘潭雲盡暮山出, 巴蜀雪消春水來.'等句是也. 鄭學

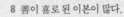

8 善이 喜로 된 이본이 많다.

士知常深得其妙,「題邊山蘇來寺」曰:'古逕寂寞縈松根, 天近斗牛聊可捫. 浮雲流水客到寺, 紅葉蒼苔僧閉門. 秋風微凉吹落日, 山月漸白啼清猿. 奇哉厖尾一衲老, 長年不夢人間喧.'清健可誦.

25

林西河椿詩曰:'十載崎嶇面搏埃, 長遭造物小兒猜. 問津路遠槎難到, 燒藥功遲鼎不開. 科第未消羅隱恨, 離騷空寄屈原哀. 襄陽自是無知己, 明主何曾棄不才.'以公文章終未登第, 其感慨愁歎之意, 可見於詩矣.

26

詩人之詠漁父, 例多取其閑味而已. 獨金老峯克己詩:'天翁尙不貰漁翁, 故遣江湖少順風. 人世險巇君莫笑, 自家還在急流中.'此則言其危險, 乃飜案法也. 眞逸齋成侃詩:'數疊靑山數谷烟, 紅塵不到白鷗邊. 漁翁不是無心者, 管領西江月一船.'此亦與有心於名利者異矣. 屬意雖不同, 寫景遣辭, 各極其妙.

27

李仁老, 號雙明齋, 嘗奉使赴燕, 元日門關額上題春帖子, 未幾名遍中朝. 後中朝學士遇本朝使价, 取誦前詩, 問曰:"今爲何官?"云. 其詩曰:'翠眉嬌展街頭柳, 白雪香飄嶺上梅. 千里家園知好在, 春風先自海東來.'語甚淸婉. 且如「幽居」詩一絶:'春去花猶在, 天晴谷自陰. 杜鵑啼白晝, 始覺卜居深.'酷似唐家.

28

詩能窮人, 亦能達人. 唐預玄宗召見孟浩然, 令誦舊詩, 浩然乃誦'不才明主棄, 多病故人疏'之句. 帝曰: "卿自不求朕, 朕未嘗棄卿." 遂放還. 麗朝毅宗時有一驛進靑牛, 命侍臣賦詩, 以房爲韻, 無一人可意, 有士人林宗庇歎曰: "使我得預其席, 當曰: '函谷曉歸浮紫氣 桃林春放踏紅房.'" 毅宗聞而嘉嘆, 遂官之. 然則浩然以詩而窮, 宗庇以詩而達, 都在其命數耳.[9]

29

李相國奎報, 號白雲居士, 世傳其母夢奎星而生. 嘗遇謗而有詩曰: '爲避人間謗議騰, 杜門高臥髮鬖鬖. 初如蕩蕩懷春女, 漸作寥寥結夏僧. 兒戲牽衣聊足樂, 客來敲戶不須應. 窮通榮辱皆天賦, 斥鷃何曾羨大鵬.' 詞極婉轉. 「詠鸚鵡」詩曰: '衿被藍綠觜丹砂, 徒爲能言見繫羅. 嬌妊小兒圓舌澀, 玲瓏處女慧容多. 慣聞人語傳聲巧, 新學宮詞導[10]字訛. 牢鎖玉籠無計出, 隴山歸夢漸蹉跎.' 公詩素稱大家, 而巧妙亦如此, 可謂大則須彌, 小則芥子.

30

李白雲「游魚」詩曰: '圉圉紅鱗沒復浮, 人言得意好優遊. 細思片隙無閒暇, 漁父方歸鷺又謀.' 「聞鶯」詩曰: '公子王孫擁綺羅, 要憑嬌唱助歡多. 東君亦解人間樂, 開了千花送爾歌.' 崔滋『補閑集』載此兩詩, 而評之曰: "鶯詩淺近, 魚詩雄深, 且有比興之趣, 魚詩絶勝." 云. 余則以爲魚詩造理精深, 鶯詩運思纖巧, 各臻其體, 無甚上下,

---

9 대부분 이본에는 '遂官之'로 끝맺는다. "然則~數耳"는 통문관본을 따라 보충하였다.
10 다수의 이본에 導자로 되어있으나 문집과 『동문선』에 의거해 수정하였다. 의미상導자가 옳다.

而但格皆墮宋矣.

31

李白雲「宿峰城縣」詩一聯: '階竹困陰孫未長, 庭梅飽雨子初肥.' 僧
眞靜「次李居士」詩曰: '夜壑風寒松落子, 春庭雨過竹生孫.' 蓋效李
詩, 而猶類鶩也.

32

陳梅湖澕, 賦詩敏速, 與李白雲齊名, 「詠柳」詩曰: '鳳城西畔萬條
金, 勾引春愁作暝陰. 無限狂風吹不斷, 惹烟和雨到秋深.' 流麗可
詠. 其弟溫亦能詩, 「詠秋」詩曰: '銀砌微微着淡霜, 袂衣新護玉膚
凉. 王孫不解悲秋賦, 只喜深閨夜漸長.' 寫出富家豪意.[11]

33

金英憲之岱「題瑜伽寺」云: '寺在烟霞無事中, 亂山滴翠秋光濃. 雲
間絶磴六七里, 天末遙岑千萬峰. 茶罷松簷掛微月, 講闌風榻搖殘
鍾. 溪深應笑玉腰客, 欲洗未洗紅塵蹤.' 與鄭學士「蘇來寺」詩同一
句律.

34

郭密直預「題直廬」詩曰: '半鉤疎箔向層巓, 萬壑松風動翠烟. 午漏
正閒公事少, 倚窓和睡聽鈞天.' 富艷之中有閒曠意. 密直每遇雨, 持
傘, 獨至龍化院池上賞蓮, 其詩曰: '賞蓮三度到三池, 翠盖紅粧似

---

11 豪意가 氣像으로 된 이본이 많다.

舊時. 惟有看花玉堂老, 風情不減鬢如絲.' 其氣像疎蕩, 至今可想.

35

按許筠『四部藁』「丙午紀行」曰: "天使朱太史之蕃謂筠曰: '本國自新羅以至于今詩歌最好者, 可逐一書來.' 筠遂選四卷以呈, 太史覽畢, 招筠語曰: '子所選詩, 吾達夜燃燭看之, 孤雲詩似粗弱, 李仁老·洪侃最好.'"云. 諱侃號洪崖, 於余十二代祖也. 麗朝皆尙東坡, 至於大比有三十三東坡之語. 獨洪崖先祖深得唐調, 擺脫宋人氣習, 其「早朝馬上」詩曰: '紫翠橫空澗水流, 風烟千里似滄洲. 石橋西畔南臺路, 柱笏看山又一秋.' 格韻淸越, 不雜塵累.

36

洪崖「孤雁行」, 極淸楚流麗. 詩曰: '五侯池館春風裏, 微波鱗鱗鴨頭水. 欄干十二繡戶深, 中有蓬萊三萬里. 彷徨杜若紫鴛鴦, 倚拍芙蓉金翡翠. 雙飛雙浴復雙棲, 綷羽雲衣恣遊戲. 君不見十年江海有孤雁, 舊侶微茫隔雲漢. 顧影低仰時一呼, 蘆花索莫風霜晚.' 佔畢齋選入『靑丘風雅』, 評以爲似是自況, 許筠亦嘗稱似盛唐人作.

37

詩貴逼眞. 李東菴瑱詩曰: '滿空山翠滴人衣, 草綠池塘白鳥飛. 宿霧夜棲深樹在, 午風吹作雨霏霏.' 梁霽湖慶遇詩曰: '枳殼花邊掩短扉, 餉田村婦到來遲. 蒲茵晒穀茅簷靜, 兩兩鷄孫出壞籬.' 李模出山家景致而格高, 梁寫出田家卽事而語妙.

38

我東人不解音律, 自古不能作樂府歌詞. 世傳李益齋齊賢隨王在燕邸, 與學士姚燧[12]諸人遊, 其「菩薩蠻[13]」諸作爲華人所賞云. 豈北學中國, 深有所得而然耶! 余見其「舟中夜宿」詞:'西風吹雨鳴江樹, 一邊殘照靑山暮. 繫纜近漁家, 船頭人語譁. 白魚兼白酒, 徑到無何有. 自喜臥滄洲, 那知是宦遊.' 其「舟次靑神」曰:'長江日落烟波綠, 移舟漸近靑山曲. 隔竹一燈明, 隨風百丈輕. 夜深篷底宿, 暗浪鳴琴筑.[14] 夢與白鷗盟, 朝來莫謾驚.' 詞極典雅, 華人所讚, 其指此歟!

39

李益齋過漂母墳詩曰:'婦人猶解識英雄, 一見慇懃慰困窮. 自棄爪牙資敵國, 項王無賴目重瞳.' 李陶隱過淮陰, 感漂母, 有詩曰:'一飯王孫感慨多, 不知葅醢竟如何. 孤墳千載精靈在, 笑殺高皇猛士歌.' 項王之不能用, 漢王不終用, 皆不及一女之知, 兩詩諷意俱深.

40

李稼亭穀, 入中國, 捷制科第二甲, 名聲籍甚. 嘗有「道中避雨」詩曰:'甲第當時蔭綠槐, 高門應爲子孫開. 年來易主無車馬, 惟有行人避雨來.' 人之侈大宮室爲後世計者, 可以爲戒.

41

金齊顏, 九容之弟也, 謀誅辛旽, 事泄見殺. 嘗有「寄無悅師」詩曰:

---

12 燧가 대부분 이본에 邃로 잘못 표기되어 있다.

13 蠻이 많은 이본에 寺로 잘못 쓰였다. 국립본1에는 이 글자로 되어 있다.

14 이 작품의 3·4구와 5·6구의 순서가 대부분 이본에서 바뀌어 있다. 국립본1과 문집을 따른다.

'世事紛紛是與非, 十年塵土汚人衣. 落花啼鳥春風裏, 何處靑山獨掩扉.' 有遁世之意, 而竟不自謀, 惜哉!

42

李牧隱穡, 稼亭之子也. 繼其父, 登第於中朝, 名動天下. 授翰林知制誥, 歐陽玄見而輕之, 作一句嘲曰: '獸蹄鳥跡之道, 交於中國.' 牧隱應聲曰: '鷄鳴狗吠之聲, 達于四境.' 歐頗奇之, 又吟一句曰: '持盃入海知多海.' 牧隱卽對曰: '坐井觀天曰小天.' 歐大驚曰: "君天下奇才也." 其「入觀大明殿」詩: '大闢明堂曉色寒, 旌旗高拂玉欄干. 雲開寶座聞天語, 春滿霞觴奉聖歡. 六合一家堯日月, 三呼萬歲漢衣冠. 不知身世今安在, 恐是靑冥控紫鸞.' 詞極典麗, 可爲唐人早朝之亞.

43

麗朝作者, 各自成家, 不可枚擧. 趙石澗云仡稱麗朝詩十二家, 盖金侍中之典雅. 鄭學士之婉麗, 金老峯之巧妙, 李雙明之淸麗, 梅湖之濃艶, 洪厓之淸邵, 益齋之精縝, 惕若之淸贍, 圃隱之豪放, 陶隱之醞藉, 各擅其名, 而白雲之雄贍, 牧隱之雅健, 尤傑然者也. 至若牧隱之「浮碧樓」詩一律, 宮商自諧, 天分絶倫, 非學可到.[15] 頃歲朱太史之藩之來, 西坰柳根爲遠接使, 許筠爲從事官. 太史問曰: "道上館驛壁板, 何無貴國人作乎?" 筠曰: "詔使所經, 不敢以陋詩塵覽, 故例去之." 太史笑曰: "國雖分華夷, 詩豈有內外? 況今天下一家, 四海皆兄弟, 俺與君俱落地爲天子臣庶, 詎可以生於中國自誇乎?"

---

15 가람본에는 이 구절 뒤에 "詩曰: 昨過永明寺, 暫登浮碧樓. 城空月一片, 石老雲千秋. 麟馬去不返, 天孫何處遊? 長嘯倚風磴, 山青江自流. 艶其淸遠"이 덧붙여 있다.

到平壤, 見牧隱. '長嘯倚風磴, 山靑江自流.' 之詩, 終日吟咀, 不能作詩. 太史笑曰: "日日得如此詩以進, 則吾輩可息肩矣."

44

鄭圃隱夢周嘗使日本, 留詩甚多, 五律一首曰: '平生南與北, 心事轉蹉跎. 故國海西岸, 孤舟天一涯. 梅窓春色早, 板屋雨聲多. 獨坐消長日, 那堪苦憶家.' 頃歲倭僧能詩者, 語我國使臣曰: "圃隱 '梅窓春色早, 板屋雨聲多' 之句, 爲日本絶唱" 云.

45

鄭圃隱奉使南京, 有詩曰: '江南形勝地, 千古石頭城. 綠樹環金闕, 靑山繞玉京. 一人中建極, 萬國此朝正. 余亦乘槎至, 宛如天上行.' 非徒理學爲東方之祖, 其文章亦唐詩中高品.

46

鄭圃隱題「永川明遠樓」詩一聯曰: '風流太守二千石, 邂逅故人三百盃.' 李東岳嘗到此見此句, 歎賞欲和, 意甚難之, 終日沈吟, 得 '二年南國身千里, 萬事西風酒一盃.' 之句. 李詩雖淸絶, 然終不逮鄭詩宏遠底氣像.

47

李陶隱崇仁, 與三峰鄭道傳同師牧隱, 才名相埒. 然牧老每當題評, 先李而後鄭, 嘗稱陶隱曰: "此子文章, 求之中國, 不多得也." 一日牧隱見陶隱「嗚呼島」詩, 極口稱譽. 間數日, 三峰亦作「嗚呼島」詩, 謁牧老曰: "偶得此詩於古人集中." 牧隱曰: "此眞佳作, 然君輩亦

裕爲之, 至於陶隱詩, 不易得也." 三峰自此積不平, 後爲柄臣, 令其
私臣出宰陶隱所配邑, 杖殺之, 「嗚呼島」之詩, 蓋爲禍祟. 其詩曰:
'嗚呼島在東溟中, 滄波渺然一點碧. 夫何使我雙涕零, 祗爲哀此田
橫客. 田橫氣槪橫素秋, 義士歸心實五百. 咸陽隆準眞天人, 手注天
潢洗秦虐. 橫何爲哉不歸來, 怨血自汚蓮花鍔. 客雖聞之爭奈何, 飛
鳥依依無處托. 寧從地下共追隨, 軀命如絲安足惜. 同將一刎寄孤
嶼, 山哀浦思日色薄. 嗚呼千載與萬古, 此心菀結誰能識. 不爲轟霆
有所洩, 定作長虹射天碧. 君不見今古多少輕薄兒, 朝爲同胞暮仇
敵.' 悲惋激烈, 吊慰兩盡.

48

麗朝之詩, 五字聯佳者, 如'鶴添新歲子, 松老去年枝.' 吳學麟「興福
寺」詩也. '喚雨鳩飛屋, 啣泥燕入樑.' 金克己「田家」詩也. '點雲欺
落日, 狠石捍狂瀾.' 李奎報「狗灘」詩也. '海空三萬里, 山屹二千峯.'
陳澕「杆城途中」詩也. '蜃氣窓間日, 鷗聲砌下潮.' 李齊賢「記行」詩
也. '魚擲時驚夢, 鷗來或上欄.' 韓宗愈「猪子島」詩也. '行雲猶雨意,
臥樹亦花心.' 李穡「卽事」詩也. '草連千里綠, 月共兩鄕明.' 鄭夢周
「奉使日本」詩也. 七字聯佳者, 如'門前客棹滄波急, 竹下僧棋白日
閒.' 朴寅亮「龜山寺」詩也. '少而寡合多疎放, 老不求名可退藏.' 任
奎「歸庄」詩也. '西子眉嚬如有恨, 小蠻腰細不勝嬌.' 崔均「詠柳」詩
也. '花接蜂鬚紅半吐, 柳藏鶯翼綠初深.' 鄭知常「分行驛」詩也. '魚
跳落照銀猶閃, 鴉點平林墨未乾.' 李藏用「湖心寺」詩也. '寒推岳色
僧局戶, 冷踏溪聲客上樓.' 魯璵「水樓」詩也. '荷葉亂鳴欹枕雨, 柳
條輕颭捲簾風.' 薛文遇「雲錦樓」詩也. '漁翁去後孤舟在, 山月來時
小閣虛.' 金九容「幽居」詩也. 勝國詩格, 一臠可知.

49

金頤叟嘗語徐四佳曰: "高麗諸子詞麗氣富, 而體格生疎, 我朝著述辭纖氣弱, 而義理精到, 孰優?" 四佳曰: "豪將悍卒, 抽戈擁盾, 談說仁義, 腐儒俗士, 冠冕章甫, 從容禮法, 君將何取?" 申玄翁云: "我朝文章, 非不蔚然輩出, 而比之麗朝則小遜, 李文順之宏肆, 李文靖之浩汗, 我朝未見." 以四佳之論見之, 我朝似優, 而以玄翁之言論之, 麗朝似優. 文順卽李白雲奎報, 文靖卽李牧隱穡, 今錄其七言近體各一首. 李文順「扶寧浦口」詩曰: '流水聲中暮復朝, 海村籬落苦蕭條. 湖淸巧印當心月, 浦闊貪吞入口潮. 古石浪舂平作礪, 壞船苔沒臥成橋. 江山萬景吟難狀, 須倩丹靑畵筆模.' 李文靖「卽事」詩曰: '幽居野興老彌淸, 恰得新詩眼底生. 風定餘花猶自落, 雲移小雨未全晴. 墻頭粉蝶別枝去, 屋角錦鳩深樹鳴. 齊物逍遙非我事, 鏡中形色甚分明.' 大抵麗朝規模大而近宋, 我朝格調淸而近唐, 今以兩公之詩見之, 唐乎宋乎? 觀者若定其唐宋, 則麗朝我朝優劣自判矣.

50

三峯鄭道傳「嗚呼島」詩曰: '曉日出海赤, 直照孤島中. 夫子一片心, 正如此日同. 相去曠千載, 嗚呼感余衷. 毛髮竪如竹, 凜凜吹英風.' 蓋欲壓倒陶隱, 而憤其不逮, 卒以此害之, 此與 "汝復作空梁落燕泥?"何異? 吁亦險矣!

51

三峯「奉天門」詩云: '春隨細雨渡天津, 太液池邊柳色新. 滿帽宮花霑錫宴, 金吾不問醉歸人.' 豪逸不羈.「訪金居士」詩曰: '秋陰漠漠四山空, 落葉無聲滿地紅. 立馬溪橋問歸路, 不知身在畵圖中.' 詩中有畵.

52

權陽村近, 嘗奉使朝天, 太祖問朝鮮形勝, 仍命賦詩, 陽村卽應製, 太祖稱以老實秀才. 其「詠金剛山」詩曰: '雪立亭亭千萬峯, 海雲開出玉芙蓉. 神光蕩漾滄溟近, 淑氣蜿蜒造化鍾. 突兀岡巒臨鳥道, 清幽洞壑秘仙蹤. 東遊便欲凌高頂, 俯視鴻濛一盪胸.' 鄭之升謂此詩起頭, 寫出金剛眞面目.

53

權遇, 號梅軒, 陽村之弟也. 少遊圃隱門, 精於性理之學, 陽村每曰: "吾不如弟." 其「秋日」詩曰: '竹分翠影侵書榻, 菊送清香滿客衣. 落葉亦能生氣勢, 一庭風雨自飛飛.' 末句極有音韻.

54

姜通亭淮伯, 玩易齋碩德, 仁齋希顔, 祖子孫三人, 皆以文章大鳴. 噫! 歷觀往古, 讀書能文章者爲難. 雖能文章而成一家傳後世爲難, 雖傳後世, 能奕世趾美, 不墮其業爲尤難. 求之於古, 僅得蘇杜二家, 而我東方獨有通亭一家, 繼世箕裘, 豈不偉哉! 通亭「寄燈明師」詩曰: '人情蟬翼隨時變, 世事牛毛逐日新. 想得吾師禪榻上, 坐看東海碧粼粼.' 玩易齋「題秀庵上人軸」詩曰: '占斷烟霞心自閒, 茅茨高架碧孱顔. 飢飱倦睡無餘事, 春鳥一聲花滿山.' 仁齋「詠松」詩曰: '階前偃盖一孤松, 枝幹多年老作龍. 歲暮風高揩病目, 擬看千丈上青空.' 格調最高.

55

李雙梅詹「詠汲黯」詩曰: '諂諛從來易得親, 君看大將與平津. 高才

久屈淮陽郡, 孰謂當時社稷臣.'痛惜之意, 令人悲慨. 且如'舍後桑
枝嫩, 畦西薺葉抽. 陂塘春水滿, 稚子解撐舟.'何減唐人?

56

柳泰齋方善, 嘗被謫, 後廢科隱居, 有詩曰:'晝靜溪風自捲簾, 吟餘
傍架檢書籤. 今年却勝前年懶, 身世全敎付黑甜.'懶睡比檢書更閑,
語自好.

57

眞逸齋成侃, 嘗在集賢殿, 與同僚遊城南, 分韻賦詩. 侃詩先成, 詩
曰:'鉛槧年來病不堪, 春風引興到城南. 陽坡草軟細如織, 正是靑
春三月三.'諸公皆閣筆. 且如「途中」詩:'籬落依依牛掩扃, 夕陽立
馬問前程. 儵然細雨蒼烟外, 時有田翁叱犢行.'說景如畫. 許筠云:
"東詩無效古者, 獨成和中侃擬顏陶鮑三詩, 深得其法, 諸小絶句得
唐樂府體, 賴得此君, 殊免寥寂"云.「囉嗊」詩曰:'爲報郎君道, 今
年歸不歸. 江頭春草綠, 是妾斷腸時.'郎如車下轂, 妾似路中塵. 相
近仍相遠, 看看不得親.'綠竹條條勁, 浮萍箇箇輕. 願郎如綠竹, 不
願似浮萍.'其此詩之謂乎!

58

朴彭年·成三問·李塏·河緯之·柳誠源, 世宗朝皆選入集賢殿, 最
承恩遇. 乙亥光廟受禪, 魯山爲上王, 彭年等與武人兪應孚密謀欲復
上王, 事發皆死. 其詩若文, 不能刊行於世, 今取傳誦者各一首, 錄
之. 噫! 六先生精忠義烈, 炳炳烺烺, 片言隻字, 猶可與日月爭曜,
固不必多也. 蓋[16]觀者卽此而求之, 亦足以得其人之大略矣. 朴彭年

詩曰：'十年身在禁中天，只有丹心魏闕懸．西望白雲生眼底，不堪歸興繞林泉．'時公雙親在全義故云．成三問「詠夷齊廟[17]」詩：'當年叩馬敢言非，大義堂堂白日輝．草木亦沾周雨露，愧君猶食首陽薇．'李塏「善竹橋」詩：'繁華往事已成空，舞館歌臺野草中．惟有短[18]橋名善竹，半千王業一文忠．'河緯之「答朴彭年借簑衣」詩：'男兒得失古猶今，頭上分明白日臨．持贈簑衣應有意，五湖烟雨好相尋．'柳誠源「送別」詩：'白山拱海磨天嶺，黑水橫坤豆滿江．此是李侯飛騎處，剩看胡虜自來降．'兪應孚爲咸吉節制使，有詩曰：'將軍持節鎭戎邊，沙塞塵淸士卒眠．駿馬五千嘶柳下，秋鷹三百坐樓前．'倪侍講嘗奉使東方，見成三問詠夷齊詩，大加稱賞曰："不圖海外之方有此忠節之士也."

59

保閒齋申叔舟‧二樂亭用漑‧企齋光漢祖孫三人，皆以文章典文衡，偉哉！保閒嘗北遊，寄中書諸君詩：'豆滿春江繞塞山，客來歸夢五雲間．中書醉後應無事，明月梨花不怕寒．'二樂亭「楊花渡」詩：'水國秋高木葉飛，沙寒鷗鷺淨毛衣．西風日落吹遊艇，醉後江山滿載歸．'企齋「獨直內曹聞夜雨」詩：'江湖當日亦憂君，白首無眠夜向分．華省寂寥疎雨過，隔窓桐葉最先聞．'三魁堂從護，亦保閒之孫，能文章．其「傷春」詩：'茶甌飮罷睡初驚，隔屋聞吹紫玉笙．燕子不來鶯又去，滿庭紅雨落無聲．'諸詩何讓唐人．

---

16 국립본1‧서강대본 등에 善자로 되어 있다.

17 廟가 빠진 사본이 많다.

18 短이 국립본1‧역자본 등에 斷으로 되어 있다.

60

徐居正號四佳亭, 權陽村外孫也. 六歲屬句, 人稱神童, 八歲時陪陽村坐, 四佳曰: "古人七步成詩, 尙似遲也. 請五步成詩." 陽村大奇, 遂指天爲題, 因呼名行傾三字. 四佳應聲曰: '形圓至大蕩難名, 包地回旋自健行. 覆燾中間容萬物, 如何杞國恐穨傾.' 陽村歎賞不已.

61

徐四佳久典文衡, 聲名最盛, 而不爲評家所重, 蓋以才止於華瞻而已. 其對皇華天使祁順也, 先唱'風月不隨黃鶴去, 烟波長送白鷗來'之句, 有若挑戰者, 而卒困於'五臺泉脈自天來'之句. 先輩只以先交脚後仆地爲譏, 而殊不覺剽竊古人全句也. 余見『東文選』, 前朝蔡中庵洪哲「月影臺」詩一聯, 與徐作無異同, 而只改相逐二字. 『東文選』卽四佳受命所[19]撰者也, 其眼目宜慣, 豈欲竪天使降幡, 故用此句耶!

62

佔畢齋金宗直, 善山人也. 嘗出宰善山, 有詩曰: '津吏非瀧吏, 官人卽邑人. 三章辭聖主, 五馬慰慈親. 白鳥如迎棹, 靑山慣送賓. 澄江無點綴, 持以律吾身.' 詞極典雅. 「長峴村家」詩曰: '籬外紅桃竹數科, 零零雨脚間飛花. 老翁荷耒兒騎犢, 子美詩中西崦家.' 可謂詩中有畫. 且如'霜後梧桐猶窣窣, 月明鵁鶄自䲶䲶.' 則其寒淡如此, '鳩鳴穀穀棲棠葉, 蝶飛款款舞菁花.' 則其雅麗如此, 所謂冠冕國朝者, 豈虛言哉!

---

19 所가 연세대본·퇴호본 등에 初로 되어 있다

63

金東峰時習五歲以奇童名, 英廟召試「三角山」詩, 大奇之. 後佯狂爲
髡, 居山中, 所賦詩極多, 皆率口信手, 止遣興而已, 未嘗留意推敲.
然所造超越, 有非凡人所可及. 其「無題」詩: '終日芒鞋信脚行, 一山
行盡一山靑. 心非有想奚形役, 道本無名豈假成. 宿露未晞山鳥語,
春風不盡野花明. 短筇歸去千峯靜, 翠壁亂烟生晚晴.' 非悟道者, 寧
有此語.

64

金東峯詩曰: '是是非非非是是, 非非是是是非非.' 又曰: '同異異同
同異異, 異同同異異同同.' 奇服齋詩曰: '人外覔人人豈異, 世間求
世世難同.' 又曰: '紅紅白白紅非白, 色色空空色豈空.' 豈兩公喜用
此等句語, 頗近戲劇. 李白雲「閒居」詩曰: '莫問纍纍兼若若, 不曾
是況非非.' 始知此老始刱此體.

65

洪篠叢裕孫「題江石」詩曰: '濯足淸江臥白沙, 心神岑寂入無何. 天
敎風浪長喧耳, 不聞人間萬事多.' 此詩蓋出於崔孤雲'常恐是非聲到
耳, 故敎流水盡籠山.' 而語意雖佳, 終有不及.

66

鄭虛庵希良, 燕山朝逃禍爲緇, 浮遊山水間, 老不知所終. 嘗到一寺,
題詩壁間曰: '朝天學士五更寒, 鐵馬將軍夜渡關, 山寺日高僧未起,
世間名利不如閒.' 居僧傳之, 識者知基爲其虛庵作也. 以余觀之, 不
但人高, 詩亦高矣.

67

文翼公鄭相國, 余外六代祖也. 平生所著, 散逸無遺, 謫金海詩一首
外, 世莫得見, 故余撫拾以記之. 其「歸田」詩曰: ‘金章已謝路漫漫,
垂白歸來舊業殘. 沿澗石田纔數畝, 打頭茅簷只三間. 一村黎老皆新
面, 兩岸靑山是舊顏. 隣里不知蒙譴重, 猶將濁酒慰玆還.’「冬夜」詩
曰: ‘收拾柴薪用力窮, 烟消榾柮火通紅. 昏鴉棲定風初下, 旅雁聲高
夜正中. 北闕夢回天穆穆, 東山跡滯雨濛濛. 一生狂走叨名位, 竟與
邯鄲呂枕同.’ 屬意高古, 辭興婉悁, 每詠其詩, 想見其德.

68

姜木溪渾「臨風樓」詩一聯: ‘紫燕交飛風拂柳, 靑蛙亂叫雨昏山.’ 金
北渚壁「客中」詩: ‘遙山帶雨池蛙亂, 高柳含風海燕斜.’ 北渚詩, 蓋
源於木溪, 而豪縱終讓一頭.

69

挹翠軒朴誾 · 容齋李荇, 俱以文章相善, 挹翠於燕山朝被禍死, 容齋
裒集詩文, 印行于世. 其詩天才甚高, 不犯人工, 如憑虛捕罔象. 其
「永保亭」詩: ‘地如拍拍將飛翼, 樓似搖搖不繫篷. 北望雲山欲何極,
南來襟帶此爲雄. 海氛作霧因成雨, 浪勢飜天自起風. 暝裡如聞鳥相
喚, 坐間渾覺境俱空.’ 容齋曰: “其詩出人意表, 自然成章, 不假雕
飾, 殆千古希音.”

70

止亭南袞, 文章甚佳, 東方所罕, 神光寺題詠六絕, 皆絕唱, 今錄其
三首. ‘千重簿領抽身出, 十笏僧房借榻眠. 六月炎塵飛不到, 上方

知有別般天.'金書殿額普光明, 二百年來結構精. 試問開山大檀越,
碧空無際鳥飛輕.''庭前栢樹儼成行, 朝暮蕭森影轉廊. 欲問西來祖
師意, 北山靈籟送凄凉.'許筠選入『詩刪』, 而評之曰: "雖其人可怒
可唾, 而詩自好." 余嘗見[20]而笑之曰: "太宗祭魏武, 正所以自狀."

71

李容齋荇爲詩, 和平純熟, 優入神境, 許筠稱爲國士[21]第一. 其「次
韻」詩曰: '多難黕然一病夫, 人間隨地盡窮途. 靑山在眼誅茅晚, 明
月傷心把筆孤. 短夢無端看蟻穴, 浮生不定似檣烏. 祗今贏得衰遲
趣, 聽取兒童捋白鬚.' 又「題直舍」詩曰: '衰年奔走病如期, 春興無
多不到詩. 睡起忽驚花事晚, 一番微雨落薔薇.' 皆溫裕典則, 詞家上
乘.

72

李希輔能文章, 號安分堂. 燕山嘗喪愛姬, 悼甚, 使諸臣挽之, 希輔
製進一絶, 燕山覽之慟哀, 優其賞賚. 因此驟進大官, 後時議薄之,
終爲轗軻. 其「春日偶吟」詩曰: '錦繡千林鳥亦歌, 天工猶自喜繁華.
門前枯木無枝葉, 春力無由着一花.' 其自傷之懷可見, 而詩亦絶佳.

73

朴訥齋祥「南海神堂」詩曰: '蕙肴椒醑穆將愉, 神衛煌煌駕赤虯. 香
火粢薰三宿裏, 月星明槪五更頭. 捎殘颺母天空闊, 鎖斷支祈海妥
流. 禾黍有秋從可卜, 慶雲時起祝融陬.' 老健奇偉. 又「嶺南樓」一

---

20 국립본1과 역자본에 '基評' 두 자가 첨가되어 있다.
21 士가 국립본1과 역자본에 朝로 되어 있다.

聯: '漁艇載分籠渚月, 官羊踏破纛坡烟.' 則極淸緻. 「法聖浦」一聯: '龍宮灑出鮫人錦, 蜃市跳回姹女車.' 則極渺溟. 許筠嘗云: "少見芝川, 其持論甚倨, 談古今文藝少所許與, 如容齋而目爲太腴, 李達而指爲模擬, 湖陰·蘇齋稍合作家, 惟取訥齋以爲不可及"云.

74

靜庵先生, 坐己卯黨禍, 杖配綾城, 累囚中有詩一絶曰: '誰憐身似傷弓鳥, 自笑心同失馬翁. 猿鶴定嗔吾不返, 豈知難出覆盆中.' 詞極凄切. 尋賜死, 吟一句曰: '愛君如愛父, 天日照丹衷.' 遂飮鴆卒, 士林傳誦, 莫不流涕.

75

金冲庵淨, 文章精深灝噩, 先輩稱爲文追西漢, 詩學盛唐. 坐黨禍, 杖流濟州, 尋賜死. 其至南海也, 「詠路傍松」曰: '海風吹去悲聲遠, 山月高來瘦影疎. 賴有直根泉下到, 雪霜標格未全除.' 又曰: '枝柯摧折葉鬖髿, 斤斧餘身欲臥沙. 望絶棟樑嗟已矣, 杚植堪作海仙槎.' 格韻淸遠, 用意甚切, 蓋以自況, 而竟不保命, 棟梁之用旣已矣, 仙槎之願亦絶焉, 悲夫!

76

金頥叔安老, 能文章, 其一聯: '巢鶴立晴黌意氣, 火山回碧頓精神.' 鄭東溟嘗稱畫工手段.

77

詔使華察「鴨綠江」詩: '春江三月送浮槎, 日落潮平兩岸沙. 天地本來分異域, 風塵此去愧皇華. 波飜鴨綠初經雨, 柳帶鵝黃未着花. 四海車書今一統, 東溟[22]文物自商家.' 遠接使陽谷蘇世讓次曰:'溶溶晴浪泊靈槎, 騎從如雲簇晚沙. 始識天公分物色, 故教仙客管春華. 烟含濯濯江邊柳, 雨泥離離岸上花. 一脉斯文情誼在, 車書同屬帝王家.' 詔使歎賞.

78

古人詩不厭改, 唐任翻「題台州寺」云:'前峯月照一江水, 僧在翠微開竹房.' 旣去, 有人改一字爲半字. 翻行數十里, 乃得半字, 亟回欲易之, 見所改字, 歎曰:"台州有人." 我東申企齋光漢, 宿淸溪寺, 題詩云:'急水喧溪石, 輕香濕澗花.' 行至半途, 忽得暗字, 復還, 改急爲暗. 盖一不如半字之奇, 急不如暗字之妙, 可見古人於詩不容易下字.

79

申企齋・鄭湖陰, 一時齊名, 兩家氣格不同, 申詩淸亮, 鄭詩雄奇. 企齋「沃原驛」詩曰:'暇日鳴螺過海山, 驛亭寥落水雲間. 桃花欲謝春無賴, 燕子初來客未還. 身遠尙堪瞻北極, 路迷空復憶長安. 更憐杜宇啼明月, 窓外誰栽竹萬竿.' 企齋於詩各體俱備, 湖陰獨善七律, 湖似不及企, 而湖嘗曰:"申公各體, 豈能敵吾一律哉!"

80

申企齋送人金剛詩曰[23]:'一萬峯巒又二千, 海雲開盡玉嬋妍. 少因多

---

22 溟이 국립본1과 서강대본에 藩으로 되어 있다.
23 曰자가 빠진 사본이 많다.

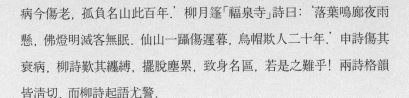

病今傷老, 孤負名山此百年.' 柳月蓬「福泉寺」詩曰: '落葉鳴廊夜雨懸, 佛燈明滅客無眠. 仙山一躡傷遲暮, 烏帽欺人二十年.' 申詩傷其衰病, 柳詩歎其纏縛, 擺脫塵累, 致身名區, 若是之難乎! 兩詩格韻皆淸切, 而柳詩起語尤警.

81

陽谷曰: "國朝以來, 代有作者, 各擅名家, 而未免偏方氣習之累, 不趁於流麗, 則或失於組織. 鄭湖陰士龍, 奇古峭拔, 一洗萎累之氣, 可與唐之長吉・義山竝較才力."云. 湖陰「夜坐卽事」詩曰: '擁山爲郭似盤中, 暝色初沈洞壑空. 峰頂星搖爭缺月, 樹巓禽動竄深叢. 晴灘遠聽翻疑雨, 病葉微零自起風. 此夜共分吟榻料, 明朝珂馬軟塵紅.' 眞所謂高秋獨眺, 晚霽孤吹.

82

詩之所謂有神助者, '池塘生春草', 千古膾炙. 蓋出語天然, 自得造化之妙, 議論安敢到也? 後世文人, 往往自云有神助者, 宋楊徽之'新霜染楓葉, 明月借蘆花.'之句, 雖自稱神助, 而謂之警聯則可矣, 豈可謂之神助耶? 我東卞春亭季良'虛白連天江郡曉, 暗黃浮地柳堤春.', 鄭湖陰'雨氣壓霞山忽暝, 川華受月夜猶明.' 兩公亦皆矜神助, 春亭詩寫景雖新, 未見其神處, 湖陰詩極有淸虛之氣, 雖謂之神助, 亦非過許.

83

我東之詩, 上自麗朝, 下至近代, 警聯之可觀者, 不爲不多, 而不能盡錄. 姑取若干人七字詩聯, 略加批評. 鄭學士「長遠亭」詩: '綠楊閉戶八九屋, 明月捲簾兩三人.' 意境入神, 如洛妃凌波, 步步絕塵. 金老峯「送人」詩: '天馬足驕千里近, 海鰲頭壯五山輕,' 造語俊健, 如李廣上馬, 推墮胡兒. 李白雲「夏日」詩: '密葉翳花春後在, 薄雲漏日雨中明.' 寫景精妙, 如龍眠筆下, 物色生態. 李益齋「多景樓」詩: '風鐸夜喧潮入浦, 烟簑暝立雨侵樓.' 清駛豪岊, 如純陽朗吟, 飛過洞庭. 李牧隱「清心樓」詩: '捍水功高馬巖石, 浮天勢大龍門山.' 突兀壯奇, 如銅仙奉盤, 屹立空中. 鄭圃隱「皇都」詩: '山河帶礪徐丞相, 天地經綸李太師.' 宏偉壯健, 如磨天巨斧, 闢開蜀山. 金佔畢「神勒寺」詩: '上房鍾動驪龍舞, 萬竅風生鐵鳳翔.' 嚴重洪亮, 如勻天廣樂, 裏輵寥廓. 李忘軒「望海寺」詩: '蝙鳴側塔千年突, 龜負殘碑太古書.' 幽遐奇古, 如埋酆神劍, 沈水禹鼎. 朴訥齋「琴臺」詩: '彈琴人去鶴邊月, 吹笛客來松下風.' 高古爽朗, 如左挹浮丘, 右拍洪厓. 朴挹翠「永保亭」詩: '地如拍拍將飛翼, 樓似搖搖不繫篷.' 神奇恍惚, 如彩蜃吹霧, 架出樓閣. 鄭湖陰「後臺夜坐」詩: '山木俱鳴風乍起, 江聲忽厲月孤懸.' 凌厲振掉, 如秦師過周, 免冑超乘. 盧蘇齋「卽事」詩: '秋風乍起燕如客, 晚雨暴過蟬若狂.' 橫逸老健, 如馬援矍鑠, 據鞍顧眄. 黃芝川「詠海」詩: '兩儀高下輪輿轉, 太極鴻濛汞鼎開.' 奇傑雄渾, 如夸父追日, 烏獲扛鼎. 崔東皐「朝天」詩: '終南渭水如相見, 武德開元得再攀.' 高雅典重, 如商彝周鼎, 儼列東序. 車五山「明川」詩: '風外怒聲聞渤海, 雪中愁色見陰山.' 汪洋憤猛, 如潮捲百川, 雷掀萬竅. 李體素「永保亭」詩: '月從今夜十分滿, 湖納晚潮千頃寬.' 豪縱雄爽, 如蒲稍駃騠, 不受羈靮. 權石洲「北關」詩: '磨天嶺北山長雪, 豆滿江南草不春.' 清切嘹亮, 如戍樓悲笳, 響徹胡天. 許端甫「南平道中」詩: '春晚岸桃飄萩萩, 雨晴沙鴨語咬咬.' 清新婉麗, 如西子新粧, 倚門呈笑. 李東岳「鏡城」詩: '邊城缺月懸

愁外, 故國殘花落夢中.' 淸淑纖妙, 如淸水芙蓉, 天然去飾. 柳於于
「加平山中」詩:'斑爛烏虺蟠道側, 傲兀黃熊坐樹巓.' 奇怪幽險, 如
飛天夜叉, 攫食虎豹.

84

鄭北窓磏「山居夜坐」詩曰:'文章驚世徒爲累, 富貴薰天亦謾勞. 何
似山窓岑寂夜, 焚香獨坐聽松濤.' 其人異也, 詩亦如其人.

85

洪忍齋暹, 嘗賦月課「灩澦堆」詩曰:'天險傳三峽, 雷霆鬪激湍. 風
檣今日試, 客膽向來寒. 但覺巖崖峻, 寧知宇宙寬. 淸猿啼不盡, 送
我上危灘.' 詞極淸峻豪放. 忍齋少爲安老所陷, 逮獄被竄, 安老敗,
遂登顯. 當受刑時, 人皆危之, 蘇陽谷獨不憂曰:"曩見其課製「灩澦
堆」詩, 末句有歷險始顯之意, 是以知其不死."

86

余曾遊榮川浮石寺, 登聚遠樓, 樓出半空, 俯臨洞壑, 飛鳥皆視其背.
周愼齋世鵬, 有題一律:'浮石千年寺, 平臨鶴駕山. 樓居雲雨上, 鐘
動斗牛間. 斫木分河迥, 開巖種玉閑. 非關貪佛宿, 瀟灑却忘還.' 他
人所題, 莫能及此.

87

退溪先生, 非徒理學之爲東方所宗, 文章亦卓越諸子. 「次友人」詩:
'性癖常貪靜, 形羸實怕寒. 松風關院聽, 梅雪擁爐看. 世味衰年別,
人生末路難. 悟來成一笑, 曾是夢槐安.' 又「關西錄」一聯云:'絶域

病攻天拂亂, 荒城雷鬪鬼驚忙.' 於此可見氣像.

88

榮川浮石寺, 卽新羅太師義相所刱也, 簷下有一樹, 莫知其名, 居僧相傳, 以爲太師柱杖. 始師入定之時, 植其杖於窓外, 遂閉戶坐化. 後杖忽生柯葉, 開花甚繁, 至今千有餘歲愈盛. 昔夸父擲杖, 化成鄧林, 與此頗相類. 而此樹在於簷宇之下, 不借雨露之濡, 而能亭亭獨立, 榮耀長春, 比諸鄧林尤異. 退溪先生有詩曰: '擢玉森森倚寺門, 僧言卓錫化靈根. 杖頭自有曹溪水, 不借乾坤雨露恩.'

89

鄭相國, 諱惟吉, 號林塘, 余外高祖也. 文章富麗, 尤長於詩, 不事彫刻, 而自有風味. 「賜祭棘城」詩曰: '聖朝枯骨亦沾恩, 香火年年降塞門. 祭罷上壇風雨定, 白雲如海滿前村.' 公江亭在漢津, 名夢賚, 與礪城尉水月亭接隣, 臥聞都尉亭歌管大作, 遂吟一絶曰: '夢賚元將水月隣, 兩翁分占一江春. 東家樂作西家聽, 絶勝屠門大嚼人.' 其氣像可見.

90

世謂: 中國地名皆文字, 入詩便佳. 如'九江春草外, 三峽暮帆前', '氣蒸雲夢澤, 波撼岳陽城.' 等句, 只加數字而能生色. 我東皆以方言成地名, 不合於詩云. 余以爲不然, 李容齋「天磨錄」詩: '細雨靈通寺, 斜陽滿月臺.' 盧蘇齋「漢江」詩: '春深楮子島, 月出濟川亭.' 詩豈不佳? 惟在鑪錘之妙而已.

91

權習齋, 諱擘, 余祖母外王考也. 爲文長於詩, 清深典雅, 自成一家. 松溪權應仁嘗語梁松川應鼎曰: "閤下得見習齋所作歟?" 曰: "未慣." 曰: "人間詞壇立幟者, 僕必以習齋爲對." 松川曰: "唯唯!" 北海藤季達, 從韓詔使到我國, 時習齋爲遠接使從事官, 相得甚懽. 習齋贈之以詩曰: '有山皆着屐, 無水不流觴.' 藤撫掌嘆賞曰: "僕行天下多矣, 未嘗見如此詩人."

92

有以習齋·石洲文章優劣, 問東岳, 東岳曰: "二人俱有贈華使詩, 習齋詩曰: '一曲驪駒正咽聲, 朔雲晴雪滿前程. 不知後會期何地, 只是相思隔此生. 梅發京華春信早, 氷消江浙[24]暮潮平. 歸心自切君親戀, 肯顧東人惜別情.' 石洲詩曰: '江頭細柳綠烟絲, 暫住蘭橈折一枝. 別語在心徒脈脈, 離盃到手故遲遲. 死前只是相思日, 送後那堪獨去時. 莫道音容便長隔, 百年還有夢中期.' 習齋詩沈重, 石洲詩浮弱, 可於此兩詩論定."云.

93

楊蓬萊士彦「國島」詩: '金屋樓臺拂紫烟, 濯龍雲路下羣仙. 靑山亦厭人間世, 飛入滄溟萬里天.' 脫去塵臼.

94

姜醉竹克誠「湖亭」詩曰: '江日晚未生, 蒼茫十里霧. 但聞柔櫓聲, 不

---

24 통문관본·국립본1·서강대본·역자본 등에서 江浙 뒤에 "華使家在浙江"이란 주석을 달았다.

見舟行處.' 余初咀嚼不識其味, 嘗寓江亭, 一日早起開窓, 大霧漫空, 朝日韜輝, 不識行舟, 但聞戞軋之聲, 始覺其說景逼眞. 石洲「曉行」詩: '雁鳴江月細, 曉行蘆葦間. 悠揚據鞍夢, 忽復到家山.' 余奇其韻語, 未得其趣, 嘗向春川, 宿青坪坡, 曉發時, 值九月念後, 沿江一路, 盡是蘆葦, 曉月如眉, 獨鴈叫群, 信馬垂鞭, 且行且睡, 始覺其模寫如畵. 兩公詩價, 對景益高.

95

天使黃·王之來也, 栗谷爲遠接使, 崔簡易宰成川, 欲試公, 會諸妓曰: "若有能瞞此老者, 厚賞之." 有一美娥, 請往, 卽命送公. 公畫則命侍左右, 夜必命還其寓, 如是者月餘. 妓遂辭歸, 公乃贈一絶曰: '旅館誰憐客枕寒, 枉敎雲雨下巫山. 今宵虛負陽臺夢, 只恐明朝作別難.' 以鐵石心肝, 爲此淸新婉麗之語, 與宋廣平「梅花賦」, 千載相符.

96

高霽峯敬命, 壬辰爲義兵將, 梁慶遇掌書記, 軍務之暇, 語及論詩. 霽峯稱道蓀谷詩格曰: "世罕其儔." 梁曰: "蓀谷詩, 出於晩唐, 一篇一句可詠, 豈若閣下濃麗富盛乎?" 霽峯曰: "豈可易言其優劣乎! 如七言律·排律等作, 則吾不讓李, 至於短律若絶句, 決不可及. 昔守瑞山郡時, 邀李於東閣, 留連累朔, 與之唱和. 每賦絶句, 不敢以宋人體參錯於其間, 倉卒學唐, 半眞半假, 誠可愧也." 梁逢人每言: "文人相輕, 自古而然. 霽峯之於蓀谷, 推許至此, 置之己右, 益見其長者也." 余觀霽峯「漁舟圖」絶句: '蘆洲風颭雪漫空, 沽酒歸來繫短篷. 橫笛數聲江月白, 宿禽飛起渚烟中.' 其聲韻格律, 極逼唐家, 豈可謂半假乎? 公蓋自謙也.

97

湖陰白馬江詩: '別酒澆胸未散愁, 野橋分路到江頭. 城池坐失溫王險, 圖籍曾聞漢將收. 花委尙傳崖口缺, 龍亡猶認釣痕留. 寒潮强學靈胥怒, 亂送驚濤殷柁樓.' 霽峰詩: '病起因人作遠遊, 東風吹夢送歸舟. 山川鬱鬱前朝恨, 城郭蕭蕭半月愁. 當日落花餘翠壁, 至今巢燕繞紅樓. 傍人莫問溫家事, 吊古傷春易白頭.' 湖陰詩雖極雄豪, 未若霽峰之淸新高邁, 雖以劉夢得「金陵懷古」方之, 霽峰不必多讓.

98

鄭松江澈, 嘗於舟中遇一士人, 士人疑其爲閔杏村, 且疑其爲成牛溪. 松江書贈一絕曰: '我非成閔卽狂生, 半世風塵醉得名. 欲向新知道姓字, 靑山獻笑白鷗輕.' 豪逸不羈. 「題樂民樓」詩曰: '白岳連天起, 成川入海遙. 年年芳草路, 人渡夕陽橋.' 世稱絕唱. 然余意不俗則似矣, 絕唱則未也.

99

文章理學, 造其閫域, 則一體也. 世人不知, 便做看兩件物, 非也. 以唐言之, 昌黎因文悟道. 『恥齋集』云: "佔畢齋, 因文悟道." 『石潭遺史』云: "退溪亦因文悟道." 余觀成牛溪「贈僧」詩曰: '一區耕鑿水雲中, 萬事無心白髮翁. 睡起數聲山鳥語, 杖藜徐步繞花叢.' 極有詞人體格. 權石洲「湖亭」詩曰: '雨後濃雲重復重, 捲簾晴曉看奇容. 須臾日出無踪跡, 始見東南三兩峯.' 極似悟道者之語.

100

龜峯宋翼弼, 雖出卑微, 天品甚高, 亦能文章, 其「望月」詩曰:'未圓
常恨就圓遲, 圓後如何易就虧. 三十夜中圓一夜, 百年心事摠如斯.'
語甚精到. 又「客中」詩曰:'食披叢竹宿依霞, 行計蕭然只一簑. 山近
鷄龍秋氣早, 江連白馬夕陽多. 路通南北君恩足, 身歷艱危學力加.
子在秦城兄塞外, 夢中歸去亦無家.' 艱難旅泊之態, 見於言外.

101

雲谷宋翰弼詩:'花開昨夜雨, 花落今朝風. 可憐一春事, 往來風雨
中.'權習齋詩曰:'花開因雨落因風, 春去秋來在此中. 昨夜有風兼
有雨, 梨花滿發杏花空.'意則一串, 而各有風致.

102

世稱近代名家, 必曰湖蘇芝, 謂湖陰・蘇齋・芝川. 湖之組織精緻,
蘇之雄拔富贍, 芝之橫逸奇偉, 眞可相角. 芝川「贈梧陰」詩曰:'春事
闌珊病起遲, 鶯啼燕語久逋詩. 一篇換骨脫胎去, 三復焚香盥手時.
天欲此翁長漫浪, 人從世路苦低垂. 銀山松桂芝川水, 應笑吾行又失
期.'亦可見大家一班. 許筠云:"見芝川近律百餘篇, 其矜持勁悍,
森邃沉瀄, 寔千年以來絶響. 覈其所變化, 蓋出於訥齋, 而出入乎盧
鄭之間, 殆同其派而尤傑然者也."

103

柳月篷永吉, 嘗與五山諸公到松都. 時值八月, 官池荷葉盡敗, 只有
一朵殘葩, 冒雨獨立. 諸公各賦詩, 月篷先成, 其落句曰:'憐似楚王
垓下夕, 旌旗倒盡泣紅粧.'一座閣筆歎賞.

104

鄭古玉磏, 北窓之弟, 亦奇士也. 嘗有「子規」詩曰: '劍外稱皇帝, 人
間托子規. 梨花古寺月, 啼到五更時. 遊子千年淚, 孤臣再拜詩. 愁
腸一叫斷, 何用苦摧悲.' 此詩膾炙一世. 張督師順命, 嘗召入禁中,
宣廟問: "汝近往何處?" 對曰: "流寓海西矣." 宣廟曰: "聞鄭磏近
在海州, 此人嗜酒, 其能得飲否?" 仍誦梨花古寺一聯曰: "佳作佳
作! 恨不見全篇, 汝或記否?" 順命誦之, 御筆卽書壁.

105

辛白麓應時, 嘗以弘文修撰入直時, 宣廟以海棠下杜鵑啼爲題, 使諸
學士製進. 白麓詩曰: '春盡棠花晚, 空留蜀鳥啼. 隔窓聞欲老, 倚枕
夢猶凄. 怨血聲聲落, 歸心夜夜西. 吾王方在疚, 莫近上林棲.' 或傳
宣廟時在諒暗中, 覽至末句, 深加歎賞.

106

崔孤竹慶昌, 「題駱峯人家」詩曰: '東峯雲霧掩朝暉, 深樹棲禽晚不
飛. 古屋苔生門獨閉, 滿庭淸露濕薔薇.' 淸麗如畫. 嘗與蓀谷共賦
虛舟繫岸圖, 蓀谷詩落句曰: '泊舟人不見, 沽酒有漁家.' 孤竹詩曰:
'遙知泊舟處, 隔岸有人家.' 孤竹不下人不見三字, 而無人之意, 自
在其中, 崔詩爲優.

107

余嘗聞諸先輩, 我東之詩, 唯崔孤竹終始學唐, 不落宋格, 信哉! 其
高者出入武德 · 開元, 下亦不道長慶以下語, 如'春流繞古郭, 野火
上高山.'則中唐似之[25], '人烟隔河少, 風雪近關多.'則似盛唐, '山

餘太古雪, 樹老太平烟.'則似初唐. 不知今世復有此等調響耶.

108

白玉峯光勳,「弘慶寺」詩曰：'秋草前朝寺, 殘碑學士文. 千年有流水, 落日見歸雲.'雅絶逼古.「題僧軸」詩曰：'智異雙溪勝, 金剛萬瀑奇. 名山身未到, 每賦送僧詩.'淸婉可喜. 且如「三叉松月」詩曰：'手持一卷藥珠篇, 讀罷空壇伴鶴眠. 驚起中宵滿身影, 冷霞飛盡月流天.'瑩澈無滓.

109

蓀谷李達少與荷谷相善, 一日往訪焉. 許筠適又來到, 睥睨蓀谷, 略無禮容, 談詩自若. 荷谷曰："詩人在坐, 卯君曾不聞知耶? 請爲君試之."卽呼韻, 達應口而賦一絶, 其落句云：'墻角小梅開落盡, 春心移上杏花枝.'筠改容驚謝, 遂結爲詩伴. 且如「贈湖寺僧」詩曰：'東湖停棹暫經過, 楊柳悠悠水岸斜. 病客孤舟明月在, 老僧深院落花多. 歸心黯黯連芳草, 鄕路迢迢隔遠波. 獨坐計程雲海外, 不堪西日聽啼鴉.'雅絶似唐人韻響.

110

蓀谷嘗客遊帶方郡, 與白玉峯 · 林白湖 · 梁松嚴同登廣寒樓. 於酒席白湖林悌先賦一律曰：'南浦微風生晩波, 晴烟低柳碧斜斜. 山分仙府樓居好, 路入平蕪野色多. 千里更成京國夢, 一春空負故園花. 淸尊話別新篇在, 却勝驪駒數曲歌.'蓀谷次曰：'淸溪雨後起微波, 楊

---

25 中唐似之가 국립본1 등 여러 사본에 似中唐으로 되어 있다.

柳陰陰水岸斜. 南陌一樽須盡醉, 東風三月已無多. 離亭處處王孫草, 門巷家家枳殼花. 流落天涯爲客久, 不堪中夜聽吳歌.'玉峯次曰:'畫欄西畔綠蘋波, 無限離情日欲斜. 芳草幾時行路盡, 靑山何處白雲多. 孤舟夢裏滄溟事, 三月烟中上苑花. 樽酒易空人易散, 野禽如怨又如歌.'松巖次曰:'烏鵲橋頭春水波, 廣寒樓外柳絲斜. 風烟千古勝區在, 詩酒一場歡意多. 誰向筵前怨芳草, 行看歸騎踏殘花. 天涯去住愁如織, 强把狂言替浩歌.'世傳諸公此遊, 適値國恤, 白湖以歌字先唱, 欲窘諸公. 玉峯之野禽如歌, 詩人皆以爲善押云. 盖林詩濃麗, 梁圓熟, 蓀谷·玉峯最逼唐韻, 而蓀谷首末兩句却平平, 不若玉峯起得結得, 皆磊落淸新.

小華詩評 下卷

1

按『佔畢齋集』曰：'自學詩來，得我東詩，而詩[26]之名家者，不啻數百．由今日而上溯羅季，幾一千載，其間識風教，形美刺，開闔抑揚，深得性情之正者，可以頡頏於唐宋，模範於後世．'云．盖東方詩學，始於三國，盛於高麗，而極於我朝．自畢齋至于今，亦數百年，文章大手相繼傑出，前後作者，不可勝記．雖比之中華，未足多讓，豈太師[27]文明之化有以致之歟！今姑百取一二，俾後人見一木而知鄧林之多材云爾．

余每誦金侍中「卽景」詩：'驚電盤絶壁，急雨射頹陽．'則駭其奮迅，鄭學士「咏杜鵑」詩：'聲催山竹裂，血染野花紅．'則怪其工艷，李白雲「德淵院」詩：'竹虛同客性，松老等僧年．'則慕其孤高，李牧隱「浮碧樓」詩：'城空月一片，石老雲千秋．'則服其淸遠，卜春亭「春事」詩：'幽夢僧來解，新詩鳥伴吟．'則悅其淸新，金乖厓「山寺」詩：'窓虛僧結衲，塔靜客題詩．'則愛其閑雅，金佔畢「仙槎」詩：'靑山半邊雨，落日上房鍾．'則嗟其淸亮，金冲庵「寒碧樓」詩：'風生萬古穴，江撼五更樓．'則喜其豪壯，李容齋「溪上卽事」詩：'鑿泉偸岳色，移石殺溪聲．'則想其奇巧，鄭湖陰「感懷」詩：'未得先愁失，當歡已作悲．'則覺其淸切，崔東皐「除夕」詩：'鴻溝未許割，羊胛不須烹．'則歎其奇健，車五山「詠孤鴈」詩：'山河孤影沒，天地一聲悲．'則畏其秀逸．

---

26 詩가 국립본1과 서강대본에 讀으로 되어 있다.

27 국립본1과 서강대본·역자본에는 師로 되어 있으나 史로 되어 있는 사본이 많다. 통문관본에는 史로 쓰고 '師로 쓰는 것이 옳은 듯하다(疑作師)'란 주를 달았다. 師가 옳다.

2

悽惋如崔孤雲「姑蘇臺」詩：‘荒臺麋鹿遊秋草，廢苑牛羊下夕陽．’寒
苦如林西河「贈人」詩：‘十年計活挑燈話，半世功名把鏡看．’纖巧如
金老峯「派川」詩：‘飄盡斷霞花結子，割殘驚浪麥生孫．’清曠如李益
齋「曉行」詩：‘三更月照主人屋，大野風吹遊子衣．’老熟如李牧隱「自
述」詩：‘身爲病敵難持久，心與貧安已守成．’典麗如李陶隱「元日早
朝」詩：‘梯航玉帛通蠻貊，禮樂衣冠邁漢唐．’古朴如金佔畢「伏龍途
中」詩：‘邑犬吠人籬有寶，野巫迎鬼紙爲錢．’高潔如金東峯「贈徹上
人」詩：‘流水落雲觀世態，碧松明月照禪談．’奇逸如朴挹翠「永保亭」
詩：‘急風吹霧水如鏡，近浦無人禽自謠．’豁達如奇服齋「曉坐」詩：
‘心通萬水分源處，耳順千林發籟間．’奇妙如鄭湖陰「旅舍」詩：‘馬吃
枯萁和夢聽，鼠偸殘粟背燈看．’鍛鍊如崔東皐「客中」詩：‘人輕遠客
初逢淡，馬苦多歧再到迷．’感慨如車五山「咏懷」詩：‘神仙有分金難
化，天地無情劍獨鳴．’神妙如權石洲「幽居漫興」詩：‘清晨步到磵邊
石，落日坐看波底峯．’瀏亮如李東岳「江亭」詩：‘江潮欲上風鳴岸，
野雨初收月湧山．’富麗如柳於于「關西」詩：‘春遊關塞王三月，花發
江南帝六宮．’悽切如李澤堂「驪江」詩：‘江湖極目皆秋色，節序關心
又夕陽．’奇壯如鄭東溟「北關」詩：‘嶺寒過雁常愁雪，海黑潛龍欲起
雲．’

3

詩可以達事情，通諷諭也．若言不關於世敎，義不存於比興，亦徒勞
而已．崔拙翁瀣「遞職後」詩曰：‘塞翁雖失馬，莊叟詎知魚．倚伏人如
問，當須質子虛．’以警患得患失之輩．鄭雪谷[28]誧「示兒」詩曰：‘乏
食甘藜藿，無衣愛葛絺．若求溫飽樂，不得害先隨．’以警非分妄求之

輩. 李稼亭穀「有感」詩曰: '身爲藏珠剖, 妻因徙室忘. 處心如淡泊, 遇事豈蒼黃.' 以譬人之物欲內蔽. 成獨谷石磷「送人楓岳」詩曰: '一萬二千峯, 高低自不同. 君看日輪上, 何處最先紅.' 以譬人之品性高下. 崔猿亭壽城「江上」詩曰: '日暮滄江上, 天寒水自波. 孤舟宜早泊, 風浪夜應多.' 有急流勇退之意. 宋龜峰翼弼「南溪」詩曰: '迷花歸棹晚, 待月下灘遲. 醉睡猶垂釣, 舟移夢不移.' 有操守不變之意. 徐萬竹益「詠雲」詩曰: '漠漠復飛飛, 隨風任狗衣. 徘徊無定態, 東去又西歸.' 以譬改頭換面, 隨勢飜覆者. 申春沼最「歧灘」詩曰: '歧灘石如戟, 舟子呼相謂. 出石猶可避, 暗石眞堪畏.' 以譬口蜜腹劍潛發巧中者.

4

崔侍中承老「禁中新竹」詩曰: '錦籜初開粉節明, 低臨輦路綠陰成. 宸遊何必將天樂, 自有金風撼玉聲.' 有諷戒音樂之意. 李亨齋稷「登鐵嶺」詩曰: '崩崖絶磵悷前聞, 北塞南州道路分. 回首日邊天宇淨, 望中還恐起浮雲.' 有憂讒畏譏之意. 權愼村思復「放鴈」詩曰: '雲漢猶堪任意飛, 稻田胡自蹈危機. 從今去向冥冥外, 只要全身勿要肥.' 以警逐利之徒. 辛文學藏「詠木橋」詩曰: '斫斷長條跨一灘, 濺霜飛雪帶驚瀾. 須將步步臨深意, 移向功名宦路看.' 以戒干祿之徒. 崔東皐岦「十月雨」詩曰: '一年霖雨後西成, 休說玄冥太不情. 正叶朝家荒政晚, 飢時料理死時行.' 訏謨廊廟者, 可以自警. 柳於于夢寅「伊川」詩曰: '貧女鳴梭淚滿腮, 寒衣初擬爲郎裁. 明朝裂與催租吏, 一吏纔歸一吏來.' 分憂子民者, 可以爲鑑. 噫! 唐聶夷中「二月賣新絲,

---

28 대부분 사본에 '운곡(雲谷)'으로 쓰였으나 설곡(雪谷)의 잘못이므로 고쳐 썼다. 시는 『설곡집(雪谷集)』에는 실려 있지 않다.

五月糶新穀.'之詠, 論者亦以周詩許之, 我東諸作, 其有補於風化者, 豈遽在聶夷中之下乎!

5

鵝溪李山海, 七歲時詠一殼三栗曰: '一家生三子, 中者半面平. 隨風先後落, 難弟亦難兄.' 蓋自髫齔能道奇語如此. 晚年「遺懷」詩曰: '夢裏分明拜聖顏, 覺來依舊在天端. 恨隨青草離離長, 淚滴疎篁點點斑. 萬事不求忠孝外, 一身空老是非間. 瘴江生死無人問, 烟雨孤村獨掩關.' 清婉圓轉. 若鵝溪者, 可謂能盡少時之才者也.

6

鵝溪有「詠昭君」二絶曰: '三千粉黛鎖金門, 咫尺無由拜至尊. 不是當年投異域, 漢宮誰識有昭君.' '世間恩愛元無定, 未必氈城是異鄉. 何似深宮伴孤月, 一生難得近君王.' 此蓋竊王荊公「明妃曲」: '漢恩自淺胡恩深, 人生樂在貴知心.' 之意, 而李詩辭意太露. 信乎! 言志, 心之聲也. 羅大經嘗評荊公此句曰: "苟心不相知, 臣可以叛其君, 妻可以棄其夫乎?" 朱子亦有評, 以爲悖理傷道云.

7

荷谷許篈, 九歲賦「金錢花」詩曰: '化工爐上用功多, 鑄出金錢一樣花. 半兩五銖徒自貴, 不知還解濟貧家.' 噫! 丹山之鳥, 五色於初生; 渥洼之馬, 汗血於作駒. 始知文章自有天才, 非學力所可致也. 且如「灤河」詩曰: '孤竹城頭月欲生, 灤河西畔聽鍾聲. 扁舟未渡尋沙岸, 烟霞蒼蒼古北平.' 唐人絶調.

8

谿谷稱東國詩人中荷谷爲最, 霽湖亦言絶代詩才. 余嘗見其「吉城秋懷」詩:'金門蹤跡轉依依, 落盡黃楡尙未歸. 塞角暗吹仙仗夢, 嶺雲低濕侍臣衣. 功名誤許麒麟畫, 歲月空驚燿燿飛. 憶得去年三署直, 禁城銀燭夜鍾微.'讀此一詩, 方信二人所言.

9

尹梧陰斗壽「贈僧」詩:'關外羈懷不自裁, 一春詩興賴官梅. 日長公館文書靜, 時有高僧數往來.'其時數二字, 語意相反, 許筠之選入『詩刪』, 何哉?

10

柳西崖成龍有一絶曰:'竹窓殘雪夜蕭蕭, 千里歸心故國遙. 白首縱霑新雨露, 豈宜重汚聖明朝.'東州嘗誦此詩曰:"詩雖非其所長, 亦精切可愛."云.

11

趙徽, 號楓湖, 諸文士會獵, 見山火奄至, 各賦一詩. 趙最後至, 次其韻曰:'漢幟間行趨趙壁, 齊牛乘怒赴燕軍.'可謂末至居右.

12

李漢陰德馨十四歲時, 楊蓬萊士彥來過, 相携遊水石間, 占一律. 漢陰和之曰:'野闊暮光薄, 水明山影多.'蓬萊歎曰:"君我師也."漢陰由是華聞彌大. 嘗過柴市, 有感賦詩曰:'嶺海間關更起兵, 英雄運屈竟無成. 百年養士恩誰報, 萬死勤王志獨明. 虜主詎知容節義, 市人猶解惜忠貞. 招魂欲和王生句, 易水東流似哭聲.' 悽惋感慨.

13

李白沙恒福八歲時, 參贊公命以劍琴作騈句. 白沙應聲曰: '劍有丈夫氣, 琴藏千古音.' 聞者知其將大成. 少時在江上, 數日索舟不得, 甚鬱鬱, 戲作一絶曰: '常願身爲萬斛舟, 中間寬處起柁樓. 時來濟盡東南客, 日暮無心穩泛浮.' 可見濟川氣像. 昔鄭湖陰論文翼公文曰: "世不以文章稱叔父者, 掩以功德也."云, 吾於漢陰·白沙亦云.

14

柳西坰根, 嘗於松都遇一老娼, 乃少時擅名京國者也. 遂贈詩曰: '瑤琴橫抱發纖歌, 宿昔京城價最多. 春色易凋鸞鏡裏, 白頭流落野人家.' 詞極悽惋, 石洲稱善.

15

沈一松喜壽「襄陽題咏」云: '淸澗亭前細雨收, 斜陽馱醉海棠洲. 沙鳴乍止方開眼, 身在襄陽百尺樓.' 鳴沙仙路, 閉眼而過, 此老此行, 可謂虛度.

16

李淸江, 諱濟臣, 余外祖妣外王考也. 器度磊落, 文章豪邁, 氣蓋一世. 其「途中口占」詩曰: '男子平生在, 星文古劍寒. 重磨鴨綠水, 新倚白頭巒.' 氣像可想.

17

嬋妍洞, 在箕城七星門外, 卽葬妓之處也. 有若唐之宮人斜, 騷人過此者, 必有詩. 坡潭尹繼先詩曰: '佳期何處又黃昏, 荊棘蕭蕭擁墓門. 恨入碧苔纏玉骨, 夢來朱閣對金樽. 花殘夜雨香無迹, 露濕春蕪淚有痕. 誰識洛陽遊俠客, 半山斜日吊芳魂.' 權石洲亦有一絶曰: '年年春色到荒墳, 花似新粧草似裙. 無限芳魂飛不散, 秖今爲雨更爲雲.' 尹詩雖不及石洲, 而音韻亦覺瀏瀏, 但夢字未安.

18

崔東皐岦, 一號簡易, 「次文殊僧卷韻」曰: '文殊路已十年迷, 有夢猶尋北郭西. 萬壑倚笻雲遠近, 千峰開戶月高低. 磬殘石竇晨泉滴, 燈剪松風夜鹿啼. 此況共僧那再得, 官街七月困泥蹄.' 此在東皐詩中稍似平穩, 比諸公詩, 猶覺有奇健氣味. 許筠以爲"簡易詩, 本無師承, 自創爲格, 意淵語傑, 非切磨聲律採掇花卉者所可企及, 吾以簡易詩爲勝於文"云.

19

古人曰: "爲人而欲一世之皆好之, 非正人也; 爲文而欲一世之皆好之, 非至文也." 信哉言乎! 其不知者, 則毁不足怒, 譽不足喜, 不如其知之者好之也. 客有自金剛來, 謁於張谿谷, 谿谷曰: "君今行, 豈無一詩耶?" 客以崔東皐杆城所題觀日出詩, 爲己作以瞞之, 谿谷擊節吟詠, 良久曰: "此非君詩, 是作必在八月十六七日夜." 客大愕曰: "此詩本非警作, 而又何知其八月十六七日夜所吟也?" 谿谷曰: "古人於正秋多用玉字文字, 又日欲出而月在西, 乃十六七日也. 第一句'玉宇迢迢落月東', 起得崔崒, '滄波萬頃忽飜紅', 狀得怳惚,

'蜿蜿百怪皆含火', 極幽遐詭怪之觀, '捧出金輪黃道中', 有高明廣大之象. 一語一字, 皆有萬鈞之力, 古今詠日出詩, 皆莫能及, 君從何得此來乎?" 客大驚服, 遂吐實. 谿谷曰: "非此老, 不能道此語." 噫! 嚮使東皐爲詩, 而必欲一世皆好之, 則其能使谿谷敬服如是乎? 若不知者之毁譽, 何足爲喜怒哉!

20

崔東皐謾爲詩一聯曰: '禽非易舌無陳語, 樹欲生花自好枝.' 形容造化之妙, 有活動底意, 余謂非禽無陳語, 簡易無陳語.

21

李白雲嘗赴吳濮陽世文之邀, 一時文士咸集, 酒闌, 吳出所著三百二韻詩, 索和. 白雲援筆步韻, 韻愈强而思愈健, 浩汗奔放, 雖風檣陣馬, 未易擬其速. 又五山車天輅, 文章雄健奇壯. 李提督如松, 歸時索別語, 五山作七言排律一百韻, 半日而就, 如長江巨海, 愈寫而愈不窮. 體素李公, 嘗稱五山車天輅文章李奎報後一人. 五山嘗爲兵曹假郎廳, 戲題騎省壁上曰: '休將爛熟較酸寒, 一枕黃粱宦興闌. 天上豈無眞列宿, 人間還有假郎官. 愁看雁鶩頻當署, 笑把蛟龍獨自彈. 作此半生長寂寂, 烟江閒却舊漁竿.' 感慨激昂, 世或病其蛟螭蚯蚓, 往往相雜, 余則以爲五山詩長篇大作, 滾滾不渴, 其馳驟之除, 不遑擇言, 雖有少疵, 此猶鄧林枯枝, 滄海流芥.

22

權石洲與車五山, 共次僧軸韻, 到風字, 石洲先題曰: '鶴邊松老千秋月, 鰲背雲開萬里風.' 自詫其豪警, 五山次之曰: '穿雲洗鉢金剛水,冒雨乾衣智異風.'其壯健過之.

23

天使熊化, 於太平館閑坐賦詩, 得一聯曰: '白晝一花落, 青天孤鳥
飛.'自以爲有神助, 館伴諸公, 和之者甚多, 天使皆不掛眼, 獨於李
月沙廷龜: '淸香凝燕坐, 虛閣敵翬飛.'之句, 始吟詠再三曰: "此有
唐韻."

24

李體素春英, 眼高少許可人. 嘗與月沙隔墻而居, 一日體素過月沙門
外, 立馬呼聖徵. 月沙出應之, 體素遙謂曰: "吾今日聞汝有'春生關
外樹, 日落馬前山.'之句, 頗有步驟, 似可學詩, 汝其勉之!"遂着鞭
而去, 其自重傲人如此.

25

壬辰大駕西遷, 李五峯好閔扈從, 在龍灣, 聞下三道兵進攻漢城, 作
詩曰: '干戈誰着老萊衣, 萬事人間意漸微. 地勢已從蘭子盡, 行人不
見漢陽歸. 天心錯莫臨江水, 廟算悽涼對夕暉. 聞道南兵近乘勝, 幾
時三捷復王畿.'世傳宣廟覽至第二聯, 不覺流涕, 可謂'詞感帝王尊'
者也.

26

五峯適見急雨打窓, 忽得一句曰: '山雨落窓多', 仍續上句曰: '礀流
穿竹細.'遂補成一篇, 寄示鵝溪. 鵝溪只批點山雨之句而還之. 五峯
後問其故, 鵝溪曰: "公必値眞境, 先得此句, 而餘皆追後成之. 一篇

眞意都在此句故耳." 其詩鑑如此.

27

諱履祥, 號慕堂, 於余曾伯祖也. 嘗受知於栗谷, 及先生卒, 以挽哭
之曰: '斯文宗匠國蓍龜, 海內名聲走卒知. 洛下正逢司馬日, 蜀中新
喪臥龍時. 青衿不耐摧樑痛, 丹扆偏深失鑑悲. 何意挺生何意奪, 蒼
天漠漠問憑誰.' 每讀此詩, 不覺隕涕, 況親炙之者乎!

28

余曾王考, 諱鷺祥, 慕堂之弟也. 與李五峯好閔同庚, 又同蓮榜, 五
峯爲壯元, 與同榜諸公會于蕩春臺, 諸公適見蒼松根入水中, 相與賦
詩, 曾王考先成一絶. 其詩曰: '高直千年幹, 臨溪學老龍. 蟠根帶流
水, 似欲洗秦封.' 五峯大加稱賞曰: "昨日壯元, 今屈於君." 遂閣
筆.

29

申玄翁欽, 自少爲文章, 便自成家, 評家或卑之, 亦過矣. 其「龍灣」
詩曰: '九月遼河蘆葉齊, 歸期又滯淇關西. 寒沙淅淅邊聲合, 短日荒
荒雁翅低. 故國親朋書欲絶, 異鄕魂夢路還迷. 愁來更上醮樓望, 大
漠浮雲易慘悽.' 濃厚老成, 不可輕也.

30

鄭叢桂之升「留別」詩曰: '細草閒花水上亭, 綠柳如畵掩春城. 無人
解唱陽關曲, 惟有靑山送我行.' 李芝峯睟光詩曰: '寂寞扁舟鴨綠津,
風光渾似昔年春. 誰能解唱陽關曲, 惟有江波送遠人.' 叢桂·芝峯,

生幷一世, 未必蹈襲, 而何其相似? 鄭詩比李頓勝.

31

『芝峯類說』多載己詩數十句曰: '世所稱道者, 故錄之.' 云, 而以余觀之, 無可稱者, 惟'林間路細縈通井, 竹裏樓高不碍山.' 一句, 差可於意. 如本集中所載「棘城」詩: '烟塵古壘鵰晨落, 風雨荒原鬼晝行.' 一聯, 句語奇怪, 有足可稱, 而不錄於其中, 豈以世不稱道, 故闕之歟! 車滄洲嘗評芝峯詩, 如草屋明窓, 賓主相對, 酒旨肴嘉, 而一巡行盃, 更問餘幾, 則只有一盃, 無以更進, 歡意索然.

32

余問東溟以玄翁·芝峯兩子詩優劣, 溟老曰: "玄翁行文雖優, 詩非本色, 故不及芝峯·鹿門." 云. 鹿門洪慶臣與芝峯齊名, 鹿門之「東江卽事」詩曰: '日落江天碧, 烟昏山火紅. 漁舟殊未返, 浦口夜多風.' 「江行」詩: '黃帽呼相語, 將船泊柳汀. 前頭惡灘在, 未可月中行.' 「明妃詞」: '青海城頭白雁飛, 塞風吹薄漢宮衣. 朝來一倍琵琶怨, 昨夜甘泉夢裏歸.' 格韻雅潔, 似唐詩.

33

詩家最忌剿竊, 而古人亦多犯之. 成獨谷'清宵見月思親淚, 白日看雲憶弟心.' 用老杜'思家步月清宵立, 憶弟看雲白日眠'之句, 姜通亭「寄弟」詩: '江山此日頭將白, 骨肉何時眼更青.' 用黃山谷'江山千里俱頭白, 骨肉十年終眼青'之句, 挹翠軒'怒瀑自成空外響, 愁雲欲結日邊陰.' 用歐陽公'雷喧空外響, 雲結日邊陰'之句, 李容齋'一身千里外, 殘夢五更頭.' 用唐人顧況詩'一家千里外, 百舌五更頭'之句,林石川'江月圓還缺, 庭梅落又開.'用金老峯'多情塞月圓還缺, 少格山花落又開'之句, 盧蘇齋「別弟」詩: '同舟碧海何由得, 幷馬黃昏未擬回.'用老杜'同舟昨日何由得, 並馬今朝未擬回'之句, 李芝峯「挽車五山」詩: '詞林秀氣三春盡, 學海長波一夕乾.'用唐人'詞林枝葉三春盡, 學海波濤一夕乾'之句. 夫自出機杼, 務去陳言, 不果憂憂乎, 其難哉!

34

李體素春英, 爲文章, 浩汗踔厲, 自成一家言. 嘗作「永保亭」詩四篇, 今錄其一日: '雉堞縈紆水樹間, 金鰲頂上壓朱欄. 月從今夜十分滿, 湖納晚潮千頃寬. 酒氣全勝水氣冷, 角聲半雜江聲寒. 共君相對不須睡, 待到曉霧晴漫漫.'極其縱橫, 步驟挹翠.

35

天使顧·崔之來, 權石洲韠, 以白衣從事被選, 宣廟命徵詩稿以入, 置之香案, 常諷誦之. 其「寒食」詩: '祭罷原頭日已斜, 紙錢飜處有啼鴉. 山谿寂寞人歸去, 雨打棠梨一樹花.'詞極雅絶. 且如'人烟寒食後, 鳥語晚晴時.'其自然之妙, 何減於'芙蓉露下落, 楊柳月中踈.'谿谷曰: "余見石洲, 凡形於口吻, 動於眉睫, 無非詩也."云, 蓋石洲之於詩, 眞所謂天授者歟! 惜乎! 始以詩受知於宣廟, 終以詩得禍於光海, 士之遇時, 其幸不幸如此哉!

36

詩非天得, 不可謂之詩, 無得於天者, 則雖劌目鉥心 終身觚墨, 而所就不過咸通諸子之優孟爾. 譬如剪彩爲花, 非不燁然, 而不可與語生色也. 余觀石洲詩格, 和平淡雅, 意者其得於天者耶! 其「解職後」詩曰: '平生樗散鬢如絲, 薄宦悽涼未救飢. 爲問醉遭官長罵, 如何歸赴野人期. 催開臘瓮嘗新醞, 更向晴窓閱舊詩. 謝遣諸生深閉戶, 病中惟有睡相宜.' 辭意極其天然, 無讓正唐諸人.

37

具竹窓容, 嘗與石洲遊楮子島, 有詩一聯曰: '春陰一邊雨, 落照萬重山.' 一時傳誦.

38

任處士銕, 號鳴皐, 工於詩, 而平生所讀李白·『唐音』而已. 嘗有作句, 雖好調響, 若不類唐, 則輒不示人. 其「江干詞」云: '三竿日出白烟消, 江北江南上晚潮. 隔浦坎坎齊打鼓, 郎船已近海門橋.' 淡雅可詠.

39

許氏自麗朝埜堂以後, 文章益盛. 奉事澣生曄, 是爲草堂, 草堂生三子, 其二篈季, 女號蘭雪軒. 澣之從叔知中樞輯, 再從兄忠貞公琮, 文貞公琛, 皆以文章鳴. 或傳許氏祖山有玉柱長丈餘, 及篈椎碎之後, 文章遂絶云. 今摘各人一篇, 以見豹斑. 輯之「實性寺」詩曰: '梵宮金碧照山椒, 萬壑雲深一磬飄. 僧在竹房初入定, 佛燈明滅篆烟消.' 琮之「夜坐卽事」詩曰: '滿庭花月寫窓紗, 花易隨風月易斜. 明月固應明夜又, 十分愁思屬殘花.' 琛之「春寒次太虛韻」詩曰: '銅臺滴瀝佛燈殘, 萬壑松濤夜色寒. 喚起十年塵土夢, 擁爐新試小龍團.' 澣之「村庄卽事」詩曰: '春霖初歇野鳩啼, 遠近平原草色齊. 步啓柴門閒一望, 落花無數漲南溪.' 曄之「箕城戲題」詩曰: '許椽東來

下界塵, 大同江上喚眞眞. 相將去作吹簫伴, 浮碧樓高月色新.' 筠之
「謫夷山」詩曰: '經春鄕夢滯天涯, 四月湖山發杏花. 江路草生看欲
遍, 放臣憔悴泣懷沙.' 筠之「義昌邸晩詠」詩曰: '重簾隱映日西斜,
小院回廊曲曲遮. 疑是趙昌新畫就, 竹間雙雀坐秋花.' 蘭雪之「夜
坐」詩曰: '金刀剪出篋中羅, 裁取寒衣手屢呵. 斜拔玉釵燈影畔, 剔
開紅熖救飛蛾.'

40

中國以我東爲偏邦, 諸子詩無一見選者, 近世蓟門賈司馬 · 新都汪伯
英, 選東方詩, 獨蘭雪軒詩最多, 如「湘絃謠」等作, 皆稱最工云. 其
詞曰: '蕉花泣露湘江曲, 九點秋烟天外綠. 水府深波龍夜吟, 蠻娘
輕蔓玲瓏玉.' 離鸞別鳳隔蒼梧, 雨氣侵江迷曉珠. 閒撥神絃石壁上,
花鬟月鬢啼江姝.' '瑤空星漢高超忽, 羽盖金支五雲沒. 門外漁郎唱
竹枝, 銀潭半掛相思月.' 王同軌行甫所著『耳談』中, 亦載此詩, 其地
河岳之靈, 偏發於陰於柔, 如其方偏, 故獨盛乎, 不知姬公 · 召公之
遺音, 許氏得聞否云.

41

朱太史之藩, 嘗稱端甫雖在中朝, 亦居八九人中, 端甫, 許筠字也.
第以刑死, 文集不行, 人罕知之, 特揀數首. 其「有懷」詩: '倦鳥何
時集, 孤雲且未還. 浮名生白髮, 歸計負靑山. 日月消穿榻, 乾坤入
抱關. 新詩不縛律, 且以解愁顔.' 「初夏省中」詩: '田園蕪沒幾時歸,
頭白人間宦念微. 寂寞上林春事盡, 更看疏雨濕薔薇.' '懕懕晝睡雨
來初, 一枕薰風殿閣餘. 小吏莫催嘗午飯, 夢中方食武昌魚.' 評者謂
東岳詩如幽燕少年, 已負沈鬱之氣; 石洲詩如洛神凌波, 微步轉眄,

流光吐氣; 許筠詩如波斯胡陳寶列肆, 下者乃木難火齊.

42

許筠「除兼春秋有感」詩曰: '投閑方欲乞江湖, 金櫃抽書更濫竽. 丘壑風流吾豈敢, 丹鉛讐勘歲將徂. 壯遊未許追司馬, 良史誰能繼董狐. 碧海烟波三萬頃, 釣竿何日拂珊瑚.' 辭意極其婉轉, 第附麗兇徒, 煽俑邪論, 言與行違, 一至於此, 何哉?

43

趙玄谷[29]緯韓, 「叢石亭」詩: '叢巖積石滿汀洲, 造物經營渺莫求. 玉柱撑空皆六面, 蒼龍偃海幾千頭. 輸來豈是秦鞭着, 刻斸元非禹斧修. 不念邦家棟樑乏, 屹然何事立中流.' 雖稱佳作, 未若金冲庵: '千古高皐叢石勝, 登臨寥落九秋懷. 斗魁散彩隨滄海, 月宮借斧削丹崖. 巨溟欲泛危巒去, 頑骨長衝激浪排. 蓬島笙簫空淡竚, 夕陽搔首寄天涯.' 險絶奇語, 令人眩眼.

44

車滄洲雲輅「竹西樓」詩曰: '頭陀雲樹碧相連, 屈曲西來五十川. 鐵壁俯臨空外鳥, 瓊樓飛出鏡中天. 煙霞近接官居界, 風月長留几案前. 始覺眞珠賢學士, 三分刺史七分仙.' 讀之爽然. 且如「山行卽事」詩曰: '峽墮新霜草木知, 寒江脈脈向何之. 老龍抱子深淵裏, 臥敎明春行雨期.' 詩意甚奇, 道人所未道. 評詩者以滄洲優於五山, 滄洲嘗自論詩曰: "吾則精米流脂五百石, 家兄則皮雜穀幷一萬石耳."

---

29 谷자가 대부분 사본에 주(洲)로 되어 있으나 조위한의 호는 현곡(玄谷)이 맞으므로 수정하여 제시한다. 그 아우 조찬한의 호인 현주(玄洲)와 혼동한 결과로 보인다.

45

李慶全, 號石樓, 九歲時鵝溪抱置膝上, 使作卽景. 其詩曰: ‘一犬
吠, 二犬吠, 三犬亦隨吠. 人乎虎乎風聲乎, 童言山月正如燭,半庭
惟有鳴寒梧.’ 十歲作「杭州圖」詩曰: ‘楊柳依依十二橋, 碧潭春水正
迢迢. 粧樓珠箔待新月, 江畔家家吹紫簫.’ 鵝溪早以神童稱, 而石樓
之鬓齔奇藻又如此, 可稱其家兒也.

46

柳於于夢寅「送李校理日本」詩曰: ‘鯨曝東溟十二年, 馬州蕭瑟隱重
烟. 城頭畵角催紅日, 臺上華筵近碧天. 秋日賓盤饒島橘, 夜風漁笛
識夷船. 書生正坐談兵略, 醉撫龍泉看跕鳶.’ 只此一詩, 可見所立卓
犖. 且如「山行」詩: ‘蚌螺黏石何年海, 蘿葍生山太古田.’ 躑躅背岩
多白蘂, 狌鼯食栢或靑毛.’ 等聯, 皆極幽奇.

47

柳於于少時閱書籙, 見簡册中有蠹魚狼藉, 遂作一絶曰: ‘秦王餘魄
化爲蟫, 食盡當年未盡書. 等食須知當食字, 一篇私字食無餘.’ 蓋有
所激而云, 豈獨憎蠹魚也哉!

48

於于於獄中, 書進「孀婦詞」曰: ‘七十老孀婦, 端居守閨壼. 家人勸改
嫁, 善男顔如槿. 頗誦女史詩, 稍知妊姒訓. 白首作春容, 寧不愧脂
粉.’ 竟坐死. 論者稱於于之於簡易, 老熟雖不及, 才調過之, 簡易固
有依形而立者, 於于皆出自機軸, 變化無窮, 此最難處云. 於于平生
所著述, 不止數十萬言, 而惜其被禍, 文集不行於世. 良可歎也.

49

古今詩讖, 如「詠珠」詩: '夜來雙月滿, 曙後一星孤.' 之類甚多, 不可
勝記, 而洪監司命耉兒時作一句云: '花落天地紅.' 鶴谷大夫人見而
歎曰: "此兒必貴, 然似當夭折, 若曰: '花發天地紅.' 則福祿無量,
而落字無遐福氣像, 惜哉!" 後公以平安監司戰死金化, 時年四十二,
卒應其讖. 鶴谷大夫人, 卽於于柳夢寅之妹也. 於于受業之時, 從傍
竊學, 其文章絶世, 然自以婦人不宜吟詠, 故絶無所傳, 惟'入洞穿春
色, 行橋踏水聲.'一句, 傳於世.

50

霽湖梁慶遇曰: "李東岳宰秋成[30]時, 與僕登俛仰亭賦詩, 僕敢唐突
先手, 頷聯云: '殘照欲沈平楚闊, 太虛無閡衆峯高.' 自以爲得雋語.
東岳次曰: '西望川原何處盡, 南來形勝此亭高.' 下句隱然與老杜:
'海右此亭高.' 語勢略似, 可謂投以木瓜, 報之瓊琚."云. 以余觀之,
東岳詩, 雖似圓轉無欠, 終不如霽湖淸新突兀, 豈故作遜語以詫之
耶!

51

霽湖嘗作詩曰: '殘花杜宇聲中落, 芳草王孫去後靑.' 自以爲警聯.
東岳見而笑曰: "此詩直說, 無曲折." 因誦自家詩曰: '海棠花下逢
僧話, 杜宇聲中送客愁.' 李 · 梁詩, 雖無淺深, 作法自有巧拙, 學詩
者, 於此灼有所見, 則可與言詩.

---

30 秋成은 대부분 사본에 秋城으로 되어 있으나 이는 잘못이다. 秋成은 전라도 담양도호부(潭
陽都護府)의 옛 이름이다. 백제 때에는 추자혜군(秋子兮郡)이었다가 통일신라 때 추성군
(秋成郡)으로 바뀌었고, 고려 때 담양으로 정해졌다(『여지승람』권39).

52

東岳李安訥, 與體素‧石洲相善. 二人俱逝, 其後兩家子弟, 共訪東
岳于江都. 遂感而賦詩曰: '藝文檢閱李僉正, 司憲持平權教官. 天下
奇才止於此, 世間行路何其難. 陽春白雪爲誰唱, 流水高山不復彈.
晧首今逢兩家子, 一樽江海秋雲寒.' 詞甚遒麗. 體素初擢第, 直拜檢
閱, 終于宗簿寺僉正; 石洲曾爲童蒙教官, 今贈司憲持平, 兩君年皆
止四十有四.

53

澤堂一日往拜東岳, 適有二緇徒來在, 時維正月之初五, 而前三日
連雪, 東岳卽口占: '春天五日雪三日.' 澤堂諦視, 姑俟其對句如何,
東岳又吟: '遠客四人僧二人.' 儷偶極妙, 澤堂驚歎不已.

54

沈判書輯, 乞養除安邊, 壽大夫人. 東岳席上賦一律, 其頷聯曰: '卿
月遠臨都護府, 壽星高拱大夫人.' 文士李進見之, 歎曰: "眞六經文
章也." 余問東溟曰: "石洲‧東岳詩誰優?" 東溟曰: "石洲甚婉亮,
東岳甚淵伉, 比之禪家, 石洲頓悟, 東岳漸修, 二家門路雖不同, 優
劣未易論."

55

申東淮嘗得「上林圖」于瀋陽, 屬金北渚賦詩曰: '紫閣昆明一掌中,
武皇車馬若雷風. 六丁有力排天外, 三絶無端落海東. 去趙嘗爲和氏
璧, 輸韓亦是楚人弓. 獨憐上苑猶秦地, 誰繼襄王賦小戎.' 淸陰‧觀
海皆次之. 觀海嘗云: "此老此詩甚奇健, 但未知輸韓二字出處." 客

曰：“韓字莫是三韓之謂乎？”觀海笑曰：“非也. 若是則大誤矣, 此
老必有所見耳.”

56

夫娼[31]情冶思之作, 有正有邪, 正有可說, 邪亦有戒. 李東岳嘗按察
北關, 有一妓善歌, 遂贈以衣資, 題詩以贈曰：‘莫怪樽前贈素衿, 老
翁寧有少年心. 秋空月白思歸夜, 一曲妍歌直萬金.’許水色�, 嘗於
芝山家有注意兒, 作詩曰：‘擬將今日死君家, 魂化春閨箔上蛾. 長在
玉人纖手下, 不辭軀殼似蟬花.’

57

洪鶴谷瑞鳳, 爲詩沈鬱豪健, 然時病澁僻, 每作一首, 必費數日. 嘗
到醴泉郡, 得‘簷留如客燕, 池謝似郎花.’之句, 終日苦吟, 竟未成篇.
奉使關西,「贈龍川老馬頭」詩曰：‘當時從事未生鬚, 醉騁驊騮爾輒
扶. 三十年來相見地, 吾豪爾健一分無.’筆力老而益健.

58

鶴谷「挽朴錦溪」詩一聯曰：‘搏鵬一失扶搖勢, 病樹虛經爛熳春.’澤
堂「挽南雪簑」詩云：‘一炊爛熳邯鄲枕, 萬斛撐過灩澦堆.’人稱兩句,
造意鑄思相同.

59

朴叔夜燁, 極有文才, 號葯窓, 未釋褐時, 過某邑, 主倅饋以烹鴈, 朴
卽題盤面曰：‘秋盡南歸春北去, 溪邊羅網忽無情. 來充太守盤中物,

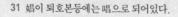

31 娼이 퇴호본등에는 唱으로 되어있다.

從此雲間減一聲.' 嘗爲平安監司, 贈入京使臣曰: '歌低琴苦別離難,
隴樹蒼蒼隴水寒. 我與雪山留此地, 君隨西日向長安.' 有才如此, 而
終枉其身, 可惜也.

60

趙竹陰希逸, 嘗以從事官到瑞興. 時蓀谷李達新亡所昵妓, 諸公適會
驛樓, 爲蓀谷, 賦悼亡詩. 竹陰先題曰: '生離死別兩茫然, 恨入嬋姸
洞裏綿. 飛步無蹤仙佩冷, 殘花不語曉風顚. 美人寃血成春草, 神女
朝雲鎖峽天. 九曲柔腸元自斷, 驛名何事又龍泉.' 諸公皆閣筆, 龍
泉, 卽瑞興館名.

61

古人贈僧詩, 多矣. 湖陰詩曰: '踏盡千山更萬山, 滿腔疑是碧孱顏.
他年縱未超三界, 猶與婆娑作寶關.' 東皐詩曰: '白雲涵影古溪寒,
和月時時上石壇. 詩在山中自奇絶, 枉尋岐路太漫漫.' 東岳詩曰:
'老年何事喜逢僧, 欲訪名山病未能. 花落矮簷春晝永, 夢中皆骨碧
層層.' 疎庵詩曰: '儒言實理釋言空, 氷炭難盛一器中. 惟有秋山碧
蘿月, 上人淸興與吾同.' 鄭詩奇健, 崔詩精深, 李詩淸灑, 任詩超脫,
各臻其極.

62

大凡詩與文, 貴有淵源. 其所謂奇崛者, 淡雅者, 雖其才之不同, 而
惟源深者, 欲奇而奇, 欲淡而淡. 趙玄洲續韓, 平生爲詩, 奇怪險崛.
其「詠玩瀑臺」詩曰: '深藏睡虎風烟晦, 倒掛生龍霹靂噴.' 有捕龍蛇
搏虎豹之勢. 至如「贈槐山守吳翻」詩, 則曰: '新燕不來春寂寂, 故人

將去雨紛紛.' 殆平易淡雅, 絶無險截之態, 非其源之深博者, 能若是
乎?

63

張谿谷維, 文章圓暢馴熟, 爲一大家. 金淸陰序其集曰:"宣陵之世,
畢齋獨步, 穆廟之時, 簡易高蹈." 蓋言谿谷文章, 可幷二公而爲三傑
也. 其「贈畸庵」詩曰:'叢篁抽筍當階直, 乳燕將雛掠戶斜. 自笑蓬蒿
張仲蔚, 平生不識五侯家.' 此可以見一斑而知虎豹之文.

64

我東自崔孤雲以後, 歷高麗, 至我朝, 其間數千餘載, 爲文章者, 不
啻數百家, 而大家則僅十餘人. 今記其表表警聯, 故無論諸詩話載與
不載, 並錄之. 崔學士孤雲之「潤州慈和寺」詩:'畫角聲中朝暮浪, 靑
山影裏古今人.' 余未嘗不歎其感慨, 李白雲春卿之「元日早朝」詩:
'三呼萬歲神山湧, 一熟千年海果來.' 未嘗不歎其壯麗, 李益齋仲思
之「記行」詩:'雨催寒犢歸漁店, 風送輕鷗近客舟.' 未嘗不歎其精緻,
李牧隱穎叔之「山中」詩:'風淸竹院逢僧話, 草軟陽坡共鹿眠.' 未嘗
不歎其穠贍, 徐四佳剛中之「龍鍾」詩:'黑雲暗淡葡萄雨, 紅霧霏微
菡萏風.' 未嘗不歎其沖融, 金佔畢季溫之「淸心樓」詩:'十年世事苦
吟裏, 八月秋容亂樹間.' 未嘗不歎其爽朗, 金東峰悅卿之「山居」詩:
'龍曳洞雲歸遠壑, 雁拖秋日下遙岑.' 未嘗不歎其雅健, 成虛白磬叔
之「延慶宮古基」詩:'羅綺香消春獨在, 笙歌聲盡水空流.' 未嘗不歎
其凄楚, 朴挹翠仲說之「福靈寺」詩:'春陰欲雨鳥相語, 老樹無情風
自哀.' 未嘗不歎其神奇, 李容齋擇之之「大興道中」詩:'多情谷鳥勸
歸去, 一笑野僧無是非.' 未嘗不歎其閑淡, 鄭湖陰雲卿之「荒山戰

場」詩: '商聲帶殺林巒肅, 鬼燐憑陰堞壘荒.' 未嘗不歎其勁悍, 盧蘇齋寡悔之「寄尹李」詩: '日暮林烏啼有血, 天寒沙雁影無隣.' 未嘗不歎其悽惋, 黃芝川景文之「罷官」詩: '靑春謾說歸田好, 白首猶歌行路難.' 未嘗不歎其激切, 崔東皋立之[32]之「將赴京」詩: '劍能射斗誰看氣, 衣未朝天已有香.' 未嘗不歎其矯健, 張谿谷持國之「早發板橋店」詩: '寒蟲切切草間語, 缺月輝輝天際流.' 未嘗不歎其淸楚, 此可以嘗臠知鼎.

65

李澤堂植十歲時, 「詠柳絮」曰: '隨風輕似雪, 着地軟於綿.' 見者奇之. 壬辰後倭奴來請信使, 人皆憤惋, 而朝廷恐其生釁, 遣釋惟政往試賊情, 惟政遍求別章于縉紳間, 澤堂未釋褐時, 亦贈詩曰: '制敵無長算, 雲林起老師. 行裝冲海遠, 肝膽許天知. 試掉三禪舌, 何煩六出奇. 歸來報明主, 依舊一筇枝.' 惟政亦能詩, 見詩喜曰: "得此而吾行不孤矣."

66

權韠九歲時作「松都懷古」, 膾炙當時, 後澤堂詩以挽之曰: '雪月寒鍾故國詩, 九齡佳句世間知. 風塵歷抵空時輩, 江海歸來有酒巵. 囊裏虎韜身擁褐, 案頭丹訣鬢成絲. 猶應五寶聯珠集, 不廢高名死後垂.' 立意措語, 精到工緻, 可謂名作, 然格自隋宋.

---

32 많은 사본에 최립(崔岦)의 자(字) 입지(立之)가 입지(岦之)로 되어 있으나 이는 오류이므로 수정하였다.

67

永平白鷺洲, 形勝最於畿內. 李白洲明漢, 嘗有一絶, 趙龍州綱·楊鑑湖萬古皆次之, 白洲詩爲第一. 詩曰:'身如白鷺洲邊鷺, 心似白雲山上雲. 孤吟盡日不知返, 雲去鷺飛誰與群.' 龍洲詩曰:'潭虛先受欲生月, 松老常浮不盡雲. 應有此間閑似者, 君今獨往非人群.' 鑑湖詩曰:'東風花落水中石, 西日客眠松下雲. 醉把一盃酬白鷺, 世間惟有爾爲群.'

68

具鳳瑞號洛洲, 兒時月夜與群兒, 入白沙相公宅偸蓮, 白沙問:"汝何不讀書, 反偸蓮爲?" 具對曰:"書旣盡讀, 故只事浪遊耳." 曰:"吾將呼韻, 不能撻之." 遂呼遊字, 具卽應曰:'童子招朋月下遊.' 復呼秋字, 卽曰:'相公池館冷如秋.' 白沙知其能詩, 欲窘以强韻, 呼牛字, 卽曰:'昇平事業知何事, 但問蓮花不問牛.' 時稱奇童.

69

余王父參贊公, 號月峰, 尹全州, 嘗宴寒碧堂, 次權淸河侁詩曰:'肩輿晚出城南陌, 獨上高樓百尺餘. 山雨乍晴溪水急, 暝雲纔捲洞天虛. 孤舟長簶憑欄外, 紅燭淸樽待月初. 幽興未闌秋夜永, 不妨扶醉暫躊躇.' 其時觀察使乃能文者, 大加稱賞, 命刻板懸楣. 後公遞歸時掇其板, 人皆止之, 公曰:"吾詩只可自詠, 何可懸諸館宇, 以彰其陋哉!" 人聞之, 多其有讓.

70

金相國堉, 號潛谷, 嘗以副使赴燕, 山海關十里許有角山寺, 極險峻

難上. 潛谷與書狀柳淰聯轡而往, 上其寺, 則眼界之曠·景致之勝,
便有小天下之意, 遂口占一絶曰: '再入中原路, 今年辦壯遊. 居僧指
海外, 微露泰山頭.' 卽下, 書狀言於上使曰: "今日爲三壯觀." 上使
曰: "何以言之?" 書狀曰: "千仞之山, 萬里之海, 極天下之壯, 不
可盡言, 而副使以七十之年[33], 朱顔白髮, 登陟絶險, 不扶不杖, 如
履平地, 此又一壯觀也." 以余觀之, 詩意極其闊遠, 可爲四壯觀也.

71

李東州敏求, 自少業文章, 而最長者, 詞賦也. 其詩初以佶屈爲主,
晚廢江外, 益肆力焉, 而漸至明暢. 其「題全昌都尉酒席」詩曰: '秦樓
烟霧細香濃, 牽率華筵起病慵. 十月風威欺瘦骨, 三杯酒力借衰容.
栖鴉上苑天寒樹, 歸騎東城日暮鍾. 自笑泥途餘骯髒, 幾年流落又登
龍.' 濃麗婉曲. 且如「江亭」詩一聯: '風塵扶白髮, 江漢對淸樽.' 亦
豪爽可稱.

72

余昔遊嶺南, 登寧海觀魚臺, 臺臨海, 巖下游魚可數, 板上有李東州
敏求詩. 詩曰: '觀魚臺下海茫茫, 羊角秋風鶴背長. 倚蓋天隨鰲極
庳, 旋磨人比蟻行忙. 陶將萬壑蛟龍水, 洗出重宵日月光. 欲掛雲帆
乘瀚沆, 扶桑東畔試方羊.' 余次之曰: '高樓獨上意微茫, 鰲背冷風
萬里長. 臺壓千尋蛟窟險, 山留太古劫灰忙. 天淸遠嶼收雲氣, 海赤
層濤盪日光. 便欲登仙從此去, 世間榮辱等亡羊.' 其後往拜東州, 東
州出示其私稿, 至「觀魚臺」詩, 余曰: "此詩曾見於觀魚臺." 東州

---

33 年이 餘로 된 이본이 많다.

曰:"何如?"余曰:"語意矯健,然格墮江西.且旋磨之磨字,山谷
以去聲用之,亦似欠矣."東州頷之,余因誦前日所步詩,考其如何,
東州極過獎.後更往,坐談間閱其私稿,其「觀魚臺」詩,已刪去矣.
文人例多自是,而此老能如此,所謂過而能改者也.

73

余嘗與東州語及國朝故事,東州一一歷言,且曰:"癸亥年間,余與
疎庵·谿谷等九人賜暇湖堂.一日上出御題,令諸公製進,余適居
魁,上賜豹皮一領,谿谷居第二,賜虎皮一領,其餘各賞賜有差.仍
遣中使宣醞,諸公相與歡飲,酒酣,座中合辭,謂余曰:'今日應製,
子爲壯元,吾等之文,子可第其高下.'余笑而頷之,因謂谿谷曰:
'子之文如長江一瀉,千里無聲,汝固如山逕幽峭,花草生馨,天章如
羅公遠所嗅黃栢,華色爀然,內缺一瓣,肅羽如白鸚鵡,天性慧到,
時有一二句能言.'諸公相顧大笑,皆稱的論.其時座中不止此四人,
各有所評論,而余老矣,忘不能記."云.

74

余近得滓溟子尹順之詩稿而觀之,其詩非唐非宋,自成一家,格清語
妙,句圓意活,深造古人閫域.第世罕知之,略揀七言近體數首.其
「覓句戲占」詩曰:'結習多生未忘癡,尙從文字鬪新奇.但令美玉連
城在,不厭良金鼓橐遲.活意有時騰驥足,苦心終夜引蛛絲.尋花問
柳閒閒處,笑爾沈吟復索詩.'其[34]「望海亭」詩曰:'鴻荒開闢坎離門,

---

34 통문관본에는 其로, 황경본에는 생략되어 있다. 다른 사본에는 尹滓溟으로 쓰고 74칙 앞
의 내용과 분리하여 한 則으로 만들었다. 내용상 통문관본과 황경본이 맞다고 보아 이를
따랐다.

碣石崑崙左右蹲. 垂手恰堪扶日轂, 側身今已躡天根. 挾山超海非
難事, 暴虎憑河不足論. 落帆長風吹萬里, 眼邊吳楚浪中飜.' 又曰:
'劈海危亭峻欲飛, 任公曾作釣鰲磯. 風雷滃洞喧蛟窟, 金碧參差漾
日輝. 尙父提封看隱約, 薊門烟樹望依微. 吾生豪橫誠堪詫, 貝闕珠
宮踏得歸.' 矯矯騰踔, 可與芝川「海」·「山」詩爭衡.

75

鄭東溟斗卿, 氣吞四海, 目無千古, 文章山斗一代. 其手劈秦漢盛唐
之派, 可謂達摩西來, 獨闡禪敎. 其「詠白鷗」詩曰: '白鷗在江河, 泛
泛無多夏. 羽族非不多, 吾憐是鳥也. 年年不與雁南北, 日日常隨波
上下. 寄語白鷗莫相疑, 余亦海上忘機者.' 試看吾東古今詩人, 怎敢
道得如此語麼? 谿谷嘗語人曰: "余之文譬如良馬, 欲步能步, 欲走
能走, 猶不免爲馬. 至如君平, 則寧蜥蜴, 不失爲龍之類也." 因「詠
箕子墓」詩: '海外無周粟, 天中有洛書.' 不覺擊節, 曰: "此句出人
意表, 不可及, 不可及." 其見許如此. 君平, 卽東溟字也, 谿谷於東
溟長十年云.

76

姜王二詔使之來, 北渚金相公爲遠接使, 鄭東溟以白衣從事, 至義
州, 與府尹李莞會飮統軍亭, 適見毛都督軍兵過去, 賦詩一律曰: '統
軍亭前江作池, 統軍亭上角聲悲. 使君五馬靑絲絡, 都督千夫赤羽
旗. 塞垣兒童盡華語, 遼東山川非昔時. 自是單于事遊獵, 城頭夜火
不須疑.' 氣格遒健, 彷彿老杜, 眞所謂不二門中正法眼藏, 非野狐小
品可等論也.

77

近世谿谷·澤堂·東溟三人, 並稱當世哲匠, 論者各以所尙, 優劣而輕重之, 甚無謂也. 凡文章之美, 各有定價, 豈以好惡爲抑揚乎? 余觀谿谷文章渾厚流麗, 如太湖漫漫, 微風不動, 澤堂精妙透徹, 如秦臺明鏡, 物莫遁形, 東溟發越俊壯, 如白日靑天, 霹靂轟轟, 三家氣像, 自是各別. 至若東溟之'海上白雲間, 蒼蒼皆骨山. 山僧飛錫去, 笑問幾時還.' 俊逸中極閑雅, 風神骨格, 酷似太白, 二子亦所未道也.

78

挽金將軍應河詞甚多, 而朴鼎吉詩爲最. 其詩曰:'百尺深河萬仞山, 至今沙磧血痕斑. 英魂且莫招江上, 不滅匈奴定不還.' 其人不作惡, 一才子也.

79

李烓能文章, 罕世之才也. 其「百祥樓」詩曰:'睥睨平臨薩水湄, 高風獵獵動旄旗. 路通遼瀋三千里, 城敵隋唐百萬師. 天地未曾忘戰伐, 山河何必繫安危. 悽然欲下新亭淚, 樓上胡笳莫謾吹.' 詞氣俊邁, 且如'蛩吟野逕秋聲急, 雀噪柴門暮景疎.' 亦淸警. 澤堂嘗在龍灣, 聞烓被死, 方對案, 却肉不食, 嗟悼良久, 傍人怪問之, 曰:"吾非爲其人, 惜其絶藝也."

80

申都事最, 號春沼, 自其祖玄翁, 文章相繼, 長於詞賦, 而詩亦淸雅. 其「還棲」詩:'偶入城中數月淹, 忽驚秋色着山尖. 行裝理去孤舟在,

急影侵來素髮添. 早謝朝班誰道勇, 晚饞邱壑不稱廉. 且愁未免天公
怪, 欲向成都問姓嚴.' 當使蘇長公却步.

81

先人號靜虛堂, 爲文根於性理, 卓然天成, 不假雕飾. 澤堂嘗稱法遜
於持國, 而理勝之, 若菽粟布帛. 有「閑中」詩一絶曰: '追惟旣往眞爲
惑, 逆料將來亦是愚. 萬事當頭須放下, 儘敎心地淨無虞.' 申東淮翊
聖謂: "此詩見得透脫, 眞儒者語. 世之雕琢章句, 誇奇鬪新者, 安能
道得如此語."

82

黃漫浪㦿能詩, 而但欠生梗. 如「奉使日本」詩云: '童男女昔求仙地,
大丈夫今杖節行.' 爲人傳誦. 鄭圃隱「奉使日本」詩云: '張騫槎上天
連海, 徐福祠前草自春.' 觀此兩詩, 不啻霄壤.

83

任參判有後, 號休窩, 中年閑廢, 專事文翰. 少時遊山寺, 題僧軸曰:
'山擁招提石逕斜, 洞天幽杳閟雲霞. 居僧說我春多事, 門巷朝朝掃
落花.' 見者誤以爲疎庵詩, 後疎菴見其軸曰: "吾非盛唐, 語不出口,
此詩雖逼唐韻, 頗雜中唐聲, 乃後生小子之作."云. 至若'鑱石題名
姓, 山僧笑不休. 乾坤一泡幻, 能得幾時留.' 讀之, 身世兩忘, 色相
俱空, 不謂聲律中有此妙詮, 其可以中晩而小之歟?

84

金栢谷得臣, 才稟甚魯, 多讀築址, 由鈍而銳. 其「龍山」詩曰: '古木

寒雲裏, 秋山白雨邊. 暮江風浪起, 漁子急回船.' 一時膾炙, 然不若
「木川道中」詩: '短橋平楚夕陽低, 正是前林宿鳥栖. 隔水何人三弄
笛, 梅花落盡古城西.' 之極逼唐家.

85

洪晚洲錫箕, 天才敏捷, 操筆賦詩, 泉湧河懸, 略無停滯, 人不可及.
嘗遊松岳雲居寺, 與諸友夜坐, 一友謂洪曰: "君能擊磬一聲, 聲未
了, 賦一詩乎?" 仍以'月夜聞琵琶'爲題, 以聞雲君爲韻, 擊磬而出示
之. 洪卽應口而對曰: '千秋哀怨不堪聞, 落月蒼蒼萬壑雲. 莫向樽前
彈一曲, 東方亦有漢昭君.' 蓋是時義順公主, 新嫁燕京故云, 一座吐
舌歡賞.

86

余嘗病肺杜門, 東溟鄭丈携任休窩來問, 時栢谷 · 晚洲亦至, 余命進
酒, 仍致數三女樂謳彈, 酒酣, 諸公或賦或歌, 竟夕而罷. 六七年來,
東溟 · 休窩, 相繼淪沒, 栢谷 · 晚洲, 皆流落鄕土. 一日晚洲來訪,
贈余一律曰: '吾儕行樂向來多, 玄鬢蒼顔間綺羅. 栢谷風標元不俗,
豊山才格亦同科. 波瀾浩蕩任公筆, 天地低昂鄭老歌. 聚散存亡還七
載, 逢君今日意如何.' 感古傷今, 情溢於辭, 讀之令人隕涕. 豊山,
卽余姓貫也.

87

栢谷 · 晚洲, 皆有曉行詩. 栢谷詩曰: '鷄聲來野店, 鬼火渡溪橋.'
晚洲詩云: '鷄鳴飯後店, 馬過睡時橋.' 俱寫情境, 而晚洲尤逼眞,
當與溫庭筠[35]「鷄聲茅店」詩相伯仲.

88

沙浦李志賤, 爲詩癖於詭, 而其「詠靑山」詩最佳. 詩曰: '假令持此靑
山賣, 誰肯欣然出一錢. 莫歎終爲浮世棄, 尙堪留置老人前. 纔含落
月窺虛幌, 旋拂輕雲入晚筵. 造物祇應嫌獨取, 疎簾不敢向西搴.'

89

曹聘君, 諱漢英, 號晦谷, 嘗在驪庄, 重陽日作五言近體曰: '故里重
陽會, 相携醉幾遭. 老翁難策杖, 佳節負登高. 沙白仍淸渚, 花黃復濁
醪. 狂歌落帽興, 無復少年豪.' 格律淸絶. 公少從澤堂學, 有自來矣.

90

金斯伯錫冑, 號息菴, 博洽群書, 識優才贍, 爲文自成一家. 嘗與余
唱酬, 稱余詩爲本色, 蓋斯伯工於詞賦, 晚業於詩, 故有此過許. 然
其詩往往有古法. 曾以接慰官在東萊, 寄余一詩曰: '相離千里遠, 相
憶幾時休. 以我虛漂梗, 憐君誤決疣. 靑春愁已過, 碧海暮長流. 夢
裏還携手, 同登明月樓.' 時余誤針左手痰核, 伏枕呻吟, 故頷聯云.
余次韻以寄曰: '世故殊難了, 離愁苦未休. 緣詩君太瘦, 隨事我生
疣. 夜月誰同酌, 春天獨泛流. 還朝知不遠, 匹馬候江樓.' 時余適泛
舟西湖, 故頸聯及之, 可謂投之瓊琚, 報之木瓜矣.

91

尹淳, 宣廟朝人, 職淸要, 在直廬, 欲推微細之物, 將訴于官, 同僚
薄之. 尹賦一絶曰: '弊屣堯天下, 淸風有許由. 分中無棄物, 猶絜自

---

35 '溫庭筠'이 대부분 사본에는 '賈島'로 되어 있으나 오류이다. 『양파담원(暘葩談苑)』에는 작
가를 온정균으로 옳게 적고 있어 그에 따라 '溫庭筠'으로 수정하였다.

家牛.'至今膾炙. 然以巢父事歸許由, 而世人不能看別, 可資一噱.

92

李元鎭, 仁廟朝人,「詠漢高祖」詩:'山東隆準氣雄豪, 一約三章帝業高. 莫道入關無所取, 祖龍天下勝秋毫.'豪健脫纏, 道人所未道, 詩可以名取之乎!

93

挽鰲城相公詩甚多, 而當時評者, 以'鰲柱擎天天妥帖, 鰲亡柱折奈天何. 北風吹送囚山雨, 雨未多於我淚多.'爲第一. 或云成汝學所作, 或傳金昌一所作, 未知孰是. 金昌一, 以南行爲清道郡守云.

94

無名氏詩, 爲人傳誦者甚多, 而佳者亦罕. 如'雨後清江興, 回頭問白鷗. 答云紅蓼月, 漁笛數聲秋.'語甚鄙俚, 村裡雜劇. '水澤龍魚窟, 山林鳥獸家. 孤舟明月客, 何處是生涯.'詞意窮寒, 乞兒操瓢. '三尺齊紈上, 誰摸雁睡長. 蘆花霜落後, 烟月夢瀟湘.'似假非眞, 優孟效孫. '十月嚴霜着地多, 强提凉扇意如何. 紅塵十載空奔走, 多少青山掩面過.'語格酸薄, 村婦學粧. '攻愁愛酒還成病, 治病停盃轉作愁. 一夜西窓風雨鬧, 兩除愁病夢滄洲.'頗有手段, 定是作者.

95

詩或有一聯傳誦於世者, 而有佳者, 有不佳者, 無名氏'竹窓碁影碧, 梅塢雨聲香.'傷於太巧, '果熟山登席, 魚肥海入盤.'病似聯句, '公子骨清秋入竹, 美人粧濕雨過花.'癖於欲奇, '茶名雀舌僧疑飮, 山

號蛾眉女妬看.'又'江名白馬疑南牧, 山號扶蘇恐北監.'兩聯同一
體格, 非不精巧, 而卑俗可厭. 權韜'杜鵑聲苦春山晚, 枳殼花殘古
寺幽.'詞極淸警, 李春元「金剛山」詩: '氣像秋冬春夏異, 精神一萬
二千同.'語頗遒健, 鄭之羽「穩城」詩: '人逢絶塞俱靑眼, 山到窮邊
亦白頭.'意甚悽惋, 權韠'幽人偏愛磵邊石, 山鳥不驚林下僧.'幽脩
超絶, 可壓前數聯.

96

麗朝詩僧, 多矣. 宏演, 號竹磵,「題墨龍卷」詩云: '閶闔迢迢[36]白
氣通, 滿絹雲起黑潭風. 夜來仙杖無尋處, 應向人間作歲豐.'天因
「冷泉亭」詩云: '鑿破雲根搆小亭, 蒼崖一線瀉冷冷. 何人解到淸涼
界, 坐遣人間熱惱惺.'圓鑑「雨中睡起」詩云: '禪房闃寂似無僧, 雨
浥低簷薜荔層. 午睡驚來日已夕, 山童吹火上龕燈.'懶翁「警世」詩
云: '終朝役役走紅塵, 頭白焉知老此身. 名利禍門爲猛火, 古今燒殺
幾千人.'我朝能詩者甚稀, 惟參寥爲最,「贈成川倅」詩云: '水雲蹤
跡已多年, 針芥相投喜有緣. 盡日客軒春寂寞, 落花如雪雨餘天.'休
靜, 號淸虛堂,「賞秋」詩云: '遠近秋色一樣奇, 閑行長嘯夕陽時. 滿
山紅綠皆精彩, 流水啼禽亦說[37]詩.'太能「呈西山大師」詩云: '蘧廬
天地假形來, 慙愧多生托累胎. 玉麈一聲開活眼, 淸霄風冷古靈臺.'
守初「睡起」詩云: '日斜簷影落溪濱, 簾捲微風自掃塵. 窓外落花人
寂寂, 夢回林鳥一聲春.'諸詩情境俱妙, 各臻閑趣, 所謂浮屠多技
者, 不其信乎!

---

36 다수의 사본에 '超超'로 썼다.
37 다수의 사본에 說이 悅로 되어 있다. 『청허당집(淸虛堂集)』에는 說로 되어 있다.

有劉希慶·金孝一·崔大立者, 出於卑流, 而皆能詩. 劉希慶, 祭服
匠, 號村隱, 「襄陽途中」詩: '山含雨氣水含烟, 青草湖邊白鷺眠. 路
入海棠花下去, 滿枝香雪落揮鞭.' 金孝一, 禁漏官, 號菊潭, 「鷓鴣」
詩云: '青草湖波接建溪, 刺桐深處可雙栖. 湘江二女寃魂在, 莫向黃
陵廟裡啼.' 崔大立, 譯官, 號蒼崖, 「喪室後夜吟」詩云: '睡鴨薰消
夜已闌, 夢回虛閣寢屛寒. 梅梢殘月娟娟在, 猶作當年破鏡看.' 又有
白大鵬·崔奇男者, 皆賤隷而工詩. 白大鵬, 典艦司奴也, 「醉吟」詩
云: '醉揷茱萸獨自娛, 滿山明月枕空壺. 傍人莫問何爲者, 白首風塵
典艦奴.' 崔奇男, 東陽尉宮奴也. 號龜谷, 其「寒食道中」詩云: '東
風小雨過長堤, 草色和烟望欲迷. 寒食北邙山下路, 野鳥飛上白楊
啼.' 諸詩皆淸絶. 噫! 才之不限於貴賤, 如是夫!

98

古之婦人能文者, 曹大家·班姬以下, 不可殫記. 我東女子不事文
學, 雖有英資, 止治紡績, 故婦人之詩罕傳. 惟我朝鄭氏所詠'昨夜春
風入洞房'一絶, 載於徐四佳『東人詩話』. 鄭氏又有「詠鶴」詩曰: '一
雙仙鶴叫靑霄, 疑是丹邱弄玉簫. 三島十洲歸思闊, 滿天風露刷寒
毛.' 又有宗室蕭川令內子詩, 蘭雪軒許氏詩. 蕭川令內子「詠氷壺」
詩曰: '最合床頭盛美酒, 如何移置小溪邊. 花間白日能飛雨, 始信
壺中別有天.' 許氏「宮詞」詩曰: '淸齋秋殿夜初長, 不放宮人近御床.
時把剪刀裁越錦, 燭前閒繡紫鴛鴦.' 又有趙承旨瑗之妾·楊斯文士
奇之妾, 皆善於文詞, 而瑗之妾, 玉峯李氏, 稱爲國朝第一. 其「卽
事」詩曰: '柳外江頭五馬嘶, 半醒半醉下樓時. 春紅欲瘦臨粧鏡, 試
畵梅窓却月眉.' 士奇之妾「閨怨」詩曰: '西風撼撼動梧枝, 碧落冥冥

雁去遲. 斜倚綠窓人不寐, 一眉新月下西池.」諸篇各臻其妙, 自是閨
房之秀.

99

古之才妓能詩者, 如薛濤‧翠翹之輩頗多, 我東女子, 雖不學書, 妓
流中英資秀出之徒, 不無其人, 而以詩傳於世者絶無, 何哉? 按魚
叔權『稗官雜記』, 東方女子之詩, 三國時則無聞焉. 高麗五百年, 只
有龍城娼于咄‧彭原娼動人紅, 解賦詩云, 而亦無傳焉. 頃世松都眞
娘‧扶安桂生, 其詞藻與文士相頡頏, 誠可奇也. 眞娘「詠半月」詩:
「誰劚崑山玉, 裁成織女梳. 牽牛離別後, 愁擲碧空虛.」桂生, 號梅
窓, 其詩云: 「醉客執羅衫, 羅衫隨手裂. 不惜一羅衫, 但恐恩情絶.」
又有妓秋香‧翠仙, 亦皆工詩, 秋香「蒼巖亭」詩云: 「移棹淸江口, 驚
人宿鷺飜. 山紅秋有跡, 沙白月無痕.」翠仙, 號雪竹, 「白馬江懷古」
詩云: 「晚泊皐蘭寺, 西風獨倚樓. 龍亡江萬古, 花落月千秋.」又有
東陽尉宮婢, 亦工詩, 一絶云: 「落葉風前語, 寒花雨後啼. 相思今夜
夢, 月白小樓西.」語皆工麗. 噫! 緇髡娼妓, 人之所甚賤, 羞與爲齒
者也, 而今其所作如此, 則可見我東人才之盛也.[38]

100

國朝田禹治, 羽士也, 猶唐之有曹唐. 其「次滿月臺」詩曰: 「靑松黃葉
故臺路, 惟有人心長未閒. 寶靨尙餘天上月, 宮眉留作海中彎. 落花
流水斜陽外, 斷雨殘雲城郭間. 遼鶴不來人事盡, 百年消息鬢毛斑.」
湖陰稱賞.

---

38 국립본1에는 뒷부분에 "楊山妓蕙人, 亦能詩, 詩曰: '紅落榴花點碧池.' 餘句并逸, 而人呼
之曰蘭校書, 蘭乃名, 蕙乃號也."가 첨가되어 있다.

101

麗朝時有一士人, 訪友飲酒, 日暮還家, 於途中醉臥, 忽聞吟詩一聲
曰:'澗水潺湲山寂歷, 客愁迢遞月黃昏.' 驚起視之, 身臥山路, 傍
有一古塚, 叢棘環之而已. 始知唐李賀詩所謂'秋墳鬼唱鮑家詩,恨
血千年土中碧.'者, 非虛語也. 且如鬼李顯郁詩曰:'風驅驚雁落平
沙, 水態山光薄暮多. 欲使龍眠移畫裏, 其於漁艇笛聲何.' 鬼朴崔詩
曰:'海棠秋墜花如雪, 城外人家門盡關. 茫茫丘壟獨歸去, 日暮路遠
山復山.' 又權韠所遇鬼詩'樓臺花雨十三天, 磬歇香殘夜闃然. 窓外
杜鵑啼有血, 曉山如夢月如烟.' 音韻皆高絶瀏幽, 自非人間語, 豈鬼
神亦自愛其詩, 往往有警作, 則必借人傳世, 以暴其才歟!

102

王弇州作文章九命, 其一曰短折, 仍擧古今賢人有文而無壽者四十七
人, 余讀而悲之. 嗟夫! 天之生才也不數, 閱千百纔一二, 而有苗而
不秀, 秀而不實者, 何哉? 余取我東有文而無壽者十二人, 各選一首
而附之. 鄭碏, 北窓之弟, 有詩才, 未弱冠而夭, 兒時到金襴窟, 作
詩, 爲人所稱賞, 詩曰:'人言菩薩着金襴, 住在衝波石竇間. 爲訪眞
身了不見, 水紋山氣自成斑.' 李榮極有詩才, 二十三而夭, 其「贈僧」
詩曰:'疎雲山口草萋萋, 夜逐香烟渡水西. 醉後高歌答明月, 江花落
盡子規啼.' 崔澱, 有才早夭, 號楊浦, 世稱仙才. 九歲時從栗谷自坡
州返京, 馬上栗谷呼韻, 崔卽口對曰:'客行何太遲, 不畏溪橋暮. 青
山一片雲, 散作江天雨.' 車殷輅, 五山之兄, 時號奇童, 未冠而夭.
其父軾, 通判黃州時, 年十二, 賦詩送客曰:'幾宴寧賓館, 頻登廣遠
樓. 一朝雲樹別, 山碧水空流.' 尹繼先, 世稱鬼才, 二十六而夭. 壬
辰亂後過獺川戰場, 賦詩曰:'古場芳草幾回新, 無限香閨夢裏人. 風

雨過來寒食節, 髑髏苔碧又殘春.' 權得仁, 花山人, 與權石洲一時齊名, 纔踰七齡而夭, 有詩曰: '橫塘十丈藕, 採緝作衣裳. 零落隨流水, 江南昨夜霜.' 鄭起溟, 松江之子, 有才早夭, 自號華谷, 其「春閨詞」曰: '東風吹入莫愁家, 簾幕徐開燕子斜. 睡起調琴香霧濕, 滿庭零落碧桃花.' 沈安世, 號默齋, 十四歲時已成才, 世稱奇才, 年甫十九而夭, 其「效崔國輔體」詩曰: '秋雨下西池, 綠荷聲暗動. 蕭蕭半夜寒, 驚起鴛鴦夢.' 鄭星卿, 東溟之弟, 號玉壺子, 未弱冠而夭, 「步虛詞」曰: '河上仙翁藏室史, 青牛紫氣滿關門. 一去流沙不知處, 人間只有五千言.' 趙奎祥, 玄洲之孫也, 有詩才, 早夭, 兒時「詠鞍峴」詩曰: '將軍躍馬踏天山, 揮却金鞭掃鐵關. 沙塞卽今無戰伐, 國門閒掛伏波鞍.' 申儀華, 春沼之子, 號四雅堂, 才思艷麗, 工於詞賦. 嘗作「雪賦」, 膾炙人口, 二十六而夭. 其「雪後吟」詩曰: '屋後林鴉凍不飛, 曉來瓊屑壓松扉. 應知昨夜山靈死, 多少青峯盡白衣.' 李弘美, 龍洲趙絅外孫也. 能文章, 十七而夭, 其所著「漢都頌」, 傳播一世. 八歲時有指半月爲題, 仍呼韻, 弘美卽應聲曰: '半缺氷輪影不成, 衆星磊落暮光爭. 鏡分兩端雙飛去, 別有何天一片明.' 噫! 倘使此輩假之以年, 則其所成就, 何可量也, 而天旣生之, 旋奪其算, 使不得展其才. 嗚呼, 惜哉!

小華詩評後跋

余自病廢以來, 閒居無事, 藥餌之暇, 求得我東諸子所著篇什, 以爲消遣之資, 病裏看書, 蓋取其着味而忘痛也. 一日玉川盧友奎燁來診, 袖一冊以示余, 曰: "是乃玄默子洪公萬宗之所編『小華詩評』也. 此書成之已久, 今始刊行者矣." 余欣然受之一覽, 可知其奇玩珍寶, 悅人耳目. 遂抛却諸書, 專心看閱, 如服淸涼散, 不覺病根之自消矣.

嗚呼! 我東自高麗以及我朝, 文章輩出, 嗰啾喥哢者, 各成一家, 皆自以爲獨得其妙, 玉石朱紫, 無以辨別. 賴得洪公之始有是評, 然后各家之姸媸美惡, 莫得逃形於一鑑中. 令人開卷, 瞭然如指掌, 定爲詩家千古之師表, 不待親炙而可期服矣.

余竊念洪公乃是仁廟朝人, 自仁廟以來迄今二百餘年, 文人才子世世並出, 其間作者之名章佳句, 勝似前人者, 亦多有之, 而未得定衡於洪公之筆下, 可勝惜哉. 噫! 今之人亦有欲如洪公之志者, 踵而繼之, 則昔者敖王二公之功, 豈獨專美於中華也哉! 遂感而題之曰: '洛陽才子問誰誰, 莫向詞林濫作詩. 今世若逢于海筆, 春秋衮鐵又安知.' 歲乙酉十月下澣, 野軒主人李存緒謹跋.

小華詩評後敍

余觀今玆詩評之書, 大抵網羅百家, 括串群詩, 誠沈潛其訓義而說之鏗鏗, 磨礪其事業而評之正正, 可謂耘情藝圃之必力, 戈志書林之必勤者也. 是以文之當也, 如玄圃之積玉而美不可採; 文之奇也, 如鳳翔龍躍而妙不可摸矣.

然則萬斛之泉源, 以之而洩其精神; 千丈之光芒, 因此而發其英華. 其所漱芳潤·傾瀝液之道, 固當靡不用極, 而余以不敏, 旣非咽篆之才, 吐鳳之手, 則其於挾風霜之文, 帶烟霞之詞, 豈可咀之嚼之, 而揀之摹之乎? 然有時乎, 泛舟於學海而沿流演之, 馳驥於文場而奔騁獵之, 則萬狀之瑰奇, 一家之機杼, 庶可窺見而組織之矣. 筆道告功, 故文以述懷於後, 不揣孤陋而識之焉. 歲舍玄兎之一月下澣, 退湖.

詩評置閏序

有事殊而理一者, 有以小而喩大者, 是編之名以置閏者奚? 日行疾

而一年與天會, 月行遲而一月與日會, 推其餘分之積, 則一歲總得十
日, 三朞總得三十日, 以成一閏. 余旣輯我東之名篇佳作纂『詩評』,
又裒所逸者爲『補遺』, 比數年來, 更撫得文人才子瑣儒賤士秀句警語
香人牙頰, 而或爲瞥眼所棄, 或以無名見捐, 并湮滅而不稱. 余爲此
之惜, 隨手纂錄, 遂成一編, 亦猶積餘分而能成歲功也.

夫正四序, 授人時, 非置閏則錯矣; 集衆美, 張詞源, 非此編則歉矣.
爲事雖殊, 其理則一; 用功雖小, 可喩於大. 余之取譬名編, 豈過也
哉! 或有規余者曰: "細大不遺, 古亦有之, 刪繁取精, 自是選詩之
法. 今子所錄, 亡乃傷于博而費於口乎!" 余謂: "玉環·飛燕, 異態
而同妍; 春蘭秋菊, 異時而同馨, 絶響妙句, 何所取舍? 余之癖痼矣,
子其恕焉." 遂一笑而罷, 爲之序如右云.

찾아보기

지은이

홍만종(洪萬宗, 1643~1725)

한양의 마포 한강가에 살면서 한평생 저술에 전념했다. 조선의 역사와 문학, 민간풍속과 도교에 지대한 관심을 가지고 있었으며, 조선의 문화를 본격적인 연구의 대상으로 삼아 자신만의 학문 세계를 일구어낸 뛰어난 지식인이었다.

옮긴이

안대회(安大會)

충남 청양에서 태어나 연세대학교 국문학과를 졸업하고, 동 대학원에서 문학박사 학위를 받았다. 현재 성균관대학교 한문학과 교수로 재직 중이다. 정밀하면서도 깊이 있는 사유를 바탕으로 옛글을 고증 · 해석하고, 특유의 담백하고 정갈한 문체로 선인들의 삶을 풀어내왔다.

시화총서 • 첫 번째

소화시평
조선이 사랑한 시 이야기

1판 1쇄 발행 2016년 8월 15일
1판 3쇄 발행 2020년 12월 30일

지 은 이 홍만종
옮 긴 이 안대회
펴 낸 이 신동렬
책임편집 현상철
편　　집 신철호 · 구남희
마 케 팅 박정수 · 김지현

펴 낸 곳 성균관대학교 출판부
등　　록 1975년 5월 21일 제1975-9호
주　　소 03063 서울특별시 종로구 성균관로 25-2
전　　화 02)760-1252~4
팩　　스 02)762-7452
홈페이지 http://press.skku.edu

ⓒ 2016, 안대회
ISBN 979-11-5550-172-6 93810

값 30,000원